AMERTUME

Titre de l'édition originale : *BITTERSWEET (True North #1)*

Cet ouvrage est une fiction. Toute référence à des événements historiques, des personnes réelles ou des lieux réels cités n'ont d'autre existence que fictive. Tous les autres noms, personnages, lieux et événements sont le produit de l'imagination de l'auteur et toute ressemblance avec des personnes, des événements ou des lieux existants ou ayant existé ne peut être que fortuite.

Édition en langue française : *AMERTUME* (Le Grand Nord #1)
Photographies de couverture : © Curaphotography / © Roxana Bashyrova / Shutterstock. Design : Christophe Petit / Studio Hugo

Ouvrage dirigé par Isabelle Solal
Collection New Romance® créée par Hugues de Saint Vincent

34-36, rue La Pérouse
75116 - Paris
www.hugoetcie.fr

ISBN : 9782755638578
Dépôt légal : septembre 2018
Imprimé en France par Corlet Imprimeur S. A.
N° d'imprimeur : 193954

NEW ROMANCE®

LE GRAND NORD # 1

AMERTUME

SARINA BOWEN

Traduit de l'anglais (États-Unis)
par Clara Valmont

Hugo Roman

PREMIÈRE PARTIE

JUILLET

« Un fruit est un légume avec de l'allure
et de la valeur. De plus, si on le laisse se gâter,
il donne du vin, ce qu'un chou de Bruxelles
ne saura jamais faire. »

P. J. O'Rourke

CHAPITRE UN

TUXBURY VERMONT

GRIFFIN

– Griffin ?

Face à moi, ma mère assise à la grande table de ferme, tandis que je termine de mâcher la dernière bouchée de son bacon fumé au bois de pommier. Mon ouvrier agricole et moi avons déjà englouti les omelettes au cheddar du Vermont ainsi que le pain fait maison, tartiné avec le beurre que nous donnent nos vaches.

Ce petit déjeuner a été merveilleux, mais ce que ma mère va nous dire va tout gâcher.

– Je vous ai trouvé un nouveau saisonnier.

– C'est vrai ? je réponds, figé, la tasse de café arrêtée à mi-chemin entre la table et mes lèvres.

– C'est vrai... Et il commence aujourd'hui.

– Tu te moques de moi ?

Nous sommes toujours trop peu nombreux à cette période de l'année où l'herbe pousse si vite qu'on peut presque la voir se coucher au sol, et où les insectes mènent une lutte acharnée contre les pommiers.

Il est à peine neuf heures et nous sommes déjà tous deux au travail depuis un bail. On commence à l'aube avec la traite des vaches, réparties par dizaines dans deux étables. Arrive ensuite le moment tant attendu du petit déjeuner que nous prenons à la maison, mais toute bonne chose a une fin. Pendant les huit prochaines heures, nous allons nous attaquer à une série de travaux et de réparations longs comme le bras.

C'est pourquoi l'annonce que maman vient de faire résonne en moi comme une symphonie. Je finis par poser ma tasse sur la table en cherchant son regard.

Ce n'est qu'en voyant son air gêné que je m'inquiète. J'ai le sentiment que, peut-être, je ne vais pas vraiment apprécier notre nouvelle recrue.

– Angelo a appelé hier soir, dit-elle.

Eh merde! C'est donc ça. Angelo est un homme charmant qui fréquente la même église que nous à quelques kilomètres de la maison, à Colebury pour être précis. Il est aussi, accessoirement, en liberté conditionnelle.

– Il nous dépose aujourd'hui un jeune homme qui vient d'être libéré. Il a passé trois ans derrière les barreaux pour homicide involontaire. C'était un accident, Griff. Sa voiture a percuté un arbre.

La montée d'angoisse qu'on peut ressentir lorsqu'on dirige une entreprise en difficulté, et qui m'est malheureusement familière, vient de m'envahir. J'ai peut-être eu tort de prendre une deuxième tasse de café...

– Mam, avoir un accident de voiture et percuter un arbre n'est pas répréhensible, que je sache. Il doit certainement y avoir autre chose.

– Eh bien... (De la tendresse émane soudain de son visage.) Il se droguait beaucoup à l'époque et... le fils du shérif, qui était sur le siège passager, est mort sur le coup.

– Ah. Voilà la vérité. Donc, tu as embauché un junkie?

– Un ancien toxicomane. Il est sorti de prison il y a un mois et, depuis, il suit une cure de désintoxication. Angelo dit que ce gosse peut s'en sortir, mais que pour ça il lui faut un travail. Il s'installera dans le dortoir... À moins que tu me caches des choses, je crois savoir qu'on ne peut pas trouver de substances illicites sur notre propriété.

Zachariah, notre ouvrier agricole, s'esclaffe.

– Notre drogue, c'est le café, Mme Shipley. Et on y est vraiment accros.

Elle tend la main et serre le poignet de Zach avec tendresse. Ma mère a un don pour sauver les brebis égarées, et Zachariah est sa plus belle réussite. Pourtant, ils ne peuvent pas tous être comme lui. Je sens mon pouls s'accélérer à mesure que je m'imagine ajouter un junkie à notre interminable liste de problèmes. Comme si j'avais besoin de ça.

Ma mère et moi dirigeons cette ferme ensemble depuis la mort de mon père, il y a trois ans. Je prends toutes les décisions agricoles, choisis ce qu'il faut produire et où le vendre. Mais ne vous méprenez pas, ma mère reste la véritable décisionnaire. C'est elle qui tient les comptes, qui fait à manger pour Zach, mes trois jeunes frère et sœurs, mon grand-père et moi-même, ainsi que pour tous les saisonniers. Lorsque la saison des récoltes a débuté voici cinq semaines, elle a dirigé la cueillette tout en nourrissant une armée, il faut savoir que nos effectifs quadruplent à cette période de l'année.

Donc, cela va de soi, ma très chère et très courageuse mère a tous les droits, dont celui de recruter, du jour au lendemain, qui bon lui semble sans mon consentement. Même si ses choix me rendent, souvent, très nerveux.

– Il a vingt-deux ans, Griff, dit-elle en croisant les bras. Ce gamin est guéri, ils me l'ont assuré. Personne ne veut lui donner sa chance alors qu'il ne se drogue plus. Et puis, on ne lui fera un contrat que pour la saison agricole et les récoltes. Seize semaines maximum.

Exact. *Soit les seize semaines les plus importantes de toute mon année.*

Un fils bien élevé sait quand il faut abdiquer face à sa mère. Elle a visiblement déjà pris sa décision, et puis je suis en retard.

– D'accord, on l'installera dans le dortoir quand il arrivera. Préviens-moi et je lui ferai visiter le domaine. On y retourne, Zach ?

Nous attrapons nos casquettes et nous nous levons.

Au moment où nous déposons nos assiettes sales dans l'évier de la cuisine, je croise ma sœur May qui fait le ménage. Elle est en fac de droit, mais elle est venue pour les vacances.

– Est-ce que les jumeaux ont déplacé les poulets ? je lui demande en guise de bonjour.

– Oui, Chef ! dit-elle d'un air moqueur. Ils sont déjà dehors.

– Merci.

Je lui pince le coude en passant comme pour m'excuser d'être si rustre. Je peux être très arrogant, surtout à cette période de l'année, et mes sœurs savent très bien me rappeler à l'ordre.

– Hey, Griff ? Est-ce que tu as toujours l'intention d'envoyer Tauntaun à l'abattoir aujourd'hui ? Je vais avoir besoin d'une tête.

Je m'arrête à la porte. Bonne question. Dépecer ce cochon me demanderait beaucoup de travail et je n'ai pas vraiment le temps. En même temps, ce sera pareil la semaine prochaine, si ce n'est pire...

– Oui, on devrait pouvoir le faire aujourd'hui, sauf si on a une trop grosse journée. Je te tiendrai au courant pour que tu puisses faire chauffer l'eau.

C'est ainsi que Zach et moi avons enfin pu sortir.

En observant la propriété, j'aperçois dans le champ, derrière les dortoirs, les jumeaux qui déplacent l'enclos électrifié servant à protéger les poulets des prédateurs et qui, accessoirement, semblent se chamailler. Ils ont dix-sept ans, soit dix ans de moins que moi.

Pas une journée ne passe sans que je pense au fait que, dans un an jour pour jour, je vais devoir financer leurs études supérieures, et ça m'inquiète. Je jette le même regard critique sur mon domaine. Cette grande et vieille ferme où j'ai grandi est en bon état, pour le moment. On a refait le toit et les peintures l'année dernière, mais dans une ferme il y a toujours des choses qui se dégradent. Et puis, s'il n'y a pas de problème avec la ferme, c'est le dortoir en pierre ou une des étables qui ont besoin d'être retapés. Ou la cidrerie. Ou le tracteur !

Avec ou sans réparations, j'ai de toute manière des décisions importantes à prendre dans un futur proche. Il faut que je réinvestisse dans l'entreprise, et nous avons besoin d'argent. En fait, il faudrait que j'arrive à ce qu'elle soit beaucoup plus rentable, sans avoir à trop emprunter.

Si seulement je savais comment m'y prendre !

Je me tourne vers Zach en soupirant.

– Tu veux t'occuper des barrières ou tu préfères tondre le gazon ?

On a tous les deux beaucoup de travail, et j'aime le laisser choisir.

– C'est toi qui décides, me répond-il immédiatement.

Zach est l'employé rêvé. Il travaille comme un forçat de l'aube au coucher du soleil sans jamais se plaindre, je me demande même s'il sait que ce verbe existe.

– Très bien, alors je passe la tondeuse, mais peut-être qu'on échangera après le déjeuner. Le nouveau gars sera là... *Eh merde.* Tu veux bien faire le trajet avec moi ?

– Bien sûr.

Je coupe à travers champs pour rejoindre la grange où se trouve le tracteur.

– Il va falloir qu'on surveille ce gosse. Je ne t'ai jamais demandé d'espionner qui que ce soit, mais là c'est différent.

– Disons que c'est… spécial, mais Angelo est loin d'être bête, dit-il en souriant.

Il a raison.

– Bon, maintenant, est-ce que tu as quelque chose à me dire sur le Kubota ?

C'est la marque de notre tracteur et je sais que Zach n'est pas seulement un employé modèle, il est aussi et surtout un mécanicien de talent.

– Il fonctionne très bien. Non, ce qui m'inquiète plutôt, c'est la plateforme de traite de la grande étable.

Je jure intérieurement. La plupart de nos vaches à lait vivent dans une propriété voisine, de l'autre côté de la route. La majeure partie de notre traite sert à faire des laitages ordinaires. En revanche, sur notre terrain, nous avons une douzaine de vaches que nous élevons au grand air, et dont le lait biologique est destiné à nos amis en bas de la route, qui en font des fromages fins de première qualité.

– Est-ce que c'est encore la pompe qui t'a donné du fil à retordre ?

Toutes les fermes ont un matériel daté car, contrairement au reste du monde qui change de téléphone portable chaque année, aucun paysan n'a les moyens de renouveler ses outils de travail. Étant moi-même chimiste de formation et pas très bricoleur, c'est Zachariah qui fait des miracles avec nos machines. La plateforme de traite est d'ailleurs la plus importante de tout le domaine.

– Elle ne va plus tenir très longtemps. Certains des rouages sont complètement usés et je n'arrive pas à trouver les pièces de rechange. Y'a de grandes chances qu'on doive se séparer de l'appareil et le détruire avant l'année prochaine, Capitaine.

Je grogne.

– Je ne veux pas entendre parler des probabilités.

– C'est vrai, pardon, Han.

– Merci, Chewie.

– Je vous en prie !

Je me dirige en riant vers le hangar, en ce matin de juillet, mais plein d'inquiétude. Je m'imagine faire traverser une centaine de vaches de l'autre côté de la route pour que, deux fois par jour, on leur tire le lait dans la plus petite des deux étables... En même temps, investir dans de nouvelles machines sur une terre qui ne m'appartient pas n'est pas une bonne idée.

Je vais bien trouver une solution. Je n'ai pas le choix de toute façon.

CHAPITRE DEUX

BOSTON, MASSACHUSETTS

AUDREY

J'ai mis un dos nu pour me faire virer.

Si ça vous semble déplacé, je tiens à préciser que je ne peux pas me permettre d'être sans emploi, pas même une journée. Les grands patrons du Boston Premier Group m'ont convoquée au siège social à la première heure. J'ai donc mis un dos nu, car j'étais convaincue à quatre-vingt-dix pour cent qu'avant neuf heures trente j'allais me retrouver sur le trottoir, à mendier pour un nouveau travail.

Je suis une chef cuisinière qualifiée, et même très douée. Malheureusement, pour les restaurateurs de Boston, les décolletés ont plus d'importance que les compétences en cuisine. J'en ai déjà fait les frais.

C'est à ça que je pense dans l'ascenseur qui monte jusqu'aux bureaux de la direction, dans l'immeuble du Boston Premier Group.

S'il y a bien une personne qui sait quoi porter pour se faire virer, c'est moi. On m'a mise à la porte de deux écoles avant mes vingt ans. Ma mère, écœurée par mon absence flagrante de résultats universitaires, m'a à son tour virée de la maison. Elle a fait disparaître ma voiture et m'a coupé les vivres.

Puis la roue a tourné. J'ai fait une école de cuisine, je me suis formée et j'ai adoré ce métier... Même si mon premier emploi s'avère être une catastrophe et que je ne sais vraiment pas ce qui m'attend après.

J'ai regardé ma montre au moment même où les portes du quinzième étage s'ouvraient. J'ai cinq minutes d'avance, c'est déjà ça. Ma mère, où qu'elle soit, serait fière de savoir que je suis à l'heure pour affronter le peloton d'exécution.

Allez, Audrey, courage !

– M. Burton va vous recevoir.

C'est la voix du réceptionniste qui résonne derrière un long et magnifique comptoir, à l'entrée de l'enfilade de bureaux.

– Merci.

J'ai tellement peur que je me dirige vite vers une des chaises en cuir de la salle d'attente. Une fois bien installée, j'attrape un exemplaire du *Boston Magazine* posé sur la table basse et me cache derrière.

Je ne suis pas à l'aise dans cet espace. Je sais que les détails de ma dernière bavure ont fait le tour des bureaux de tous les managers. Non seulement j'ai fait perdre une soirée entière de bénéfices au plus grand restaurant du groupe mais, en plus, ma bêtise a fait les choux gras de toute la presse avide de potins.

Plus le temps passe, plus mes mains deviennent moites et collent au magazine. Si je perds mon travail, il va falloir que j'en trouve un autre immédiatement. Je n'aurai absolument pas le temps de me lamenter ou de panser mes blessures, j'ai besoin d'argent.

Le problème ne vient pas de mes plats, je suis une bonne cuisinière. Une chef née, comme l'un de mes professeurs me l'avait dit. Ça m'a pris vingt-deux ans, mais j'ai fini par trouver un domaine dans lequel je suis douée. J'ai tellement besoin de ce travail pour mon CV.

– Audrey ! aboie une voix.

Je lâche aussitôt le magazine et me lève toute tremblante.

– Bon... bon... bon... bonjour, je bégaye en serrant la main que Bill Burton me tend.

– Suivez-moi, dit-il en se dirigeant vers son luxueux bureau.

Ma gorge se serre et j'ai la bouche toute sèche. Il attend que je prenne place face à son grand bureau avant de fermer la porte, avec un soin tout particulier et inquiétant.

Merde !

Je me fige, raide sur ma chaise, prête à me défendre

Il s'assied à son tour et me dévisage. Après un long silence, il finit par dire :

– Pourquoi ne pas commencer par me raconter ce qui s'est passé ?

Bien. Oui. Je suis d'accord, c'est un bon départ. Meilleur en tout cas que *« Dégagez immédiatement de cette société. »* Mais par où commencer ?

– En fait, Monsieur... (J'ai peur et je déteste le ton hésitant de ma voix. *Allez Audrey ! C'est ta dernière chance de te rattraper.*) Je suis une excellente chef, Monsieur, la meilleure de ma classe d'ailleurs, mais BPG n'a de cesse de me donner des tâches en dehors de la cuisine.

Il sourcille.

– Vous avez un statut de stagiaire chez nous, ma belle. Personne ne devient un grand chef sans connaître le business.

Ma belle? Je me mords la langue pour ne pas hurler, ce n'est pas le moment de faire un scandale. *Respire, Audrey, respire.*

– Je veux bien sûr apprendre le business, dis-je prudemment. Mais lorsque vous donnez à un stagiaire une tâche qu'il ne maîtrise pas, il ne faut pas vous étonner que les choses se passent mal.

Il fronce les sourcils, puis balance un dossier sur le bureau, mon dossier...

– Il y a six semaines, votre première mission était de gérer le suivi de commande des fruits de mer aux Halles. Vous avez tenu un jour.

– C'est vrai. Je me suis retrouvée à quatre heures et demie du matin face à un système informatique que je ne connaissais pas.

– Vous deviez commander deux cents homards pour notre restaurant phare de fruits de mer et, au lieu de ça, vous avez commandé deux cents kilos. Soit plus de vingt-huit mille homards.

Je me retiens tant bien que mal de grimacer.

– Personne ne m'a formée à ce logiciel.

Bill Burton soupire.

– Soit, mais hier soir il n'y avait pas de problème de logiciel, n'est-ce pas ?

– Si, d'une certaine manière si, j'insiste. Indirectement.

– Je vous écoute, dit-il en s'adossant à son fauteuil.

– Ma dernière affectation a été à *L'Être Suprême*. C'est le seul restaurant de Boston étoilé au *Guide Michelin*, et je me sentais tellement chanceuse de pouvoir y être chaque soir. Le Chef Jacques est un de mes héros culinaires. Mais plutôt que de me mettre dans les cuisines où j'aurais pu être utile, ils m'ont collée à l'accueil pour gérer les réservations. Moi, à l'accueil !

Je tente de prendre un ton calme et posé.

– L'autre soir, le logiciel a perdu, ou caché, une réservation pour un groupe de trente dirigeants très exigeants. (Ils se sont présentés à dix-neuf heures sans être attendus.) Quand ces messieurs se sont rendu compte que nous n'étions pas prêts à les installer dans un salon privé, ils ont commencé à maltraiter l'équipe, et ce jusqu'à la fin du service. Et pendant que je me battais pour résoudre le problème, les autres clients qui avaient réservé prenaient place en salle. Des commandes ont été perdues et les plats sont sortis dans le désordre...

Je transpire en me remémorant cette soirée catastrophe. Le Chef Jacques a failli faire une crise cardiaque. On entendait ses hurlements jusqu'au bar, où les barmans élégamment vêtus servaient des cocktails gratuits pour tenter de calmer les clients mécontents.

Jacques ne connaissait pas mon nom et ne pouvait donc pas le crier, mais ce n'était pas une bénédiction puisqu'il ne lui a fallu que quelques instants avant de hurler : « Qui est la putain de salope qui prend les réservations ? »

Je crois qu'il parlait de moi.

– Continuez, me dit Burton.

– J'étais catastrophée d'avoir semé la panique en cuisine. (Je pose mes mains humides sur mes genoux et le regarde dans les yeux.) Mon colocataire est chef pâtissier. (J'aurais pu ajouter qu'il est plutôt bordélique, mais je n'avais de toute façon pas les moyens de louer une chambre ailleurs que chez lui.) Je tenais à me faire pardonner, alors hier soir, je leur ai apporté un grand plateau de brownies qu'il avait préparés. C'était comme une offre de paix. J'ai posé mon cadeau au chocolat au milieu de la cuisine. Toute l'équipe s'est jetée dessus. Puis je suis allée devant le restaurant pour m'occuper des réservations et accueillir les clients pour le reste de la soirée.

Ce n'est pas tout à fait vrai, mais Burton n'a pas besoin de connaître toute la vérité. Entre deux tâches, je me débrouillais toujours pour passer une tête en cuisine. Certaines femmes ont du mal à vivre sans acheter des chaussures de luxe ou sans draguer des acteurs sexy, et bien, ma faiblesse c'est de regarder un chef étoilé au travail. À choisir, je préfère regarder Jacques fouetter une réduction de balsamique plutôt qu'un strip-tease de Channing Tatum. J'ai donc eu droit à une place d'exception pour assister au déroulement catastrophique de cette soirée. Quand j'ai pu me libérer pour les observer, j'ai trouvé le chef hurlant sur un des garçons de sa brigade, Enrique, celui qui gère le gril.

« Ça n'est pas comme ça que l'on traite le poisson ! Tu DOIS respecter les filets ! »

J'ai grimacé en voyant Jacques donner une petite claque sur la tête d'Enrique. Dans ses bons jours déjà, le chef est odieux, mais hier soir il paraissait encore plus sévère que d'habitude.

D'un autre côté, je reconnais qu'Enrique est particulièrement mou. Normalement, c'est un chef de partie qui travaille dur, mais hier, il avait l'air complètement à côté de la plaque. Si Enrique ne prenait pas soin du poisson comme s'il s'agissait du gouverneur du Massachusetts, ça allait barder pour lui.

Bon, en même temps, s'il y avait une justice en ce bas monde, c'est à moi que serait revenue la spatule à poissons. Si seulement ils m'avaient donné ma chance, j'aurais eu tellement de respect pour ce filet. Je sais que j'aurais pu tenir le poste de plusieurs personnes dans cette cuisine.

Mais non, c'est le système de réservation qu'ils m'ont confié.

Quelques minutes plus tard, je trouve Jacques qui incendie son préposé à la salade, un nouveau.

« Les feuilles doivent faire une belle montagne, dit-il en tenant l'assiette suffisamment haut pour que toute la cuisine puisse juger de l'erreur de ce jeune homme. Ça, ce sont les Alpes après un tremblement de terre. À refaire ! », hurle-t-il en jetant l'assiette sur le plan de travail avec une telle force qu'elle se brise en deux.

La haute gastronomie est la seule industrie où le patron est autorisé, voire encouragé, à se comporter comme un gamin irritable. Ils vous paient même très cher pour ça, surtout si vous êtes un homme et que vous venez de France.

Bizarrement, le jeune homme n'a pas semblé traumatisé par cette déculottée. Au lieu de se précipiter pour nettoyer, il a attrapé une petite poignée de salade qu'il a mise dans sa bouche et, tranquillement, il a préparé la nouvelle assiette.

J'ai trouvé ça étrange, mais je n'avais pas encore compris pourquoi.

– C'était une soirée très dense, je dis à Burton. J'ai eu un appel du concierge de l'hôtel Mandarin, qui avait quelques demandes de réservations pour des clients VIP.

Face à moi, Burton ferme les yeux, comme épuisé.

– Continuez.

– Je savais que Jacques aurait adoré avoir une star de cinéma dans sa salle. J'ai donc dit au concierge qu'il pouvait les faire venir, même s'il ne m'avait pas donné leurs noms.

Il fallait que Burton comprenne que j'avais un certain talent commercial. Je sais bien que la magie d'un restaurant repose sur sa réputation. Si le tabloïd *Page Six* avait une photo de célébrités dans la salle à manger du chef, ça pouvait être le coup de chance dont j'avais besoin.

Mais en passant à nouveau dans la cuisine, j'ai eu du mal à croire ce que je voyais. Le préposé aux salades était avachi sur son plan de travail, ce qui était déjà assez inquiétant, mais le pire, c'était que Jacques ne l'avait même pas remarqué. Il était trop occupé à crier à nouveau sur Enrique, tandis que les puissantes hottes, poussées au maximum, tentaient en vain d'aspirer l'odeur de poisson brûlé de la cuisine.

Les diatribes de Jacques étaient devenues incompréhensibles. Quand il se met en colère, son fort accent français prend le dessus. Je ne comprends alors plus un mot de ce qu'il raconte.

Je me suis trouvée bloquée là, bouche ouverte, quand soudain le plongeur s'est arrêté à ma hauteur et, en posant la main sur mon épaule, m'a dit : « Sacrée vengeance, Audrey. Tu veux que je te dise, tu es mon héros. En vrai ! »

Hein, quoi? C'était comme si je n'avais pas entendu ce qu'il venait de me dire, tant ce qui se jouait devant moi était ahurissant. Mes yeux se sont alors posés sur un autre chef de partie qui coupait à la main des médaillons de polenta avant de les fourrer dans sa bouche. C'était comme si toute la cuisine avait perdu cinquante points de QI et était affamée.

« Ça ne me fait rien car je suis devenu très résistant, mais j'ai l'impression que le gars des salades ne supporte pas cette beuh. Tu ferais mieux de te sauver maintenant, copine. (C'était toujours le garçon de la plonge qui me parlait.) Il ne te reste plus que quelques secondes avant que Jacques réalise qui a apporté les spaces brownies. »

Les spaces brownies ? Mon corps entier est traversé par un frisson qui résonne jusque dans mon crâne. Oh mon Dieu !

« Je peux te dire que tu es invitée d'office à ma prochaine fête. Je sais pas où tu l'as trouvée, mais tu rigoles pas, toi ! »

Puis le plongeur s'est éloigné en riant pour fumer une cigarette.

J'ai réalisé que je n'avais pas eu besoin de briquet pour cramer ma carrière en un rien de temps.

– Donc... dit Burton en soupirant. Vous dites que vous ne saviez pas que les brownies contenaient de la drogue ?

– Je n'en savais absolument rien, je vous le jure. Il y a toujours des pâtisseries dans mon appartement. Et je n'ai pas l'habitude d'en manger. Et j'aurais vraiment préféré ne pas y avoir touché hier soir, vraiment.

Il repousse alors mon dossier sur un coin du bureau.

– Vous savez que je peux vous virer pour moins que ça ?

– Oui je sais, Monsieur, lui dis-je immédiatement. Mais je sais aussi que je ne vous décevrai pas si vous me donnez une seconde chance. *Ou plutôt une cinquième chance.*

Il attrape son dossier des deux mains et semble considérer mon cas un moment.

Je retiens mon souffle. Bill tapote maintenant des doigts sur le luxueux sous-main en cuir posé face à lui et soupire à nouveau.

– Très bien Audrey. Tu pars pour le Vermont.

– Je... Vraiment ? Vous avez dit le Vermont ? Est-ce que ça veut dire que je ne suis pas virée ? Est-ce que BPG a un restaurant dans le Vermont ? Je ne crois pas.

– On ne peut pas te remettre à l'accueil et on ne peut pas te renvoyer au marché aux poissons.

– Je comprends, Monsieur, je lui réponds le plus humblement possible.

– Mais on va te donner une dernière chance et ce, pour ta maman.

– Ma... *Pardon?* (Ça fait deux ans que je n'ai pas parlé à ma mère, depuis qu'elle a arrêté de m'aider. Je me suis inscrite dans une école hôtelière et je me suis toujours débrouillée pour louer des chambres dans Boston, même si c'était dans des taudis.) Qu'est-ce qu'elle a à voir avec ça ?

– Elle détient cinquante pour cent du capital de la compagnie, déclare Burton d'une voix qui me fait bien sentir combien il me trouve stupide. On peut toujours te renvoyer la semaine prochaine, mais nous te laissons une dernière chance, par courtoisie pour elle.

Je n'ai même pas écouté ses dernières phrases, car j'étais encore sous le choc de la bombe qu'il venait de lâcher. *Ma mère possède des parts chez BPG?* Je n'en savais absolument rien. Cela dit, j'aurais pu m'en douter, elle a investi dans la plupart des grosses entreprises de Boston. Et comme elle dîne en ville avec ses associés quatre ou cinq soirs par semaine, elle connaît forcément ces restaurants. D'ailleurs, quand j'ai appris à me servir du logiciel de réservations de *L'Être Suprême*, je me suis demandé si elle venait y dîner de temps en temps.

Mais de là à en être propriétaire ? Wouah... Remarquez, c'est assez cohérent quand j'y pense. BPG est impitoyable et ma mère aussi.

– Audrey ?

Burton me tire de mes pensées.

– Écoutez, je lui dis, tout en maudissant ce ton pitoyable qui m'échappe malgré moi, j'ai besoin de ce travail. Mais je vous en prie, gardez-moi parce que je suis bonne cuisinière, pas parce que ma mère a le bras long. Elle ne sait même pas que je travaille ici.

À ce stade de la discussion, nous n'avons pas encore parlé de ma nouvelle fonction.

Il hausse alors les épaules comme si ça ne faisait aucune différence.

– Est-ce que vous acceptez de vous rendre dans le Vermont pour quelques jours, oui ou non ?

– Oui, j'accepte, je réponds instantanément, à condition que vous ne jetiez pas ma candidature pour le projet Green Light.

Je ne suis pas vraiment en position d'exiger quoi que ce soit, mais s'il compte m'empêcher de me battre pour gagner ma cuisine, ma place de chef, il ne sait pas de quoi je suis capable, même de jeter le torchon et de chercher un autre travail.

Burton éclate de rire, ce qui me surprend. Il se moque de mon rêve.

– Audrey, il faut énormément de connaissances pour gagner le Green Light. Il y a des gars qui essaient depuis des années.

Merci, je sais, mais je n'ai pas des années à perdre. Je dois gagner le concours annuel BPG dès le premier essai.

– J'ai conscience que c'est un concours difficile à remporter. Et c'est normal d'ailleurs. (Une compagnie telle que BPG ne peut raisonnablement pas financer toutes les idées qui se présentent à sa porte. Mais j'étais sur le point de trouver une idée excellente et récolter tous les honneurs.) Promettez-moi que vous me laisserez essayer.

– Mais je vous en prie, allez-y et détruisez tout sur votre passage. (Il écarte les mains d'un geste magnanime. Je suis sûre qu'il se moque de moi.) Bien, parlons maintenant de cette mission dans le Vermont. (Il ouvre un autre dossier.) Je vous y envoie pour parler à des agriculteurs en mon nom. Je veux que vous aidiez notre fournisseur à faire progresser les acquisitions de fin d'été de « La ferme à la table ». Vous devrez négocier les prix sur deux douzaines de denrées agricoles.

Oh, c'est pas vrai ! C'est reparti. Je suis cuisinière de formation et je suis bonne dans ce que je fais. Pourtant, BPG ne cesse de me donner des missions qui ne correspondent en rien à mes compétences, et ils m'engueulent quand j'échoue.

– Monsieur, je n'y connais absolument rien en négociation.

Il aurait mieux fait d'envoyer ma mère cette fois. Cette femme pourrait mener une négociation avec un rat des champs et en sortir gagnante.

– Ça n'a pas d'importance. (Burton prend une des pages du dossier, la plie et la met dans une enveloppe BPG, avant de me la remettre.) Sur cette feuille, vous trouverez une liste de produits et leurs prix. Tout ce que vous aurez à faire sera de vous arrêter dans chaque ferme et de leur proposer d'acheter ces produits référencés. Simplement, pensez bien à remplir les cases pour que nous sachions qui nous fournit quoi. Ces gars seront ravis de vendre leurs produits bio aux restaurants chics de Boston. C'est une bonne exposition pour eux. Tenez.

Je prends la feuille et la parcours. C'est une liste de fermes et d'adresses, avec des noms toujours charmants et pittoresques. *La ferme des bras musclés... La rivière brumeuse... La ferme des dindons paresseux.*

Cette mission me semble assez simple, cependant j'ai travaillé ici assez longtemps pour apprendre à me méfier. Rien n'est facile dès qu'il s'agit de BPG.

– Pourquoi est-ce qu'on ne fait pas cela par téléphone ? Ça reviendrait moins cher que de m'envoyer dans le Vermont avec une voiture de location pour faire du porte-à-porte. Et puis j'y pense, il y a l'hôtel à payer !

BPG a horreur de dépenser de l'argent. Il y a un truc qui ne colle pas.

– Les agriculteurs ne répondent pas au téléphone, dit Burton. Ils sont trop occupés sur leur exploitation. Alors, c'est parti ! Faites votre sac et prenez le volant. C'est à deux heures de route à peine.

Je me lève en serrant l'enveloppe fort dans mes mains tout en priant pour que tout se passe bien.

– Ne nous décevez pas, Audrey, dit-il alors que je me dirige vers la porte. Je ne sais pas si nous pourrons vous donner une autre chance si cette mission échoue.

– C'est promis, Monsieur.

* * *

Même si le paysage est magnifique, deux heures et demie pour ressasser mes erreurs, ça fait beaucoup. À mesure que le temps passe, je grimpe de plus en plus haut sur une jolie colline du Vermont, empruntant les routes de campagne dans ma voiture de location. À ma gauche, j'aperçois au loin les fameuses Montagnes Vertes.

Je suis encore un peu étonnée que Burton ne m'ait pas renvoyée, mais plus j'y pense et plus je suis convaincue que le fait que ma mère ait investi dans l'entreprise n'a rien à voir avec la nouvelle chance qu'il me donne. Avoir travaillé chez eux, sur un CV, ça équivaut à un titre honorifique. C'est comme être décoré de la médaille de l'Ordre du mérite pour la cuisine. Il y a même un groupe Facebook qui s'appelle *J'ai survécu à BPG*.

Leur business plan repose en fait sur l'exploitation d'esclaves comme moi. Ils attendent des stagiaires qu'ils travaillent soixante-dix heures par semaine pour un salaire de misère. D'ailleurs, ils appellent le chèque qu'ils nous donnent « une paye » uniquement parce que ça sonne mieux que « salaire d'esclave ». Et donc, s'ils se séparent de nous chaque fois qu'on fait une erreur, très vite il ne restera plus personne pour faire les boulots de merde et pour apporter les cafés.

De toute façon, mieux vaut que je pense comme ça, car ça me rend malade de me dire que ma mère peut encore avoir une emprise sur ma vie. Je croyais que le fait de m'être éloignée de Beacon Hill avait suffi à ce qu'elle lâche prise, à ce qu'elle me laisse tranquille, mais j'aurais visiblement mieux fait de quitter carrément le Massachusetts.

Peut-être que le Vermont est assez loin pour éviter le mauvais œil de ma mère, je l'espère en tout cas. Tout est vert à travers la vitre. Les prés bordent la colline et les branches des arbres, qui encadrent ces routes de campagne, créent une sorte de tunnel feuillu. Je n'ai absolument aucune idée de l'endroit où je me trouve, mais c'est vraiment somptueux.

Merci, mon Dieu, de nous avoir donné le GPS, la navigation n'est vraiment pas mon point fort. Je me répète, mais mettez-moi dans une cuisine avec un couteau et je suis une fille heureuse. Maintenant, si vous voulez que je dirige votre affaire ou que je négocie une convention d'achat avec plusieurs fermiers au beau milieu des contrées sauvages du Vermont dans une voiture de location... *À vos risques et périls, les mecs !*

D'après le navigateur, je suis à seulement huit cents mètres du premier producteur de la liste. C'est la ferme Shipley. J'ai connu un certain Griffin Shipley lors de ma première année universitaire ratée. C'était un pilier de l'équipe de football et il aimait faire la fête, on s'était d'ailleurs croisés quelquefois. Je me souviens de ces soirées comme si c'était hier. Des moments magiques.

Je n'ai pas très bien connu Griff, juste comme ça, et je n'arrive d'ailleurs pas à me rappeler s'il était originaire du Vermont. Après tout, peut-être que Shipley est un nom courant. De toute manière, la personne que je dois rencontrer aujourd'hui porte un autre prénom : sur ma liste, il est écrit « August Shipley : pommes et cidre artisanal ».

J'ai choisi la ferme Shipley comme point de départ non pas pour le nom mais pour leur cidre. Avec un peu de chance, M. August Shipley me laissera le goûter. Si on est obligé de boire pour le travail, ce n'est pas grave si c'est avant midi, pas vrai ?

Le cidre est le produit qui m'intéresse le plus sur la liste, avec quelques maisons d'affinage de fromages gastronomiques qui se disputent la seconde place. Avant de quitter Boston, j'ai appelé le fils de Bill Burton, Bob. Il est acheteur et c'est lui qui a établi cette liste.

« Nous sommes de gros acheteurs, donc ils doivent nous faire des prix de gros, m'a-t-il dit. Les prix d'achat de cette liste devraient faire l'affaire. Appelez-moi si vous êtes forcée de négocier certains montants à la hausse, mais sachez que nous n'avons pas une grande marge de manœuvre. »

Son discours ne m'a pas étonnée. J'ai appris à me familiariser avec la politique bien vissée de BPG et je suis déterminée à tout faire pour réussir ma mission. J'ai besoin de ce travail. Mon arrogante mère a d'ailleurs manœuvré pour qu'il en soit ainsi en me confisquant ma voiture et l'argent des frais de ma scolarité. Elle n'a pourtant pas complètement coupé les ponts puisqu'elle m'écrit et me laisse des messages vocaux presque tous les jours, pour savoir comment se passe mon chemin vers la maturité...

Je lui réponds rarement, juste assez pour qu'elle sache que je suis toujours en vie. Je pense à elle très souvent même si je ne l'avoue pas. Je me prends souvent à rêver du jour où un critique gastronomique du *Globe* fera un papier dithyrambique sur moi et que je m'arrangerai pour qu'elle le lise. Et puisque j'en aurai alors le pouvoir, je crois qu'elle figurera sur la liste des clients interdits dans mon restaurant.

Le GPS me sort de mes pensées. *Dans deux cents mètres, votre destination se trouvera sur votre droite.* J'accélère, ces deux heures et demie dans la voiture m'ont paru une éternité.

Tout à coup, alors que je roulais un peu vite, le bitume s'est brusquement transformé en boue séchée et glissante. Le temps que je le réalise, la petite voiture de location a rebondi sur la surface en dur et j'ai senti que je patinais. C'est à ce moment précis que j'ai freiné de toutes mes forces.

Grave erreur.

J'ai dérapé, et l'arrière du véhicule a chassé à droite. Tandis que le sol bougeait d'une manière totalement imprévisible, j'ai vu ma vie défiler, j'étais terrorisée. Deux secondes plus tard, la voiture s'est brutalement arrêtée. Avec le choc, mon épaule a tapé contre la ceinture qui s'est bloquée et mes dents se sont entrechoquées, mais j'étais toujours cramponnée au volant, droite ou presque... Tout le côté passager penchait dans un fossé !

OK. Je suis entière et en vie. Doux Jésus, MERCI.

Les mains tremblantes, je détache ma ceinture, ouvre la portière et, tant bien que mal, réussis à m'extraire de la voiture. Mon cœur bat aussi fort qu'un robot KitchenAid poussé au niveau maximum de sa puissance. La perte de contrôle a provoqué en moi une forte montée d'adrénaline. Fait chier ! Je suis debout, les genoux tremblants, sur ce sol boueux, et le premier mot qui me vient à l'esprit est un juron.

Je jette un œil sur la Prius en essayant de reprendre mes esprits. Elle n'est pas si penchée que ça, peut-être que je pourrais arriver à la sortir du trou.

Sauf qu'en faisant le tour du véhicule, sous le pare-chocs arrière, je remarque qu'un des deux pneus est aussi plat qu'un soufflé qui serait retombé ! Et à nouveau mon cœur s'arrête de battre.

Bon sang !

Qu'est-ce que j'ai bien pu faire de mon téléphone ? J'ouvre la portière pour prendre mon sac à main, naturellement tout le contenu a été dispersé au sol, du côté passager. Je suis obligée de m'allonger tout doucement sur le siège du conducteur, les pieds bien ancrés au sol au cas où la voiture basculerait, et d'étendre mes bras le plus loin possible, comme un plongeur, pour récupérer mon sac qui est par terre et quasi vide. Il ne me reste plus qu'à attraper le reste, tout le reste. C'est ainsi que j'occupe les minutes suivantes. Rouge à lèvres. Clés de la maison. Téléphone.

C'est seulement une fois que j'ai la certitude d'avoir tout repris que je me décide à me déplier, les fesses les premières, hors de la Prius. En me retournant, je pousse un grand cri, je n'étais pas seule.

Un homme barbu, immense, se tient là, face à moi. Il a des bras musclés, croisés, et fronce les sourcils.

– Audrey Kidder ? grogne-t-il.

Le monstre grognon connaît mon nom. Mais... je connais ce monstre grognon.

– Griffin ?

Je pousse un petit cri strident.

Il a tellement changé. Seulement cinq ans se sont écoulés depuis ma première année à la Boston University, ça ne fait donc pas si longtemps. Il était en dernière année à l'époque, et c'était une star du football américain. Je me souviens qu'il était toujours rasé de près avec ses protections de football sur le corps la journée et un gobelet rouge à la main le soir, dans les soirées étudiantes.

L'homme qui se tient face à moi n'a plus que la taille et la musculature du joueur de football que j'ai connu autrefois. Ce Griff Shipley est bronzé, musclé et très différent. Il porte un tee-shirt moulant où est écrit « LA VIE CAMPAGNARDE » et une casquette de base-ball avec un tracteur brodé sur l'avant... Son bleu de travail est un jean usé et délavé, mais pas comme ceux que l'on peut acheter chez Abercrombie. C'est au contraire un vrai jean comme on n'en trouve plus nulle part, qui résiste aux vrais travailleurs.

Et qu'est-ce qu'il le porte bien...

J'ai un flash soudain de la dernière fois que j'ai vu Griff Shipley. Nous étions dans sa chambre sur le campus et il m'avait soulevée contre sa porte. Mes jambes étaient autour de sa taille tandis qu'il me...

– Qu'est-ce que tu fais sur mon domaine ? me demande-t-il. Mis à part t'embourber dans mon fossé ?

– C'est... ton domaine ? (J'ai chaud tout d'un coup, je me sens rougir.) Je suis ici... euh... pour voir ton père. Je travaille pour le Boston Premier Groupe. Ils veulent acheter des produits. En discuter en tout cas. Et du cidre aussi. Ce genre d'alcool gentil et doudou.

Audrey, arrête, tu babilles, tu es ridicule.

Il redresse le menton fièrement.

– Ils veulent acheter maintenant ?

Ressaisis-toi, Kidder ! Je me ressaisis.

– Je suis leur représentant. Est-ce que ton père est là ?

Griff a levé un sourcil.

– Tu arrives trop tard.

– Ah oui ? Je peux revenir demain si c'est mieux. C'est d'ailleurs une très bonne idée. J'ai besoin de me remettre de mes émotions.

– Tu arrives trop tard, parce que mon père est décédé il y a quelques années.

– Il... (Les mots que Griff vient de prononcer on finit par atteindre mon cerveau en bouillie.) Mon Dieu, pardon, je suis désolée.

– Merci.

Il laisse planer un silence en me dévisageant.

– En fait... (Je cherche en même temps la liste des agriculteurs.) C'est BPG qui m'a donné son nom. August Shipley. Je suis vraiment navrée qu'ils se soient trompés. Est-ce que... Est-ce que c'est à toi qu'il faut que je m'adresse, du coup ?

Il esquisse un sourire, et je reconnais un instant l'ancien Griff.

– Il n'y a pas d'erreur sur ce document. Mon nom complet, c'est August Griffin Shipley le troisième... Eh oui, je suis le fermier et celui qui fait le cidre sur cette propriété.

Il faut que je me fasse à cette idée. Griff Shipley, le footballeur taillé comme une statue, qui dirige une entreprise ? J'espère juste que sa famille a d'autres sources de revenus. En fait, je peux imaginer Griff Shipley gérer une troisième mi-temps, mais une ferme et une cidrerie, certainement pas.

– D'accord, est-ce qu'on peut se parler ? Tu as un peu de temps ?

Griff lève son gros menton barbu vers le ciel et soupire, comme si je lui avais demandé la lune. Puis il me fixe avec des yeux récalcitrants.

– Mon temps est compté, sachant que je dois tondre, inspecter mes clôtures, tirer le lait de mes vaches, abattre un cochon et comme si ça ne suffisait pas, je dois sortir ta voiture du fossé et changer ton pneu qui est visiblement à plat. Ah j'oubliais, j'ai un entretien avec un toxicomane et je dois aussi contrôler mes pommes. Mais peut-être après tout ça.

– Très bien... (Je me mets en équilibre sur un pied en sentant que des cailloux se sont glissés dans une de mes jolies sandales à lanières.) Cependant, je ne te demande que quelques minutes, pas plus. C'est juste deux trois lignes sur un bout de papier.

Il porte une de ses mains gigantesques à sa barbe.

– Tu aurais pu appeler avant de venir. Tu n'y as pas pensé ?

– C'est vrai, je réponds sans perdre mon sang-froid. Mais l'acheteur de BPG m'a dit qu'il fallait mieux se déplacer. Il a dit que les agriculteurs ne répondent pas au téléphone.

Griff lève son visage vers le ciel et fait un bruit inattendu qui semble être un rire.

– Qu'est-ce qu'il y a de si drôle ?

Il croise alors ses larges bras séduisants.

– Écoute, je crois savoir pourquoi on ne répond pas assez souvent aux appels de ton gars chez BPG. Ses prix d'achat sont ridicules, pas vrai ? Donc, son plan B, c'est d'envoyer sur place une jeune bourgeoise sexy, avec un dos nu et une jupe bien courte, pour troubler le pauvre agriculteur qui fait pousser ses légumes. Ton gars pense que je suis assez débile pour qu'une belle poitrine et un sourire éclatant suffisent à m'aveugler au point de vendre mes pommes pour moins d'un dollar la livre.

Il faudra que je me souvienne de cette discussion comme d'un moment important. Je commence à comprendre, là, sur la route de la propriété de Griff, que ce pneu à plat a signé mon arrêt de mort. Je réalise que je suis en train de perdre le peu de confiance que je pouvais avoir en moi, car je sens bien que Griff sait de quoi il parle. J'ai déplié la feuille et le premier produit que je trouve sur ma liste, c'est : « Les pommes : 0,99 dollar/les 500 grammes ». Soit, moins d'un dollar la livre, ce qui équivaut à 1 dollar les 500 grammes.

Merde.

– Donc, toi tu dis que, pour des pommes au prix de gros, un dollar la livre, c'est en dessous du prix du marché ?

Je lui parle sur le ton le plus gentil possible, mais déjà son visage s'est assombri comme pour annoncer une tempête.

– Alors écoute, princesse. À ce prix-là, tu peux acheter des pommes dans une ferme industrielle à l'Ouest, dégueulasses et farineuses, ou bien chez un paysan qui aurait été réquisitionné dans les années 80 pour ne produire que des belles pommes rouges et qui n'aurait pas eu ensuite les moyens de faire de nouveaux greffons sur ses arbres. Seulement, j'imagine que ton gars veut des pommes biologiques, et très probablement un cépage issu d'un patrimoine familial. Il veut ce qui se fait de mieux sur la carte en somme, des pommes qui auraient mûri ici en Nouvelle-Angleterre, sans pesticides et bénies par des vierges un soir de pleine lune. C'est bien ça ?

– C'est vrai, je reconnais, la mort dans l'âme.

Il a raison, c'est exactement comme ça que ça marche.

– Cette qualité-là, ça ne se trouve pas pour une livre. Ni chez moi ni chez aucun de mes voisins.

Oh oh ! Je sens que mon cœur chavire un peu plus vers le fossé, comme la voiture de location.

Je ne suis pas stupide. Je reconnais que le monde des affaires n'a jamais été mon point fort, mais je sais que j'ai une grande qualité d'écoute. Et après avoir entendu la diatribe de Griff, je peux facilement en déduire que je serai confrontée au même problème dans toutes les autres fermes de la région. Tous mes prix sont trop bas de moitié, et il se trouve que ma place dépend des contrats que je dois signer.

Je suis dans une impasse.

– Bon et maintenant, si on sortait ta belle voiture toute neuve du fosé ?

Griff me jette un regard assassin. Je n'ai jamais vu de ma vie quelqu'un lancer un tel regard. C'est une expression qui n'existe que dans les livres, et sur le visage incroyablement beau et bourru de Griff Shipley.

– C'est une voiture de location, je réponds pour ma défense. Je peux appeler l'assistance.

Le Griff assassin pousse un long soupir, comme saoulé.

– Je serai plus vite débarrassé de toi si je m'en occupe.

Il met deux doigts dans sa bouche et siffle si fort que je crois devenir sourde. Puis il patiente tandis que je m'efforce de ne pas penser à ce que ces deux doigts ont pu me faire il y a quelques années...

– Un problème, Capitaine Han ?

Une voix sort du champ derrière les arbres qui bordent la route. Quelques secondes plus tard, un beau mec blond apparaît d'entre les arbres pour se joindre à nous. Lui aussi est imposant, mais contrairement à Griff qui est brun à la peau mate, ce jeune homme est pâle avec de grands yeux bleus.

On dirait que tous les hommes qui font de l'agriculture biologique sont aussi beaux que leur terre.

– Ouais, on a un problème, on doit sortir la princesse du fossé et changer sa roue. Puis on doit la renvoyer à la vitesse de la lumière dans *L'Étoile Noire* pour qu'elle dise aux rebelles qu'on organise une mutinerie.

– Mais c'est vrai, j'avais oublié ton obsession *Star Wars* !

C'est sorti tout seul, mais j'ai à peine fini ma phrase que, déjà, le jeune homme qui nous avait rejoints a les yeux écarquillés et, au regard que me lance Griff, je comprends tout de suite qu'aucune référence à notre petite aventure passée ne sera tolérée.

D'ailleurs, petite aventure n'est pas vraiment le bon terme pour la relation qu'on a eue, car rien chez cet homme n'est petit.

Pense à autre chose, Audrey.

– Comment je peux vous aider ? je demande. Je serai ravie de partir aussi vite que possible. Après avoir eu une brève discussion sur le cidre et les pommes, bien sûr.

– Une discussion très brève, dit-il en me dévisageant.

– Oui, c'est bien ! Tu sais très bien répéter ce que je dis. Bravo !

Je croise les bras pour l'imiter. J'ai peut-être été envoyée dans le Vermont sur un terrain miné, mais je ne compte pas abandonner aussi vite que ça. S'il y a ne serait-ce qu'une infime chance pour que je sauve cette mission, je la sauverai. Mon avenir chez BPG est en jeu, et ce n'est pas un fermier grognon qui aura le dernier mot.

– Suis-moi, grommelle-t-il avant de se retourner et d'avancer.

– Oui, Chef !

Je mime un signe militaire dans son dos en lui emboîtant le pas.

Le beau blond glousse discrètement et s'approche de mon pneu dégonflé.

CHAPITRE TROIS

GRIFFIN

Je suis quelqu'un de bien, je le jure, mais je dois reconnaître qu'aujourd'hui, je cache bien mon jeu !

Mettons ça sur le compte du stress que représente la gestion d'une ferme, ou bien sur le choc que j'ai eu en voyant Audrey Kidder apparaître sur notre propriété, avec ses jambes interminables et ses yeux fougueux... Ou mettons ça sur le compte du pic de chaleur soudain, au beau milieu de l'été.

Bref, à partir du moment où j'ai vu sur mon chemin boueux le cul absolument parfait d'Audrey sortir de cette voiture, je me suis comporté comme un vrai connard.

Pour essayer de me remettre les idées en place, je décide de l'escorter sur l'allée principale au pas de course, mais elle porte ces fichues sandales à lanières qui m'obligent, à cause du gravier, à ralentir et à retrouver un semblant d'éducation. Comme un chien qui aboie, je lui demande alors :

– Comment se sont passées ces cinq dernières années ?

Je crois que j'ai oublié comment me comporter en société car, à ce moment précis, elle a l'air très choquée par ma question.

– Bien, merci. Je… euh… j'ai planté mon année à la BU[1], et puis ma mère m'a envoyée à Mount Holyoke[2] où j'ai fait exactement la même chose…

Son histoire me rend tellement nerveux. Je crois que j'aurais mieux fait de ne pas lui poser de question. J'ai passé quatre ans à me casser le cul pour ne pas perdre ma bourse sportive, et à économiser pour que mon frère et mes sœurs puissent entrer à l'université de Boston.

Pendant ce temps, Audrey, elle, faisait la fête avec ses amies étudiantes, et quand je dis étudiantes, je devrais plutôt dire « filles à papa insouciantes ». Elles étaient toujours à la recherche d'une soirée pour se saouler. Moi aussi, je sortais et je faisais partie des fêtards, mais en quatre ans, je n'ai dormi en moyenne que cinq heures par nuit pour pouvoir tout faire. Comme aujourd'hui.

– Et après avoir prouvé à tout le monde que je n'étais pas faite pour l'université, j'ai opté pour une école de cuisine d'où je suis sortie major de ma promotion. Va comprendre !

– Impressionnant !

Je lui dis ça et, en même temps, je n'arrive pas à imaginer Audrey dans une cuisine. Elle pourrait se casser un ongle.

– J'ai pris ce boulot chez Boston Premier Groupe, parce que je veux ouvrir mon restaurant et que c'est très compliqué. Il faut des investisseurs et je me suis dit que si je faisais le bon soldat pour eux un moment, ils m'aideraient peut-être à me lancer.

Surprenant. En attendant, gardons en tête qu'elle me passe de la pommade pour obtenir ce qu'elle veut. Elle bosse pour une bande de businessmen sans vergogne qui font du profit sur le dos de tous ceux à qui ils ont affaire, sans se soucier des conséquences. Si elle pense que je vais me faire avoir, elle rêve.

1. Boston University. (NdT, ainsi que pour les notes suivantes)
2. Mount Holyoke College est une université d'Arts pour femmes, située à South Hadley, Massachusetts.

– Pourquoi est-ce que tu ne demandes pas à tes parents de t'aider pour démarrer ?

Audrey vient d'une famille très aisée. C'est pour ça aussi qu'elle a été si vite adoptée par les filles à papa de l'université.

– Ils ne peuvent pas t'aider ?

– Non, Griff, ils ne peuvent pas m'aider, dit-elle d'une voix tremblante, le visage soudain assombri.

Je sens que j'ai encore fait une gaffe. Je murmure alors :

– Bref. Parlons de mon cidre, le temps que Zach répare ta voiture.

– Cool ! Est-ce que je peux voir où tu le fabriques ?

Son visage s'illumine instantanément, un peu comme un enfant à Noël. Je ressens comme un pincement au cœur, car j'ai l'impression de n'avoir jamais connu cette joie. C'est comme un sentiment qui me serait étranger. Ce qui est sûr, cependant, c'est que je suis passionné par le cidre et que ça me rend heureux chaque fois que quelqu'un s'y intéresse.

Mais, encore une fois, c'est une fille qui adorait se saouler à l'époque, je ne sais donc pas si on peut parler d'un véritable intérêt...

– Oui, bien sûr. C'est par là.

On dépasse la ferme qui se trouve sur notre droite, puis je conduis Audrey au dortoir et à l'étable laitière, jusqu'à ma plus grande fierté : la cidrerie. Mon père a toujours fait du cidre artisanal pour sa consommation personnelle. Il vendait quelques litres chaque année, uniquement pour le plaisir. J'ai fait évoluer la petite production de papa en quelque chose de bien plus important. Je pousse les portes du bâtiment qui est une sorte d'immense grange, puis j'allume les suspensions que nous avons fabriquées avec de vieilles bouteilles de soda.

– Waouh ! dit Audrey, le souffle coupé. Les cuves sont énormes.

– C'est vrai...

J'essaie, tant bien que mal, de dissimuler le plaisir que je ressens. Comme chaque fois que quelqu'un s'extasie devant mes bébés.

– Mon cidre a remporté des prix, tu sais.

Oui bon, un seul prix. Mais je viens seulement de commencer.

– N'importe quel péquenaud peut brasser une bonne bière dans son garage, mais c'est beaucoup plus difficile de créer un cidre un peu complexe. D'ailleurs, il peut très facilement y avoir des complications sur le plan chimique.

– Oh, oh ! répond Audrey qui se balade près de la machine à embouteiller, une bouteille vide à la main. C'est une belle étiquette.

L'étiquette, c'est vraiment la chose la moins intéressante de cette pièce.

– Merci, c'est mon frère qui les a créées.

J'ai répondu sèchement, elle a perçu la froideur dans ma réponse. Elle me regarde alors avec un petit sourire en coin et me répond en reposant la bouteille.

– Je sais que tu n'en as rien à faire de l'étiquette, Griffy le grincheux, mais le marketing, c'est important pour les acheteurs. Les gens ont besoin de se sentir en confiance pour investir dans un produit de qualité. Ils veulent qu'on leur raconte une histoire, car une belle histoire reste plus longtemps dans les esprits que le cidre dans la bouche.

C'est exactement le genre de propos qui me rend fou. Les gens devraient vouloir mettre le prix pour des produits biologiques, simplement parce que c'est la bonne chose à faire et qui se fait.

– Donc, tu dis que le joli dessin a plus d'importance pour tes clients que le fait que mon verger n'empoisonne pas les eaux souterraines du Vermont avec des produits chimiques et des engrais à base de pétrole ? Ça a plus d'importance que le fait de savoir que je donne à chacun de mes employés un salaire décent ?

Elle se passe alors la main dans les cheveux.

– Est-ce que ma réponse a la moindre importance ? Non, parce que je ne voudrais pas interrompre ton sermon.

Elle se rapproche alors de moi et me fixe de ses grands yeux bleus, l'air de me défier.

– Et ne me dis pas que tu n'as jamais essayé d'embellir ta cidrerie pour appâter les touristes. Si tu ne crois pas au marketing, alors qu'est-ce que c'est que ça ?

Elle pointe du doigt une photo encadrée sur le mur. C'est la première d'une série qui explique comment est fabriqué le cidre. On organise des dégustations pendant la période chargée des vendanges.

– Ma sœur l'a prise à l'automne dernier. Ce sont nos pommes dans la brouette. Et après ?

Audrey sourit, comme si elle m'avait pris la main dans le sac.

– Les pommes sur cette photo ne vont pas dans tes énormes cuves de cidre. Celles-là...

Elle appuie l'un de ses ongles roses sur la photo.

– ... sont bien plus belles. Ce sont des fruits sans défaut. Tu vends ces fruits aux touristes. Et là-dedans...

Elle tourne la tête vers les réservoirs et hausse le ton.

– ... tu mets des pommes qu'on aurait massacrées à coups de pied ! Donc, n'essaie pas de me faire croire que tu n'en as rien à foutre des stratégies marketing !

Son expression, lorsqu'elle a dit *rien à foutre,* était tellement drôle, et ses lèvres si magnifiquement dessinées... Je viens de recevoir une leçon d'une fille qui ne s'est intéressée à sa scolarité qu'une fois dans une école de cuisine.

Et, bizarrement, je m'en fiche. Tout ce que je veux, c'est qu'elle me redise *foutre* en accompagnant ma bite jusque dans le grenier à foin.

– Qu'est-ce qu'il y a ? me lance-t-elle. Tu me fixes.

– Je rêve, ou tu m'as appelé Griffy le grincheux il y a deux minutes ?

Elle lève les yeux au ciel.

– Peut-être. Est-ce que ça te donne envie de me vendre du cidre à un prix compétitif ?

La vérité, c'est que j'aimerais beaucoup vendre mon cidre à cette énorme société de trous du cul de je ne sais où. Contrairement à mes fruits, le cidre pourrait devenir une marque et, pour ça, il faut que je lui trouve le meilleur créneau. Si les restaurants huppés de Boston vendent mon cidre à la carte, j'aurai plus de facilités à convaincre les cavistes de l'acheter.

Je pense que faire une légère perte sur cette vente est une bonne décision à long terme. Si, bien sûr, j'arrive à digérer leur proposition. Je m'approche d'Audrey qui est restée près de l'embouteilleur.

– Je ne sais même pas si je vais oser te demander quel est le prix que ton employeur a l'intention de payer pour la meilleure bouteille de cidre brut de tout le Vermont ?

Elle cligne des yeux, puis passe délicatement sa langue sur ses lèvres charnues.

Ne regarde pas ses lèvres. N'y pense même pas. Ne te souviens pas de ce qu'elle a pu faire avec... Putain.

– Ma feuille de tarifs indique trois dollars pour une bouteille de soixante-quinze centilitres.

Voilà un parfait tueur de libido.

– Trois dollars ? Pour qu'ils puissent marger jusqu'à vingt ? Tu te moques de moi. La bouteille et le bouchon me coûtent déjà un dollar cinquante.

Elle laisse tomber ses épaules comme pour me montrer qu'elle est désolée et me dit d'une voix toute douce.

– Je vais dire à mon supérieur qu'il est tombé sur la tête, d'accord ? Mais si tu veux que je le fasse changer d'avis, il faut que tu me donnes de la matière. J'ai besoin de plus d'informations, pas d'une nouvelle diatribe.

Bon sang, c'est vrai. Elle marque un point.

– Très bien. D'abord, tu vas le goûter.

Audrey tape alors dans ses mains :

– C'est pas trop tôt. Je pensais que tu n'allais jamais me le proposer.

Bien.

Je vais chercher une bouteille dans le refroidisseur, j'enlève la protection métallique et je retire doucement le bouchon. Pour conserver au mieux les bulles, j'utilise des bouchons de champagne. Ça me coûte plus cher, mais le cidre est mieux conservé.

J'attrape deux verres sur le comptoir de dégustation et les remplis à moitié. Audrey prend son verre, un grand sourire aux lèvres.

– Santé !

– Santé ! dis-je en grognant de nouveau.

J'ai du mal à me souvenir de la dernière fois que j'ai pris un verre avec une femme séduisante. J'ai rompu il y a quelques mois avec mon plan cul et, depuis, je vis comme un moine. Cela dit, faire une dégustation de cidre avant le déjeuner dans l'espoir de conclure une vente, ce n'est pas vraiment ce qu'on peut appeler une occasion de tisser un lien, mais ça reste ce que j'ai vécu de plus intime depuis une éternité.

Pathétique, n'est-ce pas ?

Audrey, quant à elle, observe son verre de cidre dans le rayon de lumière qui filtre à travers la lucarne poussiéreuse.

– Une belle couleur ambrée.

Elle fait alors tourner le verre sous son nez comme une pro.

– Une odeur agréable avec une note musquée. Plus tannique que fruitée.

Elle goûte, les yeux tournés vers le mur, concentrée sur les saveurs acidulées et complexes de mon produit. Je ne peux détacher mon regard de sa gorge si délicate qui frémit chaque fois qu'elle avale.

– C'est un jus de pomme très fin que tu as là, Griff.

– Pardon ?

Je réalise que j'ai poussé un cri.

– Jus de... ?

Elle sourit.

– C'est une blague ! Il est merveilleux. Je trouve des notes de chêne et d'abricot. Il est parfaitement construit. Je comprends pourquoi tu en es si fier.

Instinctivement, une très grande fierté m'envahit. Puis, je comprends qu'elle veut acheter ma marchandise pour des cacahuètes. Elle essaie manifestement de me flatter.

– Ça a la saveur et la complexité d'une bouteille à huit dollars en prix d'achat et quinze au prix de vente.

À peine ma phrase terminée, Audrey reprend une gorgée, avec une telle délicatesse que je dois me faire violence pour ne pas la trouver extrêmement attirante.

– Mon avis, c'est qu'il est délicieux et que je l'achèterais à ton prix, quel qu'il soit, si j'en étais capable. Mais ceux pour qui je travaille vont me virer si je leur fais un retour avec un montant à plus du double de leur attente.

Pour être honnête, je sais que je peux faire un peu mieux que huit dollars, mais je ne suis juste pas prêt à l'admettre.

– BPG va très bien travailler avec cette bouteille. Elle reste moins chère que quatre-vingt-dix pour cent des vins de leurs cartes. Et puis, ce n'est pas comme si on était dans la Napa Valley. S'ils veulent impressionner le beau monde de Beacon Hill, c'est avec des gens comme moi qu'ils doivent travailler. Les colons de la baie du Massachusetts avaient trop peu de grains, quand ils sont arrivés, pour faire la bière qu'ils buvaient en Angleterre, c'est pour ça qu'ils ont fait un cidre brut à la place. La voilà, notre histoire.

Je n'ai pas lâché la bouteille de tout mon monologue.

Elle me la prend des mains et la pose sur le comptoir.

– Je me suis peut-être fait virer de BU, mais j'ai quand même fini ma cinquième année, celle où on nous a appris que John Adams[3] buvait du cidre brut au petit déjeuner.

3. John Adams (1735-1826) fut le deuxième président des États-Unis.

Je le sais moi aussi, OK ? Tu as la boisson régionale parfaite pour mes supérieurs. Il ne me reste plus qu'à faire mon rapport à *L'étoile Noire*, pour que Dark Vador me fasse part de son mécontentement avant de m'étrangler pour avoir osé lui parler d'une bouteille à huit dollars.

Quelle femme ! Elle sait parfaitement de quoi elle parle et, en plus, elle me sourit à travers son verre. Les deux fois qu'on a été si proches l'un de l'autre, nos vêtements n'ont pas tenu plus de dix secondes avant qu'on les fasse voler dans la pièce.

Concentre-toi, Griffin.

– Je peux descendre à sept, mais pourquoi est-ce que tu ne leur demandes pas plutôt quelle est leur limite ?

– Eh bien...

La porte derrière moi s'est ouverte brusquement.

– Griff ?

C'est ma sœur qui m'appelle.

– Angelo vient d'arriver avec le nouveau mec.

– J'arrive tout de suite, je lui dis en m'éloignant d'Audrey.

Bizarrement, je me sens coupable comme si ma sœur nous avait surpris en train de faire quelque chose de bien plus intime qu'une discussion autour du prix du cidre.

Dans tes rêves.

– Salut ! dit May, en apercevant Audrey. Tu ne me présentes pas ton amie ?

La voix de ma sœur est particulièrement sympathique. C'est sa voix de fouine, je l'ai entendue toute ma vie. Je grommelle alors :

– Je crois qu'on a un toxicomane à rencontrer.

Je pose mon verre, puis me dirige vers la sortie. En mettant May et sa trop grande bouche hors de portée, je remarque que la portière arrière de la vieille berline d'Angelo est ouverte.

– Excuse-moi un instant, Audrey.

– Audrey ?

La curiosité de ma sœur est à son comble.

– Je suis May, la sœur de Griffin...

Je ne peux rien faire d'autre que de les laisser discuter entre elles. J'espère qu'Audrey ne lui racontera pas nos ébats, sans quoi tout le monde à la ferme va en parler au dîner, y compris les vaches laitières ! Même si, sur l'échelle des priorités, j'ai des problèmes autrement plus importants à régler.

L'un d'eux descend justement de la voiture d'Angelo.

D'ailleurs, de quoi a l'air un camé ? Le garçon que j'ai sous les yeux ressemble à tous les gamins de vingt ans. Il a un visage sérieux et il est plein de tatouages, comme la moitié des hommes dans le Vermont. Il est un peu mince pour les travaux à la ferme, mais c'est ce que je peux dire de pire sur ma première impression. Il se dirige vers le coffre de la berline, en sort un petit sac avant de lever le menton pour regarder autour de lui.

– Salut, je dis en saluant notre ami Angelo.

Voilà un gars qui a un travail difficile. La prochaine fois que j'aurai envie de me plaindre d'une invasion de mouches à pommier, j'essaierai de me souvenir que je pourrais, au lieu de ça, être en train de traquer d'anciens détenus.

Il me sourit, sa peau tannée se plisse au coin des yeux.

– Ça fait longtemps que je ne t'ai pas vu à l'église, dit-il en me serrant la main.

– Attends, ne me dis pas que maintenant tu fais l'agent de surveillance au black pour le Père Pat !

Il éclate de rire.

– Excuse-moi. Déformation professionnelle.

– Je l'aurais parié.

Je porte alors mon attention vers le nouveau venu et lui tends la main.

– Je suis Griffin Shipley.

– Jude Nickel.

Il a une poignée de main étonnamment ferme.

– Merci de me donner une chance. J'ai vraiment besoin de ce travail.

– Je t'en prie.

Traduction : Nous sommes désespérés.

– Si ça ne te dérange pas d'être en extérieur, ce n'est pas un sale boulot.

– Je viens de passer trois ans en prison, puis en cure de désintoxication, donc je crois qu'un peu d'air ne me fera pas de mal...

Sa franchise m'a pris de court.

– OK, alors c'est très bien. On paie douze dollars de l'heure si tu loges sur place, et quatorze si tu viens uniquement pour travailler. Le déjeuner est gratuit pour tout le monde, en revanche ceux qui vivent avec nous ont une retenue supplémentaire de dix dollars par jour pour le petit déjeuner et le dîner. Cela dit, la nourriture est excellente et en quantité astronomique. Comme dans le *Guinness des records* !

– Ça alors ! dit une petite voix enjouée dans mon dos. Il vous reste de la place ? Tu paies mieux que les bourreaux qui m'emploient.

Audrey a entendu mon petit discours de RH et je ne sais pas trop comment le prendre. Je paie mes ouvriers agricoles aussi bien que je peux, même si j'ai conscience que personne ne peut devenir riche en bossant ici. Moi le premier, d'ailleurs.

– C'est parfait. Tout me va, répond mon nouvel employé.

Il fait plus que son âge. Il a vingt-deux ans, mais ses yeux lui donnent un air fatigué.

– Où est-ce que je dois poser ça ?

Il désigne son sac de sport.

– C'est tout ce que t'as avec toi ?

– C'est tout ce que j'ai, tout court.

Il redresse la tête et me met au défi de lui faire une autre réflexion à ce sujet.

– Aucun problème. Suis-moi, je vais te montrer le dortoir.

Mais avant ça, ma mère veut se présenter. Je l'ai vue sortir de la porte de service avec son tablier et traverser la cour, dans le but précis de se joindre à nous autour de la voiture d'Angelo.

– Chéri ! dit-elle à cet ancien taulard qu'elle n'a jamais vu de sa vie, j'ai vérifié dans chaque recoin de la maison et je n'ai rien trouvé de plus fort que de l'aspirine. C'est Angelo qui m'a demandé de faire ça. Il a dit que ce sera plus facile pour toi si tu n'as pas à te poser la question.

– Oh, merci, répond-il en regardant ses pieds. Ça me touche beaucoup.

Soudain, je me mets à fixer le dortoir, car Dieu seul sait ce que les saisonniers ont pu laisser dans cette salle de bains.

– Il faut peut-être que je vérifie le…

– C'est déjà fait, dit ma mère instantanément. Tu devrais peut-être nettoyer cette douche plus souvent d'ailleurs. Il y a des choses bien plus effrayantes que tous les stupéfiants là-dedans.

Audrey éclate de rire, et moi, je peste contre ma mère.

– Je suis Ruth Shipley, dit ma mère à notre prédateur de la société BPG et incruste de surcroît. Et vous êtes ?

– Audrey Kidder. Je suis passée pour proposer à Griff d'acheter des pommes et du cidre pour un ensemble de restaurants à Boston.

– Oh !

Maman joint les mains comme si la reine d'Angleterre en personne avait débarqué.

– Vous restez déjeuner avec nous ?

Elle ignore complètement les regards menaçants que je lui jette.

– Avec grand plaisir ! dit Audrey, enthousiaste. Vous me sauvez, ma voiture est coincée dans un fossé tout au bout de votre route.

– Faux ! dis-je en apercevant la Prius arriver lentement sur la route. Zach a déjà changé le pneu, même s'il y a de fortes chances que la roue de secours ressemble davantage à celle d'un vélo... Les problèmes de la princesse ne sont pas encore complètement résolus.

– Waouh ! s'étonne-t-elle. C'est un mécano qui fait des miracles.

– C'est vrai.

Je dois l'admettre, même si en l'occurrence il a juste changé un pneu.

– Cela dit, c'est sur ma clôture qu'il aurait dû faire des miracles ce matin. Pas sur ta voiture.

– August Griffin Shipley ! Où est passée ton éducation ? Depuis quand est-ce que tu ne viens pas en aide à une étrangère ?

Je préférerais qu'Audrey soit une étrangère. Même si je n'oserai jamais dire ça à voix haute. May me donne alors un léger coup d'épaule.

– C'est bon, tu as assez râlé ? Accompagne Jude au dortoir maintenant, car le déjeuner va bientôt être prêt. Au menu : sandwichs à la poitrine de bœuf et salade de pommes de terre. Suis-nous, Audrey, on va te servir du thé glacé.

Ma sœur, cette traîtresse ! Après avoir dit au revoir à Angelo, elles sont entrées dans la maison, me laissant seul avec Jude. Je me dirige vers le dortoir, suivi de près par Jude, pour qu'il puisse y ranger ses affaires.

– Le dortoir est malgré tout assez confortable. Il a une centaine d'années. Mon arrière-grand-père l'a construit avec les pierres qu'il avait dégagées de la prairie.

Jude observe le bâtiment à mesure qu'il s'en approche.

– C'est plutôt cool. Vous ne l'utilisez pas en hiver ? Ça doit être trop cher à chauffer.

– Détrompe-toi. Il y a un corps de chauffe en maçonnerie centenaire. Tous les deux jours, on y fait un feu et on le scelle. Ça maintient la pièce autour de quinze degrés, même quand il fait moins vingt dehors. Il y a aussi des plinthes électriques qui permettent de conserver la chaleur à chaque angle. D'ailleurs, on produit nous-mêmes toute notre électricité.

L'architecture durable est une des raisons pour lesquelles j'ai investi dans cette installation. Je veux que cette ferme soit là encore pour des décennies, même si les panneaux solaires m'ont coûté une fortune. J'ai investi tout de suite après la mort de papa, avant de réaliser à quel point nous étions justes financièrement. J'ai ensuite acheté la première partie des machines pour la cidrerie et, depuis, je vis en permanence sur la corde raide. Une récolte perdue, et c'est la faillite.

Je tiens la porte à Jude pour qu'il entre le premier.

– Cette pièce à droite, c'est ma chambre. La salle de bains est à gauche.

Je jette machinalement mes bottes qui atterrissent sur le tapis à chaussures en caoutchouc près de la porte.

– Après avoir travaillé dans la grange laitière, toi aussi tu voudras laisser tes bottes à l'entrée.

– Ça me paraît logique, dit-il en retirant ses Converse.

Je suis content de voir qu'il suit les règles. C'est de bon augure pour notre future entente.

– Vous dormez tout le temps ici ? J'imagine que c'est pour avoir un œil sur les saisonniers.

– Non. Ce n'est pas pour ça. Et d'ailleurs, je préfère que tu me tutoies.

Je secoue la tête, tout en observant le jeune homme qui a l'air épuisé.

– J'ai quitté ma chambre dans la maison, parce que maman essaie de convaincre mon grand-père de s'installer au domaine. Il est à environ huit cents mètres d'ici et il vit tout seul depuis que ma grand-mère est décédée. Tu verras, ma mère lui demande tous les jours s'il s'installe, et tous les jours il répond : « Pas aujourd'hui ! »

Quand il rit, Jude semble avoir cinq ans de moins.

– Bref, j'ai déménagé il y a quelques mois, pensant que ça le motiverait à s'installer, mais c'est peine perdue. Après tout, je me rends compte que c'est plutôt sympa d'être là, on s'entend bien avec Zach. Il est facile à vivre. Tu verras. C'est un mec droit.

Jude me précède, et nous arrivons dans le grand dortoir, haut de plafond, avec des poutres. Je le regarde s'aventurer entre les deux lits superposés (un de chaque côté), avec au fond un lit simple sous les fenêtres.

– C'est celui de Zachariah, je lui dis en montrant le lit avec sa taie d'oreiller *Star Wars*, un cadeau que je lui ai fait pour rire. Il a la meilleure place, car il vit ici à l'année. Pendant la récolte, mes cousins vont rester dormir avec vous.

Je me dirige ensuite vers notre grand placard et ouvre les doubles portes en bois massif.

– Notre plus grand problème ici, c'est l'espace de rangement. Tu peux avoir une partie de la penderie si besoin et tu as un grand tiroir.

Je lui indique alors les tiroirs intégrés à chaque extrémité du lit de Zach.

– Un tiroir, c'est déjà beaucoup pour moi, me répond-il, pendant que je cherche une paire de draps et une couverture dans le placard.

– C'est pas faux.

Il va avoir besoin de plus de vêtements s'il travaille dans notre ferme. On se salit beaucoup.

– Tiens.

Je lui tends les draps que j'ai trouvés.

– Maintenant, j'ai besoin que tu me dises tout ce que je dois savoir avant de travailler avec toi. Est-ce que tu as besoin de quelque chose en particulier ? Une tâche que tu ne peux pas faire ?

Je ne connais personne qui ait eu besoin de se sortir de la drogue, donc je ne sais pas quelles sont ses limites ou bien s'il a des restrictions.

Jude me tourne le dos et secoue un drap avant de me répondre. Puis il me jette un regard par-dessus son épaule au moment de parler.

– Angelo m'a amené ici pour que je ne retourne pas à Colebury sans avoir passé quelques mois au vert… Sans prendre de drogue. Je sais que je vais finir par devoir retourner à la maison, mais j'ai encore besoin de temps loin de la came. Il m'a dit que chez vous, ce sera comme un trait d'union, car je serai noyé sous le travail. Donc, si ça ne te dérange pas, je préfère ne pas avoir à aller faire des courses en ville. Il y a de la drogue partout à Colebury et je ne veux pas être tenté, ou même simplement y penser ne serait-ce qu'une seconde. Et puis, je ne préfère pas croiser l'un de mes soi-disant amis.

La vache.

– OK, bien sûr.

– Je suis un bon mécanicien. J'ai commencé à travailler dans un garage à quatorze ans. Si jamais tu as besoin de travaux de maintenance sur tes véhicules, n'hésite pas.

– Merci. Zach aussi est calé dans ce domaine. Il m'a déjà fait économiser une fortune.

– Eh bien, c'est ce qu'on appelle avoir de la chance ! dit-il.

Mais je suis sûr qu'il est un peu déçu d'apprendre ça.

– Quoi d'autre ?

Il fait son lit tout en parlant.

– Je ne dors pas très bien. Les drogues bousillent complètement tes cycles de sommeil.

– Donc, si je t'entends marcher en pleine nuit, inutile que j'appelle la police ?

À la base, c'était juste une plaisanterie, mais j'aurais mieux fait de tourner sept fois ma langue dans ma bouche. Je réalise que ce n'est pas la meilleure blague à faire à un gamin qui a déjà eu affaire à la police.

Il lâche un soupir…

– Tu vas peut-être me retrouver dehors, assis sous le porche à deux heures du matin. J'essaierai de ne pas faire de bruit et de rester discret.

– T'inquiète.

Je toussote, gêné.

– Bon, maintenant, je vais te dire quelque chose, mais ne le prends pas personnellement. Je le dis à tous ceux qui passent ici.

Il se redresse d'un coup, les yeux pleins d'amusement.

– Ouais ? Vas-y, balance, je suis prêt.

– Interdiction de toucher à ma petite sœur. Voilà. Il faut que tu le saches. Elle a dix-sept ans, presque dix-sept ans et demi.

– Mec, je t'arrête tout de suite. T'as même pas besoin d'en rajouter. J'ai compris.

Il éclate de rire.

– Hé, les enfants, surtout vous ne vous approchez pas du junkie dans la couchette numéro trois !

Je suis soulagé. Il n'a pas été vexé par mon petit sermon. Je le fais d'ailleurs à tout le monde. Et puis ce gars-là a un regard ténébreux, ça se sent qu'il broie du noir, et les femmes adorent ça... Il a dû faire des ravages dans le passé.

J'espère que ma petite sœur ne va pas oublier son adoration pour Zach et la reporter sur Jude. J'ai confiance en Zach. Lui, je viens de le rencontrer...

– Tu sais, avant, je faisais ce type d'avertissement à propos de mes deux sœurs, seulement May l'a su et elle a horreur que je la traite comme une enfant. Je l'ai compris à mes dépens. Elle a une très bonne droite et n'a pas peur de l'utiliser contre moi.

– C'est bon à savoir. Mais je ne suis pas du genre à courir après tes sœurs, sache-le. Comme je sors de taule, tu as peut-être du mal à me croire, mais je suis un travailleur acharné. Vers la fin, là-bas, je dois dire que je bossais surtout pour tuer le temps, mais je sais comment gérer une grosse journée.

– Super. On commence à six heures et on termine à dix-sept, mais on prend toujours deux heures dans la journée pour le déjeuner et les pauses.

Il acquiesce, impassible.

– C'est noté. Si ça se trouve, je vais réussir à mieux dormir après une longue journée.

– Tu n'auras pas vraiment le choix.

Je me lève.

– Je rentre à la maison pour déjeuner. Ça ne commence que dans un quart d'heure, mais sois à l'heure, d'accord ? C'est tous les jours à treize heures, et maman se tue à la tâche pour que tout soit sur la table à la seconde près, alors elle tient à ce qu'on soit ponctuels.

– Oui, M'sieur.

Je m'arrête net avant de quitter la pièce.

– Ne m'appelle pas comme ça. Mes sœurs et mon frère m'appellent Monsieur parfois, mais c'est uniquement pour se moquer de moi.

Jude se met à rire, et je quitte le dortoir.

CHAPITRE QUATRE

AUDREY

Griff Shipley a beau être un ours mal léché, sa famille en revanche est charmante. Leur cuisine animée est un véritable chaos contrôlé à merveille. La mère de Griff est occupée à découper un morceau de poitrine de bœuf braisée, assez grand pour nourrir plusieurs pays en voie de développement, pendant que tous les autres apportent la nourriture à table, mis à part Dylan, le petit frère de Griff, qui surveille un grand stérilisateur rempli de pots de confiture posé sur le feu. Il tient des pinces dans une main, mais il est plus occupé à chanter et à danser sur la chanson de Technotronic, « Pump up the Jam ».

– Tu me tues avec cette chanson, se plaint sa sœur jumelle Daphné.

Ils ont tous les deux l'air de lycéens.

– C'est ce que je chante quand on fait de la confiture.

Elle lève les yeux au ciel, les bras chargés d'une grande pile d'assiettes. D'un coup de coude, elle lui indique un tiroir plein de serviettes en tissu.

– Tu peux les poser au-dessus de la pile ?

Il s'exécute.

– Nous sommes dix aujourd'hui, dit-elle. Mets-en plus.

– Arrête de me prendre pour un débile !

Elle marmonne tout en sortant de la cuisine, et Dylan se remet aussitôt à chanter « Pump up the Jam » en changeant les paroles de la chanson. Et pendant ce temps, sa mère et ses sœurs s'affairent comme des Ninjas.

L'agitation du service de midi dans la cuisine de la famille Shipley est très semblable au stress de la cuisine d'une soirée chargée à *L'Être Suprême*, mais en bien plus joyeux.

La cuisine de la maison où j'ai grandi était l'extrême opposé, elle me faisait penser à un large tombeau sacré. Je n'ai jamais été autorisée à y cuisiner quoi que ce soit ni même à déplacer le moindre ustensile. Chaque chose devait être à sa place et ne plus en bouger. Comme ma mère était plus préoccupée par sa carrière que par son foyer, elle jouait à la maîtresse de maison en recevant des invités à dîner, mais ne cuisinait jamais. Nous avions un chef à temps plein et, chaque fois que j'osais m'aventurer dans la cuisine à la recherche d'un truc à grignoter, il me faisait sentir que je le dérangeais.

Je n'ai commencé à cuisiner qu'une fois à l'université, où je m'étais enfin libérée de cet endroit étouffant. La première année, je louais une maison avec plusieurs filles que je connaissais du lycée. L'une d'entre elles était déjà très bonne cuisinière et j'ai beaucoup appris à ses côtés. En fait, j'ai tout aimé de cette première année à la BU, à part les devoirs bien sûr. J'aimais notre maison, mes amies, l'association d'étudiantes dont je faisais partie, et faire la fête. Si j'avais passé moins de temps à apprendre à faire des raviolis chinois et un peu plus à faire mes devoirs, j'aurais pu avoir une moyenne générale de B.

Mais ce n'est pas ce que j'ai fait. J'ai terminé avec un D, et de justesse...

De l'eau a coulé sous les ponts depuis.

Errant dans la salle à manger, j'observe Daphné mettre la table pour dix personnes à toute vitesse.

– Pendant la haute saison, nous déjeunons à l'extérieur, car nous sommes plus de vingt à travailler, me dit-elle.

May Shipley passe rapidement avec un plateau plein de tasses à café et d'une carafe d'eau.

– Comment puis-je vous aider ? je demande pour la troisième fois, en la suivant vers la cuisine. Il doit bien y avoir quelque chose que je puisse faire.

– Tu es mignonne, mais tout est réglé comme du papier à musique ici, tu sais. Nous servons de grandes quantités dans cette cuisine.

– Je vois ça.

Ça me parait impossible qu'il n'y ait pas quelque chose que je puisse faire, mais après tout, si elle n'y tient pas, alors ça me permet d'admirer la cuisine.

La maison doit avoir un peu plus de cent ans, mais a été soigneusement préservée. La gigantesque table au centre de la cuisine semble avoir été posée là depuis la création du monde, il y a des cicatrices et des égratignures sur sa surface huileuse. Cela ne la rend que plus belle à mes yeux.

C'est exactement ce dont j'ai rêvé toute mon enfance, comme dans les livres qu'on lit pour s'endormir. Une famille vivant dans une ferme perdue, toujours réunie autour de la table, avec une balançoire attachée à un vieil arbre et des rideaux en dentelle gonflant dans l'air frais...

Quelqu'un a abandonné un petit bol de cerises au centre de la table, la moitié d'entre elles sont dénoyautées. Elles ressemblent à de jolis bijoux rouges.

– Dites, elles sont magnifiques. Ce sont des cerises acides ? (Je porte le bol à mon nez pour les sentir, simple déformation professionnelle...) Hum. Rien ne vaut la riche odeur d'une cerise.

– Oui exactement, et elles sont délicieuses dans les tartes, dit Mme Shipley, en plaçant morceau après morceau la poitrine de bœuf dans un plat. Mais nous n'en aurons pas assez pour une tarte avant la semaine prochaine. Je ne sais d'ailleurs jamais quoi faire de la première cueillette. Il y en a trop peu. L'année dernière, je les ai ajoutées à une fournée de confiture de fraises.

– Je peux en goûter une ? Pardon, c'est très malpoli, mais on ne trouve jamais de cerises acides au supermarché.

– Vas-y, ma petite chérie, sers-toi, dit Ruth Shipley.

J'en mets une dans ma bouche et là, un merveilleux goût fruité et acide à la fois explose dans mon palais. Fantastique ! Cette saveur me donne plein d'idées. Je pourrais faire du chutney avec ces cerises. Ou un cocktail à base de gin. Ou bien même une tarte.

– Mon Dieu. J'ai toujours voulu vivre dans un endroit où il y aurait des arbres fruitiers.

May Shipley rigole.

– Nous n'avons que ça des fruitiers, ici, on en compte vingt mille.

– Vingt... mille ?

– Absolument. Et je ne compte pas les cultures expérimentales de Griff.

Il est difficile d'imaginer ce que vingt mille arbres peuvent représenter. En chantonnant, je prends le dénoyauteur et m'attaque au reste des cerises qui se trouvent dans le bol. Le travail au couteau m'a toujours plu. Certaines personnes tricotent, d'autres font du yoga. Moi, j'aime couper des choses.

Quelques minutes plus tard, j'ai une pile bien rangée de fruits dénoyautés.

– Je suppose que vous avez un compost pour les noyaux et les tiges ?

Ruth Shipley lève les yeux de son plan de travail.

– Ça t'a pris à peine une minute.

– En fait, cuisiner est la seule chose pour laquelle je suis douée.

– Mais non, je suis sûre que c'est faux. La boîte de compost est derrière la machine à café.

Je jette les noyaux puis je lave mes doigts couleur rouge sang.

Ruth appelle sa fille aînée.

– May ! Peux-tu prendre la sauce Barbecue dans le réfrigérateur ? Nous devons la réchauffer avant de passer à table.

– Bien sûr !

– Hum... marmonne Dylan, d'une manière nonchalante comme tous les adolescents. Je savais pas que t'en avais encore besoin.

– Dylan Gérard Shipley ! Tu as fini ma sauce sans me le dire ? Maintenant, le déjeuner va être retardé ! Je ne peux pas servir de poitrine de bœuf sans sauce Barbecue !

Aïe. Le plus jeune des frères Shipley penche la tête. C'est une version plus maladroite et plus mince de Griffin.

Je me sens mal à l'aise de le voir ainsi ridiculisé devant des inconnus.

– Je serais ravie d'en refaire une tournée si vous voulez ?

Ruth est toujours en train de mitrailler son fils du regard, et je suis sûre qu'elle l'aurait fusillé en place publique si ses yeux pouvaient tuer.

– Merci, ma petite chérie, me dit-elle. Ce serait adorable. Il y a un oignon là-bas. (Elle m'indique un bol sur le plan de travail.) Et tu peux utiliser la même planche à découper.

Cool, enfin un truc à faire ! Quand on vous a répété toute votre vie que vous êtes inutile, faire une petite sauce Barbecue minute, c'est comme un cadeau du Ciel. J'attrape les oignons et me mets à l'ouvrage.

– Ohhh, des fleurs d'ail, dis-je en attrapant les pousses vertes. Ça c'est pareil, je n'en trouve jamais.

Un coup de couteau précis et rapide les fait tomber comme des petits disques sur la planche à découper.

– Dis donc, s'exclame Daphné en regardant mon couteau bouger si rapidement qu'il en devient flou. Comment as-tu encore tous tes doigts ?

– J'en ai encore dix et aucun point de suture, mais la journée n'est pas finie !

Elle se met à rire au moment où la porte de la cuisine s'ouvre et Griff Shipley fait son apparition. Avec son corps d'athlète de la NFL[4], il occupe tout l'encadrement. Je dois vous avouer qu'à cet instant, le rythme de ma découpe ralentit de moitié pour ne pas dire complètement. Ce torse musclé sous ce tee-shirt moulant est loin de me laisser insensible.

Mon traître de cerveau est sauvé par l'expression que je lis sur son visage quand il me remarque. J'ai désormais une nouvelle raison d'être gênée. Tout d'abord, il fronce son sourcil bien fourni, comme s'il ne pouvait pas croire que je sois encore là, puis il me jette son fameux regard qui m'est maintenant familier.

Quel dommage ! Toute cette beauté sur un grincheux, c'est du gâchis.

Je détourne mon attention de Griff pendant que Ruth Shipley jette dans une casserole mes aromates soigneusement hachés.

– Voyons, dit-elle, un peu de ketchup, car on est pressés. Du vinaigre...

Je ne peux pas m'empêcher de faire une petite suggestion.

– Vous savez ce qui serait bon dedans ? Ça.

Je pointe du doigt les cerises.

– C'est un choix intéressant, Mademoiselle. (Elle me tend la casserole.) Tiens, fais comme tu le sens. Je dois monter à l'étage un instant.

– Allez-y. Je gère.

Je la chasse et elle sourit. Il y a au moins une des Shipley qui m'apprécie.

4. La National Football League – Ligue nationale de football américain – est une association d'équipes professionnelles de football américain qui organise chaque année un championnat très suivi aux États-Unis, ponctué par un événement majeur : le Super Bowl.

Tournant toujours le dos à Griff, je mets la casserole sur le feu à basse température. Puis, sentant par-dessus mon épaule son regard posé sur moi, je me dirige, l'air de rien, vers l'énorme réfrigérateur familial et ouvre la porte. Le ketchup est dans un très gros contenant. Un vrai format famille nombreuse ! Avant d'ajouter quoi que ce soit aux oignons, à l'ail et au beurre déjà dans la casserole, je fais sauter les légumes une bonne minute pour faire ressortir la douceur naturelle de l'oignon.

– Qu'est-ce que tu fais ? dit soudain Griff.

Il est juste derrière moi.

– Une sauce Barbecue. Tu aimes ça ?

La chaleur de son corps est, je crois, encore plus brûlante que la chaleur du poêle devant moi. Je tente de le faire bouger pour qu'il me fasse de la place, mais c'est comme si je tentais de déplacer un véhicule blindé. Je dois donc tourner autour de ses cent kilos de muscles pour pouvoir attraper les cerises.

– Étrange combinaison, marmonne-t-il.

– Tu ne seras pas obligé d'en manger. (On entend un doux grésillement dans la casserole à présent, je prends une cuillère en bois pour mélanger le tout.) Tu veux bien être gentil et me trouver un peu de sucre brun, s'il te plaît ? Et du vinaigre.

À travers la pièce, sa sœur May rit.

– Il va avoir besoin d'une carte et d'un compas pour les trouver. Je m'en occupe. Vinaigre blanc ? Ou balsamique.

– Balsamique, c'est mieux.

La porte de la cuisine s'ouvre lentement, et le nouvel employé de Griff entre dans la pièce timidement.

– Ça sent délicieusement bon, dit-il doucement

– Merci ! je crâne en jetant un regard de peste à Griff.

Il m'ignore et escorte son nouvel employé en direction du cellier.

– On a mis un évier ici pour ne pas être dans leurs pattes, lui dit-il. Et ça évite que les cuisiniers soient de mauvaise humeur.

– Tu connais quelque chose qui te permettrait d'éviter d'être de mauvaise humeur ? je crie. Quoi que ce soit, n'hésite pas, prends-en !

Tous les Shipley sont pris d'un fou rire, sauf Griff.

CHAPITRE CINQ

GRIFFIN

Voir Audrey Kidder envahir ma cuisine familiale produit un effet étrange sur moi. La regarder près de notre poêle, c'est comme une fenêtre qui s'ouvre sur un univers alternatif où j'aurais eu le temps d'avoir une femme dans ma vie.

Peu de chance que ça arrive un jour.

Je dois être très stressé, car il n'y a aucune raison qu'Audrey me rende si mélancolique. C'est vrai, quoi, on n'était même pas amis à l'université. Elle sortait avec Bryce, un jeune footballeur de mon équipe. Pendant plusieurs mois, chaque fois qu'il la ramenait à la maison sur le campus, son sourire et sa joie de vivre me torturaient l'esprit.

Puis ils ont rompu et ça a été horrible, je pensais que je ne la reverrais jamais. Ce n'est que quelques semaines plus tard que je l'ai revue, à une soirée organisée par ma confrérie étudiante et, comme tout homme un peu malin, j'ai su saisir ma chance.

Deux des meilleures nuits de ma vie sont celles que j'ai passées près d'elle... En elle...

Mais ces histoires frivoles d'étudiant ne font désormais plus partie de ma vie, et je l'accepte. En revanche, faire comprendre ça à mon corps, c'est une autre paire de manches. L'apparition d'Audrey dans ma maison a le même effet sur ma libido que celui que pouvait avoir le printemps sur le cerf qui habite au sommet de notre colline. *Bienvenue à vous, les phéromones !* Pour la première fois depuis une éternité, mes sens sont éveillés et s'agitent. Cette fille aux formes voluptueuses, qui prépare une sauce dans ma cuisine, m'a laissé une sensation extraordinaire... Sous le poids de mon corps... Face à moi... Et à cheval sur moi...

– Griff ?

– Hum ?

Merde. Je suis en train de la dévisager.

– Est-ce que j'ai quelque chose sur les fesses qui ne devrait pas y être ? demande-t-elle.

– Euh. (Je suis pris en flagrant délit.) Juste un peu de paille.

– Tu veux bien me l'enlever ?

Pris à mon propre piège. Je passe la main rapidement sur sa jupe au niveau de sa taille, pour rester convenable.

– Merci, gazouille-t-elle, tout en remuant la sauce.

May me lance un drôle de regard en déposant le sucre roux et d'autres condiments à côté d'Audrey.

– Tout va bien ici ?

– Bien sûr, je grommelle. J'ai juste faim.

Ses yeux scintillent.

– Ah oui ? Maintenant, tu as faim ?

Je contourne May tout en lui lançant mon regard le plus grognon. Si je mets un peu de distance entre Audrey et moi, peut-être que le malaise s'estompera.

Je me dirige vers la salle à manger, Jude me suit comme mon ombre.

– Nous servons la plupart des repas ici, je lui explique. Et après le dîner, n'hésite pas à venir regarder la télé avec nous dans le salon. Zach le fait. J'ai dû le former d'ailleurs. Il n'avait pas vu de télévision avant ses vingt ans.

Les yeux du nouveau s'écarquillent.

– Pourquoi ?

– Il a grandi dans une communauté très religieuse du Texas. Il ne l'avait jamais quittée avant de faire du stop jusque dans le Vermont. Alors, nous avons regardé beaucoup de films ensemble. Ces derniers temps, nous avons visionné toutes les saisons du *Seigneur des anneaux*.

Comme le travail de nuit n'est pas possible dans une ferme, regarder des films est ma récréation. Le bar le plus proche est à vingt minutes et puis, de toute façon, je n'ai pas d'argent à dépenser dans les bières. Ou même dans quoi que ce soit d'autre. L'hiver dernier, Zach et moi avons regardé une quantité innombrable de films entre décembre et mars. Pendant la saison de culture, nous n'avons pas autant de temps à consacrer aux blockbusters hollywoodiens.

Soudain, ma mère surgit dans la pièce, les bras remplis de vêtements.

– Ça, c'est pour toi, dit-elle à Jude en lui donnant la pile avant qu'il ne puisse dire quoi que ce soit. Nous allons passer à table maintenant.

Jude fixe la pile dans ses mains. Il y a des jeans, certains qui m'ont appartenu. Maman a dû les garder pour Dylan, mais il est tout aussi judicieux de les passer à Jude. Il y a aussi des chemises. Elles étaient probablement à mon père.

Maman est une vraie fourmi. Elle rapièce tout jusqu'à ce que ça ne serve vraiment plus à rien. Elle récupère chaque goutte au fond de chaque pot de confiture, puis réutilise ce pot jusqu'au siècle d'après. Je ne suis pas surpris qu'elle ait pu rassembler tous ces vêtements en si peu de temps. Je peux vous parier que tout ce qu'elle lui a trouvé va lui aller parfaitement.

– Merci, dit Jude, mais elle est déjà loin. Elle n'avait pas besoin de faire ça.

– C'est rien, elle a probablement une énorme collection là-haut, triée par taille et par couleurs. Maintenant, assieds-toi car ils arrivent.

Mes sœurs apportent d'énormes miches de pain fait maison et un grand saladier de pommes de terre qu'elles posent sur la desserte.

– Chacun se sert, annonce maman, avec son plat de poitrine de bœuf à la main. Prenez une assiette et faites la queue.

Zach fait son entrée, attrape une assiette posée à table et se dirige le premier vers les plats.

– Comment il fait ça ? demande May en riant.

– Disons que Zach a comme un sixième sens quand la nourriture est servie. Tu l'aurais aussi si tu dépensais autant de calories que lui par jour.

Je prends une assiette sur la table pour Jude. Et une pour moi.

Notre nouvel employé ne se sert pas grand chose dans son assiette. Juste un petit bout de pain, le plus petit morceau de poitrine de bœuf et un peu de salade de pommes de terre. Peut-être a-t-il déjà déjeuné ou bien ne veut-il pas se goinfrer avant d'avoir levé un petit doigt à la ferme. Je ne vais pas l'embêter avec ça. Il se rendra compte assez vite que, pour tenir toute une journée à la ferme, les calories sont primordiales.

Nous avons tous commencé à nous asseoir. Je pose ma serviette sur mes genoux et je m'appuie contre le dossier de ma chaise.

C'est ce moment-là que mon grand-père choisit pour entrer, essuyant son front avec le dos de sa main.

– Fait chaud dehors, murmure-t-il en se dirigeant vers le buffet.

– Si tu emménages dans la ferme, je mettrai la climatisation dans ta chambre, promet ma mère.

– J'emménagerai pas. Arrête de demander.

Même s'il refuse de dormir ici, Papi ne rate aucun repas dans notre salle à manger. Il commence à se faire préparer son assiette.

J'avais réussi à sortir Audrey Kidder de mon esprit pendant au moins cinq bonnes minutes, aussi je suis surpris quand elle entre dans la pièce avec un récipient pour sa sauce et une cuillère. Elle le pose devant ma mère qui sourit et étale un peu de cette étrange sauce sur son sandwich ouvert en deux.

Audrey se précipite sur le buffet pour se faire un petit sandwich, et nous attendons tous qu'elle soit servie. Quand elle et papi ont pris place en face de moi à table, ma mère me dit :

– Griff, pourrais-tu dire les grâces ?

– D'accord.

Rien de tel que d'échanger quelques mots avec Dieu pendant que ton ex-plan cul te regarde de l'autre côté de la table.

– Seigneur, nous vous remercions de ces bénédictions que nous allons recevoir. Merci pour la victoire des Red Sox hier soir et pour le peu de coléoptères de roses que les jumeaux devront retirer des pruniers après le déjeuner...

– Griff !

Ma mère me reprend. Elle déteste quand j'utilise les grâces pour embêter ma famille...

– ... Veuillez faciliter le chemin de notre nouvel ami Jude qui vient de nous rejoindre à la ferme, j'ajoute en espérant que le mec ne sera pas mort de honte, mais je sais que ces quelques mots feront plaisir à ma mère. Et veuillez aider Miss Kidder à trouver un garagiste qui aura des pneus à la bonne taille afin qu'elle puisse rentrer rapidement à Boston. Amen.

May soupire en signe de mécontentement et, en levant les yeux vers Audrey, elle me fixe d'un air de désapprobation.

– Bien, dit ma mère de sa voix la plus gracieuse, celle qu'elle utilise chaque fois que l'un de ses enfants la dénigre, essayons la sauce Barbecue spéciale d'Audrey.

J'étais le dernier à avoir le saucier et je n'en ai mis qu'une petite quantité sur mon assiette, pour qu'il soit parfaitement clair aux yeux de tous que je ne porte aucun intérêt particulier à Audrey Kidder.

Le silence règne pendant un moment autour de la table, comme souvent à l'heure du déjeuner. Nous prenons la nourriture très au sérieux ici. Soudain, May fait un bruit pas très distingué.

– Oh mon Dieu, s'exclame-t-elle. Cette sauce. Trop bonne !

– C'est... waouh, ajoute mon frère. Tu pourrais la mettre en bouteille et la vendre. Je te jure, c'est un orgasme culinaire.

En face de moi, Audrey sourit comme si elle venait de gagner un prix.

– Les cerises sont parfaites, s'exclame ma mère. Tellement acidulées, et avec le vinaigre balsamique, c'est incroyable !

– Impressionnant, rajoute Zach, mon plus fidèle employé !

Je le foudroie du regard.

– Tu n'as pas grand-chose à manger, le nouveau, dit May à Jude. As-tu essayé la sauce ?

– Oui, et j'en suis sans voix, dit-il. (Je lui donne quasiment un coup sous la table.) En même temps, c'est le premier vrai repas que je fais depuis trois ans qui ne vienne pas d'une cuisine de prison ou d'hôpital, donc je suis assez facile à impressionner, dit-il.

Plusieurs personnes ricanent, mais ma mère et Audrey se rapprochent de la table. Maman est au bord des larmes. Audrey s'exclame.

– Vous êtes sérieux ? J'ai fait une sauce pour votre premier repas depuis la prison ?

Jude baisse la tête, il a l'air gêné de s'être livré. Il n'apprécie manifestement pas d'être le centre de l'attention.

– Je pense qu'il a besoin d'une autre tournée, déclare ma mère. (Elle se lève de table et va jusqu'au buffet pour préparer un autre sandwich pour Jude. Cette femme ne peut pas s'en empêcher.) Est-ce que quelqu'un a besoin de quelque chose pendant que je suis ici ?

– Un peu plus de sauce, dit ma petite sœur.

Bande de traîtres ! Tous autant que vous êtes.

Je finis par goûter à mon sandwich, et putain de bon Dieu, qu'est-ce que c'est bon ! Des cerises fumées avec un soupçon d'épices. Je dois me concentrer pour ne pas gémir de plaisir, contrairement d'ailleurs à ce que le reste de ma famille est en train de faire. Mais, bon Dieu, cette fille sait cuisiner. Elle est quand même super-irritante et elle travaille pour une vraie bande d'arnaqueurs. Mais elle a un don.

Oui bon, enfin, deux dons. La nourriture et le sexe...

– Griff, ça va ? me demande ma mère. Tu as les joues toutes rouges.

– Il fait très chaud aujourd'hui ! Très, très chaud...

– Je croyais qu'il ne faisait pas chaud dans le Vermont, dit Audrey. Où est l'air frais de la montagne ?

– Il reviendra au coucher du soleil, dis-je en prenant la défense du meilleur État du pays. C'est comme ça dans le Vermont, ça se rafraîchit toujours à la tombée de la nuit.

– C'est bon à savoir, dit Audrey en piquant délicatement un bout de salade de pommes de terre.

– Comment vous vous connaissez tous les deux d'ailleurs ? demande Zach en se dirigeant vers la desserte pour se resservir.

Ma mère lève la tête.

– Vous vous êtes déjà rencontrés ?

Merde, merci, Zach. Maintenant je vais devoir le tuer à la fin du déjeuner... Comme c'est dommage, un si bon employé !

– Voyons voir, dit Audrey, en posant délicatement sa serviette à la commissure de sa si belle bouche.

Je cherche son regard, en vain, alors je me lance.

– On s'est croisés à la BU.

Elle me regarde d'un œil coquin de l'autre côté de la table, d'un air de dire, *tu te souviens de ce que j'ai fait là-bas ?*

Ah ça oui, nous nous y sommes croisés !

– Nous avions plusieurs amis en commun, ajoute Audrey. Je sortais avec un de ses frères de confrérie, un garçon répugnant. (Elle lève un sourcil vers moi.) Tu sais ce qu'il est devenu ?

Je secoue la tête, un peu coupable. Bryce n'était pas mon genre de pote. Il traînait toujours avec les fils de riches.

May se penche comme pour s'approcher d'elle.

– C'est drôle, je me disais bien que ton visage m'était familier. De quelle promotion es-tu ?

Audrey fait tourner un morceau de pomme de terre dans son assiette.

– Je ne suis pas diplômée. J'ai raté ma première année, puis je suis allée à Mount Holyoke jusqu'à ce qu'ils me renvoient. J'ai donc dû trouver ma voie et j'ai atterri dans une école de cuisine. La troisième, c'est toujours la bonne, comme on dit !

Tout le monde rigole, ce qui est ridicule, soit dit en passant, car si jamais un des jumeaux échouait à l'université, je le tuerais de mes propres mains. La première échéance à venir de leurs frais d'inscription m'empêche de dormir la nuit.

– Tu as fait le bon choix, dit ma petite sœur. Cette sauce est incroyablement bonne.

– Merci.

Tout le monde félicite Audrey à nouveau, comme si elle venait d'éradiquer un cancer rarissime.

Troublé par cette matinée, je décide de finir mon sandwich en silence. Tout en essayant de ne pas gémir de plaisir à chaque bouchée de cette sauce Barbecue, aux cerises acides, étrangement délicieuse.

* * *

Audrey Kidder est partie après le déjeuner, la journée a repris son cours habituel.

Du moins c'est ce que j'aurais souhaité, mais j'étais perturbé et de plus mauvaise humeur que d'habitude. J'ai passé quelques coups de fil, puis j'ai fait un peu de paperasse, mais ça ne m'a pas du tout calmé, bien au contraire. Je suis donc allé prendre un pichet de limonade au gingembre de maman avec une demi-douzaine de cookies, puis je me suis dirigé vers le verger où Zach, Jude et mon frère travaillent. Il y a toujours quelque chose à faire là-bas : faucher, ramasser des pommes, mettre en place des pièges pour les insectes indésirables ou cultiver des plantes pour attirer les insectes désirables.

L'agriculture biologique est une question d'harmonie entre les plantes. En revanche, aujourd'hui je ne m'applique pas cette règle. Je ne suis vraiment pas d'humeur harmonieuse.

– Comment ça se passe ? je demande aux garçons. Vous avez vu des nuisibles qui pourraient m'inquiéter ?

Zach secoue la tête.

– Tout va bien par ici, mais une averse ne nous ferait pas de mal.

– Parfait. Allez, c'est l'heure du goûter.

– Je suis toujours disponible quand vient l'heure du goûter, dit Dylan.

Il s'assied sur la pelouse et prend le sac avec les en-cas. Il y plonge la main et commence à servir la limonade dans les gobelets en plastique.

– Tiens, dit-il en passant un verre à Jude.

Mon nouvel employé est en sueur, mais paraît détendu. Il prend le verre et le boit d'une traite. J'attrape une gourde pleine d'eau et la passe à Jude.

– Tiens, ton visage est tout rouge.

– Merci, dit-il. Je vais probablement cramer au soleil, mais ça m'est égal, je n'ai pas été à l'extérieur depuis des années.

Mon Dieu. Je ne peux même pas imaginer ce que ça doit être, pas un jour ne passe sans que je sois à l'extérieur plusieurs heures. Si on me met en prison, je meurs.

– C'est comment, le centre de désintoxication ?

Jude rit.

– Mieux que la prison, mais je n'ai pas vraiment pu apprécier parce que je passais le plus clair de mon temps à vomir. Disons que les dix derniers jours étaient un peu mieux. Il y avait une petite cour où on pouvait se promener ou jouer aux cartes. Trois fois par jour, tu dois parler de tes sentiments, dire comment tu te sens. Et comme si ce n'était pas assez difficile, tu dois aussi écouter les histoires des autres. C'est motivant, mais aussi et surtout, très déprimant. Je pensais avoir eu une enfance de merde, mais certaines des histoires que j'ai pu entendre étaient tragiques. Les médecins demandent à tout le monde : « Où avez-vous pris de la drogue pour la première fois ? Qui vous en a proposé ? » Je me rappellerai toujours cette gamine, elle doit avoir vingt ans maintenant, qui avait pris son premier rail de coke à douze ans. C'était le cadeau d'anniversaire de sa mère...

– Quel enfer ! dit Zach, en portant un cookie à sa bouche.

– Ouais, vraiment. (Jude prend un cookie à son tour.) Certaines personnes que j'ai rencontrées là-bas se sont tellement défoncées qu'elles ne se souviennent même plus d'avoir été clean un jour. La dernière fois que leur corps a été exempt de drogue, ils devaient probablement être au collège.

Il éponge la sueur de son front avec son bras puis s'allonge dans l'herbe.

La chaleur est si intense qu'il y a des insectes partout. Les sauterelles tournent autour de moi comme de petits avions et leurs ailes bourdonnent dans mes tympans. Les abeilles s'arrêtent pour inspecter les trèfles qui poussent dans l'herbe haute.

Dylan me donne un petit coup de pied.

– T'étais où pendant qu'on transpirait ici ?

– Au bureau. Je devais appeler mes clients. (Je suis président du conseil pour le marché des agriculteurs de Norwich.) À partir du mois prochain, nous commencerons à accepter les coupons alimentaires. La plupart d'entre eux sont d'accord, mais il faut encore en convaincre quelques-uns.

– Quelle bande d'idiots ! dit Dylan. Qui ne voudrait pas étendre son business et offrir de bons produits à ceux qui sont dans le besoin ?

– Tu as raison, le problème, c'est la paperasse administrative, les fermiers détestent ça. Mais je ne suis pas inquiet, je vais réussir à les convaincre.

Personne ne parle plus pendant quelques minutes. La liberté de pouvoir s'allonger au soleil, après plusieurs heures de dur labeur, est toujours appréciable. Bon, en même temps, je ne serais pas aussi agité si, comme eux, je passais l'après-midi à l'extérieur, Mon cerveau ne veut pas s'arrêter de turbiner aujourd'hui.

– Hey, frérot ? dis-je en tapant sur la chaussure de Dylan. Smithy vient d'envoyer les nouveaux contrats de location pour les prochaines années et il faut que je t'en parle. (Dylan n'a que dix-sept ans et va être bachelier dans un an, mais c'est aussi sa ferme.) Je ne suis pas sûr que ce soit intéressant pour nous de continuer à vendre la moitié de nos laitages à Colline Sud.

Le visage choqué qu'a mon frère en se redressant me plaît beaucoup !

– C'est ridicule, dit-il. Pourquoi se priver de la plus grande partie de nos revenus hivernaux ?

– Eh bien... (Je m'assieds face à lui pour pouvoir le regarder dans les yeux.) Le prix du lait a diminué de trente pour cent ces deux dernières années et les coûts de production augmentent. Le lait n'est pas toujours un bon placement. Beaucoup de gars on fait faillite dans les années 90. Papa a eu du flair, mais je suis moins confiant aujourd'hui.

– Mais... (Mon frère est visiblement perturbé.) Papa aimait ses vaches. Et puis, on s'est bien diversifiés avec la laiterie. Regarde, ça nous est déjà arrivé d'avoir des années difficiles avec le verger. Imagine que ça redevienne notre revenu principal et qu'on l'arrête ? On ne peut pas diviser nos activités par deux, c'est impossible.

– Je comprends ce que tu dis, je lui réponds le plus calmement possible. (Pour être honnête, je suis content de voir que Dylan comprend ce genre de choses. Je ne sais pas s'il va être à mes côtés, à la ferme, après plusieurs années d'études à l'université. C'est difficile à prédire, mais j'aime qu'il prête attention à ce genre de sujet.) Les vaches à traire du pré d'en face ont de la valeur. Si nous les vendions, nous ferions un beau profit que nous pourrions réinvestir dans autre chose. Je veux faire grossir la cidrerie, c'est une belle valeur ajoutée pour notre business, pas juste un simple produit. Si ça fonctionne, nous nous ferons un nom, et puis ce serait quelque chose de spécial, juste à nous.

– À toi plutôt, rétorque Dylan. Personne, à part toi, ne sait comment faire du cidre. Qu'est-ce qu'on sera supposés faire ?

Ah tiens ! Peut-être que mon petit frère veut devenir fermier, après tout. En tout cas, il laisse une porte ouverte.

– Nous allons conserver le lait biologique, la partie qui est sur notre terre. Je vais vendre seulement l'autre partie. Tout le lait bio continuera à être vendu aux Abraham.

Ce sont nos voisins au bout de la route qui fabrique un fromage de qualité supérieure.

Dylan reste silencieux plusieurs minutes. J'aurais peut-être mieux fait de lui en parler en privé, il n'est peut-être pas à l'aise pour parler devant Zach et Jude.

– Maman va péter un plomb, dit-il. Ces vaches, c'étaient les bébés de papa.

– C'est pas toi qu'on vend, Dyl. (Je glousse. Il était le fils chéri de notre père. J'étais inquiet à l'idée de montrer ces nouveaux contrats à ma mère. C'est pour ça que j'en ai parlé à Dylan en premier.) Je ne fais pas ça parce que je n'aime pas la laiterie. Je veux juste que nous restions sur les rails...

Dylan renifle.

– C'est vraiment tout ce que tu veux ?

– Pardon ?

– Moi, je crois que tu voudrais bien aussi voir la petite culotte d'Audrey Kidder.

Merde, ça se voyait tant que ça ?

Une autre voix s'élève.

– Ben moi, je pense qu'il l'a déjà vue, murmure Jude.

Je manque m'étouffer avec ma dernière gorgée de limonade

– Merde alors ! T'es devin ? Dis-moi tout de suite quel va être le prix du lait dans les cinq prochaines années ?

Zach et Jude rient.

– Oh mon Dieu, sérieux ? s'écrie Dylan. (Il s'appuie sur un coude.) Quand tu as dit que tu la connaissais à l'université, je ne pensais pas que tu voulais dire intimement.

– Qui connaît qui intimement ?

La voix de May retentit derrière une autre allée de pommiers. Son visage apparaît entre deux arbres.

– Attends, tu es sorti avec Audrey ?

Une seconde plus tôt, j'admirais l'intelligence de Dylan, mais l'esprit vif de ma famille est plus souvent un inconvénient.

– Tu peux m'expliquer pourquoi je ne me souviens pas d'avoir entendu son prénom ? me demande May en s'asseyant sur l'herbe à mes côtés.

– Euh... je bafouille encore une fois. On ne peut pas vraiment considérer ça comme sortir avec quelqu'un. Dylan, bouche-toi les oreilles.

Mon petit frère me donne un coup de pied.

– J'ai pas douze ans.

– Je sais. Mais je ne veux pas que mon petit frère agisse comme j'ai pu le faire, à n'importe quel âge d'ailleurs. Ce n'est pas la relation sexuelle que je regrette, mais plutôt la façon dont ça s'est terminé.

J'ai toujours désiré Audrey. J'ai été jaloux dès le premier instant où elle s'est affichée avec mon coéquipier Bryce, et pas seulement parce qu'elle était sexy. J'étais attiré par son esprit loufoque et sa façon de profiter de la vie, c'était comme si rien ne lui résistait. Tout dans ma vie était compliqué. À l'inverse, elle et Bryce faisaient partie d'une élite de fils de riches pour qui tout semblait facile. J'enviais tout ce qu'ils avaient et je me sentais con d'être atteint à ce point.

Rapidement, Bryce a commencé à ramener d'autres filles aux soirées. La première fois que j'ai vu sa grosse langue dégueulasse dans la bouche d'une autre fille, j'en ai déduit qu'Audrey et lui avaient rompu. J'étais triste, car ça voulait dire que je n'allais plus la voir. Mais le soir d'après, elle était à son bras, souriante et nous demandant à tous de lui montrer notre meilleure imitation de... poulet. Je ne sais même plus pourquoi. C'était les blagues à l'université... très marrantes et futiles. Le bon vieux temps.

Plus tard, j'ai demandé à Bryce ce qu'il faisait avec l'autre fille.

« Audrey est ma petite copine, m'avait-il dit. C'est ma copine au lycée, ma régulière, tu vois ? Et puis, la moitié de Boston appartient à sa mère, j'aurais tort de m'en priver. (Il avait gloussé comme les méchants dans les bandes dessinées.) Nous allons sûrement nous marier. Alors, tu comprends, je ne peux décemment pas passer quatre ans à l'université sans avoir des activités extrascolaires... Ce serait un péché. »

Mon sang n'avait fait qu'un tour. Je pensais déjà que Bryce était un abruti fini, mais là, je n'avais qu'une seule envie, c'était de lui foutre mon poing dans la gueule, à ce gros con. Comment pouvait-il faire ça à Audrey ?

Après cet épisode, chaque fois qu'Audrey venait à la maison avec Bryce, je m'éclipsais, Je ne pouvais pas supporter de voir ça. Je ne la connaissais pas bien, mais elle m'excitait comme personne, ce qui était encore plus troublant pour moi. Je n'arrêtais pas de me demander si je devais lui parler des tromperies de Bryce, et je me dégonflais à chaque fois en me disant que si je lui avouais, ce serait seulement par pure jalousie.

Chaque fois que Bryce ramenait une autre fille, je mettais un point d'honneur à lui demander comment allait Audrey et il répondait toujours « Super », accompagné d'un clin d'œil. Ce connard n'avait honte de rien. Ses conquêtes, et elles étaient nombreuses, n'avaient pas l'air plus perturbées par cette question.

Tout ça me rendait fou, jusqu'à ce qu'un soir l'inévitable arrive. C'était un jour de semaine, la maison était calme. Bryce venait de monter avec une de ses conquêtes, que je ne connaissais pas, évidemment. Ils étaient probablement dans le petit salon télé, là où les premières années traînaient, et probablement en train de se bécoter sur le canapé.

J'étais posé sur un fauteuil plutôt inconfortable dans la cuisine, un coin tellement peu attirant que j'y étais toujours au calme pour faire mes devoirs. Quand, soudain, quelqu'un a frappé à la porte de la cuisine, et c'était bien entendu à moi d'ouvrir.

Audrey !

– Salut, Griffin, a-t-elle dit en passant la porte joyeusement. Est-ce que Bryce est dans les parages ?

Sans hésitation, j'ai répondu :

– Va voir dans la salle télé à l'étage, je suis presque sûr de l'avoir vu là-bas.

– Merci.

Et elle est montée...

Je me suis immédiatement senti merdeux. Je ne pouvais pas rester assis à attendre de voir ce qui allait se passer. J'ai fermé mon livre de cours et j'ai cherché ma clé de voiture avant de sortir de la maison pour m'enfuir loin. Je n'ai pas été assez rapide, quelqu'un bloquait la sortie du parking. Je me suis retrouvé dehors à contempler la putain de Mercedes de Bryce qui bloquait la boîte de conserve qui me servait de véhicule, quand soudain Audrey a déboulé par la porte de la cuisine. Elle avait le visage rouge écarlate et des larmes coulaient le long de ses joues.

Elle ne m'avait pas vu. Elle a couru hors de la maison et a disparu.

Là, j'étais sûr de ne plus jamais la revoir. Et d'ailleurs, est-ce que je méritais de la revoir après ça ? Mais, deux semaines plus tard, elle est réapparue à la maison avec plusieurs de ses copines. Audrey avait sûrement l'intention de se venger, car elle n'avait jamais été aussi sexy. Elle ne s'était jamais retournée sur moi auparavant, mais cette nuit-là, quand je l'ai invitée à danser, elle m'a répondu que c'était la meilleure idée qu'elle avait entendue depuis longtemps.

Le reste de la nuit restera gravé en moi pour toujours, comme un doux fantasme assouvi. J'y étais allé fort, mais elle ne m'avait pas résisté. Je me souviens que quand je l'embrassais, elle me donnait tout ce qu'elle avait en retour, et en montant vers ma chambre, j'ai pensé que j'allai mourir de bonheur.

Une semaine plus tard, nous nous sommes revus. Après ça, j'étais perdu, je pensais à elle tout le temps...

– Griff ? Est-ce que tu m'entends ?

La voix de ma sœur me tire de mes rêveries.

– Quoi ?

– Je dis que je pense qu'Audrey est géniale. (May me donne un petit coup sur le bras.) Tu devrais l'appeler.

L'appeler. Mais le truc c'est que... je l'ai appelée après notre rendez-vous. Même la version plus jeune et plus bête de moi avait remarqué que nous avions une alchimie incroyable. Alors, je l'ai appelée pour l'inviter à dîner.

Apparemment, elle avait décidé que je n'en valais pas la peine. Mon coup de fil est resté sans réponse.

Peu de temps après, l'année était finie, mais je ne pensais qu'à me punir pour m'être comporté si maladroitement. Je n'arrivais pas à me détendre. J'aurais pu prendre mon temps pour la séduire. J'aurais pu m'excuser de l'avoir envoyée, ce fameux soir, à l'étage pour voir son petit copain se faire sucer par une autre fille. (Au passage, Bryce ne s'était pas vraiment remis de cet événement malheureux.)

À la place, j'ai couché avec elle, deux soirs différents. J'avais l'impression de l'avoir manipulée et je ne pouvais pas lui en vouloir de m'envoyer balader, Et pas plus tard qu'aujourd'hui, j'ai réussi à être encore une fois distant avec Audrey. Le rejet, son rejet, même après cinq ans, m'a rendu encore plus taciturne que d'habitude.

Je jette les verres vides dans le sac et me relève.

– La pause est finie.

Mon frère se lève à son tour.

– Quoi ? Tu viens me balancer cette bombe et tu retournes travailler ?

Il m'a fallu une seconde avant de réaliser qu'il faisait référence à mon idée de vendre certaines de nos vaches.

– Nous allons en parler plus longuement, je lui réponds gentiment. Beaucoup plus longuement. Ne t'inquiète pas, d'accord ?

Dylan me jette alors un regard sombre et grincheux, comme ceux que je peux faire... Puis il traîne des pieds jusqu'à la brouette.

– Quelle bombe ? demande May.

– Demande-moi demain, je râle. Je dois aller voir les arbres pêchers.

Une fois encore, Audrey est venue et elle est repartie. Je reste seul, plein de regrets et coincé par mon travail à la ferme.

CHAPITRE SIX

AUDREY

Quand j'ai quitté la ferme des Shipley après le déjeuner, Griff, à ma grande surprise, m'a mis deux bouteilles de cidre dans les mains.

– Je sais bien que ton patron ne veut pas s'aligner sur les prix du marché, mais je ne suis pas débile. Je sais aussi que, je n'irai pas jusqu'à y perdre ma chemise, mais ce serait bon pour nous d'être référencés dans ces restaurants.

Moi, je pense que ce serait bien que Griff perde sa chemise... Enfin, pas comme il l'entend... En vrai je veux dire, pour que je puisse à nouveau voir son torse merveilleux.

– Donc fais de ton mieux, ajoute-t-il avec une humilité surprenante. Fais-le-lui d'abord le goûter, ensuite tu me diras quel est son meilleur prix.

– J'essaierai, promis. (Mon Dieu, qu'est-ce que j'aimerais réussir, ne serait-ce que pour voir la stupéfaction sur son trop beau visage!) Je t'appelle pour te tenir au courant.

– Cette fois, je répondrai à mon téléphone, comme un vrai citadin.

– Oui, très bien.

Je sens la chaleur me monter aux joues et je sais qu'à cet instant précis, je suis morte de honte. J'ai honte d'avoir écouté Burton... Cet homme m'a utilisée pour gagner du temps sur son agenda.

Ce n'est pas la première fois que je me fais avoir. Et, à chaque fois, je me dis « cette fois c'est la dernière ! »...

– Et remplace cette roue de vélo par un vrai pneu, me dit-il. Roule un minimum avec. Le revendeur qui se trouve à Montpelier, dans le Vermont, devrait pouvoir t'arranger ça. En revanche, ça risque d'être plus compliqué si tu vas vers le sud. Tu vas certainement devoir te rendre jusqu'à Lebanon dans le New Hampshire.

Woops... Je suis passée à cet endroit une heure avant d'arriver chez Griff.

– Merci. Je vais m'en occuper.

En montant dans ma voiture, je jette un dernier coup d'œil à la propriété. Sa façade en bois, peinte en blanc, brille fièrement sous le soleil de juin et dans le souffle du vent, je saisis un léger parfum de fumier. Il y a des fauteuils en osier sous le porche, pas de ceux qui ne sont là que pour décorer, plutôt le genre dans lequel on a envie de s'affaler à la fin d'une journée d'été.

C'est un bel endroit.

Je me dirige vers Bradford dans l'espoir de trouver le réparateur sans trop de difficultés. Une fois arrivée à bon port, me voilà face à une nouvelle galère. Cet endroit ne fait pas partie de la liste des garages homologués par la compagnie de location. Le type derrière le comptoir se lance dans une grande explication :

– Vous devez aller à Rutland ou Burlington. Si vous ne vous rendez pas dans un des garages agréés, les loueurs vont vous faire payer un supplément de quatre-vingt-dix-neuf dollars pour la réparation.

Grrrrr. Je n'ai pas un centime et je parie que c'est exactement le genre de dépense que BPG ne laissera pas passer.

– Hum... Je ne vais pas vers le nord. Qu'est-ce qu'il y a plus au sud ? dis-je, ma connaissance du Vermont étant plus qu'approximative.

Peut-être qu'ainsi je pourrai faire mes autres rendez-vous et rebrousser chemin.

– White River Junction, dans le Vermont, ou Lebanon dans le New Hampshire.

J'ai ma réponse.

– Merci, je marmonne avant de sortir.

Il faut que la roue de secours tienne le coup. Certaines personnes conduisent pendant des semaines avec ça, pas vrai ?

Je passe la nuit dans un motel en bord de route, où je liste l'emplacement de chacune des autres fermes. J'essaie de tracer un itinéraire qui me fasse faire le moins de kilomètres possible, mais ce n'est pas facile. Même si elles sont toutes regroupées à l'est de l'État, chacune des exploitations agricoles se trouve sur une route secondaire, à la sortie de différentes bretelles d'autoroute. En plus, l'une d'entre elles, le domaine Apostat, est quasi adjacente à celle de Griff Shipley. Si j'avais remarqué ça plus tôt, je m'y serais déjà arrêtée. Au lieu de ça, il va falloir que je fasse un détour par Tuxbury en rentrant chez moi.

Je décide de prendre la route tôt dans la matinée. La ferme la plus au nord est celle de Misty Hollow et, par chance, elle n'est pas loin de l'autoroute.

Quand j'emprunte l'allée principale, des poulets se dispersent dans tous les sens. Je sors prudemment de la voiture, en essayant d'éviter que les excréments qui jonchent le sol ne salissent mes sandales.

La porte moustiquaire de la maison face à moi s'ouvre alors, et un chien de berger en sort, comme prêt à m'attaquer. Ne connaissant pas grand-chose aux chiens, je me fige en priant pour qu'il ne me prenne pas pour un cambrioleur. Les poulets ont peur, eux aussi, et s'agitent de plus belle.

Mais le chien ne m'attaque pas, au lieu de ça il fourre sa truffe dans un buisson et se retourne avec une balle de tennis plutôt répugnante dans la gueule. Puis il s'approche et la dépose à mes pieds en la laissant rouler jusqu'à ce qu'elle touche mes pieds nus.

Ohhh !

Le chien s'assied alors sur son arrière-train noir et blanc et me sourit en agitant la queue, plein d'espoir. Impossible de ne pas craquer, je me penche donc et ramasse la balle en la touchant le moins possible, puis je l'envoie sur le côté, loin des pauvres poulets qui sont en train de picorer l'herbe près de l'allée de gravier.

Le chien se lance aussitôt à la recherche de sa balle et la moustiquaire claque à nouveau, cette fois derrière une femme d'un certain âge.

– On ne veut rien ! me dit-elle depuis son porche.

– Bonjour !

Je la salue comme si elle m'avait dit quelque chose de beaucoup plus chaleureux. Je m'avance vers elle pour être sûre qu'elle m'entende.

– Je ne vends rien. Je veux acheter.

Je jette un œil à la liste que je tiens dans la main.

– De la dinde. De la dinde élevée en plein air.

Elle me fixe d'un mauvais œil.

– Vous voulez commander une volaille pour Thanksgiving ?

– Non, Madame. Je représente le Boston Premier Groupe. C'est une chaîne de restaurants et ils souhaiteraient éventuellement vous acheter quatre cents oiseaux.

Le cure-dents coincé entre ses dents passe alors d'un coin à l'autre de sa bouche, d'un mouvement net et précis.

– J'en veux cinq dollars la livre.

– Eh bien...

Avec une certaine inquiétude, je regarde à nouveau mon bout de papier. *2,5 dollars.*

– BPG propose deux cinquante... mais ils vont en prendre énormément.

Elle hausse les épaules.

– J'élève autant de dindonneaux que ce que je peux vendre aux personnes alentour. Si je fais affaire avec vous, je perds de l'argent et je n'ai rien à vendre pour Thanksgiving. Je crois que j'ai été assez claire, on a plus rien à se dire.

Puis elle fait demi-tour et rentre dans sa maison.

Le même scénario se répète quelques kilomètres plus loin, devant une ruche où se tient un homme en tenue d'apiculteur. Le prix de BPG pour le miel est, bien sûr, cinquante pour cent trop bas. Même chose en visitant une grande exploitation de légumes. Cette fois, je confie ma feuille tarifaire au fermier tant la diversité de sa production est importante.

À peu près trente secondes plus tard, le fermier barbu me la rend en secouant la tête.

– Griff Shipley m'a prévenu de votre arrivée. M'a même dit que vous essayez de nous tordre avec des salaires de misère. On se laissera pas avoir.

– Il a... *pardon*?

Le type grimace.

– Désolé, Miss. Vous travaillez pour une entreprise qui ne respecte pas ce que nous faisons. De toute façon, doit y avoir au moins deux cents fermes plus près de Boston et qui seront plus à même de faire ce genre de sacrifices.

Je retourne à ma voiture, hors de moi. Si Griff a prévenu chaque fermier du comté, alors je perds mon temps. Ce travail était déjà assez dur sans son aide.

Et pourquoi BPG ne peut-il pas obtenir ce dont il a besoin dans le Massachusetts, après tout? Cette question titille mon esprit embrouillé. Mais, très vite, je la chasse pour laisser place au portrait de Griff sur qui je balance des flèches imaginaires comme sur une cible. Il serait d'ailleurs assez facile à atteindre avec ses larges épaules, tous ses muscles...

Reste concentrée, Audrey !

Je me suis remis du rouge à lèvres et ai visité trois autres fermes. Un des fermiers a proposé de respecter mon prix sur les pommes de terre, à condition de me refiler les invendables.

– Je cherche toujours à revendre les patates moches. Elles sont vraiment bonnes, comme les belles, mais on n'arrive jamais à les passer au marché...

– Je verrai ce que je peux faire.

J'ai poussé un grand soupir, en prenant des notes. J'entends déjà la voix de Burton qui résonne dans ma tête, me disant qu'il vise la perfection.

Plus personne ne cite la ferme de Shipley et quasiment tout le monde est courtois. En revanche, je comprends bien que personne ne m'aidera, même s'ils acceptent de m'entendre et de me parler.

Salaud de Griff. Si seulement je ne m'étais pas arrêtée chez lui en premier.

J'ai fait près de cent kilomètres sur des petites routes de campagne, sans *aucun* résultat. Pas un seul contrat n'a été signé, à moins que mon patron n'ait une vision très libérale des pommes de terre à la gueule cassée, ce dont je doute.

La dernière ferme sur ma liste est à quelques pas de chez Griff Shipley. En passant devant son exploitation, je fais un doigt d'honneur au grand panneau indiquant sa ferme. Celui de la ferme Apostate n'est qu'un minuscule bardeau, mais tout de même visible. En tournant, je me retrouve sur leur allée de gravier, qui aurait sérieusement besoin d'un peu d'entretien. Ma voiture saute tellement, entre les bosses et les trous, que mes dents s'entrechoquent presque. Est-il possible de faire moins accueillant que le Vermont ?

Je rebondis une dernière fois en m'arrêtant devant une grange. Deux hommes en sortent, mais je baisse immédiatement les yeux sur mon téléphone car je ne me sens pas prête à négocier avec eux. J'ai besoin de reprendre mon souffle... Et aussi d'un verre de vin et d'une journée dans un spa... et d'un nouveau travail.

Reprendre mon souffle, c'est la seule chose sur cette liste qui soit à ma portée, soyons raisonnable.

J'ouvre la portière, espérant afficher mon plus grand sourire. Mais les premiers mots que j'entends sont :

– On dirait que vous avez un pneu crevé, Mademoiselle.

– Eh merde !

Ce juron est sorti tout seul tandis que je me précipite pour inspecter le pneu. Pour sûr, il s'agit de la roue de secours. Pas étonnant, l'allée ressemble à un champ de mines.

J'entends alors quelqu'un ricaner, et ce son fait vibrer le moindre de mes nerfs. Car je connais ce rire... Ma tête se redresse très lentement pour tomber sur mon ennemi juré qui m'observe.

Je crie son nom.

– August Griffin Shipley ! Est-ce que tu as dit à tous les fermiers du comté de me recevoir comme des portes de prison ? C'est vraiment pas sympa !

Je claque ma portière et dépasse ma voiture pour lui faire face.

Il a au moins la décence de prendre l'air tout penaud. À mesure que je m'approche, il croise ses bras musclés autour de son torse impressionnant et me salue de la tête.

– J'ai pensé que mes voisins devaient savoir qui s'apprêtait à venir frapper à leur porte. BPG, c'est une bande de trous du cul au service d'une entreprise, Audrey.

– Est-ce que moi aussi je suis un trou du cul au service d'une entreprise ? Vas-y, dis-le, ne te gêne pas, je t'écoute !

Je croise les bras, pour mimer sa position. Et si ce mouvement permet d'accentuer mon décolleté, eh ben, je ne vais pas m'en priver.

Son regard atterrit alors sur mon corps avant de se lever au ciel.

– Mais bien sûr que non, tu n'en es pas un, chérie, mais cela ne résout pas le problème.

Chérie. Je m'en veux, mais je ne peux pas m'empêcher d'aimer la façon dont ce mot est sorti de ses lèvres charnues.

– Tu devrais déjà avoir le nouveau pneu, ajoute-t-il, réveillant ma colère.

– Comme si je ne le savais pas !

Son voisin lève les sourcils, surpris. Pff, quelle andouille ! C'est lui que je suis venue voir, mais je me demande bien quelles sont les chances qu'il me vende ses fromages artisanaux maintenant ? Le Vermont m'a fait vivre un enfer en l'espace de vingt-quatre heures. Je n'ai plus aucune raison de rester ici.

– C'était une erreur, je murmure en ouvrant la portière.

Je jette mon sac à main sur le siège passager avant de m'asseoir.

– Hey, Audrey !

C'est Griff qui veut me dire quelque chose, alors que je mets le contact.

– Tu ne peux pas conduire ce machin...

Ce qui est sûr, si je l'écoute, c'est que je n'irai nulle part. Je décide donc de démarrer, de reculer un peu et de remettre la voiture dans le bon sens. Ça n'a pas été facile, mais je l'ai fait. J'embraye et mets le pied au plancher, ce qui fait monter le moteur dans les tours, tout ça sous le nez de Griff et de son voisin. Les deux hommes reculent alors rapidement, comme si j'étais une bombe prête à exploser.

La Prius me traîne sur dix ou vingt mètres de gravier avant que les rebonds ne deviennent de plus en plus forts à droite.

– Putain !

J'ai crié à pleins poumons. Je ne suis même pas capable de faire un départ qui préserve ma dignité. En s'affaissant sur les cardans, la voiture s'arrête piteusement. Je décide de la laisser échouée là avant de donner un grand coup de tête sur le volant, de rage, qui n'a d'autre effet que de faire retentir le klaxon. Ridicule ! Cette voiture est une nouvelle source de problèmes.

Y a-t-il une seule tâche sur terre que je puisse accomplir sans tout faire foirer ? Un boulot que je puisse garder sans provoquer un scandale ?

J'entends le crissement des graviers sous des pas. Ce n'est pas la peine que je m'interroge sur qui ça peut bien être. Si je dois passer pour une débile profonde, est-ce que ça doit nécessairement être devant le fermier le plus sexy de la planète ? Apparemment oui, car ma portière s'est ouverte et de sa voix bourrue il me dit :

– Allez, saute de là, chérie. Je vais demander à Zach de te trouver de nouvelles pièces détachées.

– Merci, dis-je en serrant les dents.

– Maintenant que tu es là, on peut terminer notre discussion sur le prix de nos marchandises.

– Si tu comptes me hurler dessus, c'est pas la peine.

Je saisis mon sac sur le siège et sors de la voiture.

Griffin se dresse devant moi, il fronce les sourcils en me regardant. Mon Dieu, qu'il est grand ! Comme Paul Bunyan.

– Je ne hurle pas sur une femme.

– Techniquement, tu rouspètes et tu grognes, dis-je dans ma barbe.

Il grogne, exactement comme je l'avais dit, ni plus ni moins.

– Viens. Si tu veux qu'on parle des pommes, il faut que ce soit pendant que je travaille. J'ai un porc à tuer. Tu peux rester pour regarder.

– Êtes-vous sûr, très cher ? *Miaou*... Je veux dire, waouh ! Il doit y avoir un tas de filles qui se bousculeraient pour voir ça.

Je craque...

À ma grande surprise, il rejette la tête en arrière et rit.

– Allons viens, petite garce. Mon truck est juste ici.

– Je suis censée me présenter dans cette ferme pour acheter du fromage.

J'ai beau me tourner d'un côté et de l'autre, aucune trace du fermier que j'ai vu avec lui tout à l'heure.

– Où est-ce qu'il est parti ?

– Il a un problème à gérer. Il a trouvé des flétrissures sur ses tomates et il doit s'en occuper très vite. Il m'a appelé pour jeter un coup d'œil et je lui ai proposé de lui envoyer de l'aide. Et maintenant, Zach va devoir s'occuper de ton pneu...

Il soupire et passe une main sur ses épais cheveux châtains.

– Je me renseignerai sur les fromages plus tard, dis-je fermement.

Griff se dirige alors vers un grand pick-up dont il ouvre la portière côté passager.

– Viens, on y va maintenant.

Il me tend la main pour monter dans le camion et j'hésite. J'en ai assez de jouer le rôle de la petite jeune incompétente. D'un autre côté, la marche pour arriver jusqu'au siège est assez haute et je porte une jupe. Un faux pas et une chute, soit une humiliation supplémentaire, n'arrangeront rien à l'état de mon ego.

Sa grande main tendue m'attend. Je décide donc de poser la mienne dans cette large paume, et ses doigts rugueux de travailleur m'enlacent pour m'aider. *Doux Jésus adoré !* Son contact ne devrait pas m'être familier. Je ne devrais pas ressentir un frisson de désir juste au contact de ses doigts, mais cette grande main virile m'a déjà touchée une fois, *partout*.

Il y a très, très longtemps, je m'en souviens. *Tu étais une personne différente à l'époque, et lui aussi.* Repenser à cette période ne m'est d'aucune aide en l'occurrence. Je préfère me dire que c'est à cause de la chaleur ou bien à cause du fait que je suis très tendue. Ce n'est pas comme si j'avais pensé à Griff Shipley ces deux dernières années.

Une fois mes fesses posées sur le siège de sa camionnette, je retire ma main de la sienne. Sans rien dire, il ferme la portière et va s'asseoir derrière le volant. Il fait demi-tour et nous descendons le chemin en passant devant ma voiture de location à la noix, puis je découvre le fermier de l'autre côté de sa grange, penché sur une rangée de belles pousses de tomate vertes.

– Est-ce que c'est grave ? Son problème de tomates ?

Il y a deux ou trois ans, la plupart des tomates de la Nouvelle-Angleterre ont été anéanties par une maladie. Plus aucun gaspacho sur les menus des restaurants de Boston cet été-là !

Un temps.

– Peut-être, mais il va brûler quelques plants et prier pour que tout aille pour le mieux. L'agriculture biologique ressemble toujours à un jeu de poker avec de très gros enjeux. C'est pour ça que nous nous sommes tous diversifiés. Il a des moutons, du fromage et des légumes. J'ai des pommes, du cidre et du lait. Tout ne peut pas mal tourner en même temps, sauf à ce qu'on rejoue le *Livre de Job*.

– Je vois. Ses fromages ont l'air merveilleux. J'ai regardé son site Internet.

Il acquiesce.

– Ils le sont, ce gars a construit sa propre cave à fromages pour les faire vieillir. C'est vraiment cool. Cependant, ce sont des fromages très chers. Il y a mis beaucoup d'amour.

Je soupire.

– Je sais *ça,* d'accord ! Je ne suis pas stupide. J'ai fait du fromage. Ma société connaît le prix du fromage artisanal, et c'est quelque chose qu'ils savent payer à son juste prix. Tu sais ça, n'est-ce pas ? Les produits importés de France sont loin d'être bon marché.

À nouveau, un long silence pesant s'installe dans le truck de Griff et je me fais violence pour ne pas admirer les muscles de ses bras pendant qu'il conduit. Au lieu de ça, je regarde par la fenêtre les interminables rangées de pommiers. Des petits fruits verts, de la taille d'une balle de tennis, pendent un peu partout aux branches.

– Ça m'a tout l'air d'être une bonne année pour les pommes.

– Oui, c'en est une. On n'a pas eu les derniers gels du printemps cette fois. Ça aide. Et puis, on a évité la grêle qui vient toujours au mauvais moment et qui laisse des marques noires sur la peau des pommes. Les gens n'aiment pas qu'elles aient le moindre défaut.

Il secoue la tête.

– Les clients ne comprennent pas qu'un boisseau[5] de pommes sans aucun défaut, c'est effrayant. Ça signifie que le fermier a pulvérisé du poison sur tout l'arbre. Même si on me payait, je n'en mangerais pas une seule.

– Donc, tu dis que la pomme empoisonnée de Blanche Neige venait d'une ferme industrielle ?

Je le fais rire.

– Bien sûr. Les gens disent qu'ils veulent manger une nourriture saine et acheter biologique, mais ils veulent aussi que tout ait l'air parfait. Avant chaque grand week-end de portes ouvertes, on enlève toutes les pommes moches des arbres. Elles se vendent mieux quand les gens pensent qu'elles sont toutes parfaites.

– Vous pouvez toujours faire le cidre avec celles qui sont abîmées.

– C'est ce qu'on fait.

Je montre alors Zach, Jude et les jumeaux, qui se tiennent entre deux rangées d'arbres dans le verger, un chariot rouge entre eux.

5. Un boisseau américain équivaut à 35 décilitres.

– Qu'est-ce qu'ils font ?

– Ils font des pièges collants pour attraper les insectes avec une peinture spéciale. Pendant l'été, on repousse les tiges et les mites. On ne peut jamais baisser la garde, car il nous est impossible d'utiliser des vaporisateurs toxiques pour combattre tout ce qu'on n'aurait pas attrapé avant qu'il ne soit trop tard.

Tandis qu'il s'engage dans l'allée, les autres marchent vers nous, à notre rencontre. Il coupe le moteur et me dit :

– Attends-moi ici un instant, Je vais donner le camion à Zachariah pour qu'il le ramène chez Abraham.

Je saute du truck sans l'aide de M. Mains-de-Géant et je l'attends timidement pendant qu'il donne ses instructions à ses employés.

Daphné vient me saluer, essuyant ses mains sur son jeans :

– Hey ! Tu sais que mon frère a mangé tout ce qui restait de ta sauce au beau milieu de la nuit, avant même que nous autres on puisse en reprendre. *Comme d'habitude.*

– Je suis un garçon en pleine croissance... Tu préfères qu'on brûle les plants de tomates ou qu'on tue un cochon ? demande-t-il à sa sœur.

C'est Dylan.

Elle lève les yeux au ciel.

– Pourquoi tu fais comme si j'avais le choix ? Tu sais très bien que tu vas finir par tuer les plants de tomates car tu ne supportes pas l'idée de dépecer Tauntaun.

Dylan devient tout rouge.

– C'est pas comme si j'avais jamais fait l'abattoir.

– Tu t'es évanoui.

– Il faisait trop chaud, se justifie-t-il, en colère, le visage tendu.

– Va chez Abraham. Moi, j'aime le sang... dit-elle en le poussant.

Ce à quoi Dylan répond par un regard noir avant de monter dans le truck et de claquer la portière. Note à moi-même :

les hommes de la famille Shipley n'aiment pas que leur virilité soit remise en question ! Daphné, blasée, s'arrache les cuticules. Je n'ai aucune idée de ce que ça peut faire d'avoir un jumeau, de connaître quelqu'un par cœur, comme si on n'était qu'une seule et même personne au point de savoir exactement quel bouton pousser pour déclencher telle ou telle réaction.

– Bien, dit Griff, apparaissant à l'avant du camion et faisant signe à Daphné et moi, et à Jude derrière lui.

– Allons faire du bacon pendant que Zach essaie de trouver un pneu pour Audrey. Est-ce que May a fait bouillir l'eau ?

– Oui, répond Daphné en courant presque pour rester au niveau des longues jambes de son frère.

– C'est grave, ce qui se passe avec les tomates ?

– On verra bien.

Griff pose une de ses grandes pattes sur l'épaule de sa sœur. Ils sont grands dans cette famille.

Jude, le nouveau, marche à mes côtés.

– Comment s'est passé ton premier jour ?

– Super, dit-il rapidement, en mettant les mains dans ses poches. Je n'ai jamais rien cultivé, mais j'aime travailler de mes mains.

– Moi aussi. Ce n'est que quand je suis allée à l'école de cuisine que je l'ai vraiment compris.

Il lève les yeux au ciel en ricanant.

–Tu me crois si je te dis qu'en prison je bossais en cuisine ? Je parie que t'as jamais eu à travailler avec des couteaux attachés au plan de travail.

Je ris.

– Sérieux ? C'est comme ça qu'ils font ? Comment vous faites pour vous déplacer ? C'est difficile à imaginer et en même temps, sans ça, comment pourraient-ils avoir tous ces couteaux dans une prison ?

– Au bout du manche de chaque couteau, il y a un trou avec un cordon rétractable pour que personne ne les vole. De temps en temps, j'oubliais ce fichu machin et, si je me retournais pour entendre ce que quelqu'un disait, je manquais m'étrangler. C'était le bon temps... Du coup, je suis assez rapide pour les mises en place. J'ai trois ans de pratique.

– Est-ce que tu peux éplucher une gousse d'ail en trois secondes ou moins ?

Je le taquine.

– Et comment ! L'ail ne me résiste pas.

– Alors, tu es embauché ! Quand je serai un chef célèbre, tu pourras être mon commis, mais tu devras déménager à Boston.

Il glousse.

– D'accord. Aucun problème.

Notre promenade nous fait passer devant la cidrerie. Tout près se trouve un foyer ancien en pierre sur lequel chauffe un chaudron rempli d'eau. On dirait une scène du Moyen Âge. À côté, il y a un petit enclos où un cochon géant prend le soleil, les yeux fermés et les oreilles pendantes. En nous entendant approcher, il ouvre les yeux et se redresse, puis il s'approche de la barrière avec entrain. Il me fait penser à un chien venant chercher une caresse.

Griffin s'approche de la barrière et s'agenouille pour gratouiller le cochon entre les oreilles.

– Hey, Tauntaun (il baisse la voix, chuchote presque), hey copain. Tu as été un bon garçon. Merci.

Ma gorge se serre instantanément. Je travaille tout le temps la viande, mais je n'ai jamais vu mourir un animal. Ça ne devrait pas être plus bizarre que de découper un poulet dans une cuisine. J'ai choisi d'être carnivore après tout, pas vrai ?

Pas vrai ?

Du coin de l'œil, je vois Mme Shipley approcher avec May. C'est la matriarche qui porte le fusil de chasse. Elle le remet à Griff.

Il se retourne pour examiner le petit groupe de personnes réunies là.

– À qui l'honneur ? Je crois que c'est Zach qui a fait le dernier.

Le regard de Griff se pose sur Jude, qui fait non de la tête.

– Votre voisin criminel, n'a en fait jamais touché une arme à feu.

– C'est bon à savoir, murmure Griff.

– Je vais le faire, dit Daphné en s'avançant.

Griff se met à rire et lui remet l'arme à feu, le canon pointé vers le ciel.

– Ça, c'est ma sœur !

L'adolescente saisit l'arme comme si elle était née avec. Prenant soin de se placer loin de tous, calmement, elle relève le fusil, les pieds écartés et bien ancrés au sol comme si elle avait fait ça un million de fois. J'entends qu'elle défait le cran de sûreté.

– Pile entre les yeux, chuchote Griff.

Elle se moque de lui.

– Je sais.

Tauntaun bat des cils en la regardant à travers la clôture, insouciant. La seconde qui suit, une explosion stridente me fait sursauter, mais rien de comparable au saut du cochon. Il est tombé comme une cheminée de brique dans un tremblement de terre et il tressaille violemment.

Je sens mon estomac se retourner malgré moi. Immobile, je tente de me raisonner. Qu'on le veuille ou non, il n'y aurait aucun bacon dans le monde sans ce geste. Et n'importe quel porc qui a passé ses jours sur une des vertes collines de la ferme de Griff Shipley a probablement eu une vie plus agréable que la moitié des résidents de Boston.

Je regarde mes pieds et j'attends que s'achève ce triste moment.

CHAPITRE SEPT

GRIFFIN

Cette fois, c'est officiel, je vais être célibataire tout le reste de ma foutue vie. Le type qui a tué un cochon devant une jeune femme trop mignonne est le même qui va finir ses jours seul.

Ce n'est pas comme si j'avais eu le choix. J'ai repoussé cette corvée pendant plus deux jours, mais étant donné que May avait rempli un chaudron plein d'eau bouillante, j'ai dû aller jusqu'au bout.

Quelque chose dans la présence d'Audrey m'oblige à regarder ma vie avec les yeux d'une femme... Et je peux dire que je n'aime pas ce que je vois. La pauvre a blêmi quand le cochon est mort, et moi je me suis senti minable de l'avoir laissée regarder.

Zach revient, pile à ce moment.

– Hey. Mauvaises nouvelles, dit-il.

Super.

– Qu'est-ce qu'il y a ?

– J'ai pas pu trouver le bon pneu ce soir. Et on ne peut pas mettre d'autre modèle sur cet essieu. Soit on lui change les deux, soit on lui prend le bon demain au garage de White River.

– Merde, s'exclame Audrey. Combien ça coûte, des pneus ? Si je fais ça mal, l'agence de location va me coller une de ces factures !

– Cent vingt chacun, dit Zach.

Les yeux d'Audrey se ferment, elle secoue sa jolie tête.

– Réfléchis, Audrey, dit-elle à voix haute.

– On verra demain.

Je fais signe à Zach d'appeler le magasin. Puis je me retourne vers Audrey.

– Tu peux rester ici ce soir. Il est déjà presque 6 heures, de toute façon. Ils te les installeront demain. White River est seulement à une trentaine de kilomètres d'ici, mais le temps qu'on y arrive, le garage sera fermé. Sinon, j'aurais envoyé quelqu'un te les chercher.

– Merci, dit Audrey, le menton relâché.

– Ne me remercie pas.

C'est le moins que je puisse faire après avoir averti tout le monde qu'Audrey travaille pour des trous du cul.

– Viens avec moi, allons préparer un dîner léger, lui dit ma mère en la prenant par le bras.

Les yeux d'Audrey s'illuminent.

– J'aime trop votre cuisine. Mettez-moi au travail !

Elle se tourne ensuite vers moi.

– Nous devons toujours parler du prix des pommes.

Il n'y a rien à dire sur le sujet, mais je n'ai pas envie de lui gâcher son plaisir. Pas maintenant du moins. Bêtement, je montre le cochon mort.

– Ça prend du temps, lui dis-je, sachant que je suis très éloigné de la réalité... Jude et moi, nous devons l'ébouillanter, puis lui retirer la peau. On prendra une petite pause au moment de dîner. Ensuite, on discutera des pommes.

– Est-ce que je peux assister au découpage du cochon ? demande-t-elle.

– Hum...

J'essaie de ne pas me comporter en salaud.

– D'accord, mais quand on l'aura ébouillanté et dépouillé.

Je ne voulais pas utiliser des mots aussi durs. Elle ne se démonte pas et répond :

– OK, cool.

Chaque fois que je crois la cerner, cette fille me surprend.

* * *

Cette journée va de surprise en surprise. Mon nouvel employé s'est révélé être un assistant infaillible dans l'abattoir installé sous l'auvent, derrière la cidrerie. Depuis des heures, Jude m'aide à gratter et dépouiller Tauntaun. Quand enfin on s'arrête pour dîner, je lui présente mes excuses.

– Je sais que tu aurais dû finir de travailler il y a longtemps. C'est seulement ton deuxième jour et j'abuse déjà.

Il secoue la tête.

– Ce dont j'ai besoin en ce moment, c'est de ne pas penser et d'avoir beaucoup de travail. Tout va bien, ne t'en fais pas.

Quoi qu'il en soit, je l'emmène avec moi à la maison où maman et mes sœurs ont mis de côté notre repas.

– Qu'est-ce qu'il y a à dîner ?

Je pose la question en bon macho que je suis une fois en cuisine.

– Une salade de poulet-salade, dit Daphné.

– C'est une idée d'Audrey. Une salade de poulet sur de la salade. Parce que c'est plus goûtu comme ça. Il y a des noix, des cerises séchées et de la semoule.

– Et parce que j'aime vraiment dire « la salade de poulet salade », admet Audrey, perchée sur un tabouret.

– Ça a l'air bon, dis-je, essayant de ne pas fixer Audrey et la façon qu'elle a de tenir son thé glacé de ses doigts fins.

Une fois que j'ai englouti mon dîner, elle me suit à l'extérieur, là où Zachariah a pris le relais avec la future charcuterie...

– La température baisse, dit-elle tandis qu'on marche à travers champs.

– Ici, il ne fait jamais trop chaud en soirée. Même en période de canicule, il fait toujours plus frais à la nuit tombée.

J'aime le Vermont. Je n'avais peut-être pas prévu d'y revenir juste après l'université, mais j'aime vraiment cet endroit.

– Où es-tu allé après avoir eu ton diplôme ? me demande-t-elle comme si elle lisait dans mes pensées. Tu as été recruté, n'est-ce pas ? Chez Les Packers, c'est bien ça ?

– Quelle mémoire... (Je suis même surpris qu'elle le sache.) Comme remplaçant uniquement. J'ai été pris comme remplaçant et j'espérais intégrer l'équipe A l'année suivante.

– Ça n'a pas marché ?

– Disons que je me force à croire que ça n'aurait pas marché... Dans tous les cas. Mon père est décédé d'une crise cardiaque ce mois d'octobre là.

– Je suis désolée.

– Merci. Ensuite, j'ai quitté l'équipe et je suis revenu à la maison pour reprendre le flambeau.

– Oh, c'est dur. Quel dommage que tu aies dû abandonner le football, dit-elle doucement.

– Sans regret.

Je viens de mentir. Choisir de rester dans le Vermont et gérer notre ferme familiale est la plus grande décision que j'ai eue à prendre dans ma vie. Personne ne s'attendait à ce que mon père de quarante-neuf ans, et en pleine forme, meure si soudainement. À l'époque, je pensais avoir dix ou quinze ans devant moi avant de me demander si je voudrais devenir cultivateur. Au lieu de ça, je suis devenu fermier à temps plein à l'âge de vingt-quatre ans, avec la responsabilité de nourrir trois jeunes frère et sœurs, ma maman et mes grands-parents.

Zach finit le travail préparatoire tandis qu'on s'approche de la table.

– Je l'ai étripé ! dit-il. Puis j'ai enlevé la tête. Je me suis dit que tu voudrais faire les... euh... les découpes les plus grossières d'abord.

Zach n'a aucune expérience avec les femmes, mais il est assurément bien plus gentleman que je ne l'ai jamais été. Nous traitons toujours la tête d'abord, mais c'est plutôt gore.

– Merci, Chewie.

J'accompagne Audrey jusqu'au lavabo où nous nous lavons tous deux consciencieusement les mains.

– Bon, nous prendrons de l'épaule rôtie pour commencer, dis-je une fois revenus près de Zach, qui m'a tendu un couteau.

Je jette un coup d'œil à Audrey, qui fronce les sourcils en regardant ce cochon d'environ quatre-vingt-dix kilos, vidé, sans peau, et étalé sur notre immense plateau en aluminium. Puis, malencontreusement, elle tombe sur la tête de Tauntaun posée juste là, dans un seau, et dont les yeux nous fixent quasiment.

– Attendez ! crie-t-elle en gesticulant.

Oh merde !

– Si tu as la nausée, tu peux reculer.

Audrey se retourne vers moi.

– Griff Shipley, tu n'as tout de même pas l'intention de jeter cette tête sans enlever la viande des joues !

– Excuse-moi ?

– Tu m'as très bien entendu. Non, tu sais quoi, je vais le faire.

Elle s'agenouille et tire le seau vers elle pour que ce soit plus commode. Puis elle tend la main pour qu'on lui donne un couteau.

Ahuri, je lui remets le mien. Se penchant au-dessus du seau, elle saisit l'oreille du porc et enfonce la lame du couteau sous la peau.

– La joue est la seule partie de l'animal qui est à la fois maigre et tendre. C'est délicieux, braisé avec des épices du Szechuan. Je suis sûr qu'en une seconde je pourrais faire de vous des italiens pure souche, si on y ajoutait vite fait des tomates italiennes, du vin, un peu d'ail et de l'origan frais...

Elle continue à découper en faisant un cercle délicat sur le visage du cochon à l'aide du grand couteau.

Zach, à côté de moi, me donne un coup de coude, incrédule. Le regard que je lui renvoie veut dire, *je sais, on est d'accord, elle est incroyable.* Même le nouveau met la main devant sa bouche pour cacher un sourire.

Audrey pose alors un morceau de viande sur le plat que ma mère nous a laissé. Puis elle tourne la tête et continue la découpe, de l'autre côté cette fois. Après avoir obtenu la pièce qu'elle voulait, elle repousse du coude le seau sous la table et lève les yeux vers moi.

– Est-ce que je peux continuer ? Je n'ai jamais découpé de rôti d'épaule. Cette partie-là sera pour des steaks de lame, et ensuite il y a les filets...

Épouse-moi. Mon cerveau est tout à elle et je suis bouche bée devant ses mains ensanglantées et son sourire éclatant. Note à moi-même : ne plus jamais énerver Audrey à l'avenir, du moins pas s'il y a un couteau de chef bien aiguisé dans les parages.

– Bien sûr, je t'en prie. Je les emballerai plus tard, dis-je finalement

Audrey me regarde faire le tour de la table pour attraper le rouleau de cellophane tout neuf et le mettre dans l'appareil à sceller. Encore une fois, son regard s'illumine.

– Ohhhh ! Une machine pour emballer sous vide ! Ça, c'est un jouet qui me plaît. Il faudra qu'on pense à échanger nos métiers un de ces quatre.

Cette fille est pleine de surprises. En fredonnant, elle plante le couteau dans la bête et commence à le disséquer.

– Tu veux que je te coupe de grands morceaux ? C'est ma première fois et je ne suis pas sûre de pouvoir sortir ce rôti en une seule pièce.

Ben voyons, moi aussi j'en suis bien incapable, et je l'ai déjà fait une douzaine de fois.

– Fais de ton mieux. C'est pour nous, pour la ferme. Ce n'est pas un concours de beauté.

Zach se tient là, debout, il l'observe, et je vois l'amusement grandir sur son visage. Finalement, je décide de le chasser.

– Va manger. On garde le fort. En fait, tu es même en retard. Si tu peux juste nous envoyer maman ou May pour prendre quelques morceaux à congeler.

Zach nous salue gaiement et nous fait un sourire qui en dit long sur ce qu'il a compris… Bien plus que ce que je ne pensais. Il s'éloigne.

Audrey continue ses découpes, comme si elle était faite pour ça.

– Regarde ça ! Un morceau tout entier. J'attends mon trophée, fanfaronne-t-elle.

Ça alors !

– Ces connards chez BPG ne t'ont vraiment pas donné le bon travail.

Elle renifle.

– Vraiment, tu crois ?… C'est l'histoire de ma vie.

– Pourquoi d'ailleurs ? Ils ne pouvaient pas juste te lâcher dans une cuisine ?

Audrey lève les yeux, le visage triste.

– Si j'avais un pénis et un accent français, *je dirigerais* une de leurs cuisines. Là, je ne peux pas même obtenir un poste de premier rang.

– Alors, pourquoi tu restes ?

– Encore six semaines… dit-elle, en se remettant au travail et en fronçant les sourcils. Ensuite, je leur propose une idée de restaurant. S'ils aiment, ils investiront, mais je suis en concurrence avec une vingtaine de personnes, et certains d'entre eux ont le pénis et l'accent français. Et pour couronner le tout, je n'ai pas encore trouvé mon idée. Pourtant, c'est drôle je ne suis même pas paniquée. Pas encore.

Cela ressemble fortement à la définition d'un échec programmé. Peut-être même plus dur que d'atterrir sur une liste NFL.

– Qu'est-ce qui se passera si tu ne remportes pas le prix ?

Elle secoue la tête.

– Je serai une fille au chômage avec un diplôme culinaire. Je pourrai toujours trouver un job en cuisine quelque part. Je ne vais pas mourir de faim, mais je n'aurai pas mon restaurant. Ils pourront toujours m'offrir un travail *quelque part*. Hey...

Elle montre la viande.

– C'est magnifique. Vous ne vendez pas vos porcs, n'est-ce pas ?

Je fais non de la tête.

– Non. C'est juste pour nourrir ceux qui produisent les pommes. Je pourrais acheter de la viande chez un grossiste. Ce serait mille fois plus simple, mais je ne supporte pas l'idée de donner de la viande d'usine à ceux qui cueillent des pommes biologiques et aident à la production de lait de vaches saines. Ce n'est simplement pas la bonne chose à faire.

– Pas de concessions avec Griff Shipley !

Elle me taquine.

– Eh bien, tu sais quoi ? Ce ne serait pas éthique, dis-je, irrité.

– Est-ce que c'était *éthique* d'avertir tous les fermiers du comté de se couper d'une vente potentielle ?

– Ouais.

Ma réponse est sortie un peu trop méchamment.

– C'était éthique dans la mesure où, en réalisant une vente, ils n'avaient aucune possibilité d'augmenter leur chiffre en faisant une meilleure marge. BPG fait ses courses dans le Vermont, parce qu'ils se sont déjà mis tous les fermiers du Massachusetts à dos. Après ton départ, j'ai trouvé une discussion sur un forum d'agriculteurs. Ils nous laisseront tomber comme une vieille chaussette sale si on ose exiger une rémunération raisonnable.

Ses épaules s'affaissent.

– Super. Je parie qu'ils vont m'envoyer dans ce putain de Canada la semaine prochaine.

– Eh, mais attends, le Canada est seulement à deux heures d'ici. Je ferais mieux de passer quelques coups de fil.

Elle lève son couteau sur moi.

– Griff ! C'est pas drôle !

– Désolé.

Je dois vraiment arrêter de taquiner cette fille, mais c'est comme si je l'avais dans la peau.

– Hum, il y a du sang sur cette chemise, j'ai peur, dis-je en pointant la tache sur son haut décolleté. Je te montrerai comment l'enlever.

Et bien sûr, en disant cela, j'ai l'image d'elle sans sa chemise... Elle lève un sourcil comme si elle lisait dans mes pensées.

– Merci pour ton aide, mais tu sais, toutes les filles deviennent expertes pour retirer du sang sur n'importe quel tissu à partir de leur treizième anniversaire. Eau froide et savon. Faut pas avoir fait Polytechnique, assène-t-elle sèchement.

– Oh, c'est vrai.

Je me mets à rougir.

– Est-ce que tu veux que je prenne le relais ?

– Je le fais mal ?

– Non.

– Alors non. Là, voilà...

Elle fait sauter un steak de lame sur le plateau.

– Enveloppez-moi ça, M. Griff le Fermier.

Finalement, elle me laisse un peu travailler. On a échangé nos tâches quand le crépuscule est arrivé, traînant avec lui une lumière rose dans le ciel, jusqu'au-delà de notre ferme. Jude et Zach sont de repos pour la nuit, mais maman et May passent de temps en temps. Soit pour prendre les pièces découpées et les mettre au congélateur dans la maison, soit pour allumer les lumières et enfin pour nous apporter un verre de notre cidre.

– Ooh, en plein dans le mille ! J'adore ce truc ! dit-elle en se délectant.

Je ne peux pas m'empêcher de ressentir une stupide explosion de fierté.

Il est presque minuit, aussi je lui suggère qu'on s'arrête. À contrecœur, elle me laisse mettre le reste de la carcasse dans le frigo.

– J'abats plus tôt dans la saison que la plupart des gens. Ce n'est pas parce que je veux du porc maigre, c'est parce que je dois le faire bien avant d'avoir besoin de la chambre froide pour les pommes. Ce ne serait pas sain de les stocker ensemble, lui dis-je en nettoyant le plan de travail.

– J'ai capté, répond-elle en lavant nos verres dans le lavabo.

Je ne comprends pas ce qui s'est passé. D'habitude, l'abattage est une corvée, mais là, j'ai le rire enchanteur d'Audrey et sa langue bien pendue pour me tenir compagnie.

J'enferme les restes sanglants dans une grande poubelle en plastique.

– Ce sera composté demain, mais si je les laisse dehors, ça va attirer les coyotes et les ratons laveurs. T'entends ?

Je me tais un instant, indiquant la forêt au loin. On peut distinguer la conversation des animaux entre les arbres.

– C'est... c'est un racoon ?

– Une bande de racoons, tu veux dire. Ils vivent la nuit.

– Et les coyotes ? Ils sont dans la propriété ?

Elle scrute l'obscurité, préoccupée, et je dois me retenir de rire.

– Ils en veulent à mes poulets. Tout comme ces énormes ratons laveurs. Ou du moins à la nourriture des volailles. Ils ne veulent pas de toi, tu prends beaucoup trop de place.

– C'est ce que tout le monde dit.

Elle a chuchoté sa réponse avant de sourire. C'était censé être une plaisanterie, mais j'ai le sentiment que ça ne la fait qu'à moitié rire.

– Viens, on a fini maintenant, dis-je en me dirigeant vers le dortoir dans la nuit.

J'éteins les lumières, mais pour autant nous ne sommes pas plongés dans l'obscurité, car la lune est presque pleine et elle brille à travers le ciel dégagé, illuminant les pierres du dortoir.

– Zach a dit qu'il a sorti mon sac de la voiture, c'est gentil de sa part.

– Maintenant tu sais qui est le gentleman des lieux.

Elle me pousse gentiment sur le côté.

– Pas toi.

– Tu as tout à fait raison...

Audrey éclate de rire.

– Même si tu me laisses ta chambre ce soir. Après tout, n'est-ce pas ce qu'un gentleman ferait ?

– La pression de l'entourage, sûrement...

– Ah bon. Ça me va, je la prends.

Un silence s'installe entre nous et je réalise à quel point nous sommes proches dans l'obscurité. Audrey est si près de moi que sa main frôle la mienne. Je peux entendre sa respiration et ça remplit ma tête d'idées cochonnes. Je veux l'entendre s'essouffler...

Dans un arbre voisin, un hibou hulule. C'est le même « her-her-herr-herr » que j'entends chaque nuit de ma vie depuis que je suis petit. Mais Audrey, elle, se fige.

Je glousse sans même avoir le temps de m'en rendre compte.

– Il veut un mulot bien juteux. Ou peut-être un tamia, s'il se sent d'attaque.

Je m'approche encore et pose une main réconfortante sur son épaule dénudée. Grosse erreur. Sentir sa peau soyeuse réveille mes sens en un instant.

Audrey relève alors ses mains et les observe dans l'obscurité.

– Il faut vraiment que je me lave, sans quoi ta chambre va ressembler à une scène de crime.

– Tu as raison. Moi aussi.

Du coude, je la dirige vers l'autre bout du bâtiment.

– La douche extérieure est faite pour ça. Je te montre.

Mon père a construit la douche extérieure quand j'avais à peu près dix ans. C'était pour offrir à nos saisonniers une possibilité de se nettoyer ailleurs que dans la maison. Cependant, il a fait un tellement bon boulot que, même moi, je me suis mis à l'utiliser dès qu'il fait chaud. J'aime être nu et offrir mon cul à la nature... Comme les enfants !

– Dis, il n'y a pas de coyotes là-dedans ? demande-t-elle en s'approchant de la cabane en bois.

– Je les chasserai juste pour toi ! C'est là.

J'ouvre la porte et inspecte les lieux. C'est une grande cabine, et dans la partie sèche il y a un banc comme dans les saunas, avec des patères au mur pour accrocher les vêtements. Je vois que ma petite maman, toujours aussi attentionnée, est passée par là. Il y a déjà plusieurs serviettes propres qui nous attendent. Une corniche, taillée par la main de mon père, court le long de la pièce, et dans la douche il y a du shampooing et des savons.

– Vas-y, je t'en prie. Je vais repousser les prédateurs féroces pendant que tu te débarrasses du sang.

– Je te conseille de ne pas trop te moquer d'une fille qui peut découper un filet de porc comme une pro.

Elle passe devant moi, entre dans la cabane comme un courant d'air et ferme la porte. Je suis plus grand que les planches qui servent de mur, on finit donc par se regarder dans les yeux, fixement. On ne se quitte pas du regard, même quand elle se déshabille en passant son chemisier par-dessus sa tête avant de le jeter sur le banc.

Mon corps entier est pris par l'excitation. Je sais bien qu'il faut que je regarde ailleurs. Mais ses yeux me cherchent, elle me provoque. Elle passe alors ses mains derrière son corps, et bouge les épaules comme si elle se défaisait d'un soutien-gorge caché.

Mon Dieu.

Je finis par me retourner, le dos plaqué contre le mur en bois et les yeux fixés sur les étoiles. Derrière moi, j'entends le froissement doux et délicat de ses habits de femme et ce son suffit à me rendre dur. Je prends une grande et profonde inspiration et tente de penser à autre chose. Je choisis la Grande Ourse.

Le robinet grince et l'eau commence à ruisseler derrière moi.

– Elle chauffe en quelques secondes, dis-je.

Cette phrase est sortie de ma bouche en un éclair, car *je* suis celui qui se chauffe en quelques secondes... Et je ne crois pas avoir très envie de refroidir.

Le désir fait se sentir vivant. Il n'y a pas de honte à ça, même si je sais qu'il n'y aura pas de suite. Ce soir, je vais m'endormir seul et excité dans un des lits vides du dortoir, et c'est une bonne chose. C'est un vent de fraîcheur, une sensation que je n'ai plus connue depuis bien trop longtemps.

Si je me remémore l'époque où, à l'université, Audrey et moi avions eu une aventure, je réalise que je n'avais pas apprécié ce moment à sa juste valeur. À cette période, si je gagnais un match, je considérais que c'était normal de passer une nuit de folie. Une fête de fraternité classique, avec un fût de bière dans un coin et les fameux gobelets en plastique rouge. C'était ma vie à l'époque. J'étais heureux, mais je ne savais pas à quel point ce genre de liberté serait rare.

La nuit où Audrey est venue dans ma résidence, au campus, après sa séparation, j'ai dansé avec elle et l'ai amenée jusque dans mon lit sans me poser la moindre question. On cherchait tous les deux la même chose cette nuit-là, un peu de bonheur insouciant. Elle avait enveloppé de ses bras mon cou, sur la piste de danse, avec un sourire entendu, et je l'avais embrassée avant même que la première chanson ne soit finie.

Ce n'est qu'une heure plus tard que je l'avais toute à moi, nue sur mon lit, saisissant la tête de lit tandis que je...

– Mmm... soupire-t-elle depuis la douche, et mon pouls accélère d'un cran.

Je me raisonne : *Oublie, connard ! Rien de tout ça ne va arriver.* Le bruit qu'elle a fait, c'est seulement celui de quelqu'un qui se met sous un jet d'eau chaude après une longue nuit de travail.

Pendant plusieurs minutes, je compte les étoiles, les battements de mon cœur et n'importe quel autre truc qui peut être compté. Elle finit par couper l'eau, et j'entends le froissement de la serviette sur sa peau. Cette nuit est si calme que le bruit de l'eau dans l'évacuation ne suffit pas à noyer mon souffle haletant.

En déglutissant de toutes mes forces, j'attrape mon tee-shirt et le fais passer par-dessus ma tête pour finir torse nu. Ça va être la douche la plus rapide de l'histoire. Et aussi la plus froide. Puis je déposerai Audrey à la porte de ma chambre et me jetterai sur l'un des lits superposés.

Ce programme, c'était sans compter avec le visage qu'Audrey m'offre au moment où je me retourne. Le clair de lune révèle les gouttelettes d'eau accrochées à ses pommettes et son regard brille d'une chaleur inattendue. Ses yeux fixes tracent une ligne entre mes épaules avant de se relever lentement pour se planter dans les miens. Puis elle sourcille, comme surprise, les lèvres légèrement entrouvertes.

– Hey. On échange ?

Je glousse, gêné, la main posée sur le montant.

Elle détourne le regard et tire la porte. Une fois cette dernière à moitié ouverte, elle se glisse dans le léger espace qu'il y a entre l'encadrement et moi. Sa serviette nouée à la poitrine vient se frotter contre mon torse nu.

Alors elle s'arrête, inclinant son visage avec une expression de défi, et je ne refuse jamais un défi.

Je baisse lentement la tête, et mes lèvres se posent sur sa joue. Je remonte alors doucement jusqu'à ses pommettes en respirant le doux parfum du savon mêlé à celui de cette jeune femme pratiquement nue et très désirable. Je passe ensuite délicatement ma langue dans son oreille, et elle laisse échapper un gémissement qui a probablement fait sursauter les hiboux jusque tout en haut des arbres...

CHAPITRE HUIT

AUDREY

À la minute même où Griff Shipley a retiré sa chemise, j'ai senti mon corps me trahir et au moment où sa bouche s'est posée sur la mienne, malgré une certaine retenue, je me suis comme envolée dans la brise fraîche du Vermont.

Je relève le menton pour qu'il puisse me couvrir la nuque de baisers intrépides. Mes mains se posent alors inconsciemment sur son torse sculpté tandis qu'il mordille le creux de mes épaules. Son corps est dur et chaud, et sentir ses lèvres charnues pincer ma peau me rend folle.

– Prends-moi, dis-je, haletante, plutôt comme un ordre que comme une exclamation.

Il fait un pas vers moi, et je recule. Nous répétons ce mouvement encore deux fois, jusqu'à ce que mon dos se heurte au mur en pierre de la cabine de douche.

– C'est ce que tu veux ? chuchote-t-il à mon oreille. Tu veux mes mains sur toi ?

Ses pouces rugueux s'enfoncent délicatement au-dessus de ma poitrine, juste à la lisière de la serviette, et je murmure son prénom comme une folle affamée. Griff me voit encore comme l'étudiante légère du « club de filles » de l'université. Et je m'apprête à lui montrer qu'il a raison.

Il prend mon menton et m'embrasse. Un baiser pas très délicat, je dois dire. Puis il saisit ma nuque, avidement. Je m'ouvre à lui, ne voyant aucun intérêt à jouer la timide, dans la mesure où j'ai tout fait pour inviter cet homme à festoyer à *ma* table ! Pressée contre son corps grand et solide, j'introduis ma langue dans sa bouche.

Je ne rêve pas. Je suis sur le point de faire des cochonneries avec Griff Shipley, contre ce mur en pierre qui a au moins cent ans et que son grand-père a construit !

– Tu ne m'as pas répondu, dit-il en grognant, ce qui me surprend. Qu'est-ce que tu veux Audrey ? Tu veux ma queue ?

À peine a-t-il prononcé ce mot qu'un frisson me parcourt jusque dans mon intimité.

Je ne sais pas si je peux répondre à ça. C'est une chose de se trouver coincée contre un mur une dizaine de minutes. C'en est une autre de le supplier de continuer.

Instantanément, il s'arrête et recule légèrement, attendant ma réponse. Quel dommage de gâcher cette frénésie ! C'est pas sympa. Pas sympa du tout.

– Juste cette fois, je soupire.

Il commence à rire si doucement et si profondément que je ressens les vibrations à travers sa poitrine. Puis, il soulève à nouveau mon visage entre ses mains, m'obligeant à le regarder dans les yeux.

– Juste cette fois, tu dis ?

L'étincelle dans ses yeux montre dix pour cent de moquerie et quatre-vingt-dix pour cent d'excitation. Ces dix pour cent m'agacent, évidemment. Cependant, ce n'est pas suffisant pour que je l'arrête. Ne soyons pas ridicule.

– Oui... Tu ferais mieux de faire en sorte que ce soit inoubliable, lui dis-je, avec une bravoure que je ne me connais pas.

Si je pouvais effacer de son visage ce sourire si arrogant !

– Ma très chère, maintenant je vais te baiser et tu me diras plus tard si c'était inoubliable.

À ces mots, mon corps tout entier se met à trembler. Griff écarte ma serviette de son pouce si viril et la balance par terre, de sorte que je sens la douceur de la nuit sur *tout mon corps.*

– Mmm, dit-il doucement, en glissant une paume rugueuse sous ma poitrine.

Il me dévore du regard avec une telle intensité qu'il réchauffe chaque partie de mon corps où il se pose, comme un feu.

– Tu es aussi attirante que ce que j'ai imaginé pendant que tu te douchais.

Sa main audacieuse descend plus bas. Il me fixe droit dans les yeux en introduisant deux doigts forts entre mes jambes. Ils glissent à l'endroit même où j'ai envie de les sentir, mon excitation aidant. Je suis mouillée et prête à m'offrir à Griff.

Mon Dieu, quelle fille facile je fais !

Il jette sa tête en arrière, pousse un son guttural et rauque.

– Baisse ma braguette ! ordonne-t-il.

Je ne peux obéir tout de suite, ses doigts continuant de me torturer. Je commence d'abord par frémir. Puis mes mains tremblantes descendent sur sa ceinture. Après une minute de tâtonnement, il repousse mes doigts, arrache d'un coup sec sa ceinture et ouvre lui-même sa braguette, d'un geste. Avec ma récompense juste à ma portée, je baisse son pantalon et son caleçon. Je retiens mon souffle en voyant cette superbe érection qui surgit pour me célébrer. Elle est belle et épaisse, juste comme j'aime.

Saisissant ses hanches à pleines mains, je le pousse en arrière. Puis je me penche et le prends dans ma bouche.

– Oh putain ! gémit-il en attrapant une poignée de mes cheveux.

Puis il m'ordonne:

– Prends-en plus! Suce-moi!

Sa voix grave et cassée résonne en moi et me désarme. Et puis il y a ce goût salé et musqué qui me fait tourner la tête... Je vais lui donner tout ce qu'il veut, parce que c'est ce que je veux aussi.

Avant ça, il va devoir apprendre à être patient.

Tout doucement, je passe ma langue autour de son gland, comme si je me délectais de la saveur d'un nouveau parfum de glace. J'embrasse le bout de son sexe, une fois. Puis deux.

– Audrey, dit-il pour me prévenir, d'un râle grave et agonisant.

Je n'ai pas envie de me précipiter. Je glisse ma langue sous la partie inférieure de son membre, ce qui le fait grogner une série d'injures, à demi-mot. Ses hanches se tordent d'impatience, mais il ne me supplie pas.

Cet homme est têtu. Mon rythme lent nous torture maintenant tous les deux.

Je capitule et ouvre grand la bouche pour embrasser son sexe tout entier autant que possible. Avec ma vie de célibataire endurcie, je n'ai pas pratiqué depuis une éternité, mais je m'applique à lui offrir une bonne et intense fellation et je suis récompensée par un rugissement de plaisir. Je prends ses testicules dans ma main, ils sont pleins et doux, et je fais un mouvement de va-et-vient régulier de la tête, de plus en plus rapide, jusqu'à ce qu'il place une de ses larges mains derrière ma nuque et me relève.

Je m'adosse au mur, l'attirant à moi avec l'espoir de faire avancer les choses. Si je dois avoir une aventure inconsidérée avec un ex-rencard, je veux que ça arrive tout de suite, avant que je reprenne mes esprits.

Je ne m'étais pas préparée à ce qu'il ait une telle intensité dans le regard quand il décide de me soulever sur le rebord en bois, devant le mur en pierre. C'est comme s'il pouvait lire en moi. Je me sens traversée de part en part par son regard, et toutes mes remises en question et autocritiques intérieures laissent place à un grand vide en moi. Le silence. Il pose sa main sur ma joue et la laisse là, comme pour me garder à lui. *Concentre-toi.* Ses yeux, le plus sérieusement du monde, me parlent. *Sans quoi, tu vas le regretter.*

Mon cœur se met à tressauter. Je pose mes mains sur son buste large et viril avant de fermer les yeux. J'entends son cœur battre d'un rythme stable, je prends une profonde inspiration, me préparant pour ce qui va suivre.

Le bruit d'un emballage vient ponctuer le silence. Je le vois en sortir un préservatif qu'il a pris dans son portefeuille. Voir sa main encercler son énorme érection me donne l'eau à la bouche.

Il retire son jean et ses chaussures.

– Viens là, bébé.

Il chuchote en attrapant mes fesses nues, puis il me soulève de quelques centimètres jusqu'à ce que je sois perchée sur le rebord. Ce n'est pas très large et je suis obligée de m'appuyer sur ses épaules afin de ne pas glisser. Nos visages se touchent alors qu'on regarde tous les deux son sexe épais et dur, prêt à atteindre sa cible. Il écarte un peu plus mes genoux, m'ouvre… et je m'entends gémir à la simple pensée de ce qui va se passer.

– Oh oui, dit-il en se rapprochant.

Je me penche un peu en avant, les mains autour de son cou, pendant que l'épais gland frôle mon vagin. Il tourne autour un petit moment, et je retiens ma respiration tandis qu'il taquine mon clitoris. Puis, comme il recommence les mêmes gestes, je laisse échapper un ordre.

– Qu'est-ce que t'attends !

Il me pénètre tout au fond avec un râle de désir. Soudain je suis entièrement pleine de Griff Shipley, et je le sens comme jamais personne ne m'a possédée. Mon corps frissonne de plaisir autour de son membre large et grand.

– Princesse... je t'ai manqué à ce point ?

Je cache mon visage dans son cou pour essayer de garder la même position. S'il voit mon visage maintenant, il saura à quel point j'avais besoin de ça. Je ne veux pas lui donner cette satisfaction.

Dans un râle, Griff se met à bouger son bassin. Ses mains glissent le long de mon dos avant de se poser entre le mur et mes fesses. Je comprends vaguement qu'il essaie d'éviter à ma peau de se blesser contre le mur en pierre mais, à cet instant, toutes mes pensées sont comme des bulles de champagne qui éclatent chaque fois qu'il me pénètre violemment.

Je suis en train de me faire baiser par Griff Shipley sous le ciel étoilé du Vermont. Et c'est extraordinaire.

Ma bouche court sous son menton, sa barbe chatouille ma peau, je lèche et aspire le muscle entre sa nuque et son épaule.

– *Putain,* bébé. Donne-moi ta bouche. Je la veux.

Ignorant sa demande, je mordille sa peau. Son corps massif est si excitant. C'est le genre d'homme bâti comme un mur. Je veux rester dans cette position pour toujours, coincée entre l'arbre et l'écorce. Pour toujours. J'enroule mon bassin vers l'avant, pour bien le sentir, et ce contact supplémentaire me fait voir des étoiles plein les yeux.

– Hum. C'est bon, murmure-t-il en ralentissant pour se coller un peu plus contre moi.

Sa superbe main d'homme soulève mon menton de son épaule, amenant ainsi ma bouche sur la sienne. Il glisse cette main derrière ma tête et force sa langue dans ma bouche en même temps qu'il me pénètre violemment.

Ce double assaut me fait instantanément gémir dans sa bouche. Je m'abandonne complètement, l'entourant de mes jambes. J'arrête de me dire que c'est une mauvaise idée. Pendant plusieurs magnifiques minutes, Griff me pénètre et je n'ai plus que *ça en tête.* Nos baisers n'ont pas de limite. Ses râles réguliers et passionnés résonnent dans ma poitrine.

On dirait que quelqu'un geint, et je pense qu'il s'agit de moi.

Son râle acharné me parcourt de la bouche jusqu'au tréfonds de l'âme. Chaque muscle de mon corps se tend autour de lui. Griff ralentit, comme pour ne pas affronter l'inévitable.

– Mmm...

Il se met à grogner comme un lion avant de sucer ma langue.

Puis je fais tout, à part pleurer. J'ai le souffle coupé et me laisse porter par cette extase furtive dans les mains habiles de cet homme. Le plaisir jaillit dans mon cœur et résonne partout autour. Griff en retour pousse un cri puis se raidit, les muscles sur sa nuque deviennent saillants comme des chaînes de montagnes. Il attire mon corps contre le sien une dernière fois. Nos cœurs battent l'un contre l'autre.

Pendant un moment, on reste ainsi, haletants et épuisés. Je tiens son corps en sueur contre moi, sachant d'expérience que très vite une tonne de gêne va s'installer en nous.

J'entends le grincement d'un robinet, puis de l'eau chaude nous tombe dessus. Griff se détache de moi et me fait descendre avec délicatesse sur le caillebotis. Je relève mes cheveux pour leur éviter le jet d'eau et, tandis qu'il me colle contre le mur, on prend une douche rapide. Un peu plus tard, il m'enveloppe dans une nouvelle serviette sèche, ramasse nos chaussures et nos habits posés sur le banc, puis il dirige son regard vers moi à travers la nuit.

Les étoiles brillent au-dessus de nous. On est tellement loin des villes que c'est la première fois que je vois un si beau ciel la nuit.

– Là, c'est la voie lactée ! dis-je subitement dans un murmure. Je ne l'avais jamais vue aussi clairement. Tout comme on nous la montre dans les manuels scolaires, avec ce grand arc lumineux, c'est exactement comme ça.

Griff fronce les sourcils dans le noir.

– Eh oui. C'est là chaque soir.

Il me prend vraiment pour une idiote !

Il pose une main dans le bas de mon dos et me guide jusqu'au dortoir. À l'intérieur, il ouvre une porte sur la droite. Mon sac à dos a été posé sur le grand lit double. Une lampe de chevet fait un halo de lumière jaune dans le coin, éclairant un vieux couvre-lit posé sur le mur et une fenêtre profonde de petite maison de campagne, qui offre un petit carré d'obscurité.

– Je vais te montrer la salle de bains, dit-il calmement.

– D'accord.

Je chuchote tout en me jetant sur mon sac pour en extraire ma brosse à dents, avant de le suivre dans la pièce qui se trouve de l'autre côté de l'entrée.

Il me laisse seule un moment pour que je fasse ce que j'ai à faire. Une fois prête, je sors et, sans parler, on se contente d'échanger nos places. Griff disparaît dans la salle de bains et s'y enferme.

C'est tout, alors… En même temps, qu'est-ce qu'on peut bien dire au mec qu'on vient de se taper, de manière tout à fait inattendue, dans sa douche extérieure. *Merci ? Ravie d'avoir fait ta connaissance ?* (Littéralement.) Je rentre sur la pointe des pieds dans sa chambre. Cette dernière est affreusement sommaire. Rien de personnel, à part un livre de poche, un thriller, et sur la table de nuit une paire de lunettes de vue.

Waouh. D'une certaine manière, l'idée que Griff porte des lunettes, quand il lit au lit, adoucit l'image que j'ai de lui.

Laissant la porte entrebâillée, au cas où il aurait l'intention de me rendre visite, je soulève son édredon et me glisse entre les draps. Je suis presque sûre que la mère de Griff est venue dans cette chambre et a mis des draps propres. Il n'empêche qu'il y a toujours une odeur de renfermé mêlée à celle de Griff. J'enfonce mon visage dans son oreiller et, en cachette, je respire son odeur à pleins poumons.

Un bruit dans le couloir me fait lever la tête. Un instant après, Griff apparaît, portant toujours sa serviette. Il s'en débarrasse rapidement. Puis, surprise, je l'observe soulever l'édredon et me pousser du coude.

– Pousse-toi un peu, bébé.

Je lui fais de la place et il étend sa large carrure de l'autre côté du lit. Puis il se rapproche de moi et me soulève comme si je ne pesais pas plus que ses oreillers en plumes d'oie. J'atterris à moitié sur son corps, la tête repliée sur son épaule et mes fesses nues dans le creux de ses grandes mains.

Ça alors. Je fais un câlin au fermier le plus grincheux de la terre.

Son corps est de plus en plus détendu au fur et à mesure qu'il prend ses aises. Son pouce caresse ma peau, y laissant comme un sillage de frissons... Je me risque à effleurer ses côtes du bout des doigts, il tremble légèrement.

– Pardon, dis-je immédiatement.

Puis je crois entendre un gargouillement sourd et étrange, qui s'avère être un rire.

– T'inquiète pas, ça m'a juste fait des chatouilles, chuchote-t-il.

Je trouve ça charmant et inattendu, donc bien sûr j'ai envie de recommencer. Je n'ai jamais su maîtriser mes pulsions. Mes doigts descendent le long de son torse, jusqu'à ce qu'il se crispe de nouveau et prenne ma main.

– Ça suffit, princesse.

Il embrasse la paume de ma main, puis la pose fermement au creux de sa poitrine.

Je me redresse pour embrasser sa joue, mon visage frotte au passage sa barbe étonnamment douce, jusqu'à sentir sa peau lisse. Il grogne, surpris, puis soupire. Ses bras m'entourent. On a un moment de tendresse inattendu. Rien à voir avec la maladresse d'un rencard bourré à l'université.

Je sens son corps si chaud et fort sous moi. Je pourrais le toucher toute la nuit sans m'ennuyer un seul instant.

– Bonne nuit Griff, je murmure dans le noir.

– Bonne nuit, bébé, me dit-il de sa voix rauque. Endors-toi maintenant.

Et je m'exécute.

CHAPITRE NEUF

GRIFFIN

Dawn est arrivé avant que je sois prêt. C'est toujours dur de se lever à 5h30. Et ce matin c'est particulièrement difficile, dans la mesure où je me réveille avec un ange nu sous les draps près de moi et une très grosse érection.

Mon corps en veut plus. Aussi, je considère comme une bénédiction qu'au moment où je me dégage, Audrey continue de dormir alors que je suis encore allongé sous elle. Une fois que je suis hors du lit, elle pousse un soupir endormi et blottit son corps délicieux contre l'oreiller. Je la regarde encore un peu plus longtemps, en osant me remémorer nos ébats de cette nuit, dans la douche. C'est juste que… *putain,* nous deux ensemble, c'est une combinaison dangereuse. On aurait besoin de panneaux comme on en voit accrochés aux bidons de gas-oil, dans les granges à tracteurs, avec écrit dessus : ATTENTION : INFLAMMABLE.

Je m'active en entendant la porte du dortoir se refermer derrière Zach ou Jude. Je m'habille et passe juste trente secondes dans la salle de bains, pour essayer de ressembler à quelque chose. Puis je traverse la prairie jusqu'à la grange des vaches laitières où je retrouve mes deux employés qui ont commencé le travail sans moi.

– Bonjour, est-ce que je peux envoyer le défilé des vaches ? demande Zach en remettant la pelle à Jude.

– Bien sûr. Envoie-les ici.

Zach fait demi-tour.

– OK... c'est quoi, ça ?

Il désigne ma nuque.

Merde ! Je frappe ma peau avec la main comme le coupable que je suis. J'aurais peut-être dû faire plus attention en me regardant dans le miroir ce matin.

Jude se penche au-dessus d'un tas de fumier qu'il commence à pelleter, ce qui ne l'empêche pas de rire en douce. Il me regarde et fronce les sourcils, l'air un peu perdu. En voyant ses pommettes devenir rouges, je réalise qu'il vient de comprendre. Il fait demi-tour en se mordant les lèvres, gêné.

Zach n'est pas du genre à me juger parce que j'aurais eu une aventure avec Audrey, mais il a vingt et un ans et ça fait de lui le plus vieux puceau que je connaisse. Chaque fois qu'il y a une allusion sexuelle dans un film ou dans une conversation, son visage devient tout rouge.

– Fais rentrer les laitières, dis-je pour couper court.

– Tout de suite, répond-il du tac au tac, sprintant vers la porte pour faire entrer les deux premières génisses chanceuses.

On commence la traite en silence. Parfois Zachariah met un peu de musique sur notre vieux poste de radio, car il jure que les vaches aiment la guitare classique.

Je désinfecte les poches en Jersey avant de les accrocher à la machine à traire. C'est un travail que je peux faire en pilote automatique. Certains matins, il peut même m'arriver d'avoir mes meilleures idées pendant la traite.

Évidemment, pas aujourd'hui. Mes pensées ne sont pas portées sur la stratégie à adopter pour la cidrerie ni sur les affaires de la ferme. Non, aujourd'hui, mon esprit s'évade en pensant à la peau douce et tendre d'Audrey et à ses mains passionnées. Et pourquoi est-ce que je me mets à calculer la distance qui me sépare de Boston ? Il y a à peu près deux cent cinquante kilomètres...

C'est ça, je me rafraîchis la mémoire. Ces deux heures et demie de route me découragent d'emblée. De toute façon, mon emploi du temps ne colle pas avec une petite amie, même si elle n'était qu'à *deux minutes et demie* de chez moi. Ma vie ne me permet pas de gérer le fait qu'une autre personne dépende encore de moi. J'en ai déjà assez comme ça.

Mais diable, c'est tentant. Je vais vivre en me remémorant longtemps tous les bons moments de la nuit passée, et ce sera si bon. Je sais que je m'allongerai dans mon lit et me caresserai en pensant à la manière dont elle s'est agrippée à moi de tout son corps et aux gémissements craquants qu'elle a poussés en jouissant.

– Griffin ? T'es bien là.

Je vois que Jude se tient au-dessus de moi.

– Quoi ?

J'ai raté ce qu'il a dit.

– Je veux juste savoir ce que je dois faire avec ces bottes de foin que je descends du truck. Mais t'as l'air un peu fatigué, on verra ça plus tard, dit-il dans un sourire.

Je suis pris la main dans le sac. Je pousse un grognement bien bourru et libère la vache de la machine à traire.

– Utilise la fourche pour remplir les mangeoires. Fais gaffe de ne pas piquer les museaux des demoiselles.

Il me répond par un clin d'œil malin et se retourne.

En attendant, je ne sais toujours pas ce que je vais faire de ce môme. Il m'a l'air d'être un bon bosseur. Si je ne connaissais pas son histoire, je me dirais même que ce type est un cadeau de Dieu.

Tandis que je le fixe, une pensée vient me troubler. Hier, je me suis assis à table, avec Jude en face de moi, et je me suis dit que jamais je ne serais celui qui serait accro à quoi que ce soit. Et pourtant, j'ai en ce moment une sérieuse addiction pour une chef sexy en diable, au caractère bien trempé et à la langue malicieuse.

Ouais, y'a pas de candidats pour une vie de sainteté ici. Excepté Zach peut-être.

La traite va vite à trois. C'est déjà l'heure du petit déjeuner.

– Avancez, tous les deux. Je dois prendre un truc dans ma chambre.

– C'est un peu tôt pour les cols roulés, Han... me dit Zach, et ses oreilles virent au rose.

Je grogne alors :

– Tais-toi, Padawan !

Jude éclate de rire.

Audrey n'est pas dans la chambre quand je m'y faufile pour attraper une chemise en lambeaux dans le placard. Elle a au moins le mérite d'avoir un col boutonné et cache en partie les dégâts, c'est toujours ça. Je prends ensuite mon air le plus souriant et entre dans la maison. En me lavant les mains, j'en profite pour écouter la discussion dans la cuisine voisine. C'est la voix de May.

– Comment tu fais *ça?* Si j'essaie, il y aura de l'œuf partout, jusqu'au plafond.

Le rire grave qui suit éveille tous mes sens. *Doux Jésus !* Le simple son de sa voix est comme une drogue.

– Le chef qui nous a appris à faire les œufs était complètement maso. Je ne sais pas s'il a été militaire, mais il avait tout d'un sergent instructeur, à tel point qu'il m'est arrivé de rêver de lui enfoncer le crâne avec ma poêle à frire. Mais en attendant, sa méthode a fonctionné. Il m'a fait plier tellement d'omelettes que je n'en rate plus aucune.

Je prends conscience que je suis là, la serviette serrée dans mon poing, à les écouter comme une plante verte. Du coup, je m'active et rentre dans la cuisine.

– Bonjour les filles, je lance en me dirigeant vers la cafetière.

– Salut ! Ce matin, nous avons des omelettes au cheddar et au jambon, une crème fraîche à l'ail et du bacon glacé au sirop d'érable, annonce May en se retournant.

Mon estomac gargouille.

– Eh ben... j'ai de la place pour ça.

– Ça, je n'en doute pas ! rétorque ma sœur en me passant une assiette vide.

– En revanche, elles sont faites minute. Tu passes donc après Dylan.

Je me retrouve appuyé contre la paillasse, essayant de me contenir pour ne pas reluquer les fesses d'Audrey dans la petite jupe en jean qu'elle a enfilée.

Mon Dieu !

Je suis juste à quelques centimètres d'elle et l'envie de la toucher est de plus en plus forte. J'ai envie d'embrasser la peau satinée juste à côté de ses oreilles et de laisser mes mains se balader le long de la soyeuse queue-de-cheval qu'elle s'est faite, quelque part entre le réveil dans mon lit et les feux de la cuisine.

Pas touche Griff, je me raisonne. Après m'être servi d'Audrey, comme dans un buffet, la nuit dernière, le moins que je puisse faire, c'est d'éviter de l'embarrasser devant ma famille.

Pourtant, il y a quelque chose chez Audrey qui me fait vraiment chavirer. Que je le veuille ou non, il y a un vrai truc entre nous. Chaque heure qu'elle passe dans le Vermont me fait me rappeler à quel point elle m'excitait déjà à l'université. En la regardant glisser son omelette parfaite dans l'assiette de Dylan, avec un grand sourire, je ressens un profond désir dans mes tripes, qui m'était jusqu'alors totalement étranger. Il n'y a pas de femme dans ma vie, et je n'ai jamais été sur le marché, mais j'espère bien un jour trouver la bonne. Et peut-être que cette femme me regardera par-dessus son épaule comme Audrey est en train de le faire tout en léchant ses lèvres parfaites.

Une fois que mon frère est servi, elle me demande :

– Et pour vous, ce sera quoi, Monsieur le fermier Griff ?

Toi.

– Euh, j'aime tout.

Elle lève un de ses sourcils parfaits, comme pour dire *j'ai remarqué.*

– Euhhh, jambon et fromage, s'il te plaît.

– Ça vient tout de suite.

Elle me tourne à nouveau le dos. Apparemment, on joue à ce jeu-là, qui consiste à faire comme si la nuit passée n'avait pas existé... Je la regarde cuisiner une poignée d'oignons hachés qui commencent à rissoler dans la poêle.

– Je n'ai pas dit avec des oignons, dis-je sans réfléchir.

Ils ne sont pas recommandés pour le baiser d'adieu que j'aurai à lui faire si je la laisse partir dans sa voiture de location.

– Dommage, c'est bon pour la santé, chantonne-t-elle.

Puis elle ajoute une poignée de poivrons verts hachés.

En réalité, j'aime tout, donc ça ne me pose pas de problème, mais en méprisant délibérément ma commande, elle éveille en moi une énergie qui m'est familière. Cette fille sait comment me faire démarrer au quart de tour, elle sait sur quel bouton appuyer. *Tous* les boutons.

– Alors, pourquoi tu me demandes ce que je veux ?

– Juste pour te donner du pouvoir, dit-elle, en cassant deux œufs en même temps sur le rebord d'un bol.

Si j'essaie de faire la même chose, il y aura de l'œuf partout sur le comptoir et sur moi, et probablement aussi au sol. Ses œufs en revanche tombent à chaque fois parfaitement dans le bol, de la même manière qu'elle jette parfaitement dans le compost les coquilles sans rien salir, d'un simple lancer. Puis elle prend un troisième œuf.

– Deux c'est bien, dis-je rapidement.

Elle le casse quand même.

– Tu dois garder de la force.

Cette simple insinuation fait instantanément affluer le sang entre mes jambes.

– Ça prend beaucoup d'énergie d'appeler toutes les fermes dans un rayon de quatre-vingts kilomètres à la ronde pour leur dire de se méfier de moi.

Je rumine intérieurement.

– Je suis vraiment désolé pour ça.

C'est un truc que j'ai fait sans réfléchir. Même si je pense que le groupe BPG est l'empire du mal, ce n'était pas nécessaire de rendre son travail encore plus difficile.

Elle prend alors le fouet pour mélanger les œufs. Puis elle ajoute une cuillerée de crème dans le bol et fouette à nouveau.

– Dès que je trouve un pneu, j'arrête d'être dans tes jambes.

En parlant de jambes, je me vois écartant les siennes.

Audrey verse alors les œufs sur les légumes qui crépitent. Puis elle prend la poêle et mélange le tout, d'un geste parfait et si régulier qu'on se croirait à un shooting pour un magazine culinaire. Elle fixe la poêle sur le feu, à la recherche d'un signe caché (ou peut-être qu'elle évite juste de croiser mon regard). Puis, alors que je m'apprête à lui poser une question rude dans le but de la pousser à bout, elle prend la poignée de la poêle et fait sauter le disque jaune en l'air, le rattrape, comme un Jedi jouant avec son sabre laser.

– Je ne comprends toujours pas comment elle fait ça ! lance ma mère en entrant dans la pièce derrière moi. Griff, il fait un peu chaud pour porter de la flanelle non ?

Elle me pince le coude au passage, en allant vers la cafetière.

Je mens délibérément :

– Euh... il a fait froid ce matin dans la grange.

C'est à ce moment-là qu'Audrey fait tomber le masque. Elle regarde mon cou, puis prend un air penaud.

Magnifique. Les femmes me regrettent avant même le petit déjeuner.

Le jambon et le fromage sont posés au centre de l'omelette, qu'elle replie méticuleusement. C'est très beau et, soudain, je meurs de faim.

– Assiette ? me demande-t-elle.

Je la lui tends et elle retourne l'omelette sur l'assiette en porcelaine avec une torsion maîtrisée de son si joli poignet.

– Qui est le suivant ? lance-t-elle.

Je me tiens devant elle, l'assiette à la main, ne sachant plus quoi faire. Note à moi-même : la prochaine fois que tu as une histoire d'un soir, ne le fais pas au beau milieu de ta famille.

– Tu devrais petit-déjeuner toi aussi... lui dis-je gentiment.

– C'est déjà fait, le bacon et la crème fraîche sont sur la table. Enjoy ! me répond-elle, sans même un coup d'œil par-dessus son épaule.

Oh, mais c'est déjà fait.

Sauf que maintenant elle me rejette. *Encore.* Je n'y comprends rien.

CHAPITRE DIX

AUDREY

Et l'Oscar revient à... Audrey Kidder pour sa performance dans « Le lendemain matin ».

Quand Griff quitte la cuisine, je pousse un soupir de soulagement. S'il avait été d'humeur sentimentale, sa famille m'aurait prise pour une belle plante... Et pas le genre de plante qu'on voit dans les jardins.

Je lave la poêle qui a servi à faire les omelettes quand May Shipley me l'enlève des mains et la met dans l'évier.

– Assieds-toi. Et prends un café. Arrête de travailler. Maman et moi, on culpabilise déjà assez comme ça, me dit-elle.

Gênée, je la suis dans la salle à manger et me sers un verre de jus de fruit. Je prends une chaise à côté de May et les garçons s'arrêtent tous de parler pour me dire que c'est la meilleure omelette qu'ils ont mangée de toute leur vie.

– C'est simplement des œufs, dis-je alors.

Je n'ai jamais été capable de recevoir un compliment, probablement parce qu'on ne m'en a pas fait beaucoup. J'ai grandi dans un environnement « sans compliments ».

Ma maman voulait une enfant qui réussisse, ce que je me suis plutôt bien employée à rater. Je m'amusais plutôt à séduire les joueurs de football et j'ai commencé jeune... Elle m'achetait des piles de sweat-shirts, et moi j'achetais de la lingerie noire pour la porter en dessous. Mes années d'adolescence se résument à des disputes et des hurlements à propos de mes cheveux, de mon maquillage, de la longueur de mes jupes.

De bons moments, quoi !

Le téléphone se met à sonner dans ma poche. Fort.

– Excusez-moi.

Je le mets rapidement sur silencieux. Je n'ai pas reconnu le numéro. Qui que ce soit, ça peut attendre.

J'ai bu mon jus et j'ai écouté Griffin expliquer à Jude pourquoi il fallait qu'il voie le nouvel épisode du film *Star Wars*.

Ce à quoi Jude répond :

– Tu sais, les gens qui te racontent l'histoire existent aussi en prison, je sais déjà qui meurt à la fin...

Griff insiste.

– C'est pas grave, la franchise est une marque de grandeur.

Mon téléphone affiche un message, puis bipe encore.

– Désolé. Cela ne m'arrive pas souvent.

Je sors mon portable et lis le message. Je le relis.

– Wouah !

– Est-ce que tout va bien ? me demande Madame Shipley.

Je lève les yeux un instant.

– Bien sûr.

Son visage se détend. Alors, May prend la parole pour m'expliquer.

– Ça fait quelques années maintenant, mais depuis que mon père est mort brusquement, on a le mauvais réflexe d'imaginer le pire dès qu'on reçoit un coup de fil inattendu.

Mince.

– Je suis vraiment désolée. Quand mon téléphone sonne, c'est souvent parce que j'ai encore fait un truc de travers.

Madame Shipley me sourit.

– Ça ne peut pas être toujours le cas.

– Très souvent quand même ! Mais pas aujourd'hui.

Je ne peux pas cacher plus longtemps cette bonne nouvelle.

– Je suis rappelée à Boston pour travailler dans une des plus grandes tables du groupe BPG, et je commence ce soir. Ils me demandent d'être en cuisine à quinze heure trente pour les préparations. Ils vont certainement me mettre au passe-froid ou à un autre poste ennuyeux, mais ça reste une super-opportunité. Mon Dieu, j'espère que le texto m'était vraiment destiné.

May rit :

– Pourquoi est-ce que ce ne serait pas le cas ?

– Euh, je ne suis pas leur employée préférée. Et le chef en charge est un vrai connard de macho. Ils le sont tous, mais lui l'est particulièrement. Il ne me laisserait pas entrer dans sa cuisine, à moins d'une vraie situation de crise. Il a probablement eu un accès de colère et a renvoyé toute sa brigade ou un truc dans le genre.

Je peux parier là-dessus.

– Wouah. Quel genre de cuisine feras-tu ?

– C'est de la cuisine moderne, proche de la cuisine moléculaire. Par exemple, un morceau de thon, congelé à une température extrêmement basse, coupé avec une scie à bande en petits dés, aplati en forme de cercle et cuit sur une plaque, et servi avec, tout autour, un nuage au parfum de mangue et de pignons de pin. C'est vraiment du très haut niveau. Ce n'est pas la cuisine que je préfère, mais c'est bien sur un curriculum vitae.

Ils me fixent tous comme s'ils se demandaient pourquoi vouloir couper du thon avec une scie à bande. Sur le coup, moi-même je ne comprends pas.

– J'espère que ça va te plaire, chérie, dit Ruth Shipley.

Elle pose sa tasse de café.

– Maintenant, il faut qu'on parle d'hier soir.

De l'autre côté de la pièce, Griff s'étrangle avec un morceau d'omelette tandis que je me mets à transpirer.

– Griffin, ton frère m'a dit la chose la plus étrange qui soit avant d'aller au lit. Il m'a dit que tu veux vendre des vaches.

Il me faut un petit moment avant de comprendre, je me répète ses mots dans ma tête, « vendre des vaches », il n'y a pas de sous-entendu sexuel là-dedans. Ruthie Shipley ne parle donc pas de moi.

Griff semble rassuré lui aussi. Il avale une gorgée de café avant de répondre.

– C'est une idée à prendre en considération. On pourrait réinvestir l'argent dans la cidrerie. Il y a des marges plus importantes à faire avec l'alcool qu'avec le lait.

– Mais, *Griffin.*

Madame Shipley se touche la gorge, choquée.

– Ton père a travaillé toute sa vie afin de bâtir… (Elle s'étouffe presque.) Je ne comprends pas pourquoi tu ferais ça.

Griff pose sa tasse.

– Ça a été une affaire formidable pendant longtemps, dit-il prudemment. Mais le prix du lait est de plus en plus bas et le loyer, lui, continue de grimper.

Sa mère écarquille les yeux.

– Mais… Smitty ne nous laissera pas tomber. On peut discuter du loyer avec lui.

Doucement, Griff secoue la tête.

– La valeur des terres a augmenté. Il a probablement des offres pour vendre. Des bonnes. Notre bail est terminé. Si tu étais à sa place, tu ne considérerais pas toutes les options ?

– Je suppose que tu as raison.

Elle se lève rapidement et apporte son assiette en cuisine. Un long silence gêné s'installe, jusqu'à ce que May demande :

– Et qu'est-ce qui se passe si on met tout notre argent dans le cidre et que ça échoue ?

Griff renverse la tête en arrière et se met à rire.

– C'est ça la vraie question, n'est-ce pas ? Est-ce que je peux au moins finir mes œufs avant de décider de notre destin ?

Elle entasse les assiettes en soupirant et rejoint sa mère dans la cuisine.

Pendant tout ce temps, je suis restée assise là avec le sentiment d'être une intruse au beau milieu de ce drame familial. Cela dit, je ne suis pas la seule. Zach et Jude fixent avec attention leurs assiettes vides.

Le silence s'interrompt de nouveau à cause du crissement des pneus sur le gravier dans l'allée dehors. Zach se lève et ouvre grand les rideaux.

– Oh, c'est Wilson. Il a ton pneu.

Le regard de Griff croise brièvement le mien, comme s'il avait oublié ma présence. Il a l'air un peu triste pour je ne sais quelle raison obscure.

Je saute de ma chaise.

– Il livre le pneu ?

– Il me devait une faveur, dit Zach.

– Laisse-moi trouver mon chéquier.

Zach fait non de la tête.

– Il va facturer à la compagnie de location.

– Oh merci.

On dirait que je n'ai plus aucune raison de rester dans la ferme des Shipley.

Zach et son pote du garage ont remplacé mon pneu en moins de dix minutes. Madame Shipley me serre dans ses bras et me remercie de l'avoir aidée en cuisine, et de m'être occupée du cochon.

– Est-ce qu'il y a quelque chose dont tu as besoin pour la route jusqu'à Boston ? me demande-t-elle.

– Mon sac, c'est tout. Je vais rapidement le chercher dans le dortoir, dis-je en faisant de mon mieux pour ne pas rougir.

Je pense que ce mot, dortoir, va très probablement m'exciter et me hanter pour le restant de mes jours.

Je rentre dans la chambre de Griff pour enlever mon sac à dos du lit, que j'avais fait avant le petit déjeuner. Encore maintenant, je ressens le besoin d'enfoncer mon visage dans son édredon, une dernière fois, pour respirer son odeur.

Est-ce que c'est tordu de ma part ?

Probablement.

Je décide donc de rassembler le peu de dignité, déjà mise en lambeaux, qui me reste et je fiche le camp.

La voiture se tient dans l'allée, prête à démarrer. Griff et ses gars sont en pleine discussion sur la nécessité de laver la cuve à fermentation. Tandis que je m'approche, Zachariah et Jude me font un signe amical avant de vaquer à leurs occupations, nous laissant Griff et moi seuls à côté de la voiture. Je jette mon sac dans le coffre, en me disant *et maintenant qu'est-ce qui se passe ?* Est-ce qu'on se serre la main ? On s'embrasse ? Quel est le protocole à adopter dans le cas après-un-plan-cul-je-reste-en-contact-pour-le-cidre ?

– Bon, dis-je en fermant le coffre.

– Bon, répond-il en penchant sa tête sur le côté et en me souriant.

Ce sourire me fait l'effet d'un coup de poing en plein cœur et me fait perdre ma concentration.

– C'était... intéressant.

– Ah.

En fait, il lève les yeux au ciel.

– Intéressant ? C'est *ça* la synthèse que tu me fais ? Pourtant, je suis presque sûr que la terre a tremblé.

– Eh bien...

Mes joues sont brûlantes.

– Tu es un agriculteur. C'est ton travail de faire attention à la terre. Tout ce que je sais, c'est que hier soir j'ai perdu des neurones essentiels à mon bon fonctionnement. Je serai chanceuse si j'arrive à retrouver mon chemin jusqu'à Boston.

Son sourire s'agrandit.

– Reviens ici si tu te perds. Tu sais où me trouver.

Je sais où le trouver et ça, c'est totalement inattendu. Ces cinq dernières années, j'avais complètement oublié son existence ainsi que tout ce qui n'avait pas tourné rond pour moi à l'université de Boston. En revanche, à partir de maintenant, je sais que je vais penser à Griff pendant un bon moment. Cet homme ne laisse pas indifférent, même là je me sens attirée… Il est vraiment temps de prendre la route.

– Je… euh… vais m'assurer que ton cidre aille dans les mains d'un sommelier.

Griff plisse les yeux.

– Merci.

– On ne sait jamais, dis-je en ouvrant la portière. Tout Boston pourrait boire ça à l'automne. À vingt-quatre dollars la bouteille.

Il ronchonne.

– Hey. Pas si vite.

Avant que j'aie le temps de réagir, Griff contourne la portière et franchit mon espace vital. Vu la différence de taille, mes yeux sont au niveau de sa barbe. Il dit de ses lèvres généreuses :

– Je peux quand même te dire au revoir, non ?

Je déglutis, la gorge serrée, car *je déteste* les au revoir. S'il existe une phobie des au revoir, c'est sûr, je suis un cas gravement atteint. Le corps imposant de Griff se rapproche et sa chaleur me submerge. Avec deux de ses doigts puissants, il relève mon menton pour que je croise son regard.

– Hey, chuchote-t-il. Tout va bien ?

Ses yeux bruns scrutent mon expression.

– Bien sûr, dis-je, un peu distante.

Puis sa bouche se pose sur la mienne, ses lèvres pleines et chaudes… Je l'enlace sans y avoir été invitée. Il m'embrasse lentement, intensément, pendant que je m'accroche à lui, comme une moule à son rocher. Sa langue se fait pressante et caresse la mienne, et je sais que je vais garder sa saveur sur tout le trajet du retour jusqu'à Boston.

Quand il se retire, je ne suis pas prête, c'est trop tôt.

– C'est juste un petit quelque chose pour que tu te souviennes de moi, chuchote-t-il.

Comme si je pouvais l'oublier !

– À plus, dis-je, essayant de retrouver mes esprits.

Pourquoi est-ce que ça me semble si dur d'un seul coup ?

– Au revoir, corrige-t-il en reculant.

C'est juste...

Griff me regarde entrer dans la voiture et démarrer, une expression indéchiffrable sur son visage. Il croise ses bras tannés par le soleil autour de son torse pendant que je fais un demi-tour.

Il me fait un signe de la main, puis je me dirige dans la direction opposée, loin de sa vie.

DEUXIÈME PARTIE

AOÛT

« Cuisiner, c'est comme aimer. On devrait le faire en s'abandonnant complètement ou ne pas le faire du tout. »

Harriet Van Horne

CHAPITRE ONZE

UN MOIS PLUS TARD

GRIFFIN

Nous étions samedi soir et nous étions tous épuisés, comme d'habitude. La saison des récoltes avait commencé pour les toutes premières variétés de pomme. Après avoir consommé les dix mille calories de la cuisine de maman, mon cousin, Zach et moi nous rendions à *The Mountain Goat* pour boire des bières.

J'ai évité *The Goat,* comme on l'appelle, depuis le printemps. Mon ex-plan cul dirige cet endroit, et elle n'a pas vraiment apprécié que je la quitte.

Ça ne fait qu'une semaine que je m'aventure à nouveau dans ce bar. Mon cousin Kyle aime sortir et, depuis qu'il s'est installé dans le dortoir pour nous donner un coup de main avec la récolte, j'ai pris mon courage à deux mains et me suis montré chez *The Goat*. Zara m'a ignoré, je m'y attendais. Cependant, elle n'a pas empoisonné mes verres, donc je me dis que tout va bien.

Ce soir, on a rendez-vous avec le petit frère de Kyle, Kieran, qui part bientôt pour être formé par l'Agence américaine de lutte antidrogue. Je choisis un coin au fond de la salle avec une banquette en U, pas trop serré, et qui permet à mes cousins d'avoir un œil sur toutes les femmes qui passent la porte.

À peine assis, Kyle me lance :

– Zara vient de te dévisager comme si elle avait un rayon laser mortel à la place des yeux.

– Oh oh ! Pourquoi est-ce que tu ne te comporterais pas plutôt en bon garçon de la campagne et paierais la première tournée ?

Je pose un billet de vingt sur la table. Kyle est radin. Il n'a jamais déboursé un cent pour les bières à moins qu'il n'y ait des femmes à notre table.

– Je vais nous prendre un pichet, dit Zach en bondissant, laissant mon argent sur la table.

– Tu peux pas être un peu plus comme lui ?

J'interroge Kyle. De mes deux cousins, Kyle est le causeur, Kieran est plus tranquille. Sincèrement, je suis beaucoup plus proche de ces deux-là que de mon petit frère. Dylan a dix ans de moins que moi, alors qu'avec mes cousins on a moins d'écart. J'ai vingt-sept ans, Kyle vingt-cinq et Kieran vingt-trois. On a cueilli des pommes ensemble depuis qu'on sait marcher et on a bu des coups chez *The Goat* depuis qu'on a l'âge légal.

– Au fait, pourquoi tu as cassé avec Zara ? me demande Kyle en pointant son menton vers le bar. Je croyais qu'elle était cool. Et puis... franchement, y'a pire dans cette ville, ajoute-t-il en la jaugeant longuement.

Je tapote des doigts sur la table.

– Il n'a jamais été question qu'on ait une relation sérieuse.

– Mais c'est ce qu'elle voulait ?

– Elle ne m'a pas donné d'ultimatum. On s'est toujours dit que c'était juste sexuel, mais j'en ai eu marre de culpabiliser de ne pas faire plus d'efforts ou de ne jamais l'inviter à dîner à la maison.

Je n'ai rien contre Zara, c'est une fille bien, mais il y a déjà trop de gens qui comptent sur moi. Ça me stresse trop d'avoir une personne en plus à gérer.

Kyle me regarde, sceptique.

– Tu as arrêté de te taper la fille la plus sexy de tout le comté parce que tu te sentais coupable ?

Ce n'est pas aussi simple que ça.

– Elle a commencé à faire des sous-entendus, en disant qu'elle voulait passer plus de temps avec moi. Je n'ai pas voulu lui donner de faux espoirs, c'est tout. Ça ne m'a pas paru honnête.

– Si tu le dis...

Dans sa voix, j'entends *t'es un putain d'imbécile.*

Peut-être qu'il a raison, car ce mois-ci a été une vraie corvée, et pas dans le bon sens. Et ça ne va faire qu'empirer. La fin de l'été et le début de l'automne sont notre plus grosse saison, c'est la période où on se casse tous le cul. Mes cousins ont passé la journée à cueillir des Zestar et des Transparentes blanches. Zach et les jumeaux ont apporté des pommes et du cidre au marché des fermiers de Norwich et, avec Jude, on a nettoyé les réservoirs et bricolé dans la maison cidricole. À partir du week-end prochain, des hordes de gens vont débouler, stationner en haut de notre pré, choisir des pommes et acheter du cidre, et d'une manière ou d'une autre, il faudra que je presse autant de pommes que possible durant cette période chargée, tout en me frayant un chemin entre les selfies pris par les citadins venus se mettre au vert pour le week-end, pour faire la vendange de l'année du Cidre Shipley.

Zach revient à la table avec un pichet et quatre verres. Je le sers en premier, avant de tendre les autres bières à mes cousins.

– À la vôtre, dis-je, mon verre à la main.

Kyle sourit.

– Et surtout aux touristes bien chaudes qui vont débarquer chez *The Goat* à l'automne pour coucher avec moi !

Je souffle, dépité.

– Elles feraient mieux de réserver des chambres d'hôtel, car le dortoir affiche complet... Et garde-toi bien de penser à faire ça dans mon truck !

– Mec, c'est un sous-entendu un peu dur pour un vendredi soir.

Il prend une grande gorgée de bière.

– J'aurais mieux fait de boire au beau temps, parce que du coup, je vais en avoir besoin aussi pour baiser en plein air.

Comme d'habitude, Zach rougit à tous ces sous-entendus sexuels.

Ladies and Gentlemen, un vendredi soir de plus à « The Goat » !

Au moment où je nous ressers de bière, une paire de jambes absolument superbes passe dans mon champ de vision. Mon traître de cerveau pense immédiatement à Audrey Kidder, comme toujours ces derniers jours. Chaque fois que je vais au lit, je l'imagine là, à côté de moi. Chaque fois qu'une voiture étrangère s'arrête sur mon chemin, j'observe pour voir qui va sortir. Jamais je ne vois une blonde sexy avec de l'allure. C'est toujours un vendeur de nourriture corpulent ou un des amis des jumeaux.

En parallèle, les dîners de famille sont tendus, car nous passons beaucoup de temps à discuter de l'avenir de notre activité laitière. Smitty nous a envoyé un nouveau bail avec un terme porté à cinq ans et une augmentation du loyer pour chaque année successive. Nous avons soixante jours pour signer, ce qui peut sembler énorme comme délai, jusqu'à ce que vous preniez en compte la liquidation d'un troupeau laitier.

Du bon temps, en clair.

Je reprends de la bière et me demande bien pourquoi je suis sorti ce soir. Il y en avait à la maison et j'ai l'impression d'avoir apporté mes ennuis avec moi.

Kyle soudain dit.

– Je l'ai vue en prems ! Waouh ! Je l'avais pas vue, celle-là.

Je ne me retourne pas pour la regarder. Cette pauvre jeune femme, quelle qu'elle soit, n'a pas besoin d'une table entière de mecs qui la reluquent. De toute façon, Kyle est sur le point de lui mettre la pression.

Mais Zachariah commence à glousser.

– Tu n'es pas le premier sur le coup, Kyle.

– Pourquoi ? Je vois pas d'alliance.

– Elle et Griffin...

Il se racle la gorge.

À ces mots, je capitule et tourne la tête, et mon rêve se réalise.

– J'y crois pas.

Audrey Kidder est assise sur un tabouret et parle à Zara. Elle a l'air surprise. Si Zach n'avait rien dit, j'aurais probablement pensé que mes yeux me faisaient défaut. J'ai l'impression de voir Audrey Kidder dans les marchés fermiers depuis des semaines, mais en réalité ce n'est jamais elle.

Jusqu'à présent.

– Quoi ? C'est des conneries. Je vais lui offrir un verre.

Kyle pose alors une main sur la table et s'apprête à la relever.

J'étends mon bras jusqu'à sa main et l'écrase contre la table.

– Certainement pas.

– *T'es sérieux ?* Regardez qui protège son territoire tout à coup.

Il se dégage et s'assied au fond de son siège.

– Très bien. Alors, va la chercher, qu'on se marre.

Super. La dernière chose dont j'ai besoin, quand je m'apprête à reparler à Audrey, c'est d'un public. *Et puis qu'est-ce que je peux bien lui dire ? Hé, depuis que t'es partie, j'ai ressassé dans ma tête notre nuit ensemble, encore et encore, de manière obsessionnelle. Tu prends une bière avec moi et ma famille indiscrète ?*

– Eeeeeet on est découverts ! dit Zach gaiement.

Il lève une main et salue Audrey.

– Bouge !

Je pousse Zach du coude. Si elle est de retour à Tuxbury, je vais lui parler, qu'il y ait un public ou non.

Zach s'est écarté de mon chemin mais, en me levant, je vois Audrey se retourner très vite vers Zara, qui s'est penchée sur le bar et lui chuchote quelque chose en plissant les yeux.

Merde.

CHAPITRE DOUZE

AUDREY

J'espérais bien sûr revoir Griff Shipley dans le Vermont, mais j'étais loin d'imaginer que j'allais tomber sur lui moins d'une heure après mon arrivée. Dans le bar où je viens de commander une salade Caesar au poulet et une bière, je ne suis pas vraiment prête à voir débarquer, cet homme-là. Il me faut retrouver mes esprits avant de me trouver nez à nez avec un homme aussi sexy.

La serveuse, Zara, me met déjà en garde.

– Fais attention à cette bande. Ce sont tous des connards, à part le petit blond. Lui, il est trop mignon. Mais les fils Shipley pensent qu'ils sont envoyés sur terre par Dieu. Griff est égocentrique et Kyle un gigolo. Quant à Kieran, personne ne sait ce qu'il pense parce qu'il ne parle jamais.

En jetant un coup d'œil à leur table, je suis surprise de voir deux Shipley de plus. Il y a un sacré air de famille. Ce sont tous des hommes robustes aux larges épaules, avec de solides mâchoires et de beaux cheveux épais. Je me demande lequel Zara a choisi pour lui faire du rentre-dedans.

La réponse parvient à mes oreilles une petite minute plus tard.

– Bonsoir, Mesdemoiselles.

La voix grave de Griff vient de retentir dans ma poitrine. J'aurais préféré que ce ne soit pas le cas. Les prochaines semaines s'annonceraient bien plus faciles si j'étais immunisée contre Griffin Shipley.

– Bonsoir, murmure Zara. Tu as besoin de quelque chose ?

Ses yeux sombres et perçants le supplient de lui demander quelque chose.

– J'ai simplement besoin de dire bonjour à Audrey, dit-il en laissant glisser sa main sur mon épaule nue.

Ma peau s'échauffe sous sa main et je lutte contre un tremblement vertigineux. Ma libido ressemble à un chiot golden retriever, je suis prête à lui sauter dessus et à lécher son visage. Il faut que je me calme. Je tente de maîtriser mon excitation en restant de marbre et je lève les yeux vers lui.

– Bonne soirée, Griff Grincheux.

Les commissures des lèvres de Zara se relèvent. Mais aussitôt après, son regard descend sur la main de Griff qui est toujours sur mon épaule. Et là, les yeux noirs de cette fille se remplissent de quelque chose qui ressemble à un mélange d'irritation et de douleur. Elle se détourne et se dirige vers l'autre bout du bar.

– Viens t'asseoir avec nous, dit-il.

Sa voix me fait l'effet d'un tremblement de terre dans mon cœur.

– J'attends mon plat, je dis d'une voix faiblarde. Et quelque chose me dit que la serveuse ne t'aime pas beaucoup. Si je me mets à votre table, elle risque de ne jamais me servir.

Il glousse avec grossièreté.

– Eh bien, c'est un risque à prendre.

– Qu'est-ce que tu lui as fait ? je demande, en prenant le parti d'une femme que je connais depuis pas plus de trois minutes.

– Disons plutôt, qu'est-ce que j'ai bien pu ne pas lui faire ?

Nous arrêtons de parler, car Zara revient vers moi, mon bol de salade à la main. Elle le balance devant moi et Griff le saisit aussitôt.

– Pose ça sur notre table, dit-il, en attrapant le rouleau qui contient les couverts.

– Bien, Maître, grimace-t-elle en faisant la révérence, avant de se retirer.

Je me lève du tabouret avec ma bière.

– Quoi que tu lui aies fait, ou pas, tu devrais penser à t'excuser.

– Je réfléchirai à ton conseil.

Il apporte mon dîner dans un box en bois rétro où sont installés trois hommes qui observent mon arrivée avec fascination.

– Salut, Audrey, dit Zach en se levant.

Il tend la main pour m'inviter à m'asseoir à la place du milieu.

Je m'y installe, et Griff s'assoit à mes côtés en posant ma salade devant moi. Zach installe une chaise au bout de la table.

– Ces têtes de débiles, ce sont mes cousins, Kieran et Kyle, m'explique Griff alors que je commence à manger ma salade. Les gars, dites bonjour à notre amie Audrey.

– Bonjour-à-notre-amie-Audrey, disent-ils en chœur avant d'éclater de rire et de se taper dans les mains.

Griff secoue sa grosse tête comme s'il était désolé, mais j'ai le sentiment que Kyle et Kieran vont être drôles. La nuit commence à tomber, et la salade que j'ai commandée est très bonne. Or, pour moi, si un restaurant a une bonne salade Caesar, alors ça vaut le coup d'y retourner.

Bien sûr, si c'est pour être assise à côté de Griff Shipley, je suis capable de venir là tous les soirs comme une vraie naze. Je suis si pathétique que ça ?

– Alors, comment ça se passe ? je demande en coupant le poulet avec ma fourchette. Où est le nouveau gars ? Je me demandais si c'était son jour de congé aujourd'hui.

J'ingurgite vite une bouchée en souhaitant ne jamais avoir dit ça. J'aurais vraiment voulu ne pas laisser entendre que je pense à la ferme des Shipley tous les jours depuis que je l'ai quittée.

– Jude va très bien.

C'est Zach qui se dévoue pour me répondre.

– Mme Shippley s'en occupe bien. Ce soir, May l'a emmené à une réunion des Narcotiques Anonymes à Norwich.

– C'est gentil de sa part.

– Oui, vraiment, approuve Griff.

– Voyons voir... (Zach prend son menton dans sa main.) Les pêches sont presque finies et les pommes commencent tout juste...

– Tu as des pêches ? Mon Dieu, toutes les choses que je pourrais faire avec des pêches bien mûres !

Je frissonne en soupirant, rien qu'en pensant à ça. Une tourte aux pêches. Des muffins pêche-gingembre...

– Holà ! dit Kyle en souriant. Tout va bien ?... Ce ne sont que des pêches. Les guêpes aussi aiment bien ces arbres. Hier je me suis fait piquer, à l'épaule.

– Tais-toi, idiot ! aboie Griff. (Il se tourne vers moi.) BPG t'a renvoyée dans le Vermont ?

– Eh oui, évidemment. Leurs vieilles techniques ne fonctionnaient plus, alors ils ont augmenté leur budget. Je crois que les chiffres sont assez convenables maintenant. Enfin, de toute façon, je verrai bien.

Je me doute qu'il va quand même y avoir de nouveaux problèmes. Il y en a tout le temps.

– Qu'est-ce que tu as pensé de la cuisine pendant ton intérim ? me demande Griff en haussant les sourcils, ce qui lui donne l'air particulièrement attentif. L'endroit high-tech.

Je suis étonnée qu'il s'en souvienne.

– C'était fascinant et j'ai beaucoup appris sur la technologie de pointe de la gastronomie. Mais la cuisine était un peu... triste. Et le chef était un con. Ils le sont tous. Il n'a pas daigné retenir mon nom pendant les deux premières semaines. Les deux dernières, il les a passées à me peloter les fesses et à m'appeler « Friponne ». C'était sa petite plaisanterie.

Griffin prend l'air le plus ronchon que j'ai jamais vu. Et ce n'est pas peu dire.

– Ce connard est le patron ? (Kieran prend la parole pour la première fois.) Tu ne peux pas le dénoncer à la DRH ?

– Je pourrais, dis-je en piquant dans ma salade. Mais ils se fichent bien de ce qu'il peut dire tant qu'il obtient de bonnes critiques et qu'il vend des plats à la truffe à quarante dollars dans son restaurant. En plus, cette entreprise va m'aider à réaliser mon rêve, même s'ils ne le savent pas encore. Alors, je ne veux pas être la fille qui les accuse d'un environnement de travail hostile.

Personne ne dit plus rien pendant un moment, mais le visage de Zach s'assombrit petit à petit.

– Ça craint, ça, princesse, dit finalement Griff.

– Ouais, acquiesce Kyle. Ça demande un peu plus de bière. Je vais aller en chercher, comme ça, Zara ne pourra pas l'empoisonner.

Kieran glousse.

– C'est comme si c'était automatique, dès qu'une femme est présente parmi nous, Kyle retrouve son portefeuille.

Pendant que je finis ma salade, ils bavardent à propos du bar et du fait de ramasser les pêches qui restent.

– Tu es en ville pour combien de temps? me demande Griff alors que je fais signe que j'ai terminé mon assiette.

Kyle remue ses sourcils en fixant Griff, mais ce dernier le fait taire d'un coup d'œil, comme il sait si bien le faire.

– Au moins deux semaines. Je vais devoir parcourir pas mal les environs pour trouver tous les produits qu'ils recherchent.

Il n'y aura personne de BPG dans le coin pour vérifier ce que je fais chaque jour. Cela veut dire que je vais pouvoir consacrer beaucoup de temps à l'exploration et à manger les pêches du coin. Je pourrais même essayer de leur en cuisiner dans la kitchenette minuscule et dégueulasse du motel où je dors. Il me tarde d'avoir un peu de temps libre, loin de la cuisine stressante dans laquelle j'ai travaillé si durement tout le mois dernier. Le bas de l'échelle, en cuisine gastronomique, c'est un endroit désert.

– Les canneberges ne seront pas mûres avant un bon moment, dit Zach à Kieran. Tu pars de la ville au mauvais moment.

– Attendez, vous avez aussi des canneberges ? je demande. Je pensais qu'il fallait un marais pour ça.

Griff secoue la tête.

– Les grandes exploitations commerciales inondent le sol pour simplifier la récolte, mais la plante pousse là où tu la mets.

– En novembre, Mme Shipley fait son fameux crumble aux pommes et aux canneberges, dit Zach en s'affalant sur sa chaise et en fermant les yeux. C'est le moment de l'année que je préfère.

– Véridique, dit Kyle en se rasseyant avec le pichet. Cette tarte me donne un orgasme culinaire. C'est un peu la raison pour laquelle j'ai commencé à travailler au verger.

– Mais non ! se moque Griff. C'est pour mon tempérament de vainqueur !

Il tend mon verre de bière à son cousin pour qu'il me resserve.

Au même moment, la main libre de Griff atterrit sur mon genou nu, enveloppant tellement ma jambe que je sens ses doigts à l'intérieur de ma cuisse. Mon corps tout entier frissonne.

– Ça va ? me demande Kyle à nouveau.

– Très bien, je réponds rapidement avant d'avaler une autre gorgée de bière.

Mais les vilains doigts de Griff caressent doucement ma peau, allumant toutes les terminaisons nerveuses de mon corps. Mon cerveau est tout près de provoquer un court-circuit, envoyant des étincelles se balader pêle-mêle dans toutes les directions.

S'il continue, je vais finir par faire quelque chose de vraiment très stupide. Donc, je fais ce qui est nécessaire. Je glisse ma main sous la table, je retire sa main de mon genou et je dis en chuchotant :

– Tu n'es pas un mec bien.

Il me répond paisiblement :

– Faux !

Et alors que sa main s'apprête à retourner à sa place, c'est-à-dire sur lui, elle emporte la mienne avec elle. Les larges doigts de Griff se referment doucement autour des miens et, pour des raisons qui m'échappent, je le laisse faire.

Griff aplatit ma main sur sa jambe et ma paume s'étale sur sa cuisse musclée. La pulpe de mes doigts frôle sa peau nue, à l'endroit où son short s'arrête. Les poils de ses jambes paraissent étonnamment doux sous mes doigts et je tente de repousser un nouveau frisson alors que me traverse un souvenir de la dernière nuit que nous avons passée ensemble. *Mon dos contre le mur, ses jambes qui fléchissent de façon répétitive pendant que nous...*

Ahhhh. Quelle fille serait capable d'arrêter de penser à un tel moment ?

– Qui fait la foire de Norwich demain ? demande quelqu'un. J'y étais la semaine dernière.

– Je vais la faire, dit Griff, tandis que ses doigts effleurent le dos de ma main. Jude viendra avec moi.

– Rapporte-nous des donuts, lance Kyle.

Ils continuent de parler, mais toute mon attention est concentrée sur ma main et sur la façon dont Griff la caresse avec des mouvements très légers. À présent, il place ma main dans la sienne et me masse la paume de son pouce rugueux. Il me titille, la douce pression de son doigt au creux de ma main me laisse imaginer d'autres endroits qu'il pourrait ainsi toucher…

J'ai envie de m'allonger et de fermer les yeux. J'ai envie de me jeter à nouveau sur lui.

Mais je ne vais pas le faire.

Non, je ne vais pas le faire.

Vraiment.

Ses doigts rusés enlacent mon poignet, me donnant l'impression d'être si fragile en comparaison de sa grande corpulence. Qui eût dit que le poignet était une zone érogène ? Je commence à sentir des picotements me parcourir de la tête aux pieds. Et il est seulement en train *de me tenir la main.*

– Tu as sommeil ? me demande Kyle alors que mes yeux viennent juste de se fermer de plaisir.

– Mmm ? (Je me ressaisis.) J'ai fait une longue route jusqu'ici après une grosse journée de travail.

La conversation continue, mais je reste obnubilée par la façon dont Griff me touche. Ses doigts baladeurs frôlent à nouveau ma jambe, mais seulement l'extérieur. Peut-être que je suis vraiment une « friponne », car je regrette de l'avoir repoussé. Spontanément, ma jambe est aimantée petit à petit jusqu'à se rapprocher tout près de la sienne, sous la table. Griff glousse silencieusement, puis effleure à nouveau mon genou nu avec la paume de sa main.

Je ne respire plus.

Ses doigts se délient et caressent la peau tendre de l'intérieur de ma cuisse. Et maintenant, sa main se faufile plus haut, sous ma jupe.

– Vous savez où j'ai trouvé des dégâts causés par les campagnols ? demande-t-il, alors même que je peine à me concentrer sur ses mots. Sous les arbres verts, ceux qui sont près des pommiers...

Il dessine une petite carte avec ses doigts sur la table, et les trois autres hommes se concentrent sur ce qu'il est en train de leur dire, peu importe de quoi il s'agit. Pendant ce temps-là, un de ses doigts remonte doucement le long de ma cuisse, entre mes jambes, jusqu'au coton de ma culotte.

Je me mords la lèvre inférieure pour ne pas gémir. Dans ma vie, j'ai fait des choses irresponsables. Ce soir, je sens que je suis sur le point d'en faire une de plus.

– Tout va bien, Audrey ? me demande Zach en penchant la tête de côté comme un chiot. Tu es un peu rouge.

– Euhhh... dis-je, en essayant de ne pas haleter. Je pense que j'ai besoin d'air.

La main de Griff se retire aussitôt. Puis il se glisse hors du box.

– Je sors avec toi.

– J'ai quelque chose à te demander, de toute façon.

Je dois vraiment lui demander quelque chose. Si je peux arrêter de baver sur lui juste pendant dix secondes, j'ai l'intention de lui demander de l'aide.

Il prend ma main et m'emmène dehors. L'air estival est si doux que j'ai envie de le boire. Mais la seule chose que je vais boire, c'est Griff. Il me plaque contre la cloison en bois et m'embrasse.

Apparemment, Griff et moi ne faisons pas dans le doux et le subtil. Au bout de deux secondes de baiser, nos langues s'emmêlent. Il a le goût fort d'un élixir fait de chaleur d'homme et de bière. Je ne veux pas en perdre une seule goutte. Ses grandes mains se posent sur ma poitrine et parviennent presque à m'encercler. J'ai envie de rester là, immobilisée par Griff Shipley pour le restant de mes jours.

J'ai toujours été une fille réaliste.

Pas du tout.

Lorsque nous sommes sortis prendre l'air, on haletait déjà. Je renverse ma tête contre le mur et lève les yeux vers le spectacle des étoiles qui brillent.

– C'est ça que l'on fait ? dis-je en soupirant. On se jette l'un sur l'autre chaque fois qu'une occasion se présente à l'extérieur ?

– Apparemment, marmonne-t-il en se penchant pour m'embrasser dans le cou.

Je vibre de tout mon corps en priant pour qu'il ne s'arrête jamais, à moins que ce ne soit pour utiliser cette invraisemblable bouche à un autre endroit.

– C'est ça que tu voulais me demander ?

– Quoi ? dis-je d'une voix étouffée en serrant mes jambes l'une contre l'autre pour tenter d'endiguer une douleur lancinante. Non, je...

Il relève la tête et attend ma réponse. Mon Dieu ! Mes seins sont lourds. Mes lèvres gonflées.

– Sache juste que j'aime me venger.

– Ah oui ?

Sa large bouche pécheresse se courbe en un sourire.

– Je m'en souviendrai. Alors, qu'est-ce que tu voulais me demander ?

– Ben, c'était une faveur. Je voulais te demander...

Son pouce caresse ma pommette, il m'est difficile de rester concentrée.

– ... de l'aide.

Une sorte de ronronnement monte de sa gorge.

– Quel genre d'aide ?

Ses hanches viennent se coller à moi et je sens l'érection la plus glorieuse qui soit me clouer contre le mur. Pendant qu'il attend ma réponse, il délie ses doigts dans mes cheveux défaits.

– Mmmh...

Je prends une profonde respiration et je fais appel aux quelques cellules grises qui me restent.

– Je me demandais si tu serais d'accord pour me présenter des fermiers. Tu leur as dit à tous de ne pas parler avec moi, mais maintenant mes prix sont bien meilleurs.

Ses yeux se ferment et il soupire. Puis, ôtant ses mains de mon corps, il recule de quelques centimètres cruciaux. Il fait un pas en arrière comme pour mettre une distance entre lui et moi.

Je me prépare à son refus.

– Ouais, dit-il en ouvrant les yeux. (Il m'observe avec attention.) Je peux faire ça. Bien sûr.

– Vraiment ?

Je gémis, tout en posant mes deux mains sur son large torse.

– Vraiment, répète-t-il. Tu peux venir avec moi au marché des fermiers de Norwich demain matin. C'est le plus gros marché de la région. Beaucoup de fermiers y seront réunis.

– Génial, dis-je dans une respiration, en levant les yeux vers son visage rude. Je le supplie intérieurement : *embrasse-moi à nouveau.*

À la place, il retire délicatement mes mains de sa poitrine.

– P... Pourquoi tu fais ça ?

Il soupire.

– Tu me demandes de l'aide pour du travail. Je ne vais pas être comme ce con de chef qui te pelote les fesses quand tu essaies juste de faire ton boulot.

– Mais... Mais...

Je balbutie. Tous les nerfs de mon corps (plus particulièrement ceux en dessous de la taille) crient : *Nooooon* !

– En plus, dit-il, en me prenant la main, j'ai amené mes gars ici ce soir...

Il embrasse la paume de ma main, et la douce caresse de sa barbe me nargue. J'ai envie de la sentir partout. Il doit le voir dans mes yeux, parce qu'il met ma main sur son cou avant de baisser la tête pour m'embrasser à nouveau. Il me dit d'une voix profonde et suave :

– Les choses que j'ai envie de te faire prendraient toute la nuit de toute façon. Si, un jour, l'occasion se présente, je te veux tout entière étendue sous moi.

Waouh. L'idée me fait totalement palpiter. *Audrey Friponne à votre service.*

– Mais pas cette nuit, murmure-t-il. Pas sur un parking, princesse.

Je ne dis rien du tout, de peur de commencer à le supplier. À la place, je me contente de le fixer comme un chiot qui espère une friandise de plus. Il se penche et me donne un seul et doux baiser. Quand il se retire, j'ai envie de m'agripper à lui, mais je réussis à rester stoïque.

La porte de derrière fait du bruit en s'ouvrant et Zara apparaît, chargée d'une poubelle en plastique. Elle s'arrête net lorsqu'elle nous voit, ses yeux évaluent la distance qui nous sépare, Griff et moi. Détournant le regard, elle fait deux pas vers l'avant et jette la poubelle sur le sol. Les déchets recyclables s'éparpillent tout autour dans un fracas retentissant. Puis elle retourne à l'intérieur et claque la porte.

– C'est ta copine ? je demande.

S'il te plaît, dis-moi que non.

– Non, bébé, soupire-t-il. Ça n'a jamais été aussi loin.

Oh. Mais il est évident qu'il s'est passé quelque chose entre eux. Bien sûr qu'il s'est passé quelque chose. Zara est très belle. Griff Shipley a probablement eu une aventure avec toutes les femmes à un kilomètre à la ronde.

Ne tombe pas amoureuse de lui, je m'ordonne. *N'y pense même pas.*

– Tu dors où? me demande Griff. C'est pas comme s'il y avait beaucoup d'options. C'est soit le *Motel des Trois Ours,* soit l'hôtel à Montpelier.

– Le... euh... motel.

Jusque-là, je n'avais pas réalisé que j'avais choisi l'option la plus proche de la ferme des Shipley. *Merci, subconscient.*

Il glousse.

– Ta chambre est bien ? Je me demande toujours comment Mme Beasley réussit à tenir l'endroit, elle doit avoir quatre-vingt-dix ans.

– Elle en a bien l'air.

– Je l'aurais parié. Elle ne prend pas sa retraite parce que, sans clients, elle ne pourrait plus espionner personne.

– Oh.

Un ange passe. Griff se tient là, sous le clair de lune, il me regarde comme si j'étais un puzzle qu'il essayait de résoudre.

La porte principale s'ouvre, cette fois, et Griff recule pile au moment où ses cousins sortent. Kyle balaie l'espace entre Griff et moi, aller et retour.

– Tout va bien ?

– Très bien, dis-je rapidement.

Kyle s'adresse à son cousin.

– J'ai pensé que tu voudrais rentrer.

– Exact, dit-il, en passant une main sur sa nuque. L'aube arrive suffisamment vite. Où est ta voiture, princesse ?

Qu'est-ce que je déteste ce surnom !

– Elle est juste là.

– Tu as besoin qu'on t'indique le chemin ou...

Je secoue la tête.

– C'est deux kilomètres plus loin en descendant la route, Griff. Même une empotée comme moi peut arriver à se repérer.

Kyle rit, mais Griffin fait la grimace, comme s'il avait goûté quelque chose d'un peu aigre.

– Je passe te prendre à sept heures et demie, dit-il.

– *Du matin ?* dis-je en grinçant des dents.

Son visage barbu s'éclaire d'un sourire, et le sourire de cet homme est *puissant.*

– Sois prête, princesse. C'est une longue journée à vendre des pommes qui t'attend.

Il se retourne et se dirige vers son camion. Les quatre gars s'y installent.

Je rejoins ma voiture de location. Qu'est-ce que je peux faire d'autre un vendredi soir à Tuxbury dans le Vermont alors que la nuit est déjà bien avancée ?

Je remarque que Griff attend que je quitte le parking et que je parte dans la bonne direction avant de s'éloigner à son tour dans la nuit.

Il pense vraiment que je suis totalement incapable. C'est ce que tout le monde pense d'ailleurs.

CHAPITRE TREIZE

GRIFFIN

C'est pratiquement impossible de travailler quatorze heures par jour à la ferme et de rester debout la moitié de la nuit, mais j'y arrive tant bien que mal.

Tandis qu'un croissant de lune s'élève dans le ciel et apparaît derrière ma fenêtre, je suis allongé là en train de fixer le plafond, écoutant le hululement de la chouette rayée. Mes problèmes me tourmentent l'esprit.

Je suis fondamentalement égoïste. J'imagine que nous le sommes tous. Mais sauver notre ferme relève d'un niveau d'altruisme difficile à maintenir. Je me dis que je peux le faire, je peux arrêter le football et faire tourner cet endroit comme on l'a toujours fait tourner. Je peux me servir de l'ingéniosité des Yankees pour renforcer l'image de la marque que mon père a créée, en vendant du lait et des pommes pour payer directement des choses comme des vêtements, des voitures et les frais de scolarité... Et le docteur pour les grands-parents et les lentilles de contact de Dylan.

Chaque jour, je me lève avant l'aube et je bosse comme une bête de somme sans broncher.

Mais à un moment, je me mets toujours à rêver, et rêver c'est dangereux. Je m'imagine en train de construire une brasserie moderne dans la cidrerie. J'arrache les pommiers sans intérêt et les regreffe avec des variétés à cidre. Je rêve que je passe mes journées à faire des mélanges de cidres fascinants et compliqués à la fois et que je les expédie à une clientèle enthousiaste.

À tel point que je commence à dresser une liste, petite mais cruciale, de choses que je *veux*. Vouloir n'est pourtant pas chose permise. Pas pour moi. Pas maintenant, en tout cas. Ma famille est déjà paniquée quant à mon plan pour liquider une partie de notre troupeau et réinvestir dans la brasserie. Ça peut marcher pourtant. On peut faire du bénéfice.

Le pire scénario serait que je sois obligé de vendre la ferme… Et de partir… Où exactement ? Si la ferme fait faillite, il faudra que je trouve un travail qui paie bien. J'ai un diplôme universitaire de chimie, alors en théorie je suis employable, mais dans une ville. Là où je n'ai jamais voulu vivre. Au mieux, je peux vivre dans une putain de banlieue, entouré de voisins inconséquents qui balancent du poison sur leur pelouse, semaine après semaine, pour éviter les mauvaises herbes.

Eh merde ! Je serai ce genre de connard qui fait la morale aux voisins sur tout le mal qu'il pense des herbicides du commerce et qui demande aux gosses de ne pas venir sur sa pelouse bio. Je laisserai les volets fermés pour ne pas voir à quel point les maisons sont proches les unes des autres. Pendant ce temps, notre ferme sur la colline sera vendue à un connard qui détruira la maison pour en faire une résidence de six chambres avec un garage quatre places.

Ouais, c'est bien ici la vue à un million de dollars. Dommage qu'on n'ait juste pas le million de dollars.

Ce soir, j'ai ajouté un autre élément à la liste de choses que je veux, et celui-là est aussi dangereux pour ma santé mentale que n'importe quel autre rêve. C'était très douloureux pour moi de dire bonne nuit à Audrey, physiquement j'entends. C'est d'ailleurs encore plus dur à expliquer que mon désir ardent de lancer le business du cidre.

Retour à la case départ.

Mes pensées tournent en rond, sans cesse.

Je me recroqueville et enfonce mon visage dans l'oreiller. Il n'y a pas de raison pour que cette fille me rende fou comme ça. Je la connais à peine. C'est ce que j'essaie de me répéter, d'ailleurs. C'était juste du désir, non ?

C'est ça.

Je n'ai pas le temps d'avoir une copine, surtout une qui vit à Boston et qui ne m'aime pas spécialement.

Je vais l'aider à rencontrer des fermiers, avec un peu de chance elle obtiendra ce qu'elle veut et retournera à Beantown. Aussi longtemps qu'elle et moi serons dans la même ville, je serai incapable d'aller au bout de mes pensées, à moins que ces pensées n'impliquent son corps nu.

Bon sang. Je bande contre le matelas rien qu'en repensant au regard qu'elle m'a lancé par-dessus son épaule, assise sur son tabouret de bar. Elle m'a défié. *Ne joue pas avec moi, je peux être mignonne, mais je suis surtout cruelle.* C'est ce que ce regard voulait dire.

J'ai juste envie de la sauter, elle et toute son insolence. Je veux la faire taire avec ma bouche et mes mains jusqu'à ce qu'elle s'abandonne sur mon sexe.

Au lieu de ça, demain, on va vendre des pommes et du cidre pour une centaine de dollars et je vais la présenter à une bande de fermiers ringards. Quel programme !

Je croise les bras sous l'oreiller et m'interdis de continuer à penser à elle jusqu'au matin.

***

Vive le café !

Six heures plus tard, j'arrive au motel dans mon pick-up, l'arrière chargé de fruits et de cidre. L'endroit où dort Audrey semble être resté figé dans les années cinquante. C'est plus un groupe de petits studios qu'un grand motel. En arrivant, on peut lire sur un grand panneau « Télé Couleur » et quelqu'un a ajouté en dessous : « Trois barres de réseau mobile ». Malgré tout, cet endroit est assez gai. Madame Beasley remplit toujours les jardinières de pétunias, pourtant on sait tous que les fleurs ne sont qu'un prétexte pour épier à la fenêtre de ses clients en venant les arroser.

Pas de signe d'Audrey. Jude et moi restons assis en silence un moment, on scrute les portes bleues en attendant que l'une d'elles s'ouvre. C'est celle tout à droite qui bouge et Audrey en sort avec une de ces minijupes en jean qui me tuent, ses longues jambes brillent dans le soleil quand elle se hâte vers le camion. Dans un mouvement de cheveux vers l'arrière, elle dévoile des épaules lisses et dénudées.

Pas de doute, la journée va être longue.

Jude ouvre sa portière et descend pour grimper à l'arrière. Des bonnes manières bien surprenantes pour un repris de justice.

Audrey se hisse pour s'asseoir dans le pick-up et claque la portière.

– Bonjour, dis-je en faisant marche arrière. Bien dormi ?

Pas moi.

– Mon Dieu, qu'il est tôt !

Elle attrape mon thermos de café dans le porte-gobelet et en avale une gorgée.

– Fais comme chez toi ! je râle. C'est pas comme si Jude et moi en avions besoin ! Debout depuis deux heures et demie à traire les vaches et charger le pick-up. Mais c'est rien.

Dormir une nuit de moins m'a rendu encore plus bourru que d'habitude.

– Oh, Griff le grincheux !

Audrey prend une autre gorgée de mon café.

– Je t'ai apporté des scones au citron que j'ai cuisinés moi-même ce matin. Ils sont délicieux. C'est un échange équitable, je te le jure !

– Cuisinés ? Où ça ? Personne ne cuisine au motel de Madame Beasley.

– Il y a un four toaster dans ma chambre.

Des gloussements se font entendre du siège arrière.

– Donc, tu as ... préparé vite fait des scones ? Sur le pouce ?

– Ouais. (Elle se penche et sort quelque chose de son sac à dos.) Tiens, Jude, goûte-moi cette merveille.

Elle tend quelque chose vers le siège arrière. L'instant d'après, Jude se met à gémir.

– Tout va bien derrière ? je grogne.

– Oh, nom de Dieu, que c'est bon. Je peux manger la part de Griff ?

– Nope ! répond-elle en chantant. Une fille a besoin d'un peu de force parfois. Café ?

Elle lui passe aussi mon thermos.

Quand il revient vers moi, je l'attrape et le pose. Comme si j'en voulais encore. Je suis déjà bien excité. Audrey sent le shampooing aux fruits et les scones au citron. Ça et son sourire provocateur m'ouvrent l'appétit pour des tonnes de choses, et pas que pour de la nourriture.

Direction Sud vers Norwich. À vol d'oiseau, ce n'est pas très loin, mais ça nous a bien pris une heure car les routes dans le Vermont ne conduisent pas toujours là où il faut.

– C'est une honte toute cette circulation, dit Audrey en étirant ses jambes dorées devant elle.

– Oui, dis-je machinalement.

Elle éclate de rire.

– À quoi tu penses ? Parce que tu n'as même pas entendu ce que j'ai dit. Je me trompe ?

– J'ai ma petite idée, marmonne Jude dans mon dos.

– J'ai juste faim, dis-je, en jetant un regard noir à Jude dans le rétro.

Sa voix devient toute douce et taquine.

– Tu veux un scone, Griff grincheux ?

– Volontiers, princesse.

Elle m'en pose un dans la main et j'en prends une bouchée. Un délice citronné, friable et sucré se disperse sur ma langue.

Pas facile de me retenir de gémir, mais j'y arrive. De justesse.

* * *

On se gare dans la même pagaille que d'habitude, les hommes et les femmes sortent des paniers d'un boisseau et des glacières du coffre de leurs camions pendant que leurs enfants leur tournent autour en courant comme des dingues.

Il fait beau aujourd'hui, ce qui signifie qu'on va avoir un maximum de clients. Le marché de Norwich, c'est le vaisseau mère régional. C'est le seul marché où les stands restent en place toute la semaine et où il y a de l'animation musicale. Ça vaut le détour.

Jude et moi, on transporte la marchandise du truck à l'étal. C'est plutôt simple à installer en dehors du fait que je me sens obligé d'empêcher Audrey chaque fois qu'elle essaie de soulever une cagette de pommes pour nous aider.

– Bon sang, Griff ! Ce n'est pas si lourd, dit-elle en me disputant, alors que je lui arrache une nouvelle cagette des mains.

À vrai dire, je ne supporte pas de voir une jolie fille faire le job que je suis censé faire. Mais ça ne plaît pas à la princesse effrontée.

– En cas d'accident, tu n'es pas couverte par mon assurance. dis-je pour me justifier. Ton job, c'est de rester là et de faire la belle.

Elle lève les yeux au ciel, fait la moue et redevient effrontée, quand soudain elle aperçoit l'étalage de la boulangerie sur la table voisine.

– Oooooh, *des donuts !* Hey, les gars, comment ça se fait que vous ne faites pas des donuts au cidre à la ferme, pour les touristes. Rien de tel qu'un donut au cidre tout chaud avec du sucre à la cannelle.

– Pas le temps !

Je pose notre balance sur la table en la réglant. Il est neuf heures, l'heure d'ouverture. Un enfant passe à vélo dans les allées en faisant bondir les acheteurs avec sa sonnette. Ce sont toujours les familles avec de jeunes enfants et les retraités qui arrivent de bonne heure. Au fil de la matinée, il y a de moins en moins de locaux et de plus en plus de touristes.

Au mois d'août, ce marché est l'image même de l'abondance. Des œufs frais de la ferme, des miches de pain de campagne et des fruits et légumes fraîchement cueillis de toutes sortes. Il y a vraiment de tout. L'étal d'Abraham, mon voisin, est placé en diagonale dans l'angle. Le symbole de la ferme Apostate pend au-dessus de la table recouverte de légumes bio de toutes les couleurs. Betteraves rouges et dorées, carottes orange et violettes, courges couennes jaunes, et aussi des tomates absolument magnifiques qui ont survécu au fléau effrayant du mois dernier.

Je pèse mon premier sac de pommes de la journée à neuf heures une minute ! J'arrondis :

– Ça fera six dollars.

On arrondit toujours à cinquante cents au-dessous du prix, car les ventes se font plus rapidement et ça porte bonheur. Évidemment, on fait le kilo plus cher ici à Norwich que n'importe où ailleurs, mais on garde ça pour nous, c'est notre secret.

Les achats n'arrêtent pas.

– Huit dollars, dis-je à la personne suivante.

– Six cinquante, à la suivante.

– Deux bouteilles de cidre, vingt-quatre dollars, s'il vous plaît.

Ça dure comme ça un moment et quand finalement on a une pause, je passe la sacoche à Jude.

– Tu peux assurer la relève un moment ? Je vais présenter Audrey à quelques fermiers.

– Bien sûr.

Il se trouve qu'Audrey n'a besoin de personne. Une fois que je l'ai présentée aux décisionnaires des trois plus grandes fermes biologiques, elle s'y est rendue directement.

– Oh ! Celles-là sont magnifiques, dit-elle en parlant d'un étalage charmant de courges d'hiver. Oh mon Dieu, est-ce que c'est un potimarron ? (Tel un enfant perdu et retrouvé, elle le serre tout contre son cœur.) Je n'en vois jamais à Boston. Ce sont les meilleurs au goût et à la texture si onctueuse, tendre comme du beurre.

Je suis là, comme un con, à la regarder mener par le bout du nez le vieux fermier. Elle sort son portefeuille et achète une courge. Puis elle vante les mérites des tomates anciennes avant d'en arriver finalement à parler de son patron avide de produits.

Il me faut quelques minutes avant de comprendre qu'elle n'a plus besoin de moi. Je retourne à mon stand où Jude me tend la sacoche sans broncher, remet du stock de pommes du camion sur les tables et aligne de nouvelles bouteilles de cidre avec les étiquettes toutes du même côté.

Ça fait un mois que Jude est avec nous maintenant, et ce garçon pige toujours tout rapidement. La semaine dernière, je l'ai vu gérer une tonne de ventes sans calculatrice pour vérifier. Pourtant, peu de temps après son arrivée, il avait laissé entendre qu'il n'avait eu que des mauvaises notes au lycée.

Ce gars-là est une énigme que j'essaie encore de résoudre.

Je suis en train de vendre des tonnes de pommes et de bouteilles de cidre quand l'après-midi pointe son nez. Je garde des prix plus élevés qu'ailleurs sur ce marché car, à Norwich, il y a de l'argent et le comportement qui va avec.

– Quand est-ce que les pommes Mutsu seront prêtes ? Je veux faire de la tarte, se plaint une vieille dame. Celles-ci ne vont pas.

– On n'a pas de Mutsu avant octobre, dis-je gentiment. *La nature se moque bien de ta tarte.* En revanche, les Zestar sont parfaites à cuisiner maintenant.

Elle soupire, mécontente, et achète cinq kilos de Zestar. Les gens sont bizarres.

Audrey s'avance comme elle peut vers mon stand, chargées de tas de sacs de légumes, avec un potimarron sous le bras et une merveilleuse barquette de framboises en équilibre sur une main.

Je m'extirpe de derrière le stand pour récupérer un peu de son butin avant qu'il ne finisse par terre et fais en sorte de ne pas me faire engueuler pour l'avoir aidée.

– Merci, souffle-t-elle.

– Pourquoi avoir acheté tout ça ? je lui demande. Ne me dis pas que tu vas faire cuire le potimarron dans le gril de madame Beasley.

Audrey secoue la tête.

– Pas du tout. C'est un cadeau pour ta mère. Tiens, voilà six dollars de framboises.

Et elle en lance une dans sa bouche.

J'ai trouvé de la place dans une cagette de pommes vide pour tous ses achats.

– Pourquoi tu as fait des courses ? Je croyais que c'était à tes salauds de patrons de payer, et bien pour une fois.

– La crédibilité, dit-elle en croisant ces bras soyeux. Ça fait sérieux d'acheter des choses.

– Tu as déjà l'air d'être une personne sérieuse.

Je m'entends lui dire ces mots. C'est sorti tout seul... *Sérieusement délicieuse.*

Mais, pour être honnête, sa passion pour les ingrédients en tous genres est évidente. Aussi, qui ne voudrait pas vendre ses produits à une fille qui est à la limite de l'orgasme en notant l'équilibre qu'il peut y avoir entre l'acidité et le sucre d'une tomate ancienne violette ?

– J'espère que j'ai l'air sérieuse, soupire-t-elle. Même s'il se peut que ça ne compte même pas. La saison est déjà bien avancée. La plupart des productions de ces fermiers sont déjà réservées par les restaurants qui font les meilleures offres.

– Fait chier. C'est ce qui m'inquiétait pour toi.

Elle me donne un coup de coude.

– Attention Griff, t'as presque l'air de vouloir m'aider, là.

Mais, mince à la fin, c'est ce que je veux.

– Est-ce que je peux jouer à la marchande ? Jude a peut-être besoin d'une pause ?

– Bien sûr, je parie qu'il n'attend que ça.

Audrey reprend la vente des pommes tandis que je fais des piles de fruits en l'écoutant faire tomber tous mes clients sous son charme.

– Celles-là ont un parfum particulièrement délicieux, dit-elle en parlant de mes Zestar. Je les ferais rissoler et les servirais avec un rôti de porc.

Super, maintenant j'ai la dalle !

– Hein, Griff ? Tu les prends ceux-là ? je l'entends me demander quelques minutes plus tard.

Audrey tient dans la main un bon d'achat du marché, un de ceux que j'ai créés pour nos clients qui paient en coupons alimentaires. J'ai oublié de lui en parler. Au même moment, la femme qui se tient devant elle bouge son petit vigoureusement sur sa hanche, l'air embarrassée.

– Bien sûr, dis-je rapidement, comme une flèche à la rescousse de cette dame. C'est votre sachet ?

Je regarde la balance.

– Oui, répond la cliente tout bas.

Le poids des pommes sur la balance ne correspond pas tout à fait aux cinq dollars du bon d'achat.

– Je vous en remets, bougez pas.

Une pomme de plus suffisait, mais j'en ai pris quatre et j'ai tout mis dans le sac.

– Emballé c'est pesé, à la semaine prochaine. Il y aura encore plus de variétés de saison.

– Merci, dit-elle calmement en prenant le sac.

– C'est gentil de ta part, dit Audrey quand la femme a disparu dans la foule.

– Il n'y a pas que les riches qui ont droit à une nourriture saine.

Audrey secoue la tête.

– Je te promets, je ne le répéterai jamais à tes copains de foot que tu as un cœur d'artichaut. Ton secret sera bien gardé avec moi.

– Tu as un client.

Voilà ma réponse.

Une heure et demie plus tard, on reprend la route. Le marché est terminé et j'ai vendu presque toutes les pommes que j'avais apportées, plus cinquante bouteilles de cidre. Avant de remonter dans le truck, j'échange une bouteille avec Fran de chez *Fran's Flatbreads* contre trois de ses belles tartines au poulet, olives et feta.

J'ai le ventre plein, mais je suis en manque de caféine après ma longue nuit d'insomnie.

– Parle-moi de ta famille, je demande à Audrey, dans l'espoir que ça me tienne éveillé. Tu as déjà rencontré la mienne.

– Ce ne sera pas long, répond-elle. Je n'ai pas de père.

– Tout le monde a un père, dis-je, cours élémentaire de sciences, princesse.

– Merci Griff, j'ai fait biologie en cinquième. Il se trouve que quand ma mère a décidé d'avoir un enfant, elle a sélectionné le spécialiste en fertilité le plus chic de Boston et a choisi un tube de sperme d'Harvard en guise de père pour moi.

– Ah. D'accord.

– Tu vois, en fait ma mère déteste les hommes. Elle les *déteste.* Alors, pas question pour elle de se marier.

– C'est... une lesbienne contrariée ? j'essaie de deviner.

J'entends Jude qui renifle à l'arrière.

– Non, ce serait plus intéressant. Elle est juste *en colère.* Elle veut briser toute seule le plafond de verre pour toutes les femmes d'Amérique. Elle dirige une grande société de capital-risque. Elle fait partie du comité directeur d'une dizaine d'entreprises. Pour autant que je sache, elle cherche à faire de toutes les femmes des connasses avides d'argent à l'image des hommes.

– On doit bien s'amuser avec elle, dit Jude.

– Ce n'est pas un cadeau. Quand j'ai loupé l'université pour la deuxième fois, elle m'a coupé les vivres. Elle a vendu ma voiture et bloqué mes cartes de crédit. Elle m'a dit de me débrouiller toute seule.

– Aïe, désolé, lui dis-je.

– Nan, me dit-elle avec un grand sourire. C'est la meilleure chose qui me soit arrivée. Ma mère n'a pas compris que ça ne servait à rien de s'acharner sur son enfant après l'avoir chassé. Elle a cru que je resterais dans les parages pour me faire quotidiennement sermonner et humilier, mais je suis partie. C'était rude au début, j'ai enchaîné des jobs de merde en cuisine et j'ai dormi à droite à gauche pendant trois semaines jusqu'à ce que je commence à toucher mes salaires. C'était la première fois de ma vie que je n'entendais plus personne me dire que je ne valais rien.

Puuuuuutain. Elle doit exagérer, ce n'est pas possible.

– Elle a dit ça à son propre enfant ?

– Oui, bien sûr, dit-elle, sa jolie main en l'air. Maman a juste supposé que je n'aurais que des bonnes notes, exactement comme elle. Mais ce n'était pas écrit ainsi. Elle a même contacté la banque de sperme quand j'étais au lycée pour savoir s'ils n'avaient pas découvert un souci du côté de ce donneur. Je crois qu'elle a voulu leur faire un procès. C'était le bon temps.

Je me retrouve à forcer sur le volant, du coup, je m'oblige à détendre mes mains.

– Doux Jésus ! Je suis désolé, bébé.

– Tout va *bien,* insiste-t-elle. Et tu sais ce qu'il y a de drôle ? Elle pense que je suis allée à l'école de cuisine dans le seul but de la contrarier.

– Pourquoi ?

– Parce que depuis des millénaires, les femmes cuisinent n'est-ce pas ? Et il se trouve qu'elle se perçoit comme la militante pour l'égalité au conseil d'administration. Elle trouve que c'est gênant que je veuille devenir chef et s'imagine que je n'ai choisi la cuisine que pour la ridiculiser. Je n'ai jamais autant excellé qu'en cuisine. Il y a quelque part un donneur de sperme vraiment calé en cuisine.

Je conduis en silence les derniers kilomètres en me demandant comment je le prendrais si mon seul parent me rejetait. Avec ma famille, j'ai des décisions difficiles à prendre à propos de l'avenir de la ferme, mais mes parents nous ont toujours dit qu'on pouvait faire ce qui nous rendrait heureux. Qu'on choisisse la ferme ou tout autre chose, ce serait toujours à nous de voir.

Pendant ce temps, Audrey, assise à l'avant, se retourne pour parler avec Jude. Elle pose son coude sur l'arrière du siège et là, j'ai une vue imprenable sur son petit cul sexy. Nom de Dieu, que ce voyage est long !

– Alors et toi, qu'est-ce que tu as cuisiné dans les fourneaux de la prison ? demande-t-elle à notre détenu préféré.

– Beaucoup de bœuf haché, parce que c'est le moins cher.

– C'est logique.

– Exact, mais fallait voir cette viande. Je le jure devant Dieu, les cartons étaient estampillés « Catégorie D mais convient à la consommation humaine » !

– Oh mon Dieu ! Audrey hurle. C'est le « mais » qui fait vraiment réfléchir. Ça fait faire une pause terrible, pas vrai ?

Euh oui, c'est vrai que son cul me donne terriblement envie de faire une pause.

Leur conversation continue sur le mode de la multitude de choses qu'un type peut faire avec du steak haché pour des prisonniers. Ils discutent de la différence entre un goulasch et un ragoût quand, soudain, je sens une petite main glisser sur mon ventre. Sa paume chaude réchauffe mon tee-Shirt *Shipley Farm.*

C'est agréable, mais gênant. Mon corps se sent immédiatement très inspiré.

– Je crois qu'on peut préparer un goulasch avec ou sans base de tomate.

Audrey songe à cette question de Jude. Puis elle glisse sa main quelques centimètres plus bas et touche du bout des doigts l'ourlet de mon short. Tout en continuant à discuter avec l'homme à l'arrière, ces doigts défont le bouton de mon short.

Oh putain.

Je laisse échapper un long et lent soupir et me concentre sur la route. Mais sous mon tee-shirt, cette main effleure mon ventre, puis elle plonge entre mon short et mes sous-vêtements pour atterrir sur mon sexe qui se gonfle instantanément de vie à l'intérieur de mon caleçon. Elle me prend dans le creux de sa main, son pouce me caresse et me fait bander encore un peu plus.

N'oubliant pas de respirer, j'inspire doucement. Ouais, elle *m'avait bien dit* qu'elle aimait se venger. Et à ce moment-là, j'avais cru que ce n'était qu'une menace en l'air.

En serrant les dents, j'essaie de penser au score des Red Sox de la nuit dernière. Seulement, là, ma queue est aussi dure que la batte de base-ball qu'ils ont utilisée pour gagner. Donc, je fais l'inventaire de ma liste de choses à faire. Aucune érection ne résiste à la longueur de cette connerie. Enfin, c'est ce que je croyais. Comme ça ne marche pas, j'essaie de réciter le tableau périodique des éléments. *Hydrogène, Hélium, Lithiummmmmmm.* À travers le tissu de mon caleçon, ce que fait sa main est une vraie torture. Je commence à avoir mal tellement je suis dur.

Ma première chance pour m'en sortir arrive quand je quitte l'autoroute et m'arrête à un feu. Je me dis qu'elle va se retourner et me laisser tranquille, mais quand je passe la première, Audrey en profite pour glisser soudainement sa main dans ma braguette et me caresse d'une prise ferme.

– Arghh, dis-je.

– Tout va bien? me demande-t-elle gaiement. C'était un bruit bizarre.

J'attrape sa main et la retire sèchement de mon caleçon.

– Ça va très bien, lui dis-je en virant sur la double voie pour rentrer à la maison.

Audrey reprend sa conversation avec Jude. Ils parlent des accompagnements des plats principaux maintenant. Enfin, je crois. Mon cerveau est embrumé et me pèse.

Je suis dur, essayant de la fuir et voulant, en même temps, à tout prix la voir finir ce qu'elle a commencé.

Pas dans ce truck pourtant... Je me raisonne comme je peux.

Quelle sacrée tête de mule que cette fille ! Rien de mieux que faire l'arroseur arrosé pour me rendre plus grincheux que jamais.

Nous sommes à cinq kilomètres de la maison quand sa main se pose à nouveau sur mon short et me caresse lentement. Je me mords la lèvre inférieure pour m'empêcher de gémir. Je donne alors un coup sur la main d'Audrey, une deuxième fois, et accélère sur le chemin jusqu'à la maison, torturé par sa proximité et le son enroué de son rire quand Jude dit le moindre truc drôle.

Mon Dieu, qu'est-ce que je la désire! Et elle le sait, cette petite femme fatale.

En empruntant l'allée de la propriété, je réalise que je suis plus obstiné que jamais et aussi dur qu'un des piquets de clôture que je vais planter dans la terre cet après-midi.

C'est à ce moment-là que je me rends compte que j'ai oublié de déposer Audrey au motel.

– Désolé. Tu n'as pas ta voiture. Zach peut te ramener, dis-je en coupant le moteur.

– Pas de problème! dit-elle gaiement. De toute façon, je dois donner toutes les denrées à ta mère.

Elle descend sur le plancher du truck où nous avons rangé la cagette.

J'essaie de cacher discrètement mon érection douloureuse et de refermer mon short, quand elle ramasse sa foutue courge d'hiver et la pose sur mes genoux.

– Soyez galant et portez ceci dans la maison, voulez-vous? Je sais à quel point vous détestez quand je porte des choses.

Elle me fait un sourire insolent, que j'aimerais effacer de son visage avec ma langue. Alors, je me retrouve à porter cette putain de courge, devant mon sexe évidemment, jusqu'à l'intérieur.

J'ai quasiment réussi à maîtriser mes ardeurs quand Zach annonce qu'il est prêt à raccompagner Audrey en voiture. Elle me remercie poliment pour les présentations au marché et me fait un sourire complice et joyeux. Puis Zach l'emmène.

Comme j'empile toutes les caisses de pomme vides à l'extérieur de la cidrerie, une Jeep bleue poussiéreuse s'avance. Un homme de l'âge de mon défunt père en descend et s'approche de moi.

– Griffin Shipley ? Je suis Amos Appleby.

Ah. Encore un des amis d'église de ma mère.

– Salut Amos, dis-je en lui tendant main. Qu'est-ce qui vous amène sur notre colline aujourd'hui ?

– Les vaches, dit-il, en secouant ma main. J'ai entendu dire que vous pensez à liquider votre troupeau.

– Eh bien... dis-je lentement, me demandant bien où il a pu entendre parler de ça.

Je ne l'ai dit qu'à très peu de fermiers.

– Ouais, c'est à l'étude. Tu es intéressé ?

– Ça, c'est sûr, vous avez envisagé ça pour quand ? dit-il en souriant.

– Euhhh, dis-je en voyant ma mère s'approcher.

– Amos ! Quelle bonne surprise !

– Je suis venu pour parler des vaches, dit-il. Mais si vous aviez une part de cette tarte aux pommes que vous apportez au souper à l'église quelquefois...

Il glousse.

Mais le visage de ma mère se décompose.

– Griff veut vendre, mais ce n'est pas encore décidé, dit-elle rapidement.

– Je vois... Désolé de vous avoir dérangés.

Son sourire a complètement disparu.

– Pourquoi est-ce que tu ne me laisserais pas ton numéro ?

Je sors brusquement mon téléphone. Amos me jette un coup d'œil, puis à ma mère.

– Ah, d'accord. Vous autres êtes encore en pleine réflexion.

Il me donne son portable et disparaît.

Ma mère et moi restons là, un moment, dans l'allée.

– Je ne veux pas vendre, dit-elle doucement. Mais ce n'est pas moi qui les trais chaque jour.

– Maman, comprends que je ne le fais pas parce que je veux dormir plus tard le matin... La salle de traite de l'autre côté de la route est complètement désuète. Les nouveaux appareils coûtent plus de vingt mille dollars et le loyer augmente. C'est pas juste une nouvelle lubie de ma part.

– Est-ce qu'on ne pourrait pas tirer encore quelques années de notre installation pour la traite ?

– C'est déjà fait. On est déjà dans les années de rab, et le prix du lait baisse. Le prix du bon cidre est bien plus élevé. J'essaie juste d'être un peu malin.

Maman soupire.

– Bien. J'ai confiance en toi, Griffin. Si tu dis que nous devrions investir dans le cidre plutôt que dans le lait, j'arrêterai de m'inquiéter.

Aïe, l'enfer.

– Je n'ai pas de boule de cristal. En revanche, je sais que notre activité va changer, que nous le voulions ou non. Avec notre charge laitière, on est pressés comme des citrons... J'essaie juste d'en tirer le meilleur.

Elle me serre le coude.

– C'est juste que... c'est effrayant d'essayer un nouveau business.

– Je sais bien.

Ma plus grande crainte a toujours été d'embarquer toute ma famille dans ce changement et que je fasse tout foirer d'une façon ou d'une autre. Même je ne pense vraiment pas que ça arrivera.

– Tu sais, tu parles souvent de la laiterie comme si c'était la seule chose que Papa ait laissée derrière lui. Il m'a appris à faire du cidre. Je l'ai regardé assembler les variétés chaque année de ma vie.

Son visage s'attendrit.

– Il a dit que c'était un art perdu.

– Pas perdu pour moi.

– Viens, dit-elle en me tirant vers la maison. Si on décide de faire ça, quelqu'un doit le dire à Dylan.

– Bon Dieu, tu rêves ! On va décider au bras de fer. Le perdant révèle la nouvelle.

– August Griffin Shipley ! Ce n'est pas juste.

Je la suis à l'intérieur en riant.

CHAPITRE QUATORZE

AUDREY

Je passe les deux jours suivants à m'occuper de faire le suivi avec les fermiers que Griffin m'a présentés à Norwich. Les prix que la compagnie m'a donnés sont acceptables pour environ la moitié des légumes de la liste. Ce n'est donc pas rien. En revanche, la quantité pose problème. Je dois commander trois fois ce que les fermes me proposent.

– C'aurait été plus facile si vous étiez venue nous voir en avril, me disent-ils.

Ils ont raison, bien sûr.

Et parce que je fais les achats en août, le travail va prendre plusieurs jours. Je vais devoir bricoler avec différents agriculteurs pour avoir le plus de produits possible et répondre à toutes les demandes de BPG. Ce que je ne trouverai pas, BPG devra l'acheter à des grossistes. Ils seront perdants sur leur obsession mystique de faire du local et ne pourront plus s'en vanter, mais ce ne sera pas la fin du monde.

Mais ça pourrait bien être la fin de mon travail.

Il y a des avantages à sillonner les routes de campagne de l'Est du Vermont dans ma voiture de location. Quand j'ai découvert qu'un bon nombre des échoppes des fermiers vendaient des fromages locaux, j'ai acheté une boîte de crackers et un canif dans un magasin général de Norwich appelé *Dan & Whit's*. La pancarte accrochée à leur fenêtre dit: *Si nous n'en avons pas, c'est que vous n'en avez pas besoin.*

Je grignote du bon fromage, des crackers et des prunes dont la saison commence tout juste. Après tout, même si le travail ne va pas très bien, la nourriture est fantastique.

J'envoie quelques vagues mises à jour à mon patron chez BPG, histoire qu'il n'oublie pas que j'existe.

– J'ai trouvé une nouvelle ferme d'aromates biologiques! dis-je dans un mail.

Je ne lui ai jamais donné de numéro où me joindre. Je ne veux pas que Bill Burton sache que je galère. C'est mieux que j'attende un peu avant de le décevoir.

Il n'est pas le seul que je vais décevoir cette semaine. Un courriel de ma mère retentit et, contrairement aux autres fois, je ne le supprime pas. D'abord parce que l'objet affiche URGENT. Et puis, j'ai besoin de savoir si elle interfère dans mon travail chez BPG. Sait-elle seulement que j'y travaille? Burton le lui a-t-il dit?

Audrey,

Tu dois envoyer ton curriculum vitae à M. Roger Smith chez CarterCorp la semaine prochaine ou, au plus tard, avant le 10 août. À ma demande, il te garde un créneau pour un entretien. Le poste: directeur nutritionnel pour les repas des cadres de la CarterCorp compagnie. Tu travailleras sur une base horaire standard, de neuf heures à dix-sept heures. Heures pendant lesquelles tu devras passer en revue et revoir les offres de menus de la cafétéria d'entreprise. La paie est exceptionnelle pour ton métier et comprend une très bonne mutuelle ainsi que des avantages.

Ne fais pas attendre M. Smith. C'est une opportunité incroyable pour toi. Et sache qu'en te gardant ce créneau, Smith me fait une grande faveur.

K.K.

P.S. Si tu as besoin d'aide pour ton CV, envoie-le à mon assistante et elle en fera une priorité.

Je lis le message trois fois, chaque fois un peu plus irritée.

C'est probablement un super-boulot, le genre de poste qui aiderait n'importe quel jeune chef à payer ses crédits et à commencer sa carrière, et puis le créneau neuf heures-dix-sept heures est aussi rare que des truffes sauvages dans le monde de la gastronomie.

Pourtant, je ne vais pas postuler. Je n'accepterai aucune place qui me sera proposée pour rendre une faveur à ma mère. C'est déjà assez dur de sentir son ombre ambitieuse et imposante planer au-dessus de BPG pour m'empêcher de perdre mon travail. Là, ce serait mille fois pire. *CarterCorp* est un de ses investissements les plus importants. Je ne veux pas de son offre soi-disant charitable et, surtout, je ne veux pas qu'elle pense que j'atteins la vingtaine juste parce qu'elle m'a sauvée à nouveau. Peu importe le salaire de *CarterCorp*, ma liberté n'a pas de prix.

Cela dit, j'évite exprès de regarder mon solde bancaire et tous les mails de mon junkie de colocataire me demandant quand il sera remboursé pour la beuh que je lui ai accidentellement volée.

Les choses ne vont pas bien, mais je préfère prendre un job de cuistot dans un snack-bar merdique plutôt que d'accepter un autre don de ma mère.

Je supprime le message et me remets à faire le tri dans ma liste de fermiers.

Il y a une ferme, en particulier, que j'évite depuis plusieurs jours pour laisser mes hormones tranquilles. Ce qui ne veut pas dire que je n'ai pas pensé à Griff.

En explorant les routes de gravier du Vermont, il est dur de penser à quelqu'un d'autre.

Et comment ça se fait, d'ailleurs ?

Lui et moi avons une réelle alchimie et un petit historique. Voilà deux fois maintenant que notre attirance intense a révélé le meilleur de nous. Pourtant, à chaque fois, il y avait des circonstances atténuantes. À l'université, il avait été mon pansement. Quand ce salaud de menteur, plus connu sous le nom de Bryce, m'avait brisé le cœur, j'en avais profondément souffert. Quand je l'appelais pour qu'on couche ensemble, il disait dans mon dos des choses très blessantes. Il m'avait surnommée la « stupide petite pute riche » et « la coincée », aussi.

Je n'étais pas coincée ! Une fille coincée n'aurait pas fait une pipe à Bryce alors qu'il conversait sur Skype avec ses parents. Vouloir que mon petit ami soit fidèle ne fait pas de moi une fille coincée, bordel.

Quand ensuite j'ai débarqué à une soirée de sa fraternité, je priais pour que Bryce m'y trouve. Je voulais qu'il me voie choisir quelqu'un d'autre que lui, que je ramènerais à la maison.

Il s'avère que, ce soir-là, Bryce n'avait pas daigné se montrer, mais ça ne m'avait pas gâché la soirée pour autant. Griffin était là et avait posé ses yeux sur moi dès que j'étais entrée. Il m'avait fait me sentir belle à une période où j'avais le sentiment d'être laissée pour compte. Ma nuit avec lui avait été si chaude que j'y étais retournée une semaine plus tard pour quelques secondes.

Mais le doute s'était alors installé en moi, plus particulièrement quand j'avais avoué à ma mère que Bryce et moi étions séparés.

– Tu ne peux pas faire confiance aux hommes, Audrey, avait-elle dit pour la centième fois. Ils veulent le sexe et la liberté. Ils fonctionnent comme ça.

Ma mère n'est pas une personne chaleureuse et elle n'est pas gentille. Elle est aussi aiguisée que le couteau d'un chef tout droit sorti de la pierre à aiguiser. Et, à l'époque, j'avais cru à son avertissement sur les hommes.

Quand Griff m'avait invitée à dîner après notre deuxième rendez-vous galant, j'avais hésité. C'était un senior et une star du football. De plus, il m'avait cataloguée comme une fille facile. Ce en quoi il n'avait pas tout à fait tort...

Je n'étais pas prête à donner ma confiance à un autre homme après avoir été utilisée et trahie par Bryce. Je ne l'ai jamais rappelé ni revu jusqu'au mois dernier.

Mardi, me voilà de retour à la ferme Shipley. Ces quelques jours sans le voir ne m'empêchent pas d'avoir la langue qui pend en me garant devant la cidrerie. Griff et ses garçons sont tous là, torse nu, à empiler des cageots de pommes. Aussi loin que mes yeux peuvent voir, il y a des pommes, des biceps saillants et des pectoraux parfaitement dessinés. Zach est le seul qui, en me voyant sortir de la voiture, attrape une chemise pour se couvrir. Jude, qui au passage est tatoué sur tout le torse, m'ignore. Kyle, qui est lui accroupi, me fait un clin d'œil. Frimeur...

Et je ne sais même pas comment Griff a réagi, car je me fais violence pour ne pas le fixer, lui et ses tablettes de chocolat qui descendent jusqu'à son...

Merde. Je suis une femme d'affaires catastrophique. Déshabiller mentalement son vendeur, c'est interdit... Non ?

– 'Jour... grommelle Griff. Comment vont les affaires ?

– Pas mal. J'ai acheté pleins de fenouils aujourd'hui.

– C'est fenouilastic !

Il lance ce bon mot tout en essuyant la sueur qui perle sur son front.

– *My God!* Tu t'es fait retirer le sens de l'humour, c'est ça ? Est-ce que t'as une cicatrice ?

Kyle rigole.

– Est-ce qu'on a fini ? demande-t-il à Griff. C'est quasiment l'heure du déjeuner.

Mes yeux surveillent la maison. Je cherche toujours une excuse pour me rendre dans la cuisine des Shipley.

Griff regarde sa montre.

– Dans une demi-heure. Les jeunes, est-ce que vous pouvez repeindre les pièges englués dans les rangées de Cortlands ?

– Oui, ô grand chef merveilleux, rigole Kyle.

Griff m'emmène alors dans la cidrerie.

– Qu'est-ce qui t'amène, princesse ? me demande-t-il, en s'approchant d'une des cuves.

Il pose alors une main sur la paroi en métal brillant.

– Je dois te parler du cidre. Combien, et combien de bouteilles ?

Il pose son oreille contre la cuve.

– Tu entends ?

Seule à côté d'un Griff à moitié nu, je colle mon oreille contre la cuve pour le faire se sentir bien. Au début, je n'entends rien. Puis vient un gargouillis, puis un autre… C'est comme si j'avais appuyé mon oreille contre le ventre d'une grande bête qui digérerait son dîner.

– C'est quoi ?

– Le bruit de la levure qui transforme le sucre en alcool. Le bruit de la fermentation.

– C'est surtout le bruit de l'argent qui tombe dans ta poche !

Il soulève un épais et beau sourcil.

– Vraiment ? Je dois te dire un truc. Je suis sur le point de faire des affaires avec BPG. Sauf que je n'ai pas confiance en eux. Et je ne fais jamais d'affaires avec des gens en qui je n'ai pas confiance.

Soupir.

– Tu as beaucoup de principes Griff. Demande autour de toi. Si BPG te paie un prix raisonnable, pourquoi ne pas vendre ? Ça pourrait être vraiment bon pour les affaires. Vos affaires.

Il caresse sa barbe.

– Combien ils offrent ?

– Six dollars la bouteille. Je ne sais pas si c'est honnête, j'ai besoin de l'entendre de ta bouche.

Griff me fait face.

– Pour combien ?

Merde. Je suis censée savoir ça, pas vrai ?

– Ils ne me l'ont pas dit.

Il reste calme un moment.

– Écoute, sept dollars, c'est un prix confortable pour moi, mais je peux descendre à six si je n'ai vraiment pas le choix. En revanche, pour les quantités, ça va être un peu plus compliqué. Je ne peux t'en donner que mille d'un millésime de l'année dernière. Ce n'est pas beaucoup, mais ma nouvelle cuvée commencera à être expédiée en...

Il lève les yeux sur les poutres du plafond.

– Décembre. Tu pourras tout recevoir avant le nouvel an. Je vais devoir investir dans deux autres cuves, ce qui me permettra de produire jusqu'à six mille bouteilles pour vous. Ça représente deux cent cinquante caisses.

– Mais est-ce que tu en as envie ?

Ce n'est pas une mince affaire, j'imagine, que d'investir dans deux cuves supplémentaires.

– Absolument.

Il me fixe de ses yeux sérieux, ceux qui me coupent le souffle à chaque fois.

– Une commande de BPG réglerait une partie du problème. Tu penses que ça va vraiment se faire ?

Oui, mais je ne veux pas le lui dire tant que je n'ai pas eu le feu vert de mon patron.

– Laisse-moi un instant, je vais les contacter.

Je me retourne et trotte jusqu'à la porte. Il m'appelle.

– Attends ! Tu ne restes pas pour le déjeuner ?

Sa proposition m'étonne tellement que je reviens sur mes pas pour voir sur son visage s'il est bien sérieux... Et c'est dur à dire, car son expression est plus réservée que jamais.

Je m'imprègne une dernière fois de cette vision si appétissante, de sa main forte et sublime posée sur la cuve de cidre, de son torse nu exposé comme s'il était prêt à consommer, avant de prendre congé et de disparaître loin d'ici.

***

De retour dans ma chambre du motel, et avant de décrocher le téléphone pour négocier avec mes supérieurs tout-puissants, je me pose une question. QFMCDM ? Que-ferait-ma-chienne-de-mère ?

Nous ne nous sommes jamais entendues, mais cette femme sait être dure en affaires. Il est impossible que j'aie vécu dans sa maison pendant vingt ans sans avoir appris une chose ou deux.

– Sept dollars la bouteille, dis-je à Burton Junior au téléphone. Vous l'avez goûté le mois dernier. Vos sommeliers vont adorer cette bouteille. Vous pouvez marger et la faire monter jusqu'à vingt-quatre dollars, car il y a beaucoup d'histoires autour de ce domaine. C'est la même famille qui fait ce cidre en petites séries, dans le Vermont, depuis quatre générations.

Je suis presque sûre que je dis vrai.

– Vous devriez voir ce verger au sommet d'une colline. Vingt mille pommiers et pas uniquement les variétés habituelles. Ces fruits, c'est leur trésor familial, et ils ont aussi des barils de fermentation en bois sacrément beaux...

– Hum.

– Vous, vous ferez une bonne marge et, pour le client, c'est toujours moins cher qu'une bouteille de vin. Tout le monde y gagne.

– Bon...

Je retiens mon souffle, le temps qu'il réfléchisse. C'est mon troisième appel à BPG. J'ai travaillé ce type tout l'après-midi... *Allez, Burton !*

– Est-ce qu'il nous ferait une cuvée spéciale, avec notre nom dessus ?

Je ferme les yeux et essaie de deviner ce que Griff en dirait. Il s'en ficherait, pas vrai ?

– Je pense, mais vous devez lui donner la validation finale pour que tout le monde soit content avec cette histoire d'étiquetage.

– C'est exact, dit-il évasivement. Eh bien, si vous pouvez le faire descendre à six soixante-quinze l'unité, je prendrai les six mille bouteilles.

Je ne sais pas comment, mais je réussis à garder un ton impartial.

– Je suis sûre que je peux y arriver, dis-je lentement. Je vous appelle un peu plus tard pour confirmer.

– Tenez-moi au courant, dit-il avant de raccrocher.

À la seconde où la communication est interrompue, je pousse un grand cri. J'attrape vite mon sac et cours dehors, laissant ma petite hutte merdique derrière moi. Cinquante mètres plus loin, les rideaux en dentelle bougent à l'intérieur de la petite maison de la propriétaire. Griff ne plaisantait pas. La vieille dame surveille tout ce qui bouge.

Je roule trois kilomètres jusqu'à *The Mountain Goat* et prends place au bar.

– Hey, salut chérie, me dit Zara. Quoi de neuf ?

– Apporte-moi la meilleure salade grecque de tout le comté ! Je passe une très bonne journée.

Tellement que j'en pleure...

Elle sourit, et le diamant dans son nez se met à bouger.

– Tu la veux au poulet ?

– Yep. Je me refuse rien. Une journée de plus sans être virée est une bonne journée. Je rêve aussi d'une bière. Une... (Je regarde le choix des bières pression.) Une Switchback. Comme on la sert dans le Vermont .

– Je t'apporte ça tout de suite.

Je descends la moitié de la bière avant d'appeler mon patron.

– Hé, dis-je. Je l'ai fait baisser à six soixante-quinze.

– Bon travail, Audrey ! Je m'en souviendrai.

– Il... euh... il aimerait une preuve écrite...

Je sors un peu du cadre pour lequel on m'a embauchée mais, en même temps, je suis à peu près certaine qu'il y a une différence entre s'engager à acheter pour quarante mille dollars de cidre et une poignée de main pour quelques palettes de choux.

– D'accord. Je lui enverrai un contrat rédigé en bonne et due forme.

– Génial. Je dois vous laisser ! Merci.

Je raccroche pile au moment où Zara pose une salade devant moi, mais avant de la dévorer, je passe un dernier coup de fil.

– Allô ?

La voix qui décroche à la ferme Shipley est bien trop enjouée pour être celle de Griff.

– Salut, c'est Audrey Kidder. Est-ce que Griffin est disponible ?

– Bien sûr ! Hé Griff, c'est *Audrey*.

J'entends pouffer de rire avant que le téléphone ne change brusquement de main.

– Princesse ? aboie Griffin. Qu'est-ce qui se passe ?

– Six soixante-quinze pour six mille bouteilles !

– Tu peux répéter ? dit-il lentement.

Je parle alors plus près du téléphone, bien que ce ne soit pas vraiment bruyant ici.

– Six dollars et soixante-quinze cents, fois six mille. Ça fait quarante K, mon cher. Je ne suis pas *si* mauvaise en maths, contrairement à ce que peut dire ma mère.

– C'est bien ce que je pensais avoir entendu. *Putain.* D'accord.

Humm. Sa réaction n'est pas exactement celle que j'avais imaginée. Son indifférence me perturbe. Je décide donc de mettre un terme à cette discussion téléphonique et de limiter ainsi les dégâts.

– Je ferais mieux d'y aller. On vient de me servir ma salade grecque.

– Chez *The Goat* ?

– Ben oui, où veux-tu sinon ?

Il rigole.

– Bien vu. Bon très bien, alors mange bien. Tu vas avoir besoin d'énergie.

Et il raccroche avant même que je puisse lui demander pourquoi.

Peu importe.

Je mange ma salade et tête ma bière comme un biberon. Quand il n'en reste plus qu'un fond, j'envisage d'en commander une deuxième, mais une jeune femme se doit de rester modeste, surtout si elle a l'intention d'avoir son propre appartement.

Je termine les dernières gouttes de bière quand je sens un grand corps au-dessus de moi. Je lève les yeux pour tomber sur le regard de Griff semblable à un rayon laser.

– Hé, je couine.

Il ne dit pas un mot, attrape juste un billet de vingt dans son portefeuille, qu'il jette sur le bar. Puis il me prend la main et me tire du tabouret où j'étais assise.

– Où est-ce qu'on va ?

– Fêter ça, dit-il, tout en me guidant pour traverser la foule qui a envahi le bar à la nuit tombée.

– Fêter ? je répète comme nous atteignons la sortie et l'air plus frais.

– Oh que oui !

Il me pousse alors contre le bardage et passe sa main derrière ma tête.

– Tu as envie de fêter ça ?

Toutes mes parties intimes se réveillent et hurlent de désir, mais j'essaie de la jouer cool.

– Comment est-ce que tu veux qu'on célèbre ça ?

Ma voix est enrouée et désespérée. De toute ma vie, je n'ai jamais été bonne à faire semblant d'être cool.

Il sourit soudain.

– Je te laisse deux choix. Soit on roule jusqu'au *Whippi Dip* pour se prendre des glaces. Quel est ton parfum préféré ? Je parie que tu n'es pas le genre de fille à choisir un truc basique comme vanille.

Son pouce rugueux effleure ma pommette.

– Hum...

Quelle était la question ?

Un sourire vient réveiller ses lèvres épaisses.

– Après, si tu n'es pas d'humeur à manger une glace, le plan B consiste à te ramener au motel où je vais te baiser jusqu'à ce que tu cries mon nom. Tu décides.

Impossible de cacher le frisson qui me traverse.

– Est-ce que... euh... est-ce que les glaces qu'ils servent sont biologiques et bénies par des vierges un soir de pleine lune ?

– J'en doute.

Il plisse les yeux en me souriant.

– Alors, je crois que je ferais mieux de choisir la deuxième option.

Il m'embrasse si vite que je ne le vois même pas venir. Soudain, mes deux mains se retrouvent coincées contre le mur, une de chaque côté de mon corps, et la bouche de Griff s'appuie voracement contre mes lèvres. En jetant toutes les règles de bienséance à la poubelle, je m'ouvre à lui immédiatement. Il enfonce sa langue contre la mienne et grogne.

Je tremble de *tout* mon être.

CHAPITRE QUINZE

GRIFFIN

La saveur de la bouche d'Audrey Kidder me fait perdre la tête à chaque fois. Occupé à lui manger la bouche, là juste en face du *Mountain Goat*, j'arrête de m'en défendre.

Je ne sais pas pourquoi cette petite femme fougueuse a un effet si ravageur sur moi. Peut-être bien que je ne le saurai jamais. Tout ce que je sais, c'est qu'elle m'excite comme aucune autre. Je la veux de toutes les manières dont un homme peut vouloir une femme. Je la veux dans mon lit, sous moi. Je la veux contre ce mur.

Je la veux même assise à côté de moi quand je vais au marché, à pinailler sur tout ce que je dis. Et je la veux dans ma cuisine, à flâner, à ajouter des cerises dans la sauce Barbecue et à papoter avec mes sœurs.

Putain, je suis foutu.

Mes mains sont pleines de ses courbes voluptueuses, je suis déjà ivre de la saveur de sa bouche et dur comme mes bûches de bois. C'est seulement quand une voiture entre dans le parking et nous balaie de la lumière de ses phares que je reviens à moitié à la réalité. Dans un effort herculéen, je romps notre baiser et recule d'un pas.

Audrey cligne des yeux en me regardant, l'air de planer autant que moi.

– Les clés, princesse! je lui ordonne.

– Quoi?

– Tes clés.

Je tends la main.

– Les clés de ta voiture de location.

Elle farfouille dans son sac et me les tend. En me dirigeant vers le parking, j'appuie sur le bouton. Un vieux modèle de Rav4 clignote, donnant signe de vie. Au moins, cette fois, ils lui ont donné un véhicule à quatre roues. Peut-être que ça la tiendra à l'écart des fossés. J'attrape sa main et je la conduis devant la portière passager, que je lui ouvre. Puis je m'installe derrière le volant et je recule le siège conducteur d'une vingtaine de centimètres.

On a parcouru la moitié du trajet de quatre minutes qui nous sépare du motel quand elle me dit:

– Tu es en train de conduire ma voiture, là.

– Eh ouais. Sinon Mme Beasley va dire au monde entier que j'ai passé la nuit dans ta chambre.

On s'approche et je conduis sa voiture jusqu'à l'emplacement de parking le plus reculé, celui qu'on voit le moins depuis le bâtiment principal. Puis je défais la ceinture d'Audrey qui est encore dans les nuages.

Mais quand j'ouvre sa portière, elle me regarde avec des yeux chargés de désir. Elle sort rapidement, me prend les clés des mains et en utilise une pour ouvrir la porte de son petit chalet.

Je me mets à la déshabiller dès l'instant précis où la porte se referme. Je lui enlève son haut et le jette sur la commode. Elle tend la main vers ma braguette et la baisse. On s'embrasse, encore et encore, on se déshabille en éparpillant nos vêtements partout autour de nous, puis on se jette sur son lit. J'attrape l'édredon et je le vire par terre. La dernière chose que je fais avant de m'allonger, c'est d'attraper les capotes que j'ai fourrées dans ma poche avant de partir la chercher au *Goat*.

J'en ouvre une et je la lui tends. Puis j'attire son corps nu contre mes cuisses pour qu'elle me chevauche. De mes deux bras relevés, je frôle la douceur de ses courbes jusqu'à ce qu'elle gémisse. Elle est toute soyeuse sous mes mains endurcies par le boulot. Si je n'avais pas la preuve du contraire, je me dirais qu'elle est trop immaculée pour vouloir de mes mains rêches sur son corps. Mais je sais déjà qu'avec Audrey, ce que tu vois n'est pas ce que tu prends. Sous ses airs de sainte-nitouche bat le cœur d'une vraie pécheresse.

S'il y a plus belle qu'elle sur terre, je ne l'ai jamais rencontrée.

Elle a à moitié ouvert l'emballage quand j'entoure ses seins de mes mains, mes pouces frottent doucement ses tétons. Elle renverse la tête dans un gémissement et tremble de désir alors que je caresse ses seins. Je l'encourage doucement

– Allez, fais ton boulot, bébé. Pas de plastique, pas de bite.

Audrey presse son corps contre ma cuisse et soupire. Puis elle me met la capote de ses mains fébriles.

– C'est ça, je l'encourage. Maintenant, laisse-moi m'assurer que tu es bien prête.

Je glisse une main le long de son ventre jusqu'à ce que mon pouce plonge entre ses jambes. On laisse tous deux échapper un râle quand ma main rencontre une chaleur lisse et humide.

Oh oui.

J'ai le souffle court. Entre elle et moi tout se passe toujours dans une précipitation folle. Pour une fois, je me dis que je pourrais calmer un peu le jeu.

– Viens là, princesse.

Je la prends par les hanches, la soulève et l'installe sur ma poitrine.

– Viens plus près. Un fermier, ça n'a pas peur de se salir.

Ses lèvres roses s'entrouvrent et elle gémit.

– C'est ça. Viens là. Tout près.

J'attire son cul parfait encore plus près de mon visage. L'odeur musquée de son désir me monte à la tête. Alors, je la plaque fermement contre moi, jusqu'à ce que je puisse atteindre mon but avec ma langue.

– Mmmm.

Je laisse échapper un gémissement quand ma langue effleure son centre pour la première fois.

– Oh Griff. Oh mon Dieu !

Elle geint au-dessus de moi. Ses hanches bougent, parcourues de légers tressaillements, quand je me mets à l'explorer de toute ma langue. Ses cuisses sont tendues de chaque côté de mon corps dans l'effort qu'elle fournit pour se maintenir au-dessus de moi.

Je chatouille ses cuisses de ma barbe et je ris.

– Tiens, bébé, dis-je en enlevant ses mains de la tête de lit et en les guidant vers ses seins. Occupe-toi d'eux pour moi.

Ses yeux s'écarquillent, mais elle fait ce que je lui demande, prend ses seins entre ses mains et se met à en pincer les tétons. Putain, c'est la plus belle chose que j'ai vue de ma vie. J'attrape son cul et l'attire à nouveau contre ma bouche. On gémit *ensemble*, et j'en suis presque à me noyer de désir de la voir s'exciter. *C'est ça*, je l'encourage intérieurement, incapable de parler. *Chevauche ma langue.*

– Ah... Ah... Ahhhh !

Elle laisse échapper des glapissements en bougeant. Les bruits qu'elle fait sont presque trop. Ma pauvre bite, délaissée, brûle d'un besoin d'attention.

– Oh ! Griff !

Elle gémit et se plaque contre ma bouche. Rien de plus jouissif.

Elle y est presque, mais je ne suis pas encore prêt à la laisser s'abandonner. Je l'attrape par les hanches et la fais redescendre le long de mon corps.

– Redresse-toi, princesse.

Audrey se met sur les genoux sous mes ordres. Je me place sous elle, l'empoigne à nouveau aux hanches et l'empale sur mon sexe. Elle lâche un cri où se mêlent surprise et plaisir, et essaie de me dominer. Mais je la maintiens contre moi d'une poigne ferme.

– S'il te plaît, supplie-t-elle.

Putain. Elle est si chaude et si étroite qu'il me faut une minute pour me ressaisir. Elle se débat sous mon emprise, mais je ne veux pas céder.

– C'est qui, ta meilleure baise de tous les temps ?

Elle baisse le menton, et ses cheveux soyeux s'étalent, venant cacher ses seins parfaits.

– C... c'est toi, dit-elle dans un souffle. Tu es hors compétition.

– Ahh ! (Je serre ses hanches.) Bonne réponse, bébé. J'ai bien envie de te donner une récompense. (Je relâche mon emprise.) Vas-y, fais de moi ce que tu veux.

Dans un râle de reconnaissance, elle se met à me chevaucher, ondulant de tout son corps, rapide et décidée. Ses joues sont roses, ses yeux chargés de désir. Et dire que je pensais que les plus belles vues du Vermont, c'étaient les montagnes. C'est la chose la plus sexy que j'aie jamais vue, ses seins se balançant au rythme des sons qu'elle laisse échapper. Mais il manque quelque chose. Je l'attrape par les épaules et l'attire à moi jusqu'à ce que son corps soit contre le mien, et je vole à sa bouche un baiser avide.

Elle passe sa main dans mes cheveux et gémit dans ma bouche.

Le paradis.

Rien à foutre du stress de la semaine, j'ai tout ce qu'un homme peut désirer en ce moment. Je sais qu'Audrey n'est pas à moi. Elle vit à des heures d'ici et elle sera repartie avant la fin du mois. Mais rien que pour cet instant précis, les planètes sont alignées.

J'entoure son corps de mon bras et on roule ensemble sur le lit. Elle se retrouve sur l'oreiller, les cheveux éparpillés autour d'elle comme ceux d'un ange, les yeux grands ouverts, elle me regarde comme si j'avais décroché la lune. C'est la douceur de son expression qui m'achève. Le désir me traverse l'échine et anéantit toute tentative de maîtrise. Je donne un coup de bassin en avant au moment où elle se redresse pour m'embrasser. La tension est irrésistible.

– Viens, princesse.

Je la supplie en m'agrippant à sa cuisse que je plaque brutalement contre mon corps. Le coup de reins suivant m'envoie au septième ciel. Je gémis.

– Oh putain.

Je plonge dans sa bouche où j'étouffe l'écho de sa plainte, et je la sens se crisper de toute part autour de mon corps.

Et voilà, je suis cuit.

Grondant comme une bête, je me déverse en elle comme j'en ai rêvé à chaque minute depuis son dernier passage dans le Vermont.

Sous mon corps, Audrey se raidit et frissonne. Je donne un dernier coup de reins, doucement, rien que pour elle. Et son gémissement est comme un élixir ruisselant sur mon âme, qui s'infiltre partout, jusque dans des endroits dont je ne soupçonnais même pas l'existence.

Mon corps finit par se détendre. Je roule sur le côté, l'entraînant avec moi. Dans un soupir de satisfaction, elle enfouit son visage dans mon cou et, ensemble, on cherche à reprendre notre souffle.

– C'était... chuchote-t-elle. On a... Argg.

C'est exactement mon sentiment.

Puis elle se reprend et termine sa phrase.

– Ça vaut toutes les orgies de glace du monde.

Je pars d'un éclat de rire si soudain que j'en suis surpris. Je la maintiens tout contre ma poitrine pour ne pas qu'elle tombe. Quand je réussis à m'arrêter de rire, j'admets :

– Je ne sais pas à quoi ça tient, princesse, mais tu me rends fou.

– J'aime quand tu es fou.

– Mmm.

Je passe ma main dans ses cheveux soyeux, en caressant l'idée improbable et folle qu'on est peut-être simplement faits pour être ensemble. Audrey est marrante. Elle me fait oublier tout le stress de mon existence.

– En tout cas, j'aime bien ta façon de « fêter ça », roucoule-t-elle, tout en caressant ma barbe de ses doigts délicats.

Je tourne la tête et emprisonne ses doigts entre mes lèvres, je les mordille avant de les libérer à nouveau.

– J'espère que le prix que je t'ai obtenu te convient, dit-elle doucement.

Ah oui. Le cidre. C'est drôle, mais la célébration était au moins aussi excitante que la nouvelle qu'on était censés fêter.

Probablement plus excitante même.

– C'est honnête comme prix, bébé. (Je lui vole un baiser.) Et cette énorme commande signifie que je vais pouvoir investir dans des cuves plus grosses. Ma famille sera moins stressée par les changements que je vais entreprendre ici, avec cette commande de quarante mille dollars de cidre.

– Mmmmmm.

Audrey promène ses lèvres sur ma clavicule, puis le long de ma poitrine qu'elle commence à couvrir de baisers.

– Faut que je passe la commande pour ces citernes dès demain, pour pouvoir les remplir le mois prochain. Je les imagine parfaitement, dans la cidrerie, à pétiller. À fermenter le matériau dont sont faits les rêves.

Audrey approuve doucement. Puis elle remonte le long de mon corps, m'embrassant jusqu'au cou, et j'en oublie mes cuves à cidre pour la deuxième fois ce soir.

CHAPITRE SEIZE

AUDREY

Griffin est si silencieux que je pense qu'il s'est endormi. Comme le font les hommes.

Mais au bout de quelques minutes, il pousse un soupir et se dirige vers la petite salle de bains. J'entends le bruit de la douche. Quand il ressort, un instant plus tard, je m'attends à ce qu'il enfile son short et s'en aille. Mais il n'en est rien.

Il s'étend à nouveau sur le lit et rabat les couvertures sur nous.

– C'est un peu minable cet endroit, dit-il en riant. On dirait que Mme Beasley n'a rien rénové depuis les années soixante-dix.

– Oui, c'est rustique. Mais la chambre que je loue à Boston est moins gaie encore que celle-ci.

J'ai une pensée pour mon coloc fumeur de joints, pâtissier en chef, et pour les plats sales qu'il a sans doute empilés dans l'évier en mon absence. Si je n'étais pas dans les parages pour lui lancer des regards noirs, je suis sûre qu'il vivrait comme un porc.

Griff laisse échapper un son marquant son désaccord. Puis il m'attire sur son corps massif.

– C'est pas normal que ta mère ne t'aide pas à te remettre sur pied.

Je baisse la tête et je le regarde.

– Je *suis* sur mes pieds. Ma vie n'est peut-être pas extravagante. Mais c'est moi qui en paie chaque centime.

Eh merde. C'est sorti de manière un peu trop brutale. Mais je suis susceptible sur ce sujet-là. On ne peut vraiment pas dire que je ne fais pas ma part du boulot.

Il me regarde en souriant. Puis il me caresse le nez d'un geste du pouce si tendre que je cligne des yeux, surprise.

– Je me suis peut-être mal exprimé. Mais moi, la seule raison qui me pousse à vouloir autant d'argent, c'est pour pouvoir le donner à ma famille. C'est pour ça que je travaille autant.

Je laisse retomber ma tête sur son épaule immense et je réfléchis à ce qu'il vient de dire.

– Ça ne peut pas être la seule raison. Tu aimes ce que tu fais. Sinon, tu ne passerais pas ton temps à faire des grands discours à quiconque veut bien les entendre sur les pommes à cidre et sur la démarche consolidée de prévention et de lutte contre les nuisibles.

– La démarche *intégrée* de lutte contre les nuisibles...

Je lui pince les fesses.

Il me pince le sein.

– Oh !

– C'est toi qui as commencé, me taquine-t-il en caressant la peau qu'il a pincée il y a une seconde.

Griff Shipley est étonnamment câlin après le sexe. Je me triture les méninges pour essayer de me rappeler ce qui s'était passé, il y a cinq ans de ça, une fois qu'on avait fait notre affaire. J'imagine qu'on avait dormi ensemble à l'époque aussi. Mais à ce moment-là, je m'étais sûrement raconté que c'était parce qu'il ne voulait pas me raccompagner à pied jusque chez moi...

– T'as raison, dit-il.

Quoi ?

Je me suis perdue dans mes pensées.

– J'aime ce que je fais. Je me demande juste si j'ai déjà eu le choix.

Ah oui.

Il m'avait dit ça le premier jour, quand ma voiture s'était retrouvée dans son fossé, que son père était mort.

– Tu n'avais pas le projet de reprendre la ferme ?

Il reste silencieux un moment.

– J'avais pas vraiment décidé. Le football était encore important pour moi. Je pensais encore pouvoir trouver ma place dans une équipe.

– T'aurais pu !

J'ai dit ça un peu trop rapidement. J'aime le foot et j'allais à tous les matchs quand j'étais à la Boston University. Chaque fois que Griff Shipley se retrouvait sur le terrain, dans son pantalon un peu moulant, je n'avais d'yeux que pour lui et son joli petit cul. Pas que je sois en train d'admettre que je lui accordais déjà beaucoup trop d'attention bien avant qu'on se fréquente ! En réalité, j'avais même fait quelque chose d'assez exécrable. Quand il s'était présenté à la soirée de fraternité, je lui avais demandé de répéter son nom.

– Qu'est-ce qui te fait rire ? me demande-t-il alors que je souris dans le creux de son épaule.

– Non rien. (Je me dégage la gorge.) Peut-être que tu ne t'occuperas pas de la ferme pour toujours. Tu es jeune. Un jour, tu auras le choix.

– Je suis là au moins jusqu'à ce que les choses soient réglées pour Daphné et Dylan. Et honnêtement, la plupart du temps, je suis heureux. J'aime bien le boulot. Ce que je n'aime pas, c'est la pression. Une mauvaise récolte et c'est la faillite, tu vois.

– Pour un joueur de foot, une mauvaise passe et c'est la blessure fatale, je lui fais remarquer.

– C'est vrai.

Ses doigts caressent mes cheveux, et je m'abandonne à la douceur de l'instant. Mes pensées s'embrument alors qu'il promène sa main le long de mon cou et de mon dos. Il enserre mes fesses de ses mains et presse mon corps contre le sien. Je reprends complètement mes esprits quand je me rends compte qu'une bite dure comme de l'acier se presse contre mon ventre. Je marmonne :

– Encore ?

– T'en as de la chance, murmure-t-il. Pauvre petite qui n'a pas conscience de son potentiel.

Il rit et met ses mains sur mes seins. Sa bouche rieuse s'approche de la mienne, et on s'embrasse encore, sa barbe irritant mon visage.

J'adore.

Quelques instants plus tard, il me retourne sur le drap, le visage face au lit. J'entends le bruit d'un emballage de préservatif. Puis ses larges mains m'écartent les jambes et s'engouffrent entre elles.

J'enfonce mon visage dans l'oreiller pour étouffer mon gémissement. Il y a quelque chose de sale et de délicieux dans sa façon de me traiter. Chaque contact est un *ordre*, comme si je n'étais sur cette terre que pour satisfaire son bon plaisir. À en juger par la manière dont mon corps réagit à ses gestes, peut-être que c'est le cas.

Peut-être qu'il faut simplement que j'en finisse et que je change mon nom pour Vilaine. Dans ce cas, il va me falloir des nouvelles cartes de visite.

Oh putaaaaiiiiiin, oh ouiiiiiii !

Je gémis quand il me pénètre. Il laisse échapper un petit rire dans mon oreille, tout près.

– C'est ça, ma belle. T'aimes ça, hein, peu importe comment je te la mets.

Coupable.

Je ferme les yeux et j'essaie d'imprimer dans ma mémoire ce que je ressens. Son corps imposant m'entoure. Ses bras robustes m'encerclent. Ses jambes musclées empêchent les miennes de bouger. Je suis immobilisée, de la meilleure manière qui soit. Et maintenant, il ruisselle de sueur, m'embrasse le cou à pleine bouche, suçant ma peau comme un bonbon.

Je laisse échapper un autre gémissement et j'essaie de dégager mes hanches. Mais je peux à peine bouger sous le poids de son corps imposant. Il chuchote :

– Tu t'échappes ?

– Continue.

Il rit. Puis il donne le coup de reins le plus lent de l'histoire du sexe.

J'étouffe un râle dans l'oreiller.

– Voilà, bébé. (Il m'embrasse dans le cou.) C'est bien.

Puis il accélère la cadence et je fonds presque en larmes de gratitude.

Je m'abandonne alors que Griff me susurre des mots doux et des cochonneries à l'oreille. Mes pensées s'évaporent comme du brouillard. J'arrête d'essayer de réfléchir et je le laisse m'emporter à nouveau.

* * *

Plusieurs heures plus tard, je me réveille au beau milieu d'une matinée ensoleillée.

Je sais immédiatement que Griff est parti. Déjà, il fait trop frais entre les draps. Le corps de cet homme-là est une vraie fournaise. Et puis, c'est trop silencieux. Une vague de déception me traverse, même si je sais pertinemment que lui et moi, on n'a pas une relation du genre petit-déj-à-rallonge au réveil.

On n'a pas de relation tout court.

C'est à cet instant que la solitude fait son apparition. C'est dur.

Ça m'arrive chaque fois. C'est pour ça que je n'ai pas beaucoup de coups d'un soir. Ce n'est pas que le sexe me mette mal à l'aise, non. Je n'ai pas honte. C'est juste que quand quelque chose est trop bon, j'en veux encore. Comme une crème au chocolat ou des caramels au beurre salé.

Ce n'est sans doute pas plus mal que Griff ait déjà filé ce matin. Je l'aurais sûrement fait flipper en lui proposant qu'on se revoie dès ce soir. Et puis, après tout, je ne suis pas dans le Vermont pour Griffin Shipley. Je suis ici pour *moi,* et moi seule.

Dans la petite salle de bains, la douche s'allume dans un grincement. Quand je me glisse sous le jet, l'eau est chaude et coule en continu. Au moins ça. Aujourd'hui, il faut que je trouve quelqu'un à qui acheter et des pommes de terre grelots et du miel. (Mais pas ensemble, beurk !) Ça pourrait être pire comme boulot. Je pourrais creuser des fossés. Ou être plongeuse dans une brasserie.

Cela dit, si je fous en l'air cette nouvelle mission pour BPG, l'option plongeuse devient une probabilité.

Bon, d'abord du café.

Une fois douchée et apprêtée, je récupère le registre de la ferme et mon téléphone. Les clés à la main, j'ouvre la porte de mon petit studio, et là je piétine presque un petit mot laissé juste devant ma porte.

Princesse, j'aurais adoré prendre un petit déjeuner avec toi, mais je file traire 50 vaches. Tu as appelé sur le fixe hier soir, ce qui veut dire que je n'ai pas ton numéro. Voilà le mien. 802 228 4331. AGS.

Wouah.

OK, Audrey, je me calme. *Tu ne vas pas t'emballer pour ce petit mot. Non. Mauvaise idée.*

Laisser un petit mot à une fille après deux parties de jambes en l'air à t'envoyer au septième ciel, ce n'est pas romantique pour un sou. Ça ne veut rien dire. Ça veut juste dire que Griff Shipley veut rester cordial avec son nouveau plan cul. Il avait certainement laissé une cinquantaine de petits mots à Zara, à l'époque où ils se fréquentaient, n'est-ce pas ?

Voilà.

Et qu'est-ce que ça change de toute façon ? Griff est lié à sa ferme et à ses vaches. Je suis sur le point de bâtir un empire gourmet à Boston dans très peu de temps. C'est une relation sans avenir. Nuance, c'est un festival du cul sans avenir.

C'est bien dommage tout de même.

Je monte dans ma voiture de location et je fais les quelques kilomètres qui me séparent du *Mountain Goat*. Si j'étais une fille plus futée, j'aurais déjà vérifié si c'est ouvert pour le petit déjeuner.

Il y a une voiture sur le parking, ce qui ne m'avance pas beaucoup. Donc, je me gare.

Mais maintenant que j'y pense, est-ce que Griff n'avait pas laissé son camion ici hier soir ? Il a dit qu'il faisait exprès pour que Mme Beasley nous épargne ses ragots.

Aïe. En fait, il ne veut pas que tous ses voisins soient au courant de nos parties de jambes en l'air. Certainement parce qu'il ne veut pas que sa *famille* soit au courant.

Je suis peut-être folle de désir pour Griff, mais en tout cas, j'ai eu un coup de foudre total pour sa famille. Si on me le proposait, je m'installerais sur-le-champ dans sa cuisine. J'adorerais être une des sœurs Shipley qui ont la chance d'appeler Ruth « maman » et de dresser le couvert pour douze tous les soirs sur cette table en chêne massif. Je jouerais au frisbee avec Dylan et je ferais des nattes à Daphné.

C'est bien le fantasme que nourrit à un moment donné ou à un autre chaque enfant unique. Au fil des années, je me suis approprié les familles de dizaines de mes amis, me faisant une place mentale dans leur joyeux bordel.

En même temps, si j'étais vraiment une Shipley, ça ferait de Griff mon frère. Beurk. Mauvaise idée.

Un petit coup donné sur la vitre de ma voiture me sort de ma rêverie. Je me tourne en vitesse pour me retrouver face au regard inquisiteur de Zara.

Oups.

J'ouvre la portière et sors de la voiture.

– Salut, désolée. Je me demandais juste si vous étiez ouvert le matin pour prendre un café, quoi.

Zara secoue la tête lentement.

– J'y ai déjà pensé. On doit réceptionner les livraisons le matin, donc on a quelqu'un sur place. Mais non. On n'a jamais envisagé ça dans le fonctionnement de l'affaire.

Mon regard embrasse le bâtiment de bois.

– Tu es propriétaire de cet endroit ?

– Non, gérante. (Sa bouche se durcit.) Mais tu sais, une femme peut très bien tenir un bar. Pas besoin d'avoir un pénis.

– Désolée, dis-je rapidement. Je vois très bien ce que tu veux dire.

Elle lève un de ces sourcils, celui qui porte un piercing.

– Le problème des pénis ?

– Oui. *Non !*

Putain ! Mais de quel pénis est-ce qu'on parle, là ? Je suis prise d'une bouffée de chaleur.

– Je sais oui, on peut tenir un bar avec une chatte aussi. Enfin, pas *avec* une chatte, mais...

Je tousse.

Zara me fait sursauter quand elle se met à rire.

– T'as vraiment besoin d'un café toi, non ?

– Ouais.

Elle fait un geste du menton en direction du restaurant fermé.

– Allez ouste ! Je viens de m'en faire une cafetière pour m'aider à patienter, en attendant la livraison de pain.

Je la suis en trottinant, comme un chien content. Du café gratuit ? Voilà qui va me sortir de mon coup de blues en solitaire.

Zara s'arrête à côté du bâtiment et sort deux grandes bennes pleines de bouteilles de bière. Ça doit être le jour de ramassage du verre. Puis elle ouvre la porte et se dirige vers la cafetière derrière le bar. Elle sert deux tasses et attrape un pack de lait sous le comptoir.

– Tiens, dit-elle. Assieds-toi.

Je me hisse sur le même tabouret qu'hier soir et verse une bonne lampée de lait dans ma tasse. J'en prends une grande gorgée.

– Ahhh, merci, dis-je en soupirant.

Elle m'observe par-dessus sa tasse.

– En parlant de pénis...

Oh oh.

– Le camion de Griff est resté toute la nuit sur le parking.

J'aurais dû me douter qu'avec le café on me servirait l'interrogatoire. Mais ça vaut quand même le coup. Je décide de jouer l'idiote.

– Ah oui ?

Elle lève les yeux au ciel.

– T'éprends pas de lui, c'est tout, OK ?

Je suis sûre que je n'ai pas pu cacher ma grimace.

– On... euh... on sortait vaguement ensemble à l'université... Rien de très sérieux, quoi.

– Ah bon, dit-elle doucement. Donc, tu sais ce qu'il en est.

– Ouais. (Je le sais très bien. Il est comme toute mauvaise habitude, délicieux et difficile d'y résister.) Il aime ses pommiers et sa famille. Et ça fait beaucoup d'arbres et une famille immense. C'est comme s'ils occupaient toute sa disponibilité émotionnelle. La moitié de la région a le béguin pour Griff Shipley.

– J'imagine.

Zara prend sa tasse entre les mains et soupire.

– Et c'est pas comme s'il y avait beaucoup d'hommes célibataires dans le coin. Tous les types bien s'en vont, pour trouver des meilleurs boulots ailleurs.

– Mais pas toi ?

Elle secoue la tête.

– J'aime bien vivre ici, mais je me sens seule.

– On peut se sentir seule partout au monde, crois-moi.

Là, je me livre peut-être un peu trop à cœur ouvert mais, hey, je n'ai pas encore bu une tasse entière. Zara me toise du regard.

– T'es une sorte de chef à la mode, c'est ça ?

Je glousse.

– Oh, seulement dans ma tête. Mais un jour, ce sera vrai.

Je dis ça souvent, mais j'y crois aussi. Parce que les bons finissent par gagner et que le karma existe.

– Qu'est-ce qui t'amène dans le Vermont ?

Maintenant, Zara m'interroge franchement, mais ça m'est égal, parce que le café est fort et savoureux

– Le boulot. Je travaille pour un grand groupe de restaurateurs qui veulent redorer leur concept de « La ferme à la table ». Moi, mon boulot, c'est de leur fournir les produits.

– Ah, mes oncles ont un verger et les poires sont vraiment belles cette année.

– Des poires ? (Je me réveille !) Ce n'est pas sur ma liste, mais je suis prête à parier que mes souverains en voudraient bien.

Zara sourit.

– Laisse-moi te noter l'adresse et je vais les appeler, leur dire d'entrer en contact avec toi.

– Oui ! C'est super, merci !

Je finis mon café d'une traite.

– C'est rien, je t'en prie, dit-elle en fronçant les sourcils.

Zara a l'air mal à l'aise avec toute manifestation d'affection. Ou d'enthousiasme. Je ne sais pas encore vraiment à qui j'ai affaire. Elle note quelque chose sur une serviette en papier et me la tend. Je glisse l'adresse dans mon sac.

– Si t'es là le matin, tu devrais *vendre* du café.

– J'y ai déjà pensé.

Elle regarde la pièce comme si elle s'imaginait l'endroit plein de hordes de gens en quête de caféine.

– Mais ça voudrait dire venir encore plus tôt le matin. Tu peux pas te contenter de débarquer et vendre ton café, pas vrai ? Il faudrait que j'aie des viennoiseries aussi...

– Bien vu.

Et maintenant, je meurs d'envie d'une viennoiserie, merde. Je pose ma tasse sur le comptoir.

– Il faut que j'y aille. Merci pour tout !

Elle me fait un signe et récupère ma tasse sur le comptoir.

– À la prochaine.

Je sors et m'installe dans la voiture de location. C'est l'heure d'aller voir des poires et de me trouver un petit déjeuner.

CHAPITRE DIX-SEPT

GRIFFIN

Le matin où je me suis réveillé à côté d'Audrey c'était un bon début de journée. Même si j'ai dû faire un footing de trois kilomètres à l'aube pour rejoindre mon camion et supporter ensuite les petits sourires en coin dans l'étable, j'étais un homme heureux.

Et pas uniquement pour le sexe. Tout indiquait qu'il y avait du changement dans l'air. Quand je lui ai parlé de la grosse commande de BPG, ça a rassuré ma mère. Personne n'a paniqué quand j'ai acheté une série de trois cuves de fermentation plus grandes que tout ce qu'on n'avait jamais eu jusque-là. En plus, je les ai achetées d'occasion, via un type du Massachusetts qui s'est agrandi au bout de deux ans.

C'est comme ça que ça va se passer pour moi aussi, n'est-ce pas ?

Les jours qui ont suivi, j'étais tellement optimiste que mes aides ont commencé à me taquiner. Kyle se plaignait.

– Tu peux pas nous engueuler un peu ? Une fois de temps en temps ? C'est bizzare de te voir sourire comme ça tout le temps.

– Ça nous fait flipper, a ajouté Jude.

Ils n'avaient pas à s'en faire. Mon humeur en a pris un coup quand une tempête de vent, par une fin d'après-midi, a abîmé les pommiers qui sont devant la propriété. J'ai dû perdre au moins vingt boisseaux de fruits à cause des rafales qui ont arraché les branches de plusieurs de mes arbres.

– Qu'est-ce qu'on fait de ça, patron? me demande Zachariah en me montrant des fruits pas mûrs qu'il s'est mis à ramasser au sol. Je parie qu'elles mûriront pas, même si on essaie de les stocker et de les laisser sécher.

– Ne parie pas, je t'en prie! dis-je en plaisantant, arrachant un sourire à Zach.

Je lui prends la pomme des mains et croque dedans. Elle est dure, évidemment. Mais pire que tout, les hydrocarbures ne se sont pas encore transformés en sucre. *Merde.* Elles feraient un cidre dégoûtant.

– Au compost.

– C'est clair, dit-il, commentaire d'une grande utilité!

Mon humeur continue à se dégrader au fur et à mesure que la semaine se déroule. C'est la période de l'année la plus stressante: mon butin est suspendu à mes arbres, mais je ne peux pas encore faire ma récolte. Tout ce potentiel fragile est soumis aux caprices de Dame Nature.

Mais le pire dans tout ça, c'est qu'Audrey n'a pas appelé. Je ne sais pas à quoi je m'attendais, honnêtement. Tout ce que je sais, c'est que je voulais la revoir. Et si elle n'a que quelques jours à passer dans le Vermont, qu'est-ce qui l'empêche de les passer avec moi!

Finalement, je fais ce que j'aurais dû faire bien plus tôt. Je monte dans mon camion et je vais jusqu'au motel. Mais la voiture de location d'Audrey n'est pas devant, et son cabanon est éteint.

Peut-être qu'elle est rentrée à Boston plus tôt que prévu, et qu'elle n'a pas pris la peine de me prévenir. Je passe la nuit seul à relire *Le seigneur des anneaux*, parce que Zach vient de le terminer pour la première fois et qu'on en a parlé ensemble. C'est dur de se sentir seul quand on se promène en Terre du Milieu.

Je m'endors à neuf heures. Si je ne peux pas avoir Audrey, au moins j'aurai mes huit heures de sommeil avant le réveil de cinq heures du matin. Le lendemain, je passe des heures à lire et relire la dernière version de la paperasse pour la certification bio. Dans mon boulot, je déteste tout ce qui doit se faire assis à un bureau. À quoi bon être fermier si c'est pour être enfermé ?

Quand je finis par sortir pour contrôler le travail du jour, Zach me donne un petit coup de coude. Un Rav4 remonte l'allée.

– Wouhouuu, c'est la copiiiiiiiiine de Griff, chantonne Kyle.

Pour cacher mon excitation, je rugis.

– Oh ! On a quel âge, là ? Douze ans et demi ?

Une fois la voiture garée, elle déploie ses longues jambes de derrière le siège conducteur et claque la porte. Je la regarde, avide. Audrey est belle à mourir. Elle est comme les papillons que je vois virevolter dans la prairie, ils sont plus beaux que tous les autres pollinisateurs. Ce qui n'est pas très juste pour les abeilles qui font le même boulot.

– Bonjour, dis-je en m'approchant de sa voiture.

Elle se tourne, lève son visage vers moi et me jauge du regard.

– Salut, toi.

– Je pensais avoir de tes nouvelles plus tôt, lui dis-je doucement.

Audrey me regarde en plissant les yeux.

– Le département des contrats ne m'a encore rien donné à signer pour toi.

Je la défie en soutenant son regard.

– Ah, très bien. J'imagine qu'il n'y a aucune raison que tu passes me voir, du coup. Qu'est-ce que j'ai bien pu m'imaginer ?

Elle cligne la première, baisse le menton et se tourne pour saluer d'un geste de la main Zach qui va vers la laiterie chercher mon petit frère. Puis elle relève les yeux et fronce les sourcils.

– Quel est le problème ? Qu'est-ce que j'ai fait ?

– Rien.

Je lui réponds très vite. À quoi est-ce que je m'attendais de toute façon ?

– Qu'est-ce que je peux faire pour toi ?

Son expression devient penaude.

– Je suis venue te supplier de me vendre des pommes.

Il y a bien autre chose dont j'aimerais qu'elle me supplie, mais apparemment là n'est pas le sujet.

– Laisse-moi deviner, le prix n'est pas dingue.

– Écoute, c'est le double de ce qu'ils avaient offert la fois d'avant. Quatre dollars le kilo. Mais ils veulent un truc intéressant. Une sorte de variété ancestrale sur laquelle les chefs pâtissiers pourraient faire tout un foin.

– En d'autres termes, ils veulent ce que j'ai de meilleur pour un prix de merde.

– Oui. (Elle soupire) Mais tu pourrais peut-être me vendre juste une petite quantité ? J'ai dû me battre de tous les côtés, donc juste quelques kilos, ça m'aiderait vraiment.

– Bien sûr que je peux t'aider.

Et je ne peux pas m'empêcher de tendre le bras pour dégager une mèche de son visage. Ses yeux s'animent.

– Vraiment ? Et tu as un truc bon et atypique ?

– Ouais. (J'y réfléchis une seconde.) J'ai quelques pommes Blue Pearmain.

– Elles sont *bleues* ?

Audrey a l'air vraiment emballée.

– Elles sont *bleutées*. Un peu bleues pour des pommes. Henry David Thoreau a écrit sur cette variété-là. C'était ses préférées. Ça devrait suffire à faire bander ton petit snob de pâtissier, non ?

– Absolument ! (Elle pose ses deux mains sur mon torse.) C'est génial ! Merci.

Je jure devant Dieu que je n'ai jamais vu personne être aussi sexy et mignonne en parlant de pommes.

– Avec plaisir.

J'attrape ses mains.

– Maintenant, suis-moi une minute, j'ai besoin de ton aide pour un truc.

– Vraiment ?

Sa main dans la mienne, je l'entraîne vers la cidrerie, et elle trottine à côté de moi.

– C'est la partie marrante de mon boulot.

– Ton boulot peut être marrant ? dit-elle d'une voix pétillante. Je croyais que ce n'était qu'un dur labeur, sans répit. Le vrai bagne.

En voilà une qui s'anime. Je serre sa main dans la mienne.

– La partie marrante, c'est de goûter et de mélanger.

– C'est vrai que ça a l'air marrant, ça ! Montre-moi.

Oh ! Toutes les choses que j'aimerais lui montrer.

– Allez, entre, dis-je en poussant la porte de la cidrerie et en allumant la lumière. Assieds-toi, il faut que je prenne quelques trucs.

CHAPITRE DIX-HUIT

AUDREY

Je me hisse sur un tabouret pendant que Griff s'agite autour de moi et installe des choses sur le bar de dégustation. Il sort une demi-douzaine de verres à vin, plusieurs gobelets, des outils en métal pour mesurer et un carnet sur lequel sont inscrits le mois et l'année sur la couverture. Puis il apporte cinq chopes de bière, des pichets de trois litres sept, et les aligne sur la table.

Regarder ses muscles se tendre pendant qu'il s'active devient ma nouvelle activité préférée. Pendant toute la semaine, j'ai ressenti un frémissement dans mes parties intimes chaque fois que j'évoquais le souvenir de notre nuit passée ensemble.

Être seule avec lui, maintenant, s'apparente à la plus délicieuse des tortures.

Mais Griff est tout à son œuvre.

– Bienvenue dans mon laboratoire, dit-il en ouvrant son carnet et en inversant la place de deux des chopes alignées.

– C'est très sophistiqué. J'aurais été plus attentive en classe de sciences si ça avait impliqué une dégustation.

Ses grands yeux bruns me regardent, amusés.

– J'ai un diplôme en chimie organique, parce que je me doutais bien que ça finirait comme ça.

– Wouah !

En chimie organique ? Je ne sais pas pourquoi, j'aurais dit qu'il avait fait une école de communication comme tous les autres athlètes que je connais. Mais mon coup de cœur à moi est intelligent, trop intelligent peut-être pour s'engager avec moi.

Du bout de son crayon, il tape sur une des jarres.

– Alors, voilà le but. Je dois choisir deux mélanges à présenter pour une compétition. Chaque mélange présenté me coûte trois cents dollars, donc j'ai intérêt à ce qu'il vaille le coup.

– Ouh là.

– Je sais, c'est énorme hein ? Mais c'est la Société américaine de dégustation. Ils sont sophistiqués.

– C'est impressionnant.

– Un peu. Si je gagne, ce serait vraiment génial. Pour le business.

– J'imagine, oui ! Je n'ai jamais gagné de prix.

Il lève les yeux, derrière la rangée de chopes qu'il est en train de préparer sur la table.

– Les prix culinaires sont difficiles à obtenir, non ? C'est un monde de snobs.

– Ce n'est pas ce que je voulais dire. Je veux dire que je n'ai jamais gagné de prix de *toute ma vie*. Toi aussi, tu avais des journées de tournoi à l'école primaire ? Attends, je parie que tu gagnais tout. Que c'était même ton jour préféré de l'année. Mais moi, je n'ai jamais gagné un seul prix.

Il m'offre un sourire étrange, le genre de sourire qu'on adresse aux fous.

– Je n'étais pas mauvais dans les tournois. Mais tu sais, c'était une petite école et j'étais très grand pour mon âge.

– Ah. Bon. Moi, ma chance m'a suivie au lycée. Le jour de la remise des prix était mon cauchemar. Le pire, ça a été l'année de ma première. Ma mère avait pris son après-midi, ce qui était vraiment exceptionnel. Et on était censées sortir dîner ensemble, se faire des sushis et fêter la fin du lycée. Mais voilà, ce qui s'est passé, *littéralemen*t, tous les élèves de ma classe ont eu un prix, sauf moi. Meilleur en anglais, meilleur en latin, etc. Il y avait des dizaines de prix. J'espérais que ma mère n'allait pas s'en rendre compte, mais une fois les remises terminées, le proviseur a demandé à tous ceux qui avaient gagné un prix de venir sur scène pour une photo. Et j'étais la seule de ma classe à rester assise sur le rang des premières. Ma mère avait tellement honte ! On n'est même pas allées manger des sushis. Elle m'a dit que ça lui avait coupé l'appétit.

Maintenant, Griff m'observe, la mâchoire serrée. *Oh*, je ne sais pas ce qu'il y a chez lui qui fait que je fais la pipelette comme ça, comme une idiote.

– Bref, goûtons le cidre.

– Euh.

Il baisse les yeux vers les jarres, sous ses mains, comme s'il les découvrait pour la première fois.

– Bien. Donc, ces cinq cidres sont alignés selon leur complexité.

Il touche celle qui se trouve le plus à gauche

– On part du simple et limpide...

Il montre la dernière de la rangée

– ... et on va jusqu'au complètement atypique.

– Tu les as alignés par ordre d'originalité ?

– Ouais. Je dois trouver les deux gagnants. Et j'espère en soumettre deux qui soient bien différents l'un de l'autre.

– Parce que tu ne sais pas quelle sera l'humeur des juges ?

– Exactement. Allez, on goûte.

Il soulève la seconde jarre de la rangée et enlève le scotch qui maintient le couvercle. Puis il l'ouvre et verse un fond dans deux verres.

– Ça, c'est une créature plutôt simple. Sens.

Il me tend un verre, dans lequel je plonge mon nez et j'inhale. Je découvre un arôme sucré, acide, délicieux.

– Mmm, il est herbeux. Pas si fruité que ce que j'aurais imaginé. (J'hésite avant de prendre une gorgée.) Est-ce que tu craches après avoir goûté ?

C'est comme ça que les choses se passent chez les vignerons, pour qu'ils ne soient pas ivres toute la journée. Je ne veux pas passer pour une ivrogne devant Griff.

– Tu peux cracher si tu veux. Mais on ne va pas en goûter tant que ça. Donc, moi j'avale.

Très bien, dans ce cas. Je prends une gorgée de cidre, m'appliquant à faire un bruit délicat comme on apprend dans les cours de dégustation pour optimiser à la fois l'arôme et la sensation en bouche. Et *wouah.* Qu'est-ce que c'est bon !

– C'est délicieux. Je le trouve à la fois acide et sucré.

De l'autre côté de la table, Griff goûte à son tour. Il renverse sa tête imposante en arrière et avale, sa pomme d'Adam marquant sa déglutition. Je lutte contre mon envie de contourner la table et de goûter à nouveau le cidre sur sa langue. Regarder un bel homme boire un bon vin, c'est déjà excitant. Mais un bel homme qui *fait* un bon vin ? Est-ce qu'il y a quelqu'un de plus sexy au monde? Non, je ne crois pas.

Griff aligne deux verres de plus et ouvre la jarre la plus à gauche.

– Compare-le avec celui-ci.

– Ravie de te rendre ce service !

Je lève mon verre, investie de ma mission, et je le sens.

– Fruité à l'odeur.

Je le goûte. Puis je le goûte à nouveau.

– Qu'est-ce que tu en penses ?

Je repose mon verre.

– Je pourrais en boire toute la journée, mais il ne s'impose pas comme un « grand prix ». Il est un peu citronné et n'a pas grand-chose à révéler.

Griff penche la tête de côté et m'adresse un sourire sexy.

– Bravo ! C'est exactement ce que j'en pense aussi. Tu sais quoi ? Tu es très douée à ce jeu-là.

Je sens le rouge me monter aux joues, alors que je m'imprègne de ce compliment inattendu. Ridicule, n'est-ce pas ? Ce n'est pas comme s'il avait chanté les louanges de mes capacités à faire des opérations neurologiques ou à désarmer l'Iran. J'essaie de cacher à quel point je suis béate de bonheur d'entendre que j'ai bien fait quelque chose, du coup, je lui dis :

– Eh bien, ça fait au moins *deux* choses dans lesquelles je ne suis pas mauvaise. (Je fais tourner le liquide doré dans mon verre.) Cuisiner et boire.

Quand il rouvre la bouche, le son de sa voix est rocailleux.

– Je peux t'en citer quelques autres que j'ai en tête.

– Griff ! je le mets en garde. On travaille, là...

Mais, au moins, j'ai l'assurance que je ne suis pas la seule à penser encore à l'autre soir. Même si Griff ne me voit que comme objet sexuel. J'aligne mon deuxième verre avec le premier.

– Allez, continue. On goûte le plus original.

Il ouvre une troisième jarre et nous sert.

– Tente ta chance.

Celui-ci présente un nez radicalement différent. J'inspire deux fois et tente de définir son arôme.

– Épicé. Cardamone ? Et miel. (Je goûte avec attention.) Intéressant ! J'ai toujours aimé le miel. Ou... de la goyave peut-être. Et il y a une touche musquée que les autres n'ont pas. Je crois bien que celui-ci a sa place dans la compétition.

Je l'observe à nouveau alors qu'il goûte de son côté, laissant le cidre se promener dans sa bouche. Est-ce que, quelque part sur la toile, on trouve du porn-dégustation ? Si ce n'est pas le cas, il faut y remédier. Il ferme ses yeux sombres en avalant.

Quelle beauté !

– Mmmmm. (Il scrute son verre comme si un mirage pouvait apparaître à travers le liquide.) Essayons un truc.

Il verse ce qui reste de cidre dans un verre à mesurer, puis à nouveau dans son verre. Ensuite, il prend la seconde jarre et en mesure une certaine dose qu'il ajoute à son verre. Enfin, il note quelque chose sur son bloc-notes.

– À toi l'honneur.

Il me tend le nouveau mélange, je le goûte.

– Hé !

Je goûte à nouveau.

– Excellent. C'est plus doux que le troisième seul.

Je lui tends le verre et il goûte à son tour.

– J'aime. OK, mettons celui-là dans la catégorie des « peut-être ».

Il débouche le quatrième et m'en sert une goutte. Il a une vraie odeur de... maturité. Comme un vieux livre en version liquide. Je le goûte, ça n'a rien à voir avec aucun cidre que j'ai jamais goûté.

– Wouah. Il laisse une petite amertume, mais ça ne me dérange pas du tout.

Il goûte aussi, je m'efforce de ne pas le manger du regard.

– Ah voilà. Pour moi, ça, c'est du cidre ! C'est le bon plan, celui-ci. Mais je pourrais encore le mélanger un peu. Bon, maintenant, goûtons celui que tu ne pourras plus jamais oublier. (Il ouvre la dernière jarre et nous sert.) Celui-là va te faire grimper au septième ciel !

– Ouh lààà ! dis-je après l'avoir respiré. Il est puissant. Mais il y a quelque chose d'extrêmement attrayant dans cette odeur musquée et riche. C'est... (je le sens à nouveau) exactement comme...

– Tu en penses quoi ? me demande-t-il après avoir pris une gorgée. C'est trop ? C'est musqué. Entêtant. Il est bien en bouche, mais un peu imprévisible...

Je ferme les yeux et je goûte. En bouche, on dirait un cidre bien plus typique. Mais le nez est particulièrement déroutant. Il m'évoque le *danger*. J'inspire profondément dans mon verre et je ris.

– Qu'est-ce qu'il y a de drôle ?

Je secoue la tête.

– Tu ne vas pas aimer mes appréciations. Tu vas dire que je suis folle.

– Tu le détestes ?

– Pas du tout, je m'empresse de le rassurer. Mais l'odeur, c'est comme...

Je ris à nouveau.

– Dis-moi ! Je peux l'entendre.

– *Du sexe...* je laisse échapper. Il sent le sexe.

Griff s'étouffe sur la gorgée qu'il était en train d'avaler.

– Qu'est-ce que tu racontes ?

En fermant les yeux, il sent à nouveau son verre. Il ouvre les yeux d'un coup.

– Putain ! C'est vrai... j'ai mis en bouteille... l'odeur du sexe.

Il secoue la tête.

– Alors ça, c'est une première. Je ne mets pas ma main à couper que ça ait une quelconque valeur commerciale, mais...

– Mais bien sûr que *si !* Qui n'apprécierait pas du sexe sous forme liquide. Mon Dieu ! Et moi qui pensais que tu étais un businessman ! Il *faut* que tu mettes celui-là en compétition.

– Pourquoi ? Parce que ça t'amuse ?

– Non ! Parce que les membres du jury vont adorer, même s'ils ne sauront pas pourquoi. Cette compétition n'est pas jugée par des robots, on est d'accord ? Et tout le monde aime le sexe, et personne n'en a assez.

– Ah bon ? (Il fronce les sourcils.) Je peux t'aider sur ce dernier point.

– Concentre-toi, Griff. On a une compétition à gagner, là. On va les avoir avec le mélange sexe, là. Il est fourbe.

Il fronce les sourcils.

– S'il y a bien une chose qui ne caractérise pas ce cidre, c'est la subtilité. Essayons encore un petit mélange pour voir.

Des chiffres. Calculer la bonne dose. Je suis un peu brute de décoffrage.

– Très bien.

Je prends la deuxième jarre de la rangée et j'en verse une lampée dans la cuvée du sexe. Puis je goûte à nouveau.

– Non.

– Trop acide j'imagine ? me demande Griff.

– Oui. (Je repose le verre.) Je vois ce qu'il lui faudrait, mais je ne sais pas comment m'y prendre.

Il mesure une petite quantité du cidre sexe et la fait tourner dans son verre. Puis il ajoute moitié moins de cidre acide et encore une dose de la deuxième jarre.

– Deux tiers E et un tiers A et B. (C'est ce qu'il marmonne en notant quelque chose dans son carnet.) Vas-y. Toi d'abord.

Je plonge mon nez dans le verre et j'inspire.

– Mmm, ça sent la sieste crapuleuse en plein été.

Griff part d'un grand éclat de rire.

– Intéressant comme remarque. Étant donné qu'on est en été et... (il regarde sa montre) et qu'on approche de midi !

Merci, mon inconscient. Je goûte. La nouvelle version a un plus fort goût de pomme.

– C'est plus fruité maintenant. C'est bien.

Griff approuve, pensif.

– Ce mélange devrait l'adoucir.

– Parfaitement. (Je prends une gorgée de plus.) On l'a fait passer de « cidre d'une bonne partie de baise » à « cidre romantique d'un rendez-vous galant ». Et l'équilibre acidité-sucre fonctionne bien. Comment tu as fait pour obtenir ça du premier coup ?

– Le métier, bébé !

Il lève le bras pour caresser sa barbe et je fixe ses lèvres pleines.

Merde! Pourquoi est-ce que ce mec est aussi attirant? Je sors de mes pensées et lui tends le verre.

– Vas-y, à ton tour, goûte-le! Il est incroyable.

Une fois de plus, je me délecte du spectacle de Griffin Shipley aux prises avec sa passion pour la dégustation du cidre. La grande inspiration qu'il prend quand il porte le verre à ses lèvres, les yeux mi-clos assortis du mouvement presque porno de sa bouche. Il le goûte trois fois. Puis il pose le verre et note à nouveau quelque chose dans son carnet.

– Alors? Tu le mets en compétition, celui-ci, n'est-ce pas?

– Je vais y réfléchir, dit-il en notant des choses.

– Quoi? *C'est tout?* On a trouvé le prochain grand cru potentiellement premier prix dans son genre, et *tu vas y* réfléchir?

Des yeux sombres plongent dans les miens.

– Redescends, princesse! Tout doit être goûté deux fois avant que je prenne une telle décision. Le nez est facilement dupé. Demain, je goûterai à nouveau les trois prétendants.

– J'en étais sûre, dis-je en descendant de mon tabouret. Mais je veux ma photo avec le trophée, une fois que tu auras remporté ton prix. Il y a un trophée, on est d'accord?

– Sans doute.

Il sourit.

– Faut que je range un peu ici. Après, ça te dit qu'on se fasse une baignade tout nus?

– Quoi?

Le changement de sujet m'a prise de court.

– Il fait lourd aujourd'hui et il reste une demi-heure avant le déjeuner. On pourrait aller se rafraîchir dans le bassin en bas de la colline. Il n'y a jamais personne dans ce coin, donc les habits... c'est en option. Tu n'as sans doute pas apporté ton maillot...

Je m'imagine Griff en train d'enlever tous ses vêtements et d'entrer dans l'eau devant moi...

Un frisson parcourt ma culotte.

– C'est une proposition alléchante... dis-je rapidement. Mais je crois qu'il vaut mieux que je reste habillée quand t'es dans les parages

– Mais c'est pas drôle, alors.

Il prend une demi-douzaine de verres dans une seule main, utilisant ses doigts épais pour les rassembler.

Sans attendre, je rassemble ceux qu'il n'a pas pris au premier passage.

– Écoute, je sais que tu me préfères quand je parle moins et que je me déshabille plus.

– Ça n'est *absolument* pas vrai.

Il a dit ça d'un ton si véhément que j'en suis étonnée.

– Je n'apprécie pas ton employeur, princesse, je n'ai jamais dit que toi, je ne t'appréciais pas.

Je réfléchis à ça pendant que Griffin place les verres dans un évier géant et fait couler l'eau. S'il m'apprécie, alors pourquoi a-t-il l'air toujours aussi irrité quand je débarque ? Et puis autre chose :

– Je comprends très bien. On s'est éclatés tous les deux. Notre... euh... passe-temps favori est assez irrésistible. Mais j'ai un boulot à mettre en place. Et tu ne veux pas que les gens sachent pour nous deux. Alors, peut-être qu'on ne devrait pas céder.

Il ferme le robinet d'un geste vif, coupant l'eau brutalement.

– Je ne veux pas que les gens *quoi* ?

Il se tourne vers moi, arborant un de ses froncements de sourcils typiques ! C'est tellement lui qu'on devrait inventer un mot qui ne serait que pour lui. *Griffronce.*

Je ne supporte pas le conflit. Je baisse les yeux vers mes mains dans lesquelles je tiens encore les verres :

– Tu as laissé ton camion au *Goat*. (Putain, voilà que je me mets à appeler l'endroit par le surnom que lui donnent les locaux. Signe que je suis en train de m'attacher.) Pour que personne ne soit au courant que tu t'envoies en l'air avec ta copine de fac. Je ne le prends même pas personnellement. Mais peut-être que ça veut simplement dire qu'on ferait mieux de se trouver un autre passe-temps. Comme le paddle. Ou la randonnée. J'ai entendu dire que c'était cool, la randonnée, par ici.

– *La randonnée.*

Il dit ce mot comme d'autres diraient « dévitalisation dentaire ».

Je pose les verres à côté des autres.

– C'est juste un exemple.

Il pose ses mains trempées sur mes épaules nues, puis il me fait reculer de trois pas jusqu'à me plaquer contre la gigantesque citerne en métal. Quand je relève les yeux, je trouve son expression incroyablement excitante.

– Princesse, on va mettre quelques petits trucs au clair.

– Ah oui ?

Bonne réponse, Coquine. Torride !

– D'un, j'ai laissé mon camion au *Goat* pour protéger *ta* réputation, pas la mienne. Tout le monde ne m'apprécie pas forcément par ici.

– Comme qui ? Je croyais que t'étais parent avec tous les gens importants.

Il laisse échapper un petit rire.

– Pas exactement non. Tu as acheté des poires aux oncles de Zara, c'est bien ça ?

– Tu es au courant ?

Il esquisse un sourire dans sa grosse barbe.

– C'est une petite ville. La famille de Zara ne m'apprécie pas particulièrement. Je ne suis pas convaincu qu'ils t'auraient aussi bien accueillie s'ils avaient entendu des ragots.

Je retourne ça dans ma tête.

– Donc, tu as laissé ton camion précisément à l'endroit où Zara pouvait le voir ? Je suis sûre qu'elle n'a pas apprécié.

Il grimace.

– C'était inévitable. Et puis, elle sait qu'elle et moi, c'est terminé. Et Zara ne parle pas. C'est quelqu'un de bien.

– Mais pas assez bien pour toi.

Ça m'est sorti tout seul.

Ses yeux s'enflamment.

– C'est pas ça. Zara et moi, on ne formait pas un mélange exceptionnel. On était un bon cru, simple et buvable, sans tannin. Sans complexité. Pas un breuvage de compétition.

Je suis quasiment certaine que Zara n'est pas du même avis, ce qui explique sans doute pourquoi ce que je dis ensuite est sorti de façon un peu mesquine.

– Je vois. J'imagine que quelqu'un qui fait du cidre doit en passer par une série de dégustations et de crachats pour atteindre le summum.

Une nanoseconde plus tard, la bouche de Griff est plaquée sur la mienne, dans un baiser ferme et prometteur.

Je m'appuie contre la citerne, en espérant rester distante, juste par principe.

Ses lèvres pleines s'adoucissent, caressent les miennes. Puis il plonge la tête dans mon décolleté, frottant sa barbe contre mon cou, ses poils doux chatouillent ma peau sensible. Quand il prend mon oreille dans sa bouche, je retiens mon souffle. Et quand il m'embrasse doucement le long de la mâchoire, je sens que je capitule. Sa bouche avide se plaque à la mienne pour la deuxième fois, et je m'effondre comme un soufflé raté, fondant contre sa poitrine, entrouvrant les lèvres pour être goûtée.

Quand nos langues se touchent, il pousse un soupir long et profond. Puis il prend mon visage entre ses grandes mains et m'embrasse longuement. Il a la saveur du cidre et de l'appétit masculin, et je ressens les effets de ce baiser dans tout mon corps.

Après m'avoir prouvé à quel point je suis docile, il se recule, respirant avec force, les yeux pleins de désir.

– Je t'apprécie énormément.

– OK ? On avait une conversation en cours ? Je ne me souviens pas.

– Et je n'ai pas peur de le dire.

Euh...

Je prends une grande respiration pour me clarifier l'esprit.

– Allez, viens.

Il me prend la main et m'entraîne loin de la citerne. Puis il me fait traverser la pièce, et nous sortons sous le soleil radieux.

Juste devant, on tombe sur Jude et Kyle, tous les deux torse nu. Ils sont occupés à laver au jet d'eau d'immenses tonneaux de bois.

– Bon boulot, les gars, dit Griff. Et je tiens à vous dire à quel point j'apprécie Audrey.

Kyle nous jette un regard interrogateur, mais Jude se contente de mettre son pouce sur le tuyau et de le diriger à pleine puissance vers le tonneau suivant.

– C'est bon à savoir.

– Très drôle, je marmonne alors qu'il m'emmène vers les vergers.

– Bébé, je plaisante pas. Tu n'as pas le sens de l'humour aujourd'hui ? C'est toi qui l'as dit.

Putain, c'est vrai, j'ai dit ça.

– On va où ? je demande pour changer de sujet.

Des rangées et des rangées de pommiers, bien alignés, s'étalent devant nous.

– Faire une randonnée, dit-il. C'est ton idée.

– Mais vraiment... ?

Moi et ma grande gueule !

Il rit.

– Je veux juste te montrer les pommiers Pearmain. Viens, c'est par là.

On tourne, on dépasse des dizaines de pommiers, dont les branches ploient sous les fruits encore verts, avec un soupçon de rose, promesse de maturité.

– Wouah, Griff. Une bonne récolte qui s'annonce.

– Mords-toi la langue, ce n'est pas encore une récolte tant que ce n'est pas à la banque.

– Désolée. Mais il y a quand même beaucoup de pommes sur ces arbres. C'est quoi, celles-ci ?

Je lui désigne une variété.

– C'est des Honeycrisp. On les met là parce que c'est ce que les gens qui viennent faire la cueillette veulent en premier. Elles ne sont pas à la mode pour rien. Super-texture et super-saveur. Mais elles mûrissent doucement.

– C'est pas barbant d'avoir des gens qui se baladent partout dans ta propriété chaque week-end ?

Il hausse les épaules.

– Ça a toujours été comme ça, aussi loin que remontent mes souvenirs. Et puis, ils apportent leurs chéquiers. C'est comme ça qu'on vend beaucoup de nos fruits, et ils se récoltent tout seuls. Si on n'avait pas cette opération auto-cueillette, on devrait embaucher plus de saisonniers. En parlant de ça...

Au moment où on traverse une allée entre les arbres, un groupe d'hommes et de femmes apparaît. Ils portent tous une sorte de sac en nylon devant eux et choisissent des pommes sur les arbres, qu'ils cueillent et mettent dans leur sac. Il y a un immense cageot de bois au centre de l'allée, à moitié rempli de pommes.

– Salut, leur lance Griff en leur faisant un signe de la main que certains lui rendent.

Zachariah s'approche en courant.

– Hey, t'as besoin de quelque chose ?

– Non, non, j'emmène juste Audrey faire une petite randonnée avant le déjeuner. Parce que je l'aime beaucoup. Même quand elle parle.

Les sourcils de Zach font un bond.

– Euh... très bien. Ce sera tout ?

– Déjeuner dans une demi-heure. Audrey sera là aussi, parce que...

– Griff !

Je lui donne un coup de coude.

– Quoi ? Je dis juste les choses comme elles sont.

– Non. Là, tu me taquines.

Il secoue la tête.

– Une vraie foule aujourd'hui, Chewie. On se retrouve au déjeuner.

– Carrément, Han.

On continue de marcher en silence, dépassant des rangées de pommiers. Depuis la maison et le corps de bâtiments de la ferme, ce n'était pas évident de se figurer la taille de la propriété. Mais après avoir marché dans les rangées de pommiers pendant une bonne dizaine de minutes, je découvre l'ampleur véritable du domaine Shipley.

– Tu ne plaisantais pas quand tu parlais de randonnée.

Je lui dis ça, tout essoufflée. Le fait d'avoir monté la colline jusqu'en haut n'aidant en rien.

– Je déconne pas.

– Très bien.

– On y est presque, Madame la citadine. Au moins, tu portes des vraies chaussures aujourd'hui. Nouvelle lubie ?

Grillée.

– Je les ai achetées à *Farm-Way*.

J'en avais marre de me balader dans des fermes en sandales, donc je me suis aventurée dans un gigantesque magasin de la petite ville de Bradford. C'est là que j'ai trouvé une paire de chaussures de randonnée roses et des petites chaussettes.

– T'as pensé quoi de cet endroit ? On y va tout le temps.

– J'ai trouvé que c'était complètement dingue !

Ils vendent des chaussures et des vêtements. Et de la sellerie pour cavaliers, du grain pour les volailles et des clôtures de bois.

– Est-ce qu'il y a un autre endroit au monde où tu peux acheter une cravache *et* un pot de sirop d'érable du coin.

Cet endroit, c'est comme un fournisseur de BDSM pour tout le Vermont.

Griff rit et me reprend la main.

– Sauf que les cravaches qu'ils vendent sont vraiment utilisées sur des chevaux.

– C'est pas bien, ça. Les pauvres chevaux, il leur faut un mot de secours.

Griff se remet à rire. On poursuit notre ascension et au moment où j'envisage de me mettre à me plaindre, Griff me montre un groupe d'arbres.

– C'est ceux-là. Tous les arbres farfelus sont là-haut. C'est mon grand-père qui s'est lancé dans les pommiers du patrimoine, et mon père en a ajouté d'autres encore. C'est ceux-là, les Blue Permain. Ces quatre-là.

Il me montre quelques arbres plutôt massifs avec, pour chacun, une étiquette numérotée accrochée à leurs branches. Tous les arbres sont répertoriés.

– Combien de variétés tu as en tout ?

– Cinquante-trois.

– Tu les connais toutes ?

– Plus ou moins. Il y a quelques Lady, c'est les petites, je ne sais pas les distinguer toutes, sauf si je les regarde de très près. De toute façon, elles partent directement au pressoir à cidre, donc je n'ai pas besoin de les connaître.

Je suis hors d'haleine quand Griff s'arrête enfin de marcher. Je regarde les pommes de près. Effectivement, elles ont une légère nuance bleutée et sombre.

– Quand est-ce qu'elles seront mûres ?

– En octobre. Tes souverains vont devoir patienter un peu. Ils vont se faire livrer la marchandise comment, d'ailleurs ? À coups de quelques kilos dans chaque ferme, ça risque d'être une galère sans nom.

– Je n'en sais rien. Sans doute avec l'aide de leurs sous-fifres, dis-je en touchant du bout des doigts une des pommes. Elles sont si jolies, celles-ci.

Elles sont encore toutes vertes et dures comme de la pierre. Mais il y en a des dizaines Des centaines peut-être. L'arbre regorge de potentiel. Si je ne risquais pas de passer pour une abrutie, j'aurais bien fait un selfie devant cet arbre, avec en légende : *presque mais pas encore.* Le titre aurait fait référence à moi, aussi bien qu'à l'arbre.

– Retourne-toi. Tu n'as pas admiré la vue.

En me retournant pour regarder vers l'endroit d'où l'on vient, j'ai presque le souffle coupé devant la vue qui s'offre à mes yeux. Au lointain se déploie la chaîne des Green Moutains, avec leurs sommets dans des teintes vert ardoise et violet contre le ciel. Mais ce qui est vraiment fantastique, c'est la ferme de Griff. Les rangées d'arbres semblent se déployer à l'infini, des allées symétriques d'arbres verdoyants, entourés d'herbe épaisse à leurs pieds.

– Wouah ! T'as dû passer toute ton adolescence à tondre, dis-je bêtement.

– C'est vrai. Mais on laisse l'herbe assez haute quand même. Ça fait un tapis, quand les pommes tombent. Les meilleurs cidres se font avec des pommes bien mûres tout juste tombées ou sur le point de se décrocher.

– C'est si *imposant,* dis-je en essayant sans y parvenir d'embrasser tout le domaine en un seul regard.

– C'est ce que disent toutes les filles.

Je lui donne un coup dans le bras.

– Je suis sérieuse. Comment tu entretiens tout ça ?

– En ne dormant jamais. Même si j'ai de l'aide.

Quand même ! Griff n'a pas encore trente ans. Avant de venir jusque-là, je crois que je ne me rendais pas bien compte du boulot que ça représente. Je lâche :

– J'imagine que ton père te manque.

– Tous les jours. (Sa voix se fait plus bourrue.) J'avais l'habitude de me tenir là avec lui et de parler encore et encore des pommes. Il me montrait les allées et m'expliquait tous ses projets, et j'étais convaincu qu'il serait là encore très longtemps, pour les mener tous à terme. (Il reste silencieux un moment.) Maintenant, chaque jour qui passe, il y a un petit pépin qui fait que j'aimerais lui demander son avis. Ou bien je trouve un truc intéressant dans le verger et j'ai simplement envie de le lui montrer, parce que je sais qu'il aimerait voir ça.

Oh mon Dieu ! Ma gorge se serre. Voilà Griff, un monument. Un type robuste qui travaille chaque jour à son rêve familial. Et il aurait juste voulu papoter avec son père.

– Il serait tellement fier de toi, je chuchote.

Griff est silencieux, et on regarde la vue ensemble encore un instant. Puis il prend ma main dans la sienne et la serre. Je serre en retour.

– C'est l'heure de déjeuner, dit-il d'une voix chargée.

Je le suis. On redescend la colline ensoleillée.

CHAPITRE DIX-NEUF

GRIFFIN

À la maison, le déjeuner est servi dans le jardin, sous la marquise. À la saison des récoltes, on est trop nombreux pour manger à l'intérieur.

Maman ne nous fait pas de réflexion sur notre retard. Les déjeuners en plein air sont plus détendus. Et puis, mon grand-père débarque au même moment, au volant de sa voiturette de golf. Papi, lui, il ne se fait jamais gronder. Il a tous les droits.

– Comment vas-tu, August ? dit-il en me donnant une tape dans le dos.

Il m'appelle toujours par mon vrai prénom.

– Ça va, Grand-Père. Tu te souviens d'Audrey ? C'est une fille super.

– Tu aimes son *soutif* ? Mais tu vas finir par te prendre une gifle, à dire des trucs comme ça !

À côté de moi, Audrey pouffe de rire.

– J'ai dit... Bon, laisse tomber. Qui veut un hamburger ?

On fait tous les trois la queue au barbecue, où Dylan est occupé à faire griller des steaks hachés.

– Qui veut du fromage ? demande-t-il gaiement.

– Moi ! répond Audrey. J'adore tout !

– Je vais en prendre aussi. Moi, j'adore le fromage, mais je préfère Audrey.

Audrey soupire.

– T'en fais pas trois tonnes, là ?

Elle dispose trois assiettes en papier sur la table et dépose sur chacune d'elles un petit pain à hamburger.

– Celui-ci, c'est pour Audrey, dit Dylan en déposant un steak sur le premier petit pain avec sa spatule.

– C'est le plus beau. On ne sert pas n'importe quoi à un chef cuisinier.

– T'es trop mignon, dit-elle en ébouriffant ses cheveux.

Si ça avait été n'importe qui d'autre, Dylan lui aurait mis une baffe. Mais il lui mangerait dans la main.

– Tout a l'air délicieux.

– Ta famille doit ressentir une vraie pression à la période des fêtes, non ?

Ma mère vient d'apparaître, un bol de salade de pommes de terre à la main.

– Ce doit être dur de cuisiner pour quelqu'un qui sort d'une école de cuisine ?

Audrey rit.

– Ma mère ne m'a jamais préparé un repas de sa vie. Elle pense que la cuisine, c'est pour les losers. Quand j'avais neuf ans, je mourais d'envie d'avoir une panoplie de cuisine à Noël, avec le four, parce que je savais qu'elle ne me laisserait jamais toucher à notre vraie cuisine.

– Elle a fini par t'en offrir une ? dis-je.

– Non. Elle m'a acheté un tailleur et une calculatrice scientifique. Ça ne m'a même pas surprise. Mais j'en ai parlé à ma grand-mère et, elle, elle m'en a offert une. (Audrey sourit.) Et elle m'a aussi acheté tout un tas de petits gâteaux dans des moules miniatures qui vont au four. Pendant près de six mois, c'était le paradis. Mais cet été-là, ma mère m'a envoyée en stage de révision de maths pendant trois semaines. Et quand je suis rentrée, la dînette avait disparu. Elle avait tout jeté. Tout ce qu'il me restait, c'était la petite cuillère doseuse pour les ingrédients. Je l'ai encore, je la garde dans ma boîte à bijoux.

Audrey a raconté son anecdote en tartinant des condiments sur son hamburger, donc elle n'a pas vu le choc sur le visage de ma mère. Maman ouvre la bouche, puis se ravise.

– Qui veut du Ketchup ? demande Audrey, la bouteille à la main.

– Moi ! je m'empresse de répondre. Assieds-toi, princesse. Je t'apporte un verre.

– Merci, Griffin.

Elle me fait un sourire et se dirige vers la table.

– J'aime beaucoup cette fille, dit ma mère.

– À qui le dis-tu !

Maman me regarde bizarrement, mais c'est le moment que choisit un des saisonniers pour venir lui demander un sparadrap. Il s'est égratigné la cheville. Elle part s'occuper de lui, plutôt que de se tracasser sur mon sort.

Ça me va très bien.

Je vais chercher deux verres de thé glacé et rejoins Audrey à la table de pique-nique.

– Tu veux aller au ciné, après ?

– Un film ? Où ça ?

– Il y a un vieux drive-in à Fairlee. Je peux voir ce qu'ils jouent ce soir ?

– Avec plaisir, Griff. Bonne idée.

Son regard se fixe sur quelque chose près du barbecue.

– Griff, c'est moi, ou ta mère boite ?

– Quoi ?

J'observe Maman. Elle met effectivement tout son poids sur sa jambe droite. Je prends une bouchée de burger et la regarde essayer de servir la salade de pommes de terre tout en reposant sa hanche contre la table.

Mince. Pas bon signe, ça.

J'attends que la foule se disperse pour aller lui en parler. Quand mon assiette est vide, je la dépose dans la bassine avec le reste de la vaisselle sale.

– Ça va, Maman ? Tu t'es fait mal au pied ?

Elle fait la moue.

– C'est rien du tout. Je me suis précipitée dans la maison pour trouver un sparadrap. Je n'aurais pas dû courir comme une folle. J'ai trébuché sur la brosse à chaussures et je me suis un peu tordu la cheville. Je mettrai de la glace dessus après le déjeuner.

Une fois le repas terminé, je reste dans les parages pour aider à tout rentrer dans la maison. Audrey donne un coup de main aussi.

Daphné exulte.

– Oh mon Dieu ! Griffin a débarrassé une assiette ! Alertez les médias !

Je lui donne une tape, ma mère me regarde en fronçant les sourcils.

– Tu peux aller rejoindre les saisonniers, Griff. Tout va bien.

Mais je vois bien que ce n'est pas vrai. Je l'emmène s'asseoir dans le salon et je pars chercher un pain de glace. À mon retour, je retrousse son pantalon en lin et découvre que sa cheville a gonflé comme un melon.

– Maman, c'est vraiment pas bon signe. Tu t'es peut-être cassé quelque chose ?

– Je n'ai rien cassé du tout, insiste-t-elle. Je me suis juste un peu tordu la cheville.

J'insiste.

– On devrait montrer ça à un médecin.

Quand je palpe sa cheville, elle fait la grimace.

– Ce n'est probablement rien du tout. Pourquoi gâcher tout l'après-midi pour un rien ? Et puis, j'ai deux épaules de porcs à braiser.

– May peut s'en occuper.

– Ta sœur est allée à Boston pour rendre visite à Lark avant la reprise des cours, me rappelle-t-elle.

Audrey est debout près de la porte.

– Moi, je peux m'en occuper.

– Ma belle, ce n'est pas la peine...

– Mais si, ça me fait *plaisir* ! insiste-t-elle. Laissez-moi vous aider. Il vaut mieux ne pas mettre de poids dessus pour le moment.

Maman se prépare à la contredire.

Ma mère, c'est Mme Ultra-Compétente. Je me doute bien que ça va la tuer de rester là, à se tourner les pouces, pendant que quelqu'un d'autre prépare le dîner. Mais Audrey a raison. Et Maman le sait. Elle soupire.

– Merci, ma chérie. Je peux quand même écosser les petits pois si je reste assise.

Je m'empresse d'ajouter :

– Mais bien sûr ! Et demain, si ça n'a pas dégonflé...

– ... j'irai chez le médecin, promis.

– Vous l'aimez comment votre épaule de porc ? demande Audrey. Marinade aux herbes ? Sauce Teriyake ? Citron vert et piment ? Attendez, je vais voir si j'ai sauvegardé des recettes...

Elle sort son portable de sa poche arrière.

Je ne peux rien faire d'autre pour aider maman et je dois retourner au boulot.

– Je... euh, je vous laisse ?

Maman, Audrey et Daphné sont toutes affairées autour du téléphone.

Audrey lève le nez.

– À tout à l'heure.

Son sourire un peu timide va droit à ma bite.

Putain, je suis foutu.

***

Quelques heures plus tard, je m'assois dans une salle à manger qui sent aussi bon qu'un restaurant quatre étoiles. Je crois que j'entends gargouiller les estomacs de toute ma famille : Zach, Jude, mes cousins et mon frère.

Dylan lance un regard gourmand sur le plat grand comme une pirogue.

– Wouah.

Il y a une montagne de porc si tendre qu'il se détache de l'os. Un parfum exotique et épicé émane du plat de légumes.

La voix d'Audrey nous parvient depuis la cuisine.

– Est-ce que tout le monde a à boire ?

Je la vois passer rapidement, vêtue d'un tablier, les cheveux noués en chignon, avec quelques mèches rebelles autour du visage. Elle a dû sentir un regard sur elle, parce qu'elle lève les yeux et me surprend en train de la dévisager.

Flagrant délit.

Je me lève et me dirige vers la cuisine. Ce repas mérite une bouteille de vin. Je sors deux bouteilles d'un placard en hauteur et les glisse sous mes bras. Tout à coup, la plus jolie fille du monde rapplique dans ma direction.

– Prends ça, m'ordonne-t-elle, en plaçant dans ma main libre un grand bol de riz.

L'odeur est enivrante.

– Ça sent... la noix de coco ?

– J'ai fait un truc un peu thaï, dit-elle tout en me tapotant légèrement la fesse. Va mettre ça sur la table.

Nous retournons au salon. Je vois ma mère s'avancer en boitillant vers une chaise. Je déteste la voir souffrir.

– Salut, Maman, dis-je en posant le plat de riz sur la table. J'aime Audrey de plus en plus.

Celle-ci grommelle doucement.

– Oui bon, ça va...

Elle disparaît à nouveau dans la cuisine.

– On l'aime tous, chéri. Mais tes sentiments seraient plus convaincants si tu n'étais pas en train de saliver sur ses petits plats. Juste un petit conseil, comme ça...

Mon grand-père arrive pile à l'heure du dîner, comme d'habitude. Il s'installe à table. Maman lui pose la question inévitable :

– Tu veux emménager demain ?

– Non merci, dit-il en secouant sa serviette.

Je me dirige vers le buffet où on range les verres en cristal et les carafes.

– Qui veut un verre de vin ? Grand-Père ? Maman ?

Je sors les verres : un pour Audrey et pour chacun des gars, excepté Jude. La première fois qu'il a travaillé pour nous, je lui ai proposé une bière. Il m'a expliqué que boire de l'alcool est une entorse à sa liberté conditionnelle.

– Et même si ce n'était pas le cas, une drogue est une drogue. Mon vice de prédilection, c'était pas l'alcool, mais je préfère ne pas tenter le diable.

Depuis ce moment-là, je me sens toujours un peu coupable de boire devant lui, donc on ne le fait pas très souvent.

Audrey revient avec un autre plat plein de nourriture, qu'elle dépose à l'autre extrémité de la table.

J'indique la chaise à côté de moi.

– Toi, tu t'assois là.

Elle lève un sourcil, mais finit par accepter la chaise que je lui tends.

Daphné apparaît avec un grand bol de salade.

– C'est le dernier plat. Vite, que quelqu'un dise les bénédictions parce que je suis affamée.

– Vas-y, ma chérie, on t'écoute.

Daphné baisse la tête et prononce une jolie petite prière. Et nous nous jetons sur la cuisine d'Audrey comme des loups.

Après la révélation que j'ai eue avec les cerises dans la sauce Barbecue, j'empile la nourriture sur mon assiette comme un athlète la veille d'un match. L'assaisonnement du porc est divin. Radicalement différent de la recette de ma mère. Je détecte du citron vert, du basilic et de la coriandre. Le riz à la noix de coco est relevé et prodigieux. Mais c'est les légumes qui m'impressionnent le plus. Il y a des épinards légèrement revenus à la poêle avec une pointe de sauce soja et de gingembre. Et des carottes finement émincées, cuites sur le vif avec une sorte de sauce acidulée. Chaque bouchée ne fait qu'augmenter mon appétit.

La dernière fois que notre tablée a goûté à la cuisine d'Audrey, tout le monde s'est extasié bruyamment. Mais cette fois-ci, tous savourent le festin en silence. On murmure des remerciements, mais personne n'ose s'épancher pour ne pas heurter les sentiments de Maman.

En observant la tablée, je vois Zach, Jude et Dylan s'empiffrer avec un air presque coupable.

Maman jette alors sa serviette sur la table.

– Ça me donne envie de me blesser plus souvent, ce délicieux repas. Félicitations, ma chérie. Les garçons... vous pouvez y aller. Soyez honnêtes.

On entend alors un véritable concert de compliments et plusieurs demandes en mariage. Y compris, je crois, de ma part.

– Dieu m'a octroyé un jour de plus sur cette terre juste pour que je puisse manger ce repas. Ne le prends pas mal, Ruthie, soupire Grand-Père.

Elle s'empresse de répondre.

– Je n'y songeais même pas.

À mes côtés, Audrey sourit timidement et rougit de plus en plus.

– C'est très agréable de cuisiner pour vous. Vous serez tous invités à l'ouverture de mon restaurant. Tâchez de vous asseoir près des critiques et d'articuler bien fort.

– Tu sais (Daphné avale le dernier grain de riz sur son assiette), tu devrais vraiment ouvrir ton propre restaurant. Tu envisages quel type de cuisine ?

Audrey caresse sa fourchette du bout des doigts.

– Je n'arrive pas à décider. Et les présentations auprès des investisseurs ont lieu dans cinq semaines. Je dois choisir un concept et m'y tenir. Là, j'hésite entre mexicain, car à Boston il y a peu de restaurants mexicains, ou des tapas. Ça ne peut pas être un pub anglais ni un restaurant français, parce que BPG en a déjà plein.

– Quoi que tu choisisses, il est clair que ce sera ma nouvelle cantine, dit Kyle en tendant la main vers le plat pour se resservir.

Je glisse une main sous la table et pince délicatement le genou d'Audrey. Juste une fois. Si cette fille a besoin que je fasse preuve de patience avec elle, alors je me tiendrai à carreau.

* * *

Deux heures plus tard, on est dans mon truck. On va à Fairlee par les petites routes de campagne.

– On va voir quel film, déjà ?

Audrey ouvre sa vitre pour sentir la brise sur son visage.

J'ai du mal à garder les yeux sur la route. Je n'ai qu'une envie, c'est de l'admirer.

– *Independence Day.* Le premier.

– Ah.

Je la regarde du coin de l'œil.

– Tu aimes les Aliens et Will Smith ?

– Pourquoi pas ? Enfin, j'aime bien Will Smith. Les Aliens, je peux m'en passer.

Le truck marque une pause à un carrefour.

– On n'est pas obligés d'y aller, tu sais. On peut aller manger une glace à la place.

Elle rit.

– Tu as encore faim, là ?

– Non.

Bien vu. Pour le dessert, on a eu une tarte aux pommes et au gingembre à couper le souffle. On a tous quitté la table en roulant, le ventre plein.

Nous arrivons bientôt au lac Morey. Le parking de la jetée est vide. Je décide de m'y garer et j'éteins le moteur.

– Si tu ne veux pas voir les Aliens détruire la planète, on peut juste rester là et discuter. Ou rentrer à la maison et regarder autre chose. Je n'ai suggéré le drive-in que parce que je voulais passer un peu plus de temps avec toi.

À travers la vitre ouverte, on entend le chant des criquets. Je regarde Audrey, mais elle garde le visage tourné loin de moi.

– Ça ne va pas ? dis-je doucement. Tu veux que je te raccompagne chez toi ?

Ses beaux yeux se tournent brièvement vers moi, puis se cachent à nouveau.

– Ce n'est rien, Griff. Enfin, ce n'est pas *toi*.

– C'est qui, alors ? (Je prends sa main posée sur la banquette et je l'embrasse.) Dis-moi ce que je peux faire pour te rendre heureuse, et je le ferai.

Elle soupire, frustrée.

– Tout va bien. Mais j'ai du mal à réfléchir quand tu es là.

– Pourquoi ?

Je retourne sa main et trace les lignes de sa paume avec mes lèvres. Quand j'entends son souffle se couper, je crois comprendre le problème. Audrey dégage sa main et la pose sur ses genoux.

– J'ai les nerfs en pelote, murmure-t-elle.

– Impossible, dis-je immédiatement. Tu sais que j'ai très envie de toi. Soit tu me veux, soit tu ne me veux pas. C'est très simple. Il n'y a pas de raison de s'angoisser.

Je tends la main pour attraper la sienne et, du bout des doigts, je caresse son poignet, puis son avant-bras.

Elle tremble et je rigole.

CHAPITRE VINGT

AUDREY

Et c'est reparti pour un tour. Je ne suis pas plus capable de résister à Griff Shipley que Homer Simpson à un beignet. Ce que ce garçon me fait ressentir, rien qu'en effleurant ma main, est probablement illégal dans plusieurs États. Je reste immobile un moment de plus, à regarder le lac ondoyer sous les premiers rayons de la lune. Mais je ne suis pas vraiment indécise. Ce qui va se produire ensuite est aussi inévitable que l'arrivée de la lune.

– Ce n'est pas obligé d'être un truc sérieux, je chuchote en me tournant vers lui.

– Ah ah ah ! Continue de te mentir à toi-même. (Il rit.) Tu oublies que j'ai un diplôme de chimie.

Il me lâche la main, ce qui me perturbe, mais se glisse plus près de moi sur la banquette. Ses mains me soulèvent et me posent sur ses genoux. Je m'adosse contre lui. Son corps est solide, immense. Je soupire.

– Qu'est-ce que je vais faire de toi, Griff ?

Son souffle est chaud sur la peau délicate de mon oreille.

– J'ai quelques idées en tête.

Moi aussi.

Ses mains parcourent lentement ma cage thoracique.

– Je t'aime vraiment beaucoup, Audrey.

– Tu l'as déjà mentionné tout à l'heure.

Il se met à rire, et le mouvement me secoue légèrement contre lui.

– Mais tu penses que ce n'est qu'une histoire de cul ?

– Pas toi ? Ce n'est pas comme si je pouvais rester ici.

– Ça, ce n'est pas de ma faute, précise-t-il. Et quand tu m'as accusé de n'en vouloir qu'à ton cul, tu avais raison.

– Quoi ? Mec, ce n'est pas comme ça que tu vas arriver à y retoucher, à mon cul.

– Tourne-toi.

Je ne suis pas sûre que ce soit une très bonne idée, mais je me glisse sur la banquette et tente avec précaution de me retourner. Griff m'agrippe et me plaque contre son torse. Ses yeux, si grands, si bruns, regardent droit dans les miens.

– Quoi ? dis-je, un peu irritée.

– Tu avais raison, *au début*. Tu m'excites comme personne ne m'a jamais excité.

Griff me donne un petit baiser, très doux. Puis il recule et laisse courir ses doigts le long de mon sternum, entre mes seins, sur mon ventre.

Je frémis. Partout.

– Le désir que j'éprouve pour toi me fait me rendre compte que je suis très seul. Que j'ai peut-être besoin de plus dans ma vie que quatorze heures de travail manuel et un lit dans le dortoir. J'ai besoin de *toi* dans mon lit. J'ai besoin de toi dans ma cuisine...

Je lâche un rire méprisant. Si ma mère entendait ça, j'aurais droit illico à une intervention féministe.

Griff secoue la tête.

– Je me suis mal exprimé. Mais chaque fois que je te vois dans ma cuisine, tu es comme un poisson dans l'eau. Tu souris, et ton visage a cette expression... comme si tu étais dans ton univers. C'est beau. Ça me donne envie de te jeter sur mon épaule et de te ramener dans ma caverne.

Ce n'est pas facile de se faire désirer quand on chevauche déjà Griff Shipley sur la banquette de son camion. Mes doigts se sont enfouis dans sa barbe. Je la caresse tendrement et lui demande :

– Où encore as-tu besoin de moi ?

Ma mère ferait une rupture d'anévrisme si elle entendait ça, en plus.

– Partout, grogne-t-il. Je te veux dans la cidrerie, à goûter les mélanges avec moi. Je te veux assise à côté de moi à l'église, quand j'accompagne ma mère le dimanche. Mais après ça, je te veux sous la douche. Plaquée contre le mur...

Je l'embrasse. J'écrase mes lèvres contre les siennes, comme si je le suppliais de me laisser y entrer. Griff ouvre la bouche avec un grognement, sa langue reçoit la mienne. On était en train de parler sérieusement, et voilà qu'on se roule des pelles comme des stars de porno. L'une de ses mains agrippe mes fesses tandis que l'autre se glisse quelques centimètres sous ma jupe. Il laisse le bout de ses doigts explorer, caresser la peau délicate sous mon nombril. Il fait mine de s'aventurer dans la zone interdite, mais se retient.

Une torture. Ses lèvres sont sur les miennes, mais je gémis. Je veux qu'il m'entende. Je défais le bouton de son jean.

Entre deux baisers, il dit d'une voix haletante :

– Je peux te raccompagner à la maison.

Ça prendrait beaucoup de trop de temps. J'ouvre sa braguette.

Il répond avec un râle de désir. Sa voix est rauque.

– On va baiser dans le truck ?

Je glisse ma main le long de ses abdos et la plonge dans son jean pour caresser sa bite qui dépasse presque de son caleçon tant elle est grande et pleine de vie. Quand je pose ma main sur cette expression franche de son désir, il pousse un râle.

– Petit problème, princesse. (Il articule avec difficulté.) Pas de capote.

J'en pleurerais.

– Et alors ? Moi, je suis clean et je n'ai pas peur.

En le relâchant, je prends une grande inspiration et le regarde droit dans les yeux.

– Je sais que je peux parfois être irresponsable, mais jamais avec la pilule.

Ses paupières sont voilées.

– Je te fais confiance, princesse. Promis juré, mais moi je n'ai jamais fait sans.

– Jamais ?

Il secoue la tête.

– On n'est pas obligés...

Même si je vais probablement pleurer de déception.

Il prend une mèche de mes cheveux entre ses doigts et la déplace délicatement derrière mon épaule.

– Mon cœur, grimpe sur ma bite. Fais-le maintenant.

Je retrousse ma jupe avec précipitation. Griff tend la main et glisse un doigt sous l'élastique de ma petite culotte.

Je hurle avant qu'il ne l'arrache.

– Attends ! J'en ai besoin. Je suis en voyage.

– Bon, d'accord.

Il me soulève un peu pour que nous puissions tous deux retirer nos vêtements respectifs.

– Mais ne me dis jamais que je ne suis pas bien élevé.

– Ah Ah, je ris. Tu es grognon. Heureusement que tu es sexy.

– Tu pourrais au moins me baiser pendant que tu décris tous mes défauts.

Il pose une de ses grandes mains autour de son sexe et me fait signe de me rapprocher.

Comme si j'avais besoin d'encouragement ! Je remonte sur ses genoux et laisse sa bite me pénétrer. Je le sens si bien. Putain, quel mec ! Je pousse un gémissement si puissant que les vaches de Griff ont probablement dressé l'oreille dans leur étable. Toute ma bravoure disparaît. Il n'y a plus que le délice de cet instant.

Et je ne suis pas la seule à en avoir le souffle coupé. Griff jette sa tête en arrière et gémis quand je me pose sur lui.

– Putain de Dieu !

C'est presque un cri. Sa poitrine se soulève au rythme de nos ébats, il empoigne mes hanches, me retient contre lui.

– Attends une seconde, ne bouge pas.

Ses yeux sont fermés, sa respiration haletante.

– Je n'aurais jamais pu imaginer une telle sensation. C'est incroyable de te sentir sur moi sans rien entre nous. C'est le paradis.

Wouah. Je n'ai jamais rien vu d'aussi beau que Griffin Shipley presque anéanti par le désir. Je me penche sur lui et prends son visage entre mes mains. La douce fourrure de sa barbe chatouille la paume de mes mains. Incapable de tenir plus longtemps, je contracte tous les muscles de mon bassin.

Ses yeux s'ouvrent en grand.

– Putain, princesse.

Il lâche mes hanches et me tire vers lui jusqu'à ce que nos fronts se touchent. Mes yeux se noient dans les siens.

– Tu m'achèves. À chaque fois. Il n'y a que toi.

Mon cœur se serre, même si je sais que ce n'est que son désir qui parle. Je décide de le faire taire avec un baiser. Je glisse mes doigts dans sa chevelure et m'empare de sa bouche avec férocité.

Mais mon plan échoue, parce que Griff Shipley sait embrasser. Il enveloppe ma mâchoire de ses mains et me tire vers lui, prend le contrôle du baiser, caresse ma langue avec la sienne et me fait fondre comme du caramel. Nos baisers redoublent de passion, je ne peux plus me retenir. Je chevauche son corps ferme avec de plus en plus de ferveur, lentement d'abord, puis de plus en plus vite.

Griff fait des bruits délicieux. Il plonge sa langue si profondément dans ma bouche que les frontières entre nos deux corps se brouillent. Les paumes de ses mains caressent mes fesses nues, puis les empoignent passionnément. Il écrase mon corps contre le sien avec plus de force encore.

Le résultat me dérobe toute faculté mentale. Il n'y a que la chaleur, l'extase, l'homme affamé entre mes cuisses. Il grogne bruyamment. Nos deux corps se tendent, prêts pour la dernière ligne droite. Je jouis la première. Des vagues de plaisir traversent mon corps, localisées d'abord, puis partout à la fois. Mes doigts de pied se contractent. J'en perds mes sandales, qui finissent oubliées sur la moquette du camion.

Quelques secondes plus tard, son râle de plaisir est comme la secousse d'un volcan. Il fait vibrer tout mon corps. Ses bras immenses m'entourent et, ensemble, tremblants, nous sentons l'impact de sa décharge nous traverser.

Je retombe mollement contre son torse. Nos baisers, à présent, ralentissent pour n'être plus qu'un flow doux de langues et de respirations échangées. En soupirant, je laisse tomber ma tête sur son épaule protectrice. Quelle chance que ce corps ait tant d'endroits où cacher mon visage. Je n'arrive jamais à regarder Griffin droit dans les yeux après nos ébats. Quand je suis avec lui, je me sens toujours mise à nu, vulnérable. J'ai besoin de quelques instants pour me recomposer un masque d'indifférence.

Toute femme ressentirait la même chose.

Il caresse mes cheveux pendant que j'écoute sa respiration retrouver un rythme normal. Au bout d'un moment, il se met à rire doucement.

– Quoi ?

– Le son porte à travers le lac, me glisse-t-il à l'oreille. J'espère qu'on a inspiré des gens.

– Mmm.

Je me fiche complètement d'avoir été entendue. Je suis bien trop occupée à m'inquiéter. Pourquoi ai-je encore fini toute nue dans les bras de Griffin. Quelle idiote! Pas juste *nue.* Scandaleusement nue. Audrey Coquine s'est encore surpassée. Et tout ça pour quoi ? Je suis en train de me ruiner pour tous les autres hommes. Un jour, je rencontrerai peut-être un gars décent, célibataire, qui aurait vraiment envie de sortir avec moi. Et que Dieu nous aide si je ne retrouve pas avec lui l'alchimie spectaculaire que j'ai avec Griffin Shipley.

– Ton lit ou le mien? demande Griffin.

Sa voix me sort de mes rêveries. Je lève la tête et tente de remplir mes poumons d'oxygène. Il veut qu'on passe la nuit ensemble?

– Euh... chez moi ?

Si on rentre à la ferme et qu'on croise sa famille en montant dans sa chambre, je mourrai de honte.

– On a laissé ta voiture à la ferme, dit-il. On peut passer la chercher avant de retourner au motel.

Merde.

– Ta famille va s'en rendre compte.

Et penser que je suis une traînée.

Il me serre dans ses bras.

– Ma famille t'aime.

Mais pas toi, ajoute une voix intérieure. Et pourquoi d'ailleurs?

– Ça aide que je sache cuisiner, je marmonne.

– Princesse. (Il prend mon menton dans sa main.) Tu n'as aucune raison d'avoir honte. Ce qu'on fait ensemble, ça ne regarde personne d'autre que toi et moi.

C'est bien joli tout ça. Mais les femmes ont été jugées depuis la nuit des temps sur le choix de leurs partenaires, sur la fréquence de leurs ébats... À ce propos...

Je me redresse, brisant le lien qui unit nos deux corps.

Pris par surprise, il grogne.

– Putain, je deviens accro. Ton lit ou le mien, princesse ? Parce que je vais avoir besoin de remettre ça dans une trentaine de minutes.

– Le mien.

J'ai répondu sans réfléchir. Décidément, je n'ai aucun self-control. Je peux toujours me lever à l'aube avec Griff et récupérer ma voiture avant que sa mère ou son frère et ses sœurs ne se lèvent.

On renfile nos vêtements et on reprend la route, direction Tuxbury. Griff ouvre les vitres et sifflote doucement au son de la radio. À mi-chemin, il prend ma main et la garde dans la sienne jusqu'à la maison.

Je respire profondément la brise estivale du Vermont et laisse le vent me chatouiller le visage. Même au beau milieu d'une mauvaise décision, je sais profiter pleinement de l'instant. Et celui-ci est particulièrement agréable.

* * *

Douze heures plus tard, je suis réveillée par quelqu'un qui frappe à la porte.

Je me lève brusquement. Mon cœur bat la chamade. La pièce est baignée de la lumière matinale. Et je suis seule dans le lit.

– Oui ? je réponds.

L'horloge indique qu'il est huit heures.

– Bonjour, princesse. C'est l'heure du petit déj.

Il frappe à la porte à nouveau.

– J'ai déjà trait une cinquantaine de vaches, moi. C'est l'heure de se lever !

Les jambes encore engourdies, j'avance d'un pas trébuchant vers la porte et l'entrouvre, les yeux encore pleins de sommeil.

– Je ne t'ai pas entendu te lever.

Griff ouvre grand la porte, hilare.

– J'ai remarqué. Tu étais molle comme une chiffe.

Il me tire à nouveau vers le lit, me pousse et vient s'allonger sur moi.

– J'ai dû saper toute ton énergie.

Il pose un baiser sur mon cou.

Ça me réveille. Son corps gigantesque, solide et ferme me plaque contre le lit. Je saisis son crâne entre mes mains, prenant plaisir à faire glisser son épaisse chevelure entre mes doigts. Cet homme est une drogue.

Il dépose derrière mon oreille une douzaine de baisers merveilleux. Mais ensuite il se relève.

– Allez debout, bébé. Je dois te raccompagner à ta voiture avant de passer la journée à presser le cidre.

Belle vision.

Je saisis la main qu'il me tend.

– J'ai une seconde pour prendre une douche ?

– Je sais pas, t'en es capable ?

– Griff !

Je tape du pied devant la douche.

– Je suis sérieux, dit-il, assis sur un coin du lit. Je croyais que les femmes avaient besoin d'au moins dix minutes, au minimum.

– Pas cette femme !

Je ferme la porte derrière moi pour ne pas être tentée de l'inviter à me rejoindre. J'ai vraiment besoin de me laver. Cinq minutes plus tard, je suis habillée, mes chaussures sont enfilées et je passe un coup de peigne rapide sur mes cheveux humides.

– Comment va ta mère ? La cheville a désenflé ?

Il secoue la tête.

– Négatif. Daphné va l'emmener à l'hôpital de Montpelier pour faire une radio. Maman dit que c'est impossible de se casser une cheville juste en trébuchant. Mais elle ne va jamais laisser sa cheville se reposer si elle n'y est pas obligée par un médecin.

J'attrape mon sac et mon téléphone.

– Si je donne un coup de main pour le petit déj, elle accepterait de s'asseoir ?

– Peut-être.

Il fait un grand sourire.

– J'ai très envie de te voir cuire des œufs pendant que tu me donnes des ordres. Allez, princesse.

Il ouvre la porte.

– Fais-moi une omelette que je n'ai pas commandée.

Une douce chaleur emplit ma poitrine, immédiatement chassée par l'anxiété. Griffin avait besoin d'un signal d'alerte, comme celui qu'on affiche au-dessus d'un four à pizza : *Attention, brûlant !* Il faut que je fasse attention ou je vais me prendre pour un membre permanent de sa famille. Il est beaucoup trop facile de me voir passer mes journées dans cette cuisine, à taquiner ses petits frères, à donner un coup de main à sa mère.

Ce n'est pas seulement Griff qui me fait flancher. J'ai le béguin pour toute sa famille.

Installée dans le truck de Griff, sur le siège passager, je compose dans ma tête un projet de restaurant pour BPG et j'essaie de ne pas me laisser distraire par mon agriculteur préféré, pendant ces dix minutes de trajet.

Quand je pénètre dans la cuisine chez Griff, ça sent le bacon et il y a déjà un tourbillon d'activités. Dieu merci, car je suis sûre qu'ils ont remarqué que ma voiture n'a pas bougé depuis hier.

– Audrey !

C'est Daphné.

– Est-ce que tu peux faire ta technique ultrarapide pour rissoler ces oignons ?

– Bien sûr ! (Je m'approche du comptoir.) C'est quoi le menu ?

– Des frittatas, je crois. Je voulais faire une quiche, mais j'ai décongelé la mauvaise pâte. (Elle montre du doigt plusieurs boules de pâte sur le comptoir.) C'est de la pâte à pain.

– Ah.

Mon cerveau de chef se met à tourner comme une roulette de casino et s'arrête sur une idée.

– On peut faire des petites tartes salées. Si elles sont assez petites, la pâte n'a pas besoin d'être précuite. Ce serait dommage de gaspiller toutes ces belles boules.

– Je le pense aussi... Montre-moi comment faire.

– Divise-les en six, dis-je en montrant les boules de pâte à pain. Et puis, tu les étales en cercles grossiers.

Pendant qu'elle travaille, je m'attaque aux oignons. Ruth fait son entrée dans la cuisine quelques minutes plus tard. Elle se déplace si lentement que c'est douloureux de la regarder.

– Audrey ! Merci d'être venue nous aider. On est un peu dans le pétrin ce matin.

– Aucun problème.

Je saisis un des cercles de pâte de Daphné et commence à plier les bords pour en faire un réceptacle assez solide pour contenir des œufs.

– Attends, on a des petits moules à tarte.

Ruth, volontaire, s'avance vers un placard en boitant. Daphné se précipite pour l'aider et revient avec une douzaine de petits moules métalliques.

– C'est parfait ! On dirait mes moules de dînette.

Je dépose la pâte dans l'un des moules, où je sais qu'elle va rentrer parfaitement.

– OK, maintenant, casse deux ou trois œufs là-dedans, puis ajoute le bacon. Le four est à 200°, elles vont cuire super-vite.

– Elles sont trop mignonnes ! On rajoute du fromage ?

Daphné s'empare de la râpe à fromage et se met au boulot.

– Oui, c'est toujours une bonne idée. Un peu d'épinards, ça pourrait être bien aussi ?

Notre chaîne de montage est à son maximum quand Ruth me demande :

– C'était bien le film, hier soir ?

– Super.

Je regrette mon mensonge immédiatement.

– Euh... il y a du persil quelque part ?

Les tartes sont cuites en moins de vingt minutes. Le petit déjeuner commence à peine en retard et les premiers retours sont positifs.

– On dirait une photo de magazine, dit Jude quand je lui tends son assiette.

Zach renchérit.

– Ça sent merveilleusement bon.

– Je veux la plus grosse, dit Kyle. Ne la donne pas à Zach, hein ? Pourquoi les filles préfèrent toujours Zach ?

Dylan affiche un sourire espiègle.

– Demande à Daphné. Elle connaît la réponse.

Sa sœur rougit violemment et file dans la cuisine.

Puis Griff fait son entrée. Je n'ai pas besoin de le voir, je sens son regard sur moi. Une vague de chaleur remonte le long de ma colonne vertébrale. L'atmosphère semble soudain chargée d'électricité.

– *Splendide.*

Et je ne suis pas sûre qu'il parle des tartes... Mes joues sont écarlates.

– Je te prépare une assiette.

Je décolle délicatement la pâte encore brûlante du moule et la dépose sur une assiette.

Daphné me demande :

– Comment fais-tu pour ne pas te brûler les mains ?

– J'ai des doigts en amiante. Tiens, celle-ci, c'est la tienne.

Je dépose une autre tarte brûlante sur une assiette.

Pendant qu'on faisait la cuisine, on a laissé Ruth préparer le café, puis on l'a forcée à s'asseoir dans la salle à manger.

– Tu es l'hôtesse d'accueil officielle, dit Daphné.

– L'hôtesse d'accueil! rouspète Ruth. Et puis quoi encore? Y'a plus qu'à m'emmener dans la forêt et m'abattre.

Mais sa bonne humeur reprend le dessus à l'arrivée de Grand- Père Shipley.

– Tu es en retard! De dix minutes!

– Je suis allée chercher le journal.

– Tu serais à l'heure si tu emménageais à la ferme...

Il jette le journal sur la table.

– Je refuse d'emménager ici parce que tu vas surveiller tous mes faits et gestes. Merde, Ruthie. Si je voulais me faire emmerder, je me remarierais.

Elle lève les yeux au ciel.

– Je ne t'emmerde pas. Je fais des suggestions.

– Et moi, je te *suggère* de me laisser en paix.

Il s'assied et disparaît derrière son journal.

Griffin m'observe par-dessus sa tasse de café.

– N'oublie pas de te servir aussi, princesse.

Mon Dieu, c'est moi, ou tout ce qu'il dit semble cochon?

– Oui, t'inquiète.

Je retourne en cuisine et me sers des moules vides pour faire une nouvelle fournée de tartes. Je prends la dernière tarte cuite pour moi et me dirige à nouveau vers la salle à manger, juste à temps pour entendre Grand-Père lire quelques lignes du journal local à voix haute.

– La projection du film fut à nouveau interrompue par l'arrivée des voitures de police et de deux ambulances.

Il lève les yeux.

– Soirée mouvementée au cinéma hier, dis donc.

Ruth avale un morceau de tarte.

– Griff, tu ne nous as rien dit. L'accident a dû causer la pagaille?

Je regarde Griff. Son expression est à la fois paniquée et amusée.

– Bah… Je ne l'ai pas vraiment vu de près. Il y avait beaucoup de monde tout autour, tu sais. Ce n'était pas une très bonne idée de rester traîner là.

– Ce n'est pas très souvent qu'on voit un camion plein de paille se renverser là, dit Grand-père en prenant une gorge de café.

– T'as raison, dit Griffin. Je peux regarder ton journal ?

Son grand-père le lui tend. Griff le parcourt des yeux rapidement et hoche gravement la tête.

– Ouais. Une vraie pagaille. On a mis des heures à sortir.

Il me fait un clin d'œil.

La vraie pagaille, ce n'est pas le camion renversé. C'est mes sentiments pour Griff Shipley.

Le petit déjeuner terminé, j'aide Daphné à préparer le déjeuner. Elle et sa mère vont probablement devoir patienter des heures au service de radiologie, donc on prépare de grands plateaux de viande froide qu'on recouvre de cellophane.

– Tu ne restes pas ? me dit-elle, avec un regard suppliant qui me fait culpabiliser.

– Non, j'ai plein de choses à faire aujourd'hui.

Et c'est bien comme ça. J'ai déjà passé assez de temps en famille avec les Shipley. Je me sens utile en leur compagnie, ce qui est un sentiment inhabituel pour moi. Mais traîner dans leur cuisine ne va pas m'aider à mener à bien mes projets.

– Ça te dérange si je prends une de ces tartes ? J'aimerais la donner à quelqu'un.

Daphné hausse les épaules.

– Prends-en autant que tu veux. Et reviens demain pour en faire d'autres !

– On verra. Bon courage pour l'hôpital.

Elle fait la grimace.

– On va s'éclater ! Je ferais mieux de prendre un bouquin. Salut, Audrey !

Après un court trajet en voiture, je me retrouve devant la porte de la cuisine de *The Mountain Goat* avec ma tarte au bacon, œuf et fromage. Je frappe à la porte. Personne ne répond, mais j'entends une radio qui hurle. Guns N'Roses. Je décide d'ouvrir la porte et de rentrer.

Lorsque je trouve enfin Zara, elle est en train de scanner le contenu d'un frigo et de chanter en chœur avec Axl Rose.

– Salut !

J'effleure sa main doucement.

– PUTAIN ! (Elle fait un bond en arrière, claque la porte du frigo et hurle, les yeux effrayés.) TU M'AS FOUTU LA FROUSSE !

Elle crie sur la musique.

Je l'éteins.

– J'ai vu ça. Désolée.

Elle se serre la poitrine.

– Putain. Je crois que je viens de perdre un an de vie.

– Dommage. Mais je t'ai apporté un petit déj. On est quittes.

Zara lève un sourcil couleur d'encre. Il ressort sur sa peau blanche comme une cicatrice.

– Tu m'as apporté... un petit déj ? Mais pourquoi ?

C'est là que je comprends que Zara et moi avons un point en commun. Son regard méfiant m'est très familier.

– Parce que j'ai eu une idée pour toi. Tu as dit que les viennoiseries te feraient lever trop tôt. Mais tu pourrais faire des tartes salées à la place. Ton cuistot peut les préparer toutes la veille. Elles seraient prêtes, dans la chambre froide, et le lendemain matin tu n'aurais plus qu'à les mettre au four. Tu peux les vendre quatre ou cinq dollars pièce, et ce n'est que de la pâte et des œufs. Le bacon augmente le prix, mais c'est vraiment très bon.

Je sors ma création du sac.

– Wouah.

Zara prend une assiette sur la pile, à côté du bar à salade, et la glisse sous la tarte.

– C'est une super-idée. Mais pourquoi pensais-tu à mon problème ?

Je hausse les épaules.

– Je suis comme ça. J'aime résoudre les problèmes de cuisine. C'est plus facile que de résoudre les vrais problèmes.

– Ça, c'est bien vrai.

Zara met un morceau de tarte dans sa bouche.

– OK, il me faut un couteau et une fourchette. Café ?

– Avec plaisir.

On s'assoit au bar et on papote pendent que Zara mange. Je suis en train de procrastiner. J'ai plein de travail à faire. Je dois, notamment, passer un coup de fil à mon patron. Mais je me dis qu'écouter les potins de Zara, c'est comme faire une sorte d'enquête de terrain, c'est aussi du boulot en quelque sorte.

– Si tu dois négocier avec les Honeyweight, demande à parler avec M. Honeyweight. Sa femme est une radine.

– Bon à savoir.

J'essaie de me rappeler si j'ai déjà conclu un arrangement avec cette exploitation. Mon téléphone sonne. Je regarde l'écran.

– Excuse-moi un instant. C'est le grand manitou. Allô ?

– Audrey, aboie l'un des Burton. Il y a un problème avec le transport des denrées périssables que tu es en train d'acheter.

Je mets un moment à comprendre.

– Comment ça ?

Je fais un rapide calcul mental des denrées périssables. C'était presque la totalité de mes achats.

– L'an dernier, quand on a acheté nos produits de « La ferme à la table » dans le Massachusetts, on a demandé à notre distributeur habituel d'en assurer le transport. Mais on a changé de distributeur il a quelques mois et le nouveau service ne peut pas prendre en charge les produits du Vermont.

Je réfléchis au problème un moment, j'essaie de trouver une solution.

– Donc, qui va transporter ces légumes à Boston, alors ?

S'il répond *personne*, je balance mon téléphone contre le mur.

– On va devoir trouver une autre solution.

Je n'ai pas peur de lui demander de but en blanc :

– Quand vous dites *on*, vous voulez dire *tu*, n'est-ce pas ?

Et il a le culot de rire.

– C'est exactement ça.

– M. Burton, je bafouille, ça fait une semaine que je regarde des agriculteurs droit dans les yeux et que je leur assure que nous sommes des partenaires fiables.

– Pas de panique, Audrey. Il n'y a pas *tant* de produits que ça. Personne ne va mourir si on ne les achète pas. Les produits locaux sont chers, et si je ne peux pas les acheminer à bas coût, les actionnaires de BPG ne vont pas être contents.

– Qu'est-ce que je peux faire pour résoudre le problème ?

Ma voix tremble.

– Je crois qu'il faut que vous trouviez un camion de location à un prix raisonnable. Vous allez le conduire vous-même jusqu'à Boston.

– Tous les vendredis ?

Il réfléchit.

– Oui. Vous pouvez faire l'aller-retour toutes les semaines. Soit ça, soit vous me trouvez un agriculteur qui a un camion et vous le rémunérez un petit quelque chose pour le service.

Merde. Je n'arrive même pas à m'imaginer conduire un camion chargé à bloc dans les rues de Boston.

Ce que je ne fais pas pour ces connards ! Mais je n'ai pas vraiment le choix.

– Je vais vous trouver un camion, dis-je.

– Très bien. Mais assurez-vous qu'il soit assez rempli pour que ça en vaille le coup. Je dois y aller. À bientôt.

Clic.

Je pose le front sur le bar de Zara. C'est soit ça, soit m'énerver et risquer de tout casser. Burton est assis tranquillement dans son bureau à Boston, à m'expliquer de manière condescendante les besoins de ses actionnaires. Alors que tout ce temps, c'est *lui* qui a compromis son concept de « La ferme à la table » depuis le début. Chaque nuit que je passe dans le motel miteux lui coûte de l'argent. Et tout ça parce qu'il s'est mis à dos tous les agriculteurs bio du Massachusetts.

Quel idiot ! Quel connard !

– Problèmes au boulot ? demande Zara.

– C'est le moins qu'on puisse dire. Je dois trouver un camion et un chauffeur qui n'a pas peur de conduire dans les rues de Boston. Toutes les semaines. Pour une paye minable.

– Ô joie !

Elle essuie le comptoir, les sourcils froncés.

– Ça me coûte de le dire, mais Griffin Shipley peut probablement t'aider. Pas qu'il soit très généreux de son temps. Mais il est assez impliqué dans toute cette histoire de « Ferme à la table ». Il a des camions. Et sa sœur May va tout le temps à Boston pour rendre visite à sa meilleure amie.

Je relève la tête en réfléchissant.

– C'est vrai...

Griff déteste BPG. D'un autre côté, il faut bien que son cidre arrive à Boston. Les livraisons des marchandises sont censées commencer dans une semaine, mais le mois suivant, il devra apporter ses produits à Boston lui-même pour récupérer son gros chèque.

– Je vais l'appeler. Il va râler.

– Probablement, dit Zara.

Je compose le numéro des Shipley, en espérant que quelqu'un d'autre que Griff réponde.

Pas de bol.

– PRINCESSE ! T'as encore crevé un pneu ?

Je baisse le volume sur mon téléphone pour éviter de devenir sourde.

– Pas exactement.

J'évite de lui répondre. Je n'apprécie pas beaucoup le sous-entendu. À l'entendre, on dirait que je suis la reine des catastrophes et que j'ai toujours besoin de l'appeler au secours.

– J'ai juste… euh… rencontré un petit obstacle et je me demandais si tu avais une petite idée pour me sauver.

– Je t'écoute.

– OK, essaie juste de ne pas dire *je t'avais prévenue…*

Puis je lui explique rapidement la situation.

– Bordel de merde, je t'avais prévenue !

– *Griff !*

Un éclat de rire tonne dans mon oreille.

– Je rigole, princesse. Ne loue pas de camion. Demande à tes connards de patrons de payer quelques centimes le kilomètre pour l'un de mes camions et de donner à l'un de mes employés le salaire minimum pour cinq heures de boulot tous les vendredis. Ah, et insiste pour qu'il n'y ait qu'un seul point de livraison ! Je ne peux pas laisser mon gars déambuler dans tout Boston. Une fois les produits arrivés à bon port, c'est eux qui les prennent en charge.

– Ça me paraît parfaitement raisonnable. (Je commence à reprendre espoir.) J'espère qu'ils vont être d'accord.

– C'est le salaire minimum. Ils ne pourront pas faire mieux.

– Moi, je suis payée moins que le salaire minimum.

Un silence sur la ligne.

– Tu veux savoir ce que j'en pense ?

– Pas vraiment, non.

Il soupire.

– C'est bien ce que je pensais. Prends soin de toi, princesse. Merci pour ton aide ce matin.

– Aucun problème. Si ta mère a besoin de se reposer, je peux encore filer un coup de main ce soir. Ou demain.

Merde. Voilà que je m'incruste à nouveau dans leur vie.

– Si vous avez besoin de moi, bien sûr.

– Moi, ça me va très bien. J'avais prévu de commander des pizzas, mais je ne vais pas vraiment faire ça tous les soirs. Et puis, c'est à quarante minutes de voiture, aller-retour, pour aller les chercher.

– Ah oui, c'est pénible. Je te rappelle plus tard.

– Je compte sur toi. À plus, princesse.

Il raccroche.

Je ne m'attendais pas à ce que ça se passe aussi bien. Je suis en train de réfléchir au problème quand j'aperçois l'expression sur le visage de Zara.

– Qu'est-ce qu'il y a ?

– Griffin Shipley t'appelle *princesse* ?

– Euh, ouais. C'est horrible, pas vrai ?

Toute ma vie, les gens ont pris pour acquis que je suis une enfant pourrie gâtée. J'avais toujours des vêtements dernier cri et j'étais inscrite dans une école privée, très cotée. Le prix de tout ça, c'est que ma mère me rappelait tous les jours combien je la décevais.

Souvenirs, souvenirs.

Je range mon téléphone dans mon sac à main.

– C'est pas horrible, c'est... wouah.

Zara prend un air rêveur.

– Pourquoi ? Je ne comprends pas ?

Elle soupire.

– Il se prend pour Han Solo, tu sais ? Son rêve le plus fou, c'est d'être un héros d'aventure.

Je ris.

– OK. Et alors ?

– Comment est-ce que Han appelle Leia ? *Princesse*. J'ai vu ce putain de film une douzaine de fois pour essayer de comprendre ce mec. J'ai jamais réussi. On dirait que tu as eu plus de chance.

Elle pose son menton dans le creux de sa main et poursuit.

– Je suis sérieuse. Je n'ai jamais vu Griff faire le moindre effort pour une fille. Bien joué, petite sœur.

– Euh...

Ma tête est sur le point d'exploser. J'étais persuadée que le petit surnom de Griff n'était qu'une pique désobligeante. Mais ça vaudrait peut-être le coup d'y réfléchir plus tard.

– Merci pour le café. Il faut que je file.

– Reviens quand tu veux. Avec le petit déj.

Elle me sourit et fait un signe de la main. Sur quoi, je décampe.

CHAPITRE VINGT ET UN

SEPTEMBRE

GRIFFIN

Malgré l'accident de ma mère, les semaines suivantes sont les meilleures que j'ai passées depuis très longtemps. La récolte se déroule bien et le beau temps est de la partie. Mes gars cueillent les pommes avec entrain. Mes nouvelles citernes sont arrivées sur un camion à plateau. Je les ai installées en souriant comme un gamin. Pour moi, le succès c'est ça: trois grandes colonnes en acier au coin de la cidrerie. Quand personne ne regarde, je passe la main dessus. J'admire les becs verseurs et les indicateurs de pression.

Pendant le mois d'août, je presse les pommes tous les après-midi pour en tirer le plus de jus possible avant le dîner. La majorité du jus part dans les nouvelles citernes. Le reste est congelé pour être réutilisé en fin de saison.

Maman se remet lentement de sa blessure. À son retour de l'hôpital, j'ai été ravi d'apprendre que l'os n'était pas fracturé. Mais elle souffre quand même beaucoup.

– Pas de fracture. C'est une bonne nouvelle, non ?

Daphné secoue la tête.

– C'est une entorse du haut de la cheville. Ça va prendre encore plus longtemps à guérir qu'une fracture.

– C'est ce qu'on verra.

Maman garde la tête haute.

C'est typique. Maman pense qu'elle peut se soigner par pur effort de *volonté*. Si quelqu'un peut le faire, c'est bien elle. Mais je tiens à m'assurer qu'elle suit bien les ordres du médecin et qu'elle ne met pas de poids sur sa jambe. Elle est revenue de l'hôpital avec des béquilles à cent dollars et un air particulièrement irrité.

Au début, la douleur et l'humiliation de s'être fait mal la rendaient irritable. Il y a des moments où je pourrais lui discerner le prix de la Shipley la plus bougon. Je ne sais pas comment l'aider.

Mais les autres se montrent très serviables. Jude me surprend et propose d'aider à la préparation des déjeuners. J'avais oublié qu'il a travaillé à la cantine de la prison. Maman accepte son aide et il quitte maintenant le verger tous les midis pour lui donner un coup de main. La première fois que je suis rentré manger, je l'ai trouvé vêtu du tablier à dentelle de Maman. J'ai failli éclater de rire, et c'est exactement l'effet qu'il voulait produire. Maman ne peut pas être irritable et déprimée quand elle a Jude qui joue le rôle de son esclave domestique.

Et puis, il y a Audrey. Elle arrive tous les après-midi, pile au moment de la préparation du repas. Et Maman accepte son aide de plus en plus volontiers. Peut-être parce qu'Audrey est meilleure cuisinière que Jude. Ou peut-être parce qu'il est impossible de dire non à cette fille. Ma mère semble vraiment apprécier son aide et Audrey a toujours la générosité de la lui proposer.

À cheval donné on ne regarde pas les dents, comme on dit. Je fais tout mon possible pour qu'Audrey reste à la fin de la journée. On a même réussi une fois à aller au cinéma. Pendant la séance, j'ai noyé tant bien que mal mon désir frustré dans le pop-corn et le soda.

On va souvent au *Goat* aussi, où je suis surpris de l'accueil plus chaleureux de Zara. J'ai fini par comprendre que cet accueil, c'est surtout pour Audrey. Bien sûr. Cette fille peut charmer n'importe qui.

Parfois, Audrey et moi jouons aux cartes avec Dylan et Daphné. On a essayé de mettre les jumeaux dans la même équipe, mais dès qu'ils perdent, ils commencent à se chamailler. Donc, on fait des équipes filles-garçons.

Les filles nous mettent chaque fois par terre. Allez comprendre ! C'est comme ça que le monde tourne rond.

Après la plupart de ces soirées agréables, je raccompagne Audrey à son motel et je passe la nuit dans son lit. Je crois que nos ébats font trembler les fondations. Ensemble, on baptise toutes les surfaces de la chambrette.

C'est si bon !

Le vendredi qui suit l'accident de ma mère, Audrey est moi sommes allongés dans le lit, nus.

– Je peux te demander un service ?

– Déjà ?

Ses doigts avancent à tâtons le long de mon torse, en direction de mon entrejambe.

Je glousse.

– Pas un service sexuel.

Elle m'a déjà satisfait si pleinement que je n'arrive plus à bouger.

– Je me demandais si tu accepterais de servir le cidre aux touristes demain. J'aimerais que ma mère se repose.

Elle lève la tête.

– Bien sûr. Tu veux que je leur fasse la dégustation ?

– Exactement. Ce n'est pas très compliqué, mais il faut le faire bien.

– J'aurai le droit de goûter moi aussi ?

– Bien sûr.

Là, nu dans son lit, sa peau contre la mienne, je ne peux rien lui refuser. Je suis le plus heureux des hommes.

– Juste une chose. Ne leur dis pas que le cidre à un goût de fellation.

Elle pouffe dans mon cou.

– Bon, *d'accord.* Je serai très correcte et complètement inintéressante. Tous tes cidres ont le goût de l'abricot et de la rosée du matin.

Je me tourne vers elle et je l'embrasse. C'est peut-être simplement le pouvoir de suggestion, mais sa bouche a le goût de l'abricot et du bonheur.

* * *

Le samedi s'annonce ensoleillé, plein de promesses de beau temps et de touristes.

Je laisse Audrey roupiller au lit et règle son réveil pour huit heures. Puis je rentre à la maison pour préparer l'invasion.

Je commence par charger le camion pour le marché de Norwich. May, de retour de son voyage à Boston, et Zach vont y aller ensemble. Moi, je reste dans les parages aujourd'hui pour garder un œil sur maman.

Elle a insisté pour préparer elle-même une grande quantité d'œufs brouillés pour le petit déjeuner. Elle a une béquille dans une main et une grande spatule dans l'autre. Après le repas, j'installe la table dehors et je mets la caisse dessus. D'habitude, on la pose sur le comptoir à dégustation, mais je sais que ma mère ne restera pas assise si elle est loin de la caisse.

À neuf heures moins le quart, tout est prêt. Il y a des citrouilles dans tous les coins. Elles viennent de la ferme de nos voisins, les Abraham, qui sont un peu plus bas dans la ferme Apostate. Ce n'est pas seulement les pommes et le cidre qui font venir les touristes au verger un dimanche de septembre. Ils viennent pour l'expérience, et on fait de notre mieux pour les satisfaire.

Maman est installée sur une chaise, occupée à compter la monnaie, quand les premières voitures arrivent, déversant des familles entières prêtes à cueillir les pommes Paulared et les Ginger Gold. Je suis momentanément distrait par une splendide paire de jambes galbées. C'est Audrey qui sort de sa voiture de location. Elle arbore un sourire aussi éblouissant que le soleil de fin d'été. Bordel, ma ferme est plus belle quand elle est là.

– Bonjour !

Je la rejoins dans l'allée pour lui dérober un baiser. Sur ses lèvres, un parfum de dentifrice et de bonheur.

– Mmm...

Je regrette de n'avoir pas le temps de m'y éterniser davantage.

– Tu as bien dormi après mon départ ?

On se dirige vers le verger. Elle me regarde du coin de l'œil.

– Oui, mais c'est moins agréable quand tu n'es pas là.

À qui le dis-tu !

– Oh, des chevaux !

En effet, Dylan et Daphné sont en train de se chamailler sur le siège avant de la charrette des Abraham. L'un d'eux va devoir conduire les clients paresseux jusqu'aux Ginger Gold, quelques centaines de mètres plus loin. Ils n'arrivent pas à se mettre d'accord.

– Non, dit Daphné, on le fait chacun notre tour et on change toutes les heures.

– C'est ridicule, argumente mon frère. T'es vraiment insupportable.

Pendant ce temps, les deux percherons affichent un air blasé. L'un d'eux tend le cou pour renifler l'ourlet de la jupe d'Audrey. Elle bondit hors de sa portée.

– Hey ! Tu n'es qu'un petit pervers, toi.

Je repousse le museau du cheval, mais j'avoue que je le comprends.

– Les enfants, vous faites tous les deux le conducteur. Vous échangez toutes les quatre-vingt-dix minutes. Dylan, c'est toi qui commences. Tu arrêtes à dix heures trente. Fin de la discussion.

– Quoi ! Mais c'est beaucoup trop long ! Quatre-vingt-dix minutes dans ce machin, c'est une éternité, dit Daphné.

– Essaie de ne pas écraser les clients, dis-je en lui tournant le dos. Allez viens, Audrey, on y va.

Elle sautille à côté de moi. Mon cœur chavire.

– Je demande combien pour une bouteille de cidre ?

– Rien du tout, c'est maman qui s'occupe de la caisse. Mais c'est quatorze dollars, si quelqu'un te demande.

– Une excellente affaire ! Ça va être amusant. J'espère qu'ils vont vouloir goûter le cidre.

– Ah ça, c'est sûr. Ils vont se ruer sur toi.

Elle me donne un coup de coude.

– Tu dis ça à toutes les filles ? Qu'est-ce que je fais s'il y en a qui veulent juste s'enfiler des verres gratuitement toute la journée ?

– Alors, dans ce cas-là...

On arrive à la cidrerie et je vois que maman est debout sur ses béquilles.

– Assieds-toi tout de suite ! Tu vas me rendre dingue.

Maman me lance un regard noir.

– Je ne peux pas rester assise *toute la journée*. Qui peut supporter ça ?

– Plein de gens. Moi, ça me ferait des vacances. Est-ce que tu peux te rasseoir, s'il te plaît ?

Maman se rassoit et prend la main d'Audrey.

– Ça me fait plaisir de te voir, ma jolie. Merci d'être venue nous aider aujourd'hui.

Audrey sourit.

– C'est à moi que ça fait plaisir. J'ai toujours eu envie d'avoir un stand de limonade, mais ma mère pensait que c'était vulgaire.

Elle lève les yeux au ciel.

– Une dégustation de cidre, c'est encore mieux !

– Je ne suis pas loin si tu as besoin de moi. Griff va probablement me ligoter sur ma chaise, donc tu n'auras pas de mal à me trouver.

– Bon à savoir, dit Audrey avec un grand sourire. Allez, Griff. Tu me donnes un uniforme ?

– Un uniforme ?

J'éclate de rire. Mon esprit lubrique se met immédiatement à imaginer Audrey en costume de soubrette.

– Ton joli sourire suffit, bébé. Rien d'autre. Les gobelets sont là. Il y a deux tailles différentes. Tu peux utiliser ceux que tu veux, mais si tu utilises les grands, ne les remplis pas jusqu'au bord.

– T'inquiète, je ne vais pas dilapider les stocks.

Elle examine les deux types de gobelet.

– L'embouchure plus large donnera un meilleur bouquet. Mais si je remplis les petits jusqu'au bord, ça aura l'air plus généreux...

J'ouvre le frigo et j'en sors quatre bouteilles, une de chaque variété.

– Tu vas en écouler plus, mais commence avec ça. Amuse-toi bien. Baratine un peu les clients. C'est surtout ça, le boulot. Quelqu'un va t'apporter de quoi déjeuner ou te remplacer pour que tu puisses manger.

Elle pose les mains sur le comptoir, les doigts écartés.

– Pas de problème, je gère. Va couper du bois ou faire ce que le fermier Griff fait de son samedi.

– Je cours dans tous les sens. Et je chasse les gens qui essaient de cueillir les pommes à cidre. Je mets des panneaux énormes mais, immanquablement, il y a toujours un idiot qui ne sait pas lire.

– Quels *cons* ! Tu leur tires dessus ou tu fais juste ton Griff Grognon ?

Et voilà qu'elle se moque de moi.

– Bouge pas, princesse.

Je me penche au-dessus du comptoir et lui colle un baiser. Elle cligne de ses grands yeux argentés.

– À tout à l'heure.

Elle murmure :

– À toute.

Je sors en sifflotant.

Toute la matinée, les voitures arrivent les unes après les autres à la ferme. Les gens se garent le long de l'allée, et quand il ne reste plus de place, ils se garent sur la route principale et font le reste du chemin à pied. Dylan et Daphné font une douzaine d'allers et retours au verger avec la charrette. Et la caisse de Maman sonne allègrement quand les clients viennent payer leurs achats.

Chaque fois que je passe devant la cidrerie, j'entends le rire d'Audrey et j'ai envie de me joindre à elle pour être de la plaisanterie. Non, je veux l'entendre rire pour le reste de ma vie. Si ceux qui me connaissent m'entendaient dire ça à voix haute, ils seraient très surpris. Je ne suis pas vraiment un mec à relation. Mais Audrey, je l'ai dans la peau. Et c'est comme ça depuis le jour où je l'ai vue débarquer dans ma fraternité à Boston.

Tu ne me veux que pour mon cul. Depuis qu'elle m'a dit ça la semaine dernière, quelque chose me taraude. Je commence à me demander si j'aurais dû gérer la situation différemment quand on était à l'université de Boston. Je me suis comporté comme un con, ou comme l'adolescent attardé que j'étais. Si j'avais essayé d'être son ami, plutôt que de l'emmener tout de suite dans mon lit, est-ce qu'on aurait pu entamer une vraie relation ?

Elle aurait pu être officiellement à moi.

Je suis occupé à penser à ça quand, tout à coup, j'aperçois une femme en tailleur qui remonte l'allée d'un pas décidé.

Il y a peut-être trente clients devant moi, mais c'est cette femme qui me saute aux yeux. Pour commencer, personne n'a porté de talons hauts sur notre gravier depuis le bal de fin d'année de May il y a cinq ans. Mais cette femme a aussi un air sinistre. Quel dommage, par un si beau jour d'été et en plus (si je puis me le permettre) dans un si beau verger !

Étrangement, elle ressemble beaucoup à Audrey. Elle a la même chevelure et les mêmes pommettes saillantes. Mais ses traits sont durs.

Je la suis jusqu'à la porte de la cidrerie, où ma mère est assise. Je n'entends pas leur conversation, mais je vois ma mère se raidir et indiquer la cidrerie.

Quand j'arrive au seuil de la porte, cette femme est en train de hurler :

– ... il y a une semaine ! Ils attendaient ton CV, jeune fille. À cause de toi, je suis passée pour une idiote !

– Je n'ai rien fait de la sorte. Je ne t'ai jamais demandé de me recommander pour ce boulot. Pour *aucun* boulot. Je ne veux pas de ton aide !

Les clients commencent à se disperser. Je dois les laisser passer avant de pouvoir me rapprocher de la scène.

– Il y a un problème ?

Je garde les yeux rivés sur Audrey.

– Je suis désolée, dit-elle. (Sa voix tremble.) Ma mère est venue jusqu'ici pour m'engueuler. Mais on va aller continuer la conversation dehors.

– Pas la peine.

Je me rapproche et je prends appui sur le comptoir. Il est temps de faire face à cette soi-disant mère.

– Si vous n'êtes pas là pour goûter au cidre, je vais vous demander de cesser votre boucan. Audrey est occupée pour l'instant.

CHAPITRE VINGT-DEUX

AUDREY

Le ton de Griff est calme. Il faut bien le connaître pour se rendre compte que ses épaules musclées sont tendues à fond. Il observe ma mère.

Elle est tout aussi remontée. Elle étudie Griff. Un rictus se forme sur son visage.

– Audrey, ce n'est pas un vrai *travail.* Quelqu'un comme toi ne devrait pas être en train de vendre du cidre à la criée dans une *grange.*

Ses yeux se braquent sur moi.

– Monte dans la voiture ! On rentre à Boston.

Je n'ai jamais été aussi humiliée de ma vie.

– Oh mon Dieu ! je m'exclame. NON. *J'ai* un travail, OK ? Un vrai, chez BPG. D'ailleurs, il paraît que tu connais ?

Surprise, ma mère fait un pas en arrière.

Mais je n'ai pas fini.

– Ça (j'écarte les bras pour indiquer la cidrerie), c'est quelque chose que je fais pour le plaisir, pour aider des gens qui n'ont eu que de la gentillesse envers moi. Ce sont des gens bien. Je crois même qu'ils *m'apprécient.* Je sais que ça te paraît impensable, mais c'est vrai. De toute manière, tu perds ton temps. Tu ne peux pas m'obliger à accepter un boulot que je ne veux pas. Et tu viens de gaspiller ton samedi à faire toute cette route juste pour me mettre minable. Bien joué, Maman. Comment vas-tu justifier toutes ces heures perdues sur ton tableau Excel ?

Ma mère ouvre la bouche, puis se ravise. Apparemment, elle avait espéré que la discussion se déroule différemment.

– Écoute, je vais te rendre ta carte bleue. (Elle bafouille.) Postule juste pour le boulot chez...

– Non, non et NON. Il faut que tu comprennes quelque chose.

Au moment où les mots sortent de ma bouche, je réalise que c'est moi qui viens de comprendre quelque chose.

– Je préfère faire la plonge pour le restant de ma vie et vivre dans la misère que de t'avoir constamment sur le dos, de t'entendre critiquer toutes mes décisions. Ça, *c'est fini*, Maman. Terminé ! Tu peux arrêter de m'envoyer des mails pour me rappeler qu'il faut que j'aille chez le dentiste ou qu'on passe à l'heure d'hiver. Tu ne peux pas couper les ponts et continuer à me dire comment vivre ma vie. *Ça ne marche pas comme ça !*

Ma voix stridente résonne dans la cidrerie, puis le silence retombe. J'aperçois la mère de Griff qui observe la scène depuis la porte d'entrée. Jude est là aussi. Mon cœur bat la chamade et je commence à transpirer. Je n'avais pas prévu de faire une scène de famille devant tout le clan Shipley. Mais cette tirade bouillonnait en moi depuis trop longtemps.

Ma mère bredouille.

– Eh bien...

Elle réajuste la veste de son tailleur.

– C'est idiot. Tu es une idiote. Mais, visiblement, il est impossible de te faire rentrer ça dans ta petite tête.

– Eh ben alors, arrête d'essayer !

Ma voix est ferme.

– Parce que je suis *bien* plus heureuse depuis que je ne gaspille plus mon énergie à essayer de te plaire.

Le corps de ma mère tressaille. Elle est choquée. Un silence horrible s'abat à nouveau sur la cidrerie.

Soudain, je suis épuisée. Dire à ma mère d'aller se faire voir a sapé toutes mes forces.

Je mets une main tremblante sur la bouteille posée devant moi et je me sers un verre. Je suis tellement stressée, j'ai presque envie de tout balancer.

– Veux-tu faire une dégustation ? C'est du cidre bio. Il va bientôt faire un tabac à Boston.

Elle regarde le gobelet comme si c'était un serpent venimeux.

– Non, merci.

Elle me lance un dernier regard noir, tourne les talons et se dirige vers la porte. Elle s'en va.

Bien sûr, c'est moi qui lui ai dit de partir mais, honnêtement, la voir me tourner le dos me blesse profondément.

– Toujours un plaisir de te voir, Maman, je chuchote.

Je voulais la provoquer, mais ma voix est triste.

Ma mère pose la main sur la porte. Je la vois hésiter.

J'en étais sûre.

Mais elle pousse la porte et disparaît.

***

La petite visite de maman m'a complètement démoralisée. Je me sens honteuse et déprimée. Et tout le monde le sait.

Le soir, Griffin m'emmène au *Whippi Dip* et on dévore tous les deux notre poids en glace au chocolat. Après ça, on passe au *Goat* où Zara me prépare ce qu'elle appelle « la margarita qui remonte le moral ».

– Tu veux en parler ? me demande Griff, alors qu'on est assis côte à côte sur une banquette.

– Non, pas vraiment, lui dis-je en souriant. Y a pas grand-chose à dire. Elle ne me comprend pas. Elle ne me comprendra jamais.

Il murmure dans mon oreille.

– Je suis désolée, bébé. Tu sais, nous, on te comprend. Tu n'es pas si compliquée.

Oh ! Je l'embrasse, reconnaissante.

– J'essaie de devenir cuistot, pas star du porno. Pourquoi est-ce qu'elle ne peut pas être fière de moi ?

Griffin secoue la tête. Il est ridiculement beau. Bizarrement, j'ai envie de m'asseoir sur ses genoux et de frotter mon visage contre sa barbe. Mais on est en public. Et j'ai déjà fait toute une scène aujourd'hui.

Maman, bordel ! Elle me rend folle.

– Tu sais ce qui est vraiment stupide ? dis-je soudain.

– Quoi, princesse ?

– Parfois, je m'imagine gagner le projet Green Light de BPG. Et dans ma tête, la première personne à qui j'annonce la bonne nouvelle, c'est elle.

Les yeux de Griff s'adoucissent, pleins de compassion.

– Aujourd'hui, j'ai dit que j'arrêtais d'essayer de lui faire plaisir. Mais c'est même pas vrai ! Je suis toujours en train de chercher son approbation, alors même qu'elle n'a pas une grande valeur pour moi. Pour te dire, c'est le genre de femme qui apprend à jouer au golf rien que pour pouvoir travailler le week-end.

– Elle est du côté de la force obscure.

– *Et*... elle boit du vin pétillant, sans rire !

– Waouh.

– Exact !

Je pose la tête sur son épaule. Sa barbe me chatouille la pommette. Je me frotte contre lui pour qu'elle me chatouille davantage. J'espère ne pas avoir l'air complètement débile.

– Promets-moi une chose, princesse.

– Quoi ? je chuchote dans son cou.

– Si tu gagnes la compétition à Boston, est-ce que tu pourras m'annoncer la bonne nouvelle en premier plutôt qu'à elle ?

Je relève la tête et le regarde avec de grands yeux écarquillés.

– D'accord !

– Merci.

Il me caresse la joue et repose ma tête sur son épaule. C'est le meilleur moment de la journée.

CHAPITRE VINGT-TROIS

GRIFFIN

Hormis la visite inopinée de l'odieuse mère d'Audrey, la saison a été bonne.

L'été laisse tranquillement place à l'automne. Les feuilles colorent les arbres. Les jumeaux retournent au lycée et May reprend ses cours de droit. Enfin, quand le docteur de Maman lui dit qu'elle peut s'appuyer de nouveau sur sa cheville, petit à petit, tout semble aller mieux.

Mais j'ai tort, parce que le lendemain, Audrey est à nouveau rappelée à Boston par l'armée impériale.

Comme si ça ne suffisait pas, Audrey ne semble même pas le prendre mal. Je ne l'apprends que lorsque je l'appelle au téléphone pour qu'on sorte dîner.

– Je ne peux pas, dit-elle tranquillement. Je retourne en ville. Ils m'ont donné le créneau de cinq heures du matin à la boulangerie Bostonian, dès demain.

Il me faut quelques secondes pour réaliser ce qu'elle vient de m'annoncer. Peu importe comment je tourne les mots dans ma tête, j'arrive à la même conclusion.

– Tu quittes déjà le Vermont ?

– Oui, répond-elle doucement.

En un instant, ma bonne humeur s'effondre.

– Merci pour l'info !

Un silence s'installe au téléphone, j'aimerais retirer ce que j'ai dit. Je ne regrette pas d'avoir été un peu sec avec elle, mais en disant cela, je lui montre avec douleur que son départ est plus pénible pour moi qu'il ne l'est pour elle.

Je préfère réparer mes blessures en privé. Quel homme n'en fait pas autant ?

– BPG n'a plus besoin de me garder dans le Vermont, me dit-elle, j'ai déjà acheté tout ce que tes voisins avaient à vendre. Comme ton équipe fait les livraisons, ils n'ont plus de raison de payer pour que je reste.

Eh merde. Je n'aurais pas accepté les livraisons si j'avais su que ça se solderait ainsi.

– Je comprends.

Voilà tout ce que je dis.

– Tu savais que je devais partir. Je n'arrive pas à croire qu'ils m'ont laissée rester si longtemps. Ne me dis pas que tu es surpris, Griff.

Je *suis* surpris pourtant. J'ai pris l'habitude de l'avoir à mes côtés. Elle n'a pas du tout l'air défaite comme je souhaiterais qu'elle le soit.

Ça craint.

Beaucoup.

Je m'éclaircis la voix.

– Prends soin de toi.

– Toi aussi, vraiment.

Après ça, il n'y a rien d'autre à ajouter. On raccroche. Je glisse mon téléphone dans ma poche et pense à ma liste interminable de choses à faire. Comme tous les jours.

Le fait de savoir que je ne vais pas voir Audrey plus tard rend tout plus pénible.

La semaine suivante, tout semble mal se dérouler. En plein après-midi, une étrange averse de grêle abîme une partie de mes fruits. Mes pommes Honeycrisp, qui doivent être parfaitement biologiques, sont pleines de trous. Je ne vais pas en tirer le prix maximum au marché des fermiers. Je dis à Smithy que je ne souhaite pas renouveler mon bail, puis je vends une douzaine de vaches Jersiaise à un paroissien que Maman connaît. Ça devrait être positif, mais Dylan déprime et passe à chaque fois un long moment à dire au revoir aux vaches. Je me sens con et méchant.

Puis le fromager se plaint de la réduction de ma production, il dit qu'ils ne veulent pas venir avec leur truck jusqu'à ma ferme pour de telles quantités. Je passe du temps à téléphoner aux uns et aux autres à la recherche d'un acheteur pour le reste du troupeau, au lieu d'être sur mes terres

– Pourquoi fais-tu cette tête ? me demande ma mère le jeudi soir, alors que l'on reçoit les Abraham pour le dîner, comme souvent.

– Où est ta petite amie ? me demande Isaac Abraham, en se servant une deuxième part de la fameuse tarte aux pommes et canneberges de Maman.

Il y a environ deux ans, lorsqu'Isaac et Leah ont acheté la ferme en bas de la route, nous avons commencé cette tradition de dîner le jeudi soir, une fois chez eux, une fois chez nous. Ce sont des gens bien. Ils se sont enfuis du même étrange culte religieux qui a renvoyé Zach.

– Hum, elle est à Boston.

Je lui réponds sans même préciser qu'elle n'est pas vraiment ma petite amie. On aurait pourtant cru, à un moment, que c'était le cas.

– Elle y est depuis dix jours déjà.

– Mais elle revient quand ?

Ma mère, indiscrète, me force à admettre que je ne pense pas qu'elle reviendra un jour. Je grimace comme un idiot. *Merci, Maman.*

Ma mère croise les bras et me lance un regard noir.

– Austin Griffin Shipley, troisième du nom, je te croyais plus intelligent que ça.

– Que quoi ?

Elle secoue la tête.

– Si tu tiens à cette fille, pourquoi es-tu encore assis là, comme un imbécile ? Va le lui dire.

Eh ben, on peut dire que dans le genre gênant, j'ai rarement connu pire. Isaac ne vient même pas à mon secours. Il reste assis là, avec un sourire bizarre.

– Qu'est-ce qu'il y a ? lui dis-je.

Il sourit.

– Je savais que le jour où tu tomberais sous le charme d'une fille, ça serait intense. Ça fait une semaine que tu boudes, comme un bébé qui fait ses dents.

– Quel bébé ? demande ma sœur May, en passant le doigt sur la crème chantilly de la tarte d'Isaac.

Il l'éloigne hors de sa portée.

– Va te servir une part. Et le bébé, c'est ton frère qui se languit d'amour.

– Ah ! ricane May. La seule personne qui le rende heureux a quitté la région. On a tous un problème maintenant.

C'est le cas.

Les jours suivants, mon humeur empire.

Je ne suis pas facile avec Kyle et son système d'organisation des barriques de cidre. Le système est parfait, mais ce n'est pas *le mien.* Si je m'embrouille, le résultat sera catastrophique.

– D'accord ! (Il rouspète en agitant les bras.) Je le remets à ta manière, mais ce n'est pas la peine d'être aussi agressif.

– JE NE SUIS PAS AGRESSIF ! je hurle.

Tout le monde autour rigole. Ça n'aide pas.

Le lendemain matin, je m'en prends à Dylan lorsque je découvre qu'il a laissé le poulailler ouvert toute la nuit. Un racoon en a profité pour manger une de nos meilleures pondeuses. Non seulement il nous manque une poule mais, en plus, il y a des plumes et du sang partout.

Le visage de mon frère est tout rouge quand je finis mon sermon, furieux. Je lui fais nettoyer le bazar. Quand il a fini d'enterrer les restes, ses yeux brillent.

La punition est pire que mon coup de gueule. De nous tous, c'est cet enfant qui aime le plus les animaux. Savoir qu'il est responsable de la mort sanglante d'une poule, c'était déjà assez difficile comme ça. Dylan serait probablement végétarien si son corps qui continue de grandir n'avait pas besoin de consommer cinq mille calories par jour.

Plus tard dans la journée, je m'excuse de l'avoir engueulé, mais il me lance un regard furieux avant de partir.

Merde. Il me fait penser à moi.

Vendredi, Kyle décide que je dois passer la soirée au *Goat*. Je ne vois pas du tout comment ça va me remonter le moral. Mais ça ne peut pas me faire de mal. Kyle mérite bien un peu de bon temps après m'avoir supporté toute la semaine, donc je nous y conduis. Zach reste à la maison et regarde un film avec Jude et les jumeaux.

L'endroit est inhabituellement plein. C'est la saison pour observer les feuilles automnales, et des touristes ont déniché notre bar du coin, donc l'endroit est plein. Kyle et moi trouvons des tabourets libres au bar.

– Qu'est-ce que tu prends ? me demande Zara en soutenant mon regard un peu plus longtemps que de coutume.

– Euh, une bière Long Trail.

– OK, et ton copain ?

Elle se tourne vers Kyle.

– Je ne suis pas son copain.

– Hey, hey, tu n'as besoin de personne, c'est ça ? OK, ça va, te fatigue pas, j'ai compris. Qu'est-ce que tu veux boire ?

– Eh bien…

Il jette un œil aux différentes pressions.

– Tant que je suis jeune, je vais prendre une bière Long Trail moi aussi.

Zara verse nos deux bières en gloussant. Elle me sert avec un grand sourire. Je ne sais pas ce que j'ai fait pour mériter ça, mais bon, si elle a décidé d'arrêter de me détester, je ne vais pas m'en plaindre.

Je bois ma bière avec Kyle, on parle de la nouvelle saison de football.

Nous pensons que les Pats vont faire une belle saison. Depuis que j'ai abandonné le foot, je n'aime pas suivre les équipes de trop près. J'ai rencontré beaucoup de mes idoles et je m'étais imaginé jouer à leurs côtés.

De toute façon, la saison de football tombe en même temps que la récolte. Je suis trop occupé pour regarder le football. Le dimanche après-midi, je suis habituellement dans le verger, entouré de touristes. Je leur vends pour environ mille dollars de produits.

– Tu veux qu'on prenne des places pour le mois prochain ? me demande Kyle.

– Je vais vérifier le calendrier. Tu ne peux pas le dimanche, mais avec un peu de chance, on peut assister à un match un jeudi soir ou un lundi.

– Ça marche, je te laisse regarder.

L'idée d'une virée à Boston me fait penser à Audrey. Je me surprends à observer la salle, espérant l'y trouver, ce qui est inutile. Mais l'espoir fait naître l'éternel.

Évidemment, elle n'est pas là. Aucune raison qu'elle y soit.

Zara s'arrête devant nous quand nos verres sont presque vides.

– Une autre tournée ? propose-t-elle.

– Bien sûr. Merci.

Kyle se penche en avant sur son tabouret et regarde Zara :

– Je peux te demande ce que tu fais plus tard ?

– Pas toi, répond-elle en lui versant sa bière.

– Euh, j'apprécie ta franchise, répond Kyle.

– Non, je ne crois pas. (Elle lui fait un clin d'œil.) Mais sache que les étudiantes à côté de la cible des fléchettes n'arrêtent pas de regarder dans ta direction.

– Dans *ma* direction, je reprends, juste pour faire l'idiot.

Je n'avais même pas remarqué qu'il y avait des filles à côté de la cible des fléchettes.

Zara grogne.

– Je suis contente d'apprendre que ton ego est plus gros que ta tête qui est déjà étrangement grosse.

– Excusez-moi.

Kyle enchaîne, il se lève et passe la main dans ses cheveux.

– Je ressens le besoin irrépressible de jouer aux fléchettes.

– Va t'amuser, mec.

Zara lui fait un signe de la main. Elle le regarde partir, puis se tourne vers moi.

– T'as une seconde ?

– Bien sûr.

Quelque chose dans son regard retient mon attention. Elle agite son torchon entre ses doigts d'une manière tendue qui ne lui ressemble pas.

– Il faut que je te dise quelque chose avant que tu l'apprennes par des ragots et que tu l'interprètes mal.

– OK ?

Bien que je sente un début de malaise, je ne m'attends pas du tout à ce qu'elle va m'annoncer.

– Eh bien, je suis enceinte de neuf semaines.

À ces mots, quelque chose d'étrange se produit dans l'ambiance sonore du bar. Le volume des discussions, des voix enjouées et du rock qui sort des enceintes semble baisser. Alors que je regarde le visage inquiet de Zara, je n'entends plus que le bruit de mon pouls dans mes oreilles.

Plus rien ne m'atteint. Sauf l'horrible mot qu'elle vient d'utiliser.

Puis Zara tape ma main. Avec force.

– Bon Dieu, Griff. Respire. Ce n'est pas le tien. C'est ce que j'essaie de te dire.

Je m'applique à respirer, et l'oxygène m'aide à revoir clairement le reste de la pièce.

– Pas... (J'hésite même à le dire.)

– Pas le tien. Réfléchis. Tu m'écoutes ?

Je l'écoute, mais tout ce que je retiens, c'est *enceinte*.

– Tu en es sûre ?

– Oui. Quoi que tu demandes, j'en suis sûre. Tu sais comment ça fonctionne enfin, même si toutes tes connaissances sur la reproduction viennent de l'élevage des vaches. Le médecin peut déterminer le... euh... le timing. À l'aide d'une échographie. De plus... (Elle avale sa salive.) On a toujours fait très attention.

L'expression de honte sur son visage me fait finalement reprendre mes esprits.

– Merde, Zara. Comment tu te sens ?

Sa lèvre tremble, mais elle finit par se ressaisir.

– Ça va. C'est gentil de demander. Mes frères ont mis beaucoup plus de temps pour arriver à me poser cette question. On a beaucoup crié.

Merde.

– Ils t'ont crié dessus ? Ce n'est pas normal. Est-ce que tu veux t'installer ailleurs ?

Elle lève les yeux au ciel.

– Non, Griff. Je vais bien. Vraiment. Ces deux semaines ont été un peu dures. Maman n'arrête pas de pleurer et se demande ce qu'elle a raté. Mes frères et mon oncle m'en veulent beaucoup, car je ne veux pas leur dire qui est le père.

– Tu ne leur diras pas ?

Elle secoue la tête.

– Pourquoi pas ?

Zara soupire.

– Griff, nous n'allons pas avoir cette conversation. C'est *privé*, d'accord ? J'ai mes raisons. Point final.

J'attrape ma bière et la finis d'une traite, essayant de comprendre cette conversation, l'une des plus étranges que j'ai eues depuis un bon moment.

– Un shot de whiskey ? me propose-t-elle en souriant.

Je dois avoir l'air d'un mec qui en a besoin. Je suis sérieusement tenté.

– Désolé. Je ne peux pas. Je conduis.

Son sourire s'adoucit.

– Griff, le conducteur responsable qui contribue à sauver le monde en restant sobre. Si tu veux, je t'appelle un taxi.

– Promets-moi simplement une chose, dis-je en l'appelant vers moi.

Elle pose ses coudes sur le bar et se penche tout près. Elle chuchote :

– Ce n'est pas le tien. Je te le dirais, je te promets.

– Non, je sais que tu me le dirais. (Ce n'était pas ce que je voulais lui demander.) Si la situation est trop tendue chez toi, viens nous rendre visite. Je veux juste que tu prennes soin de toi.

Son visage s'adoucit.

– Je vais bien, je te promets. Tu connais ma famille, on crie beaucoup. Mais on finit par passer à autre chose.

Elle se penche et serre ma main, puis la laisse rapidement.

– Moi aussi, j'ai une question à te poser.

– Vas-y.

Elle se lève et croise les bras, du coup mes yeux tombent pile sur son ventre encore plat. Rien à voir ici.

– Ça se passe ici, Monsieur. Dans les yeux.

J'obéis.

– Tu observes la porte depuis le début de la soirée, et Audrey ne l'a toujours pas franchie.

– Elle est à Boston, je réponds assez vite.

Je n'ai pas besoin d'une autre fille pour me cuisiner à propos d'Audrey.

– OK, OK. Si je peux juste te proposer une hypothèse... Qu'aurais-tu fait si elle était venue ici ce soir. Et si elle s'était assise juste là. (Zara pointe la place vide de Kyle.) Et qu'elle avait dit : Griffin, je suis enceinte. Juste par curiosité, est-ce que tes cheveux seraient devenus blancs et serais-tu au bord de l'évanouissement sur mon bar ?

– Je n'étais *pas* au bord de l'évanouissement, je la corrige. C'est un foutu mensonge.

– C'est ça, gros bras. (Les yeux de Zara brillent.) Mais tu n'as pas répondu à la question.

Je n'y ai pas répondu, parce que ma réponse me met mal à l'aise. La vérité, c'est que si Audrey m'annonçait qu'elle est enceinte, je serais fou de joie. *Bon Dieu.* Comment ça se fait ? Après tout, j'ai peut-être besoin de ce whiskey.

– Mademoiselle ?

Un client fait signe à Zara depuis l'autre bout du bar et elle se dépêche de lui servir une bière.

Ça devrait être un soulagement de me retrouver seul avec mes pensées. Mais je n'arrive pas à oublier l'étrange question de Zara. L'idée d'une Audrey enceinte apparaît comme un mauvais sort. Je suis presque certain qu'Audrey n'apprécierait pas les idées que cela me donne. Il faudrait que je la fasse venir dans le Vermont et la garde auprès de moi. Et je ne me sentirais même pas coupable du fait qu'elle abandonne naturellement ses rêves. Dans l'intérêt de l'enfant, n'est-ce pas ?

Je grogne dans mon verre vide. Exact. Très égoïste ?

Mon bonheur se résume à une guerre entre les grands projets d'Audrey et les miens. Le conflit est sans issue. Et même si, sur un coup de tête, je me résignais à abandonner mes projets pour la rejoindre, je ne pourrais pas. Ma famille a besoin de moi.

– Tiens.

Zara réapparaît face à moi et pousse un verre dans ma direction. C'est un soda à base de plantes, mon soda habituel.

– À toutes les grandes questions ! dit-elle en levant un verre du même soda.

Je trinque avec elle.

– Et à ta santé !

Elle sourit alors que nous buvons chacun une gorgée de notre boisson non alcoolisée.

– La bière me manque.

– Je veux bien te croire. Tu te sens bien ?

– Plutôt. Je suis juste fatiguée. Mais qui ne l'est pas, hein ?

Je regarde Zara lever le menton d'un air fier, en posant le regard sur moi avec son nez fort et aquilin. Elle est éclatante. Même sublime. Et pourtant, je n'ai jamais ressenti pour elle, ou quiconque d'autre, ce que je ressens pour Audrey.

Merde. J'ai de gros ennuis.

– J'arrive presque à entendre tes idées noires, dit Zara tout en buvant son soda.

– J'ai du pain sur la planche. Tout est compliqué.

– Comme toujours, remarque-t-elle. Quand est-ce que tu revois Audrey ?

– Aucune idée.

Zara lève les yeux au ciel.

– C'est vraiment bête de ta part. Et dommage pour nous autres. Elle arrondit les angles. Te rend supportable. Elle n'a pas déménagé sur la planète Mars, hein ?

– Pendant la récolte, c'est comme si c'était Mars.

– Alors, envoie-lui un cadeau. Fais-lui comprendre que tu penses à elle. Tu ne sais pas comment les choses peuvent bouger avec elle. Peut-être que dans trois mois, elle aura quitté son travail. Les choses évoluent, tu sais.

– Je suppose.

– *Il suppose* !

Elle essuie le bar.

– Ou tu peux rester là et ruminer. T'es doué pour ça. Je tombe toujours sous le charme de ceux qui ruminent.

Elle me regarde d'un air triste.

Je me demande quel mec grincheux est accidentellement devenu le père de son futur enfant. Je retiens ma question.

– Et, au fait ?

– Oui ?

– Je suis désolé si je t'ai déçu.

Elle pose son chiffon sur la surface en bois. Et lève ses grands yeux noirs vers moi.

– J'apprécie ce que tu dis. Mais tu ne m'as jamais déçu.

– Oui mais... (Je m'éclaircis la voix, mal à l'aise.) Je peux être un sacré con.

Le sourire qu'elle me fait montre qu'elle sait de quoi je parle.

– Il te faut beaucoup d'énergie pour sauver le monde, Griff. Je sais. Je t'en voulais aussi. Je pensais bêtement que tu me méprisais. Que tu étais ce joueur de football qui voulait s'amuser avec la fille du coin en attendant de trouver quelqu'un du même rang social.

– Hé... !

Elle lève une main.

– Je sais, OK. Je comprends maintenant. Toi et moi, on s'est toujours connus, et pourtant j'avais tout faux. La vérité, c'est que l'on se *ressemble* trop. Quand je t'ai vu avec Audrey, j'ai compris. Ça n'avait rien à voir avec moi. Vous deux, c'est une évidence. Elle est légère et mignonne et stupide, et vous vous complétez. Maintenant, je la vois te rendre fou.

Tout en riant, elle part vers l'autre côté du bar pour servir un autre verre.

Zara, bon sang ! Qui aurait pu croire qu'elle arrive à me retourner la tête deux ou trois fois en une heure et demie.

Je l'observe à l'autre bout du bar, elle discute avec des clients, elle donne des conseils comme seul un barman sait le faire.

Cela me fait penser au conseil qu'elle m'a donné. *Envoie un cadeau à Audrey*. C'est le genre de geste que je n'ai jamais vraiment envisagé.

Je ne suis sans doute pas l'homme le plus romantique du monde. Mais un geste, c'est une bonne idée. Le problème, c'est que je ne sais pas quoi lui offrir. Audrey m'a dit une fois que les chefs ne portent pas de bijoux. Ce cadeau de vieux ne fera donc pas l'affaire. De plus, je n'ai pas confiance en mes goûts en matière de bijouterie. De toute façon, de quoi a besoin une chef ?

Je reste planté là, à réfléchir à des idées que je rejette immédiatement.

Ce n'est pas comme si je m'y connaissais en équipement de cuisine. Et puis, tout ça, ce n'est pas très romantique.

À moins que...

Quand une idée surgit, je sors vite mon téléphone de ma poche arrière et commence à écrire un message.

– Hé ! Zara, dis-je alors qu'elle passe devant moi. Tu as toujours un ordinateur portable ici ?

– Oui. Pourquoi ?

– Je dois faire quelques achats en ligne.

Elle me passe l'ordinateur portable en rigolant.

– Bonne chance ! Choisis quelque chose de joli.

– Ça sera sûrement un truc d'occasion, dis-je en allumant l'ordinateur.

– Ça n'a pas l'air très romantique.

– Fais-moi confiance. Je fais des recherches sur eBay.

– Ne fais pas tout capoter, Griff, dit-elle gentiment. Vas-y franchement, si tu vois ce que je veux dire ? Fais-le ou pas du tout. Il n'y a pas de coup d'essai.

Je la regarde par-dessus l'écran d'ordinateur.

– Tu viens de massacrer cette citation. Yoda se retournerait dans sa tombe.

Zara me sourit d'un air entendu.

– Yoda comprendrait l'intention. Fais-le maintenant.

Je retourne à mon affaire, en chantonnant l'air de *Star Wars*, bien sûr.

***

Une heure plus tard, je laisse Kyle dans les griffes d'une des étudiantes. Une de ses nouvelles amies le déposera à la maison un peu plus tard.

Ou alors il m'enverra un message demain matin de je ne sais où afin que je vienne le chercher.

Je rentre à la maison et me sens plus songeur que d'habitude. Quand je descends seul de la voiture, Jude est assis sur le perron du dortoir, le menton appuyé sur ses poings.

– Tout va bien ? je lui demande en m'asseyant à côté de lui.

– Bien sûr. J'ai toujours un peu de mal à m'endormir. Mais quand j'y arrive, c'est bien mieux qu'avant.

– On dirait que tu progresses.

Il hausse les épaules

– Il y aurait du progrès si mes envies disparaissaient. Mais ce soir, ça a été.

– C'est vrai ? C'était une bonne réunion ?

– Elles ne sont jamais *bonnes.* C'est pas comme si je sortais de là avec la sensation d'être Superman. Mais ces derniers temps... je me sens solide. J'ai l'impression que je ne vais pas me détruire pendant la nuit. Et, au fait, as-tu fait un tour dans cette boutique qui vend des glaces à Hanover ?

– Quoi ? Non.

– Voilà un endroit qui te donne une raison de vivre. J'y ai emmené May pour la remercier de m'avoir conduit ce soir. Leur parfum chocolat noir et noisette pourrait rendre la foi à n'importe quel homme.

Je rigole, je ne crois pas avoir jamais entendu Jude parler autant en une fois.

– Faudra que je me souvienne d'y aller. Tu me montreras l'endroit après le marché de Hanover un de ces jours.

Il joue avec ses mains.

– De toute façon, tu me gardes jusqu'à quand ? D'après mes calculs, la récolte sera terminée dans dix jours. Peut-être deux semaines.

Merde. Déjà ? La saison des récoltes est une période tellement intense pour moi qu'à la fin je suis toujours un peu surpris. Mais il a raison pourtant. D'ici Halloween, le plus gros sera fait. Bien que, maintenant, les choses soient un peu différentes.

– Cette année, il va falloir que je presse et mette tout en barrique deux fois plus vite.

À l'époque où je ne devais pas produire six mille bouteilles supplémentaires, je prenais mon temps.

– Je me sentirais plus confortable avec une paire de mains en plus, au moins jusqu'à la mi-novembre. Ce n'est pas que j'aie le budget pour un salaire supplémentaire en novembre. Mais j'ai vraiment besoin d'aide.

– Tu sais que je resterai aussi longtemps que tu m'y autoriseras, dit Jude d'une voix grave. Je ne veux pas retourner à Colebury. Cet endroit me fait flipper. Mais mon père y a un garage. S'il ne l'a pas fait couler ces trois dernières années, je peux sans doute bosser quelques heures là-bas. C'est pas comme si on allait venir m'embaucher.

J'ai beaucoup de mal à imaginer la situation difficile dans laquelle il est. La vie est déjà assez dure sans un casier judiciaire.

– Ça va aller ?

– Est-ce que j'ai le choix ? (Il a un rire amer.) J'sais pas. Je ne pensais pas pouvoir arriver si loin. Ça fait soixante jours que je n'ai pas consommé. C'est pas rien.

– Tu es costaud. (Je le dis, et je le pense.) Et puis tu dois te sentir fort à présent. Tous ces nouveaux muscles.

Je lui donne une tape amicale sur l'épaule.

– C'est grâce à toute cette bonne nourriture. J'ai à nouveau de l'appétit. En parlant de ça... comment tu gères *tes* symptômes liés au manque ?

Je grogne.

– Qu'est-ce que tu veux dire ?

– Ça fait déjà un moment qu'Audrey est partie. Quelle est ta stratégie ?

– Je n'en ai pas vraiment. J'aimerais bien qu'elle envisage les choses à long terme. Mais...

– Mais quoi ? Au pire, elle te dira non.

Je ne suis pas certain que ce soit la pire chose qui puisse arriver.

– À l'époque où j'avais exactement son âge, j'ai essayé de devenir footballeur professionnel.

– Sérieux ? Je savais que tu jouais, mais pas à ce point... Toutes ces coupes dans la salle de télé.

– Maman m'interdit de les jeter. J'ai été repêché en NFL. J'ai intégré de justesse une équipe de remplaçants, mais je n'étais pas prêt à jeter l'éponge pour autant. J'avais un plan. C'est à ce moment-là que mon père est mort d'un arrêt cardiaque.

– Ça craint. Donc, tu n'as pas eu ta chance.

– Franchement, c'est peut-être pas plus mal. J'aurais pu essayer et échouer. Maintenant, ça va. Mais tu sais, Audrey a peut-être une chance à saisir, elle ? Je ne veux pas bousiller ses chances en la retenant dans cette ferme, celle qui m'a coincé ici.

– Mmh.

Jude reste silencieux un instant.

– Moi aussi, j'avais quelqu'un. Je pensais que c'était fait pour durer. Mais, apparemment, j'aimais la drogue plus que n'importe qui. Même plus que moi.

Aïe.

– Tu n'aimes plus ça autant qu'avant. Elle est peut-être encore là.

Il secoue la tête.

– J'ai tué son frère.

– Oh.

– Ouais. Ce bateau est parti bien loin. Ils nous disent en désintox que pour être à nouveau heureux, il faut vraiment accepter les choses qui n'auront jamais lieu. Tout le monde doit gérer ses problèmes. Par exemple, mes parents ne s'intéresseront jamais à moi. Et je ne peux pas ressusciter le mec qui est mort dans ma voiture. Peu importe la difficulté de la situation, il faut l'accepter avant qu'elle te bouffe.

– Alors... (Je me gratte la nuque.) Je suppose que je dois laisser Audrey derrière moi.

– Pas du tout, mec. (Dans l'obscurité, Jude se retourne pour être face à moi.) Ton problème, c'est que t'es coincé avec cette ferme, t'as dû faire des choix.

– Ça fait bien longtemps que je l'ai accepté. J'adore cet endroit.

– Pouce ! rétorque Jude. Si tu étais vraiment passé à autre chose, tu ne te sentirais pas coupable de demander à Audrey d'emménager ici. Tu prends la décision à sa place. N'est-ce pas exactement ce que sa salope de mère fait déjà ?

Merde, il a raison.

– Si tu ne lui donnes pas le choix, elle ne saura pas que tu tiens à elle. Et si tu lui demandes, elle peut en effet dire non. C'est sans doute pour ça que tu ne veux pas lui poser la question.

Bon Dieu ! C'est la deuxième personne ce soir à me faire comprendre que je suis une poule mouillée. C'est pourtant faux.

– Je dois réfléchir à beaucoup de choses. Je vais me coucher, dis-je en me levant.

– Tu ne vas pas me renvoyer parce que je t'ai dit ça, hein ?

– Non, abruti !

Je lui donne un petit coup de pied aux fesses avec ma botte.

– Bonne nuit !

– Bonne nuit !

Je me couche en me demandant comment parler à Audrey. Et je suis émerveillé qu'un ancien toxico et criminel soit mon deuxième meilleur employé. Et qu'un homme qui n'a pas fait l'amour depuis trois ans me donne une leçon à propos de mes peines de cœur.

TROISIÈME PARTIE

OCTOBRE

« Après un bon dîner, on peut pardonner à n'importe qui,
même à sa famille. »

Oscar Wilde

CHAPITRE VINGT-QUATRE

AUDREY

Un vendredi de plus. Une autre longue journée dans la cuisine d'un abruti de plus.

Ce chef ne connaît pas mon nom, mais n'hésite pas à me donner des ordres à tout-va.

– La môme ! Une douzaine d'œufs. Séparés.

– Oui, Chef ! Tout d'suite, Chef !

Je prends les œufs au passage et me mets au travail.

Une fois terminé, je lui apporte deux bols, un avec les jaunes et un avec les blancs, puis il regarde chacun avec suspicion avant de m'ordonner de faire autre chose.

– Commencez par nettoyer l'évier à salade. Vérifiez ensuite tous les besoins en herbes et condiments des postes froids.

Si je suivais ses ordres à la lettre, je devrais nettoyer deux fois l'évier à salade. Mais je sais qu'il vaut mieux ne pas souligner cette erreur.

– Oui, Chef !

Je le fais à sa façon parce que c'est lui qui signe les chèques. Mais je n'éprouve aucune joie là-dedans.

Ce travail, cependant, est exactement ce que j'attendais de BPG depuis que j'ai signé avec eux au mois de mai. Alors, pourquoi les jours me paraissent-ils si longs ?

Au moins, ils ne peuvent pas me retenir ici jusque tard dans la nuit. Le *Mosaïc* est un endroit pour le petit déjeuner et le déjeuner, qui se situe en face du Musée d'art contemporain. C'est le genre d'endroit fréquenté par Les-Dames-Qui-Déjeunent. Le menu est de grande qualité, mais quelque peu ennuyeux. Ou peut-être que c'est juste moi... J'ai déjà passé six heures à découper les oranges sanguines et à émincer du persil. Je coupe les échalotes pour les quiches et rince des cœurs de laitue pour des salades à dix-huit dollars.

La rémunération est correcte en raison de l'accord que BPG a passé sur le travail avec ses employés. Ils n'ont pas le droit de bourrer leur cuisine avec des stagiaires sous-payés, ce qui est une bonne chose car j'ai besoin d'argent. Tous les frais de déplacement de mes semaines dans le Vermont ont été débités sur ma carte de crédit, et BPG met du temps à me les rembourser. Au moins une fois par jour, j'appelle le service des voyages pour vérifier, et on me dit toujours que c'est « en cours ».

Pendant ce temps, je dois encore deux cents dollars à mon colocataire, Jack le fumeur de pétards. Et comme Jack travaille aussi au *Mosaic*, il me le rappelle toutes les heures. Donc, je ramasse autant d'extras que possible et je travaille comme une dingue. Et, dans la soirée, j'écris des menus dans mes cahiers à la maison. Je suis à une semaine du concours et j'ai décidé de présenter le projet d'un restaurant à tapas. J'ai réalisé des croquis de la nourriture, du restaurant et pris des notes sur le quartier et ses fréquentations

Pour une fois dans ma vie, je vais entreprendre quelque chose de sérieux. Quoi qu'il en soit, ils ne peuvent pas se moquer de moi une fois que j'aurai quitté la salle. Si je perds, je perdrai en sachant que j'aurai fait de mon mieux.

L'un des points forts de l'histoire de mon existence ennuyeuse travail-et-puis-travail-un-peu-plus, c'est que les chefs de BPG font dans toute la ville l'éloge des produits que j'ai achetés dans le Vermont. Il y a au total quatre livraisons hebdomadaires dorénavant. Mon adresse mail est inscrite sur tous les bordereaux d'emballage. À ma grande stupeur, je commence à recevoir de gracieux remerciements de la part des chefs qui touchent ces denrées en abondance.

– Des fleurs de courgette magnifiques ! scande l'un d'eux.

– Je peux utiliser toutes celles que vous trouverez. Je les farcis au foie gras.

Un autre chef, un Français, a écrit pour dire qu'il utilise du maïs sucré dans un plat pour la première fois de sa carrière.

– Dans mon pays, on nourrit le bétail avec du maïs. Mais c'est tellement doux que j'en fais des roulades.

Ça fait vraiment du bien. Et maintenant, plusieurs chefs de BPG connaissent mon nom. Avec ça et quelques dollars, je vais pouvoir m'ancrer dans le milieu à Boston.

Aujourd'hui, c'est vendredi, et quelqu'un du clan Shipley doit nous faire une autre livraison. Je passe chaque vendredi à surveiller le siège du conducteur de chaque camion qui passe, en me sentant un peu folle. Mais l'homme que je cherche n'est jamais apparu.

J'ai pensé lui demander de faire la livraison lui-même et de me retrouver pour dîner, ce qui pourrait le brancher. Et après ? Il reprendrait son truck et retournerait dans le Vermont. Et dans quelques semaines, les livraisons du vendredi s'arrêteront pour l'hiver. Peut-être même pour toujours.

Allez ! *On s'remet au travail, princesse.*

Je découpe encore une douzaine d'oranges sanguines quand le directeur du restaurant se ramène, il empeste comme un cendrier.

– Vous voulez travailler demain matin ? demande-t-il. Vous n'êtes pas sur le calendrier jusqu'à mardi, mais je suis un peu à court.

– Bien sûr ! dis-je instantanément.

Il tourne les talons sans me remercier. À sa place apparaît Jack.

– J'ai besoin du zeste de vingt citrons.

– D'abord, tu dis s'il te plaît.

– Et aussi de deux cents dollars.

– Mon Dieu. Pas besoin de le dire. Je sais, d'accord ? Si BPG rembourse la facture de mon hôtel, je te les donnerai.

– Ça fait des mois, Audrey.

– Sans blague ! Mais tu veux que je te paie sur mon argent du loyer ? Je ne pense pas.

Il se met à rire.

– Si tu gagnes le projet Green Light la semaine prochaine, je vais peut-être devoir augmenter ton loyer.

– Oui c'est bien, fais ça.

Si je gagne la semaine prochaine, je déménage de toute façon !

– Qu'est-ce que tu fais ? On dirait des tapas sur tes dessins.

Merde.

– Ce n'est qu'un projet.

J'aurais dû mieux cacher mes notes.

Il fait claquer sa langue.

– Pas besoin de me raconter des conneries. Je suis trop paresseux pour concourir. Mais je sais que toi, tu ne l'es pas, je suis sûr que tu as déjà léché le cul de tout le comité de direction depuis le début du mois. Tu as probablement déjà bien verrouillé ton bordel. Tout le monde sait que Burton donne toujours l'idée au gagnant.

– Il... (Je pose mon couteau.) Quoi ?

Jack attrape l'un des quartiers d'orange que j'avais préparés. Après avoir contrôlé par-dessus mes épaules qu'il n'y ait pas le directeur, il le met dans sa bouche.

– Tu sais bien. Les Burton sont comme n'importe quel patron, n'importe où. Ils cherchent à ce que leurs idées à la con leur reviennent afin de se sentir utiles. Quelle que soit l'idée qu'ils t'ont donnée, je suis sûr que tu vas la faire briller. Mais si j'étais toi, je porterais quand même un haut bien décolleté et court, pour être tranquille.

Il vole un autre quartier d'orange et s'éloigne.

Je reste bloquée là, accablé par l'horreur. Jack n'est pas le couteau le plus affûté du bloc. Mais je ne doute pas qu'il ait raison.

Pourquoi ne me suis-je pas rendu compte que l'épreuve est truquée ? N'ai-je pas vécu vingt ans sous le même toit qu'une des femmes d'affaires les plus calculatrices qui aient jamais existé ?

Pendant une épouvantable seconde, je songe à appeler ma mère. C'est dire à quel point je veux gagner la compétition. Je pense qu'elle peut savoir ce que Burton voudrait voir sur le tableau de bord de la semaine prochaine.

Mais cette envie a disparu aussi vite qu'elle m'est apparue. Si elle m'aide, je le regretterai pour le restant de mes jours. Le seul but d'y participer est d'ouvrir un restaurant sans son aide.

Ce n'est pas comme si elle m'avait aidée, de toute façon. Nous ne nous sommes même pas parlé depuis l'affrontement dans la salle de dégustation de Griff. Je m'en veux un peu en y repensant. Je lui ai demandé de sortir de ma vie, et c'est ce qu'elle a enfin fait.

Mais pourquoi est-ce que ça me préoccupe autant ?

J'apporte mes quartiers d'orange soigneusement taillés au gars qui fait les salades et récupère deux douzaines de citrons. Ce travail nécessite beaucoup de concentration, parce que quand on retire le zeste, on risque toujours d'enlever une couche de la peau si on ne fait pas attention. J'attrape le premier citron et je commence à travailler. Râper et tourner. Râper et tourner. Des boucles parfaites de peau jaune vif atterrissent sur la planche à découper toute propre. J'essaie de me retirer dans ma bulle intérieure, un endroit zen où un travail efficace avec mes mains pourrait sauver le monde.

Les plongeurs ont une discussion animée sur les chances des Patriots[6]. Le second de cuisine s'habille en serveur après un ordre mal compris.

Un jour de plus au boulot.

Alors, imaginez ma grande surprise quand quelqu'un aboie :

– Princesse ! Tu es là ?

Ma tête se redresse brusquement, et je vois la chose la plus improbable au monde. Griffin Shipley se tient debout devant la porte de la cuisine, son visage bronzé resplendit de santé. Il porte une belle chemise boutonnée et un chino kaki. Mais même les vêtements de ville ne peuvent pas déguiser la vérité. Les gens qui passent leurs journées à l'extérieur sont plus beaux que les rats de cuisine pâteux avec lesquels je passe tout mon temps. Le Vermont, les visages joyeux de sa famille et le parfum de cet air frais me manquent.

Il m'a fallu une seconde pour retrouver mes esprits et ensuite dire quelque chose de brillant.

– Euh, salut ?

– Tu travailles ? Au quartier général, ils m'ont dit que tu finissais maintenant.

Je regarde l'horloge. Je devrais avoir fini en effet. Satanés citrons.

– C'est vrai. Donne-moi trois minutes.

Je rassemble les citrons et apporte ma planche à découper à Jack.

– Je pars à l'heure aujourd'hui. Amuse-toi bien avec ça.

– Quoi ? Salope, tu ne peux pas me lâcher comme ça. C'est quoi, ces conneries ?

Je lui tapote l'épaule.

6. Les Patriots est une équipe professionnelle de football américain basée dans la région de Boston.

– T'as perdu ! Je te rejoins plus tard.

Quand j'arrive près de Griffin, il se penche sur moi et me dépose un doux baiser sur le nez.

– Et si je t'emmenais dans le Vermont pour le week-end ?

– Wouah !

La proposition est inattendue, mais il n'y a aucune raison que je refuse.

– Comment je vais pouvoir rentrer ?

– Je te déposerai. Lundi peut-être ?

Puis-je partir avec Griff comme ça ?

– Il faudrait que je passe chez moi prendre quelques affaires.

– Alors, allons-y.

Je retire mon filet à cheveux. Parce que ce n'est pas très sexy. Et j'enlève ma veste de chef trop large pour moi.

– Ne fais pas ça, grogne Griffin. J'ai un fantasme culinaire français en ce moment. Plus tard, tu pourrais la porter avec rien en dessous.

Je souffle, mais il secoue la tête.

– Je ne plaisante même pas.

Je le repousse d'une petite tape sur le torse.

– Tu es mordu.

– Peut-être que je le suis.

Je deviens toute rouge d'un coup. Cette conversation prend une tournure étrange.

– Laisse-moi tranquille.

– Je suis juste derrière toi.

Dans l'arrière-salle, je sors mon sac à main du casier et je pointe.

– On se voit demain ! lance le responsable au bout du couloir.

– Attendez ! (Je le poursuis. J'avais déjà oublié le changement.) Je ne peux pas venir demain. J'ai fait une erreur. Pardon.

Ses yeux s'écarquillent.

– Mais vous avez dit que vous le feriez ! Je suis coincé, là !

– Nous en avons parlé il y a une demi-heure. Je suis sûre que vous trouverez quelqu'un d'autre. On se voit mardi matin.

– Vous ne pouvez pas...

Je tire Griff vers la porte arrière dans cette chaude après-midi d'automne.

– Mon Dieu, que c'est bon d'être dehors ! J'oublie parfois.

– Il n'y a pas de fenêtres là-dedans, souligne Griff. Comment tu fais pour supporter ?

La plupart des cuisines de restaurant n'ont pas de fenêtres.

– Ce n'est pas grave. Tu devrais voir certains des donjons dans lesquels j'ai travaillé. On s'y fait.

Je m'attends à ce qu'il argumente, mais il dit :

– Le truck est là-bas.

***

Une heure plus tard, nous quittons Boston sur la 93, mon sac fait à la hâte posé sur le siège arrière.

Dans ma petite chambre sombre de l'appartement de Jack, Griff n'a pas dit grand-chose. Mais j'ai pu lire de la désapprobation sur son visage.

– C'est moche, mais je ne passe pas beaucoup de temps ici.

– Je sais que tu économises pour avoir ton endroit, me dit-il, en serrant mes épaules. Comment ça se passe ?

Mal.

– Bien.

J'ai pris mes notes avec moi, juste pour les tenir à l'écart de Jack. Je n'ai pas confiance en lui.

La première partie du trajet en voiture est un peu trop calme, j'essaie de trouver quelque chose à dire. Cette échappée ressemble à un week-end de cul pur et simple.

Mais comme j'ai quitté le Vermont plutôt brusquement, cela a jeté un froid entre nous.

– Hé, dis-je en posant ma main sur la sienne qui tient le volant. Comment savais-tu que je serais libre pour quitter la ville ce week-end ?

– Je n'en savais rien. Jusqu'à ce que j'aie fait la livraison et appelé le siège social en te réclamant. Ils ont sorti des plannings sur l'ordinateur et m'ont dit où tu travaillais, et que si j'avais besoin de te parler, je ferais mieux de me dépêcher, car tu n'étais pas inscrite le lendemain. Je me suis donc rendu rapidement à ton restaurant.

– Je suis contente que tu l'aies fait.

Il me jette un regard comme pour vérifier ma sincérité.

– Griff, je suis désolée, je suis partie le mois dernier sans dire au revoir.

Ses yeux plongent dans les miens pendant une fraction de seconde avant de revenir à la route.

– Ce n'était pas sympa, princesse.

– Je sais. (Je m'éclaircis la voix.) C'était en plein milieu d'une journée de travail, et je *déteste* les adieux.

– Comme tout le monde.

Le silence retombe, et je pense qu'il peut nous anéantir complètement. Mais il rompt le silence pour me dire que la cheville de sa mère va de mieux en mieux, qu'elle est en train de guérir, et je continue à l'écouter me raconter des pottins sur les autres fermes et d'autres futilités. Daphné et Dylan sont en désaccord sur le nom du nouveau coq. Jude est époustouflé par le nouveau *Star Wars,* sorti alors qu'il était en prison. Je ris, et il tend la main pour me pincer le genou. Et c'est si bon que ça me détend.

Deux heures et demie après avoir quitté les limites de la ville, nous prenons le chemin qui mène à sa ferme, les vitres baissées. Je me sens comme quelqu'un tout juste libéré de prison. Durant tout le trajet, j'ai regardé furtivement le visage de Griff ou bien ses mains imposantes sur le volant. Après avoir pensé à lui si souvent pendant ces quelques semaines, il est étrange d'être finalement assise à côté de lui. Mes paumes deviennent moites et je me sens muette comme une élève de cinquième à son premier cours de danse.

– Alors, dis-je pendant qu'il roule sur du gravier. Quels sont tes projets pour ce week-end ?

Il se tourne vers moi avec un regard si enflammé qu'il pourrait brunir la croûte d'une crème brûlée.

– Nous pourrions sortir pour dîner, mais ça voudrait dire passer encore du temps sur la route. Je voudrais t'emmener dans un bel endroit. Je ne veux pas qu'on aille chez *The Goat* ce soir.

Je crains de comprendre pourquoi. S'est-il remis avec Zara ?

Griff gare le truck, éteint le moteur et se tourne vers moi.

– Ça te dérange de dîner avec ma famille ?

– Non, dis-je rapidement. J'aime ta famille.

Le mot *aimer* m'échappe de manière un peu trop affirmée. Peut-être que Griff le remarque aussi. Parce qu'il m'offre le plus doux des sourires.

– D'accord, princesse. Alors, nous sortirons dîner demain soir.

Son regard laser me fait des choses, remplissant mon ventre nerveux de papillons. J'ouvre la portière.

– Qu'y a-t-il de prévu pour le dîner, des plats chauds ? Je pense qu'il y a encore assez de lumière pour préparer de la viande.

Il éclate de rire, puis sort du truck.

– J'ai vraiment le don pour impressionner les dames, n'est-ce pas ?

– Eh bien, disons que c'était... original.

Griff fait le tour du camion pour me prendre la main.

– Les pommes pour le cidre commencent à mûrir. Tu veux les voir ?

– Bien sûr. (Je lui saisis la main.) Montrez-moi donc, Griff le fermier.

En riant, il m'emmène vers la ligne d'arbres qui part du hangar à tracteurs.

– Tu sais comment je fais parfois pour faire monter le prix des produits ?

– Comment pourrais-je oublier ?

– C'est vrai. Là, je vais te montrer des pommes qui sont vraiment inestimables.

– Donc, je ne pourrai pas t'en offrir deux dollars le kilo ?

Il me pince les fesses.

– Quand je dis inestimable, je ne plaisante pas. Ce sont des pommes qu'on ne peut pas acheter sur le marché libre. Elles ne sont pas à vendre.

– Pourquoi ?

– Pendant des décennies, personne n'a planté de pommes à cidre. Il y a des arbres ici et là dans les fermes familiales. Mais il n'y avait pas de marché pour elles, alors tout le monde s'est mis à planter des pommes à dessert. *Dessert*, c'est comme ça qu'on appelle les pommes...

– ... que tout le monde mange.

– Exact. Et même avec la graine, il faut quelques années pour obtenir des fruits. Donc, bien que le cidre ait fait un grand retour dans ce pays, il n'y a pas assez de pommes douces-amères pour en faire commerce. Même si j'étais prêt à payer cent dollars le boisseau, je n'en obtiendrais pas de douces-amères. Donc, ces arbres sont comme mes bébés.

– Combien de bébés as-tu ?

– Mille environ.

Nous passons devant un panneau qui me fait rire.

NE PAS CUEILLIR. FRUIT NON COMESTIBLE.

– Donc, vous utilisez des tactiques effrayantes ? Tu devrais demander à Dylan de te faire un dessin de la méchante reine qui offre une pomme à Blanche Neige.

Il souffle, dépité.

– Ça ne suffirait même pas. Je te parie dix dollars que demain je devrai chasser les gens d'ici.

Je fais une pause après avoir avancé un peu plus haut. Dans cette partie du verger, chaque arbre porte une étiquette en métal accrochée à une branche basse. Comme une plaque d'identité de chien, avec trois chiffres.

– Qu'est-ce que l'arbre numéro un-douze ?

– Un-douze, ça veut dire que ce sont des Ashmead Kernel. Des pommes savoureuses. Tu veux essayer ?

– Je veux essayer la pomme à cidre la plus bizarre que tu aies.

Il sourit.

– Tu es sûre ? Les Bittersweet sont plutôt intenses.

– Vas-y, je suis prête.

À quel point une pomme peut-elle être bizarre ?

– Je t'aurai prévenue.

Il reprend ma main et m'emmène entre les arbres de la rangée suivante. Après quelques minutes de marche, nous arrivons devant un arbre portant le numéro quarante-quatre. Il est chargé de pommes jaune pâle.

– Cette variété est appelée White Norman. Mon père les a plantées quand il avait mon âge, parce qu'il avait besoin de quelques pommes tanniques pour remplir ses assemblages. Un bon cidre a entre cinq et vingt pour cent de jus doux-amer de ce genre.

Il en arrache une de l'arbre et me la tend.

Le scintillement dans son œil aurait dû m'avertir. Mais je n'ai jamais eu un palais prudent, alors je croque une grosse bouchée et la mâche. La texture est…

À bas la texture ! Ma bouche est soudainement remplie de la saveur la plus amère et la plus dégueulasse que j'aie jamais connue. *Oh mon Dieu* ! Je mâche plus rapidement, en espérant la faire passer le plus vite possible. Mais ça ne fait qu'empirer les choses.

Griffin rigole maintenant.

– Recrache le morceau, bébé. Comme tout le monde.

Je me détourne pour cracher dans l'herbe ce que j'ai dans la bouche. Puis une deuxième fois pour me débarrasser de la texture en bouche. Le seul autre bruit, c'est le rire de Griff.

En me retournant, je m'essuie la bouche dans le creux du coude et j'ai du mal à retrouver ma dignité pendant que le corps de Griff tremble d'hystérie.

– Arrête ! je râle. Tu t'es bien amusé.

Même là, j'ai du mal à articuler, j'essaie toujours de me débarrasser de cette saveur persistante sur ma langue. Mais ça ne marche pas.

– *Vite*. Donne-moi une pomme meilleure.

Mais Griff résout le problème autrement. Il s'approche et me prend dans ses bras. Puis, en riant, il m'offre sa bouche. Et je suis submergée par une vague de sensations très différentes. Le poil familier de sa barbe contre mon visage et ses lèvres fermes et pleines qui se pressent contre les miennes. Je me détends aussitôt, l'accueillant. Sa langue imposante envahit ma bouche, et la pomme amère est tout de suite oubliée. Il n'y a que la force de sa bouche et le grognement profond de l'âme qui sort de sa poitrine quand je réponds à son baiser.

Mes mains explorent le froissement inhabituel de la chemise sur son large torse. Je dois me tenir sur la pointe des pieds pour bien l'enlacer. Cela fait bien trop longtemps que nous ne nous sommes pas étreints, je voudrais l'escalader comme un arbre et me réapproprier la force de ses membres.

Griff m'agrippe les fesses dans un soupir. Il me soulève contre son corps, mettant mon sexe en contact avec l'expression pleine de son enthousiasme de ma visite dans le Vermont. Je m'écrase contre lui, il gémit dans ma bouche.

L'enfer. Nous allons nous retrouver nus sous l'un de ces arbres en moins d'une minute si les choses vont plus loin.

Ça me va très bien. Je plante mes doigts dans ses cheveux et je l'embrasse aussi fort que possible.

Sa main se balade sous l'ourlet de ma jupe et je gémis comme un chiot avide.

– Hé, Griff !

C'est la voix de Zach.

Griff essaie de s'éloigner pour sauver ma dignité. Mais je n'en ai aucune. Un baiser de plus...

– Griff ! Je crois qu'on... *Merde.* Désolé. Désolé. Peu importe.

Zachariah se retire à la hâte.

Mais le mal est fait. Griff et moi cessons de nous enlacer. Je suis à bout de souffle, le visage contre sa chemise, sa main posée autour de mon cou. Le bourdonnement d'attente continue de grésiller entre nous, mais il faudra patienter.

Je fais un effort pour reprendre la conversation.

– Que ferons-nous demain ?

– Bien plus que ça, dit-il.

Je le pince un peu.

– Bien plus, mais par ailleurs nous sommes samedi. Tu vas être claqué, n'est-ce pas ?

Il gronde légèrement en m'embrassant le front.

– Espérons-le, dans tous les sens du terme.

– Si je peux faire quelque chose ?

– Qui d'autre le pourrait ?

Je lui donne une petite claque sur les fesses.

– Tu vois très bien ce que je veux dire.

– Bien sûr. (Il glousse.) Cet endroit va être envahi par les clients. Soit on travaille, soit on se tire d'ici.

– Tu ne peux pas partir comme ça, hein ?

– Pas aussi facilement, admet-il, en reculant pour voir mon expression. Mais je n'ai pas beaucoup de temps avec toi. C'est peut-être le moment de demander une faveur.

– On peut vendre des pommes et puis sortir ensemble quelque part.

Il m'attrape le menton et me sourit.

– Marché conclu. Tu veux conduire les chevaux ?

– Putain non ! Mais je pourrais offrir du cidre aux touristes. Ça a l'air amusant. Qui n'aimerait pas servir des boissons gratuites ?

Il m'attrape la main.

– Viens voir mes nouvelles cuves.

– Je parie que tu dis ça à toutes les filles.

– C'est ma meilleure réplique, assure-t-il. Allez, viens. Marchons un peu.

Nous nous promenons ensemble le long de la colline, en faisant un détour pour admirer la chaîne de montagnes vertes au loin.

Quand nous arrivons finalement à la cidrerie, les nouveaux jouets de Griff ne me déçoivent pas. Le long d'un mur de sa cidrerie se trouvent trois cuves de fermentation en métal étincelant.

– Waouh ! Tu as dû tripler ta capacité, là.

– Presque. Ne sont-elles pas brillantes ? Je ne posséderai jamais de voiture de sport ; je me dis que c'est tout ce que j'aurai.

Je sens le métal chaud sous ma main.

– Celle-ci est pleine, n'est-ce pas ?

– Ouais.

– As-tu rendu ton formulaire de participation ?

– Bien sûr.

Je me tourne vers lui.

– Tu as mis le cidre sexy ?

– Bien sûr que oui. (Il sourit.) Je l'ai fait goûter à d'autres personnes avant de le présenter et personne n'a parlé de sexe, mais tout le monde l'a aimé. Attends, bouge pas...

Il se dirige vers une étagère pleine de cahiers et prend le deuxième de la dernière rangée. Il tourne les pages jusqu'à ce qu'il trouve ce qu'il cherche.

– Voici ce que les gens ont dit : *Compliqué. Terreux et nerveux. Volatile. Imprévisible. Notes de champignons et de sel...*

Ses yeux plongent dans les miens.

– *Moite et euphorisant.*

Je ricane.

– Waouh !

– Ouais. Ils s'en sont approchés, mais ils n'ont pas tout à fait réussi à le situer.

– Où allez-vous exposer le trophée ?

Je regarde autour de moi. Il hausse les épaules.

– Je fais ça pour pouvoir me vanter.

La cloche du dîner sonne, et Griff penche la tête en direction du bruit.

– Prête à affronter la foule ?

– Toujours.

Griff m'offre son bras.

– Allez, viens alors. Tu es mon rencard de ce soir.

* * *

Je me demande si la famille de Griff va être surprise de mon apparition. Mais alors que nous entrons dans la cuisine, May dit seulement :

– Audrey, viens ici. On a un débat sur la sauce aux canneberges. Zeste d'orange, ou pas ?

– Je suis une puriste. Je l'aime sans ajouts. Un peu de sucre et rien d'autre. Ce sont vos canneberges ?

Je prends le manche de la cuillère et je fais sauter la sauce rouge vif.

– Magnifiques.

– Aucune autre couleur n'est comparable à celle-ci, n'est-ce pas ? ajoute Dylan. C'est le plus rouge des rouges.

– Salut, ma chérie, me dit la mère de Griff, comme si je venais tous les soirs. On mange de la dinde, avec nos pommes de terre. C'est simple, mais...

– Parfait, dis-je rapidement.

Parfois, le fait d'être chef incite les autres à justifier leurs choix alimentaires. Les chefs mangent parfois des Pringles, eux aussi. Tous les repas ne sont pas nécessairement une aventure culinaire.

La nourriture prend une belle tournure, bien sûr. Ruthie Shipley est une cuisinière très compétente. Elle reste fidèle aux saveurs classiques, mais sa dinde est moelleuse et juteuse, les pommes de terre crémeuses, les épinards flétris dansent dans l'ail et l'huile d'olive. J'en mange beaucoup. Et, tout au long du repas, Griff me tient la main sous la table dès qu'il le peut.

C'est comme un rêve éveillé. Et pourtant, toute cette expérience me rend un peu malade. Le monde de Griffin Shipley est un endroit où je peux aller de temps en temps, mais que je suis toujours confrontée à devoir quitter. Je regarde autour de la table tous les visages éclairés à la bougie. Les jumeaux. Kyle. Jude, qui a l'air en bien meilleure santé que la dernière fois. Zachariah, toujours aussi bronzé et souriant. Le grand-père de Griff, rongeant un pilon de dinde géant qu'il tient entre ses deux mains grasses. Ruthie se moquant de sa fille May, l'incarnation même de la cliente du marché agricole.

C'est *la raison* pour laquelle les gens cuisinent, afin de mettre au point le repas parfait pour une table comme celle-ci. Pour que les gens se réunissent. Dans les cuisines où je travaille, on ne voit pas le résultat de notre labeur. Il nous est caché.

L'école de cuisine m'a appris à créer pour l'amour de la nourriture. Mais ce n'est pas censé être le but.

– Ça va, princesse ?

Griff me serre le genou sous la table.

– Mieux que jamais.

Et c'est la vérité.

– Est-ce que ça vous ennuie si on se sauve après dîner ? dit May, en se levant à la fin du repas. La réunion de Jude commence dans quarante-cinq minutes.

Ruth acquiesce en faisant un signe à sa fille.

– Conduis prudemment.

Jude, calme comme à son habitude, vide son assiette aussi. Ils disparaissent tous les deux.

Nous autres avons une tarte en dessert. C'est la première fois que je goûte à la tarte légendaire aux pommes et aux canneberges de Ruth, et j'adore.

– Waouh. La croûte de blé entier est incroyable.

– J'adore le crumble, dit la cuisinière timidement.

– C'est... dingue. Fantastique. Je vous demanderais bien la recette, mais je vous ai vue cuisiner.

La mère de Griff rit.

– Je n'ai pas dosé les ingrédients depuis 1980.

Finalement, Kyle et Zach sont partis aussi. Leur destination, *The Mountain Goat* bien sûr. On est tous dans la cuisine en train de gratter les assiettes et de remplir les deux lave-vaisselle identiques quand Kyle demande :

– Vous viendriez avec nous boire des bières ?

– Allez-y, dit Griff rapidement. J'ai un cadeau pour Audrey.

Kyle le taquine :

– C'est ce dont nous parlions ces jours-ci ?

Griff le pousse.

– Allez, dégage !

Après leur départ, il remplit nos verres de vin et les embarque.

– Viens avec moi, princesse.

Il se dirige vers la porte de derrière.

– Bonne nuit, Audrey ! me lance joyeusement Dylan.

– Euh, bonne nuit.

Je sens la chaleur s'emparer de mon cou. Je suis Griffin par la porte de derrière.

Nous sommes à nouveau seuls. Des cailloux crissent sous nos pieds, et une demi-lune vient se briser à l'horizon, éclairant le chemin. Je suis Griffin en silence, profitant du calme de la nuit. On s'arrête à côté de son truck, d'où je sors mon sac sur le siège arrière. Griff me tend un verre de vin et porte mon sac pour moi.

Même les paysans rustres peuvent être des gentlemen.

Quand nous arrivons au dortoir, il laisse la porte ouverte, puis dépose ses chaussures sur le tapis.

Je l'imite et le suis dans sa chambre, mon pouls augmente tant je suis nerveuse. Est-ce que je vais coucher avec Griffin, même si après ça me rend nostalgique ?

Bien sûr que oui.

Griff pose mon sac par terre. Il boit une gorgée de son vin, puis s'assied sur le coin du lit.

– Alors, je t'ai acheté un petit quelque chose. C'est juste une petite chose, mais je voulais que tu l'aies.

Il hoche la tête vers la fenêtre, je vois un cadeau enveloppé sur son bureau.

Il appelle ça une petite chose. Mais ce cadeau est plus grand qu'une boîte à pain. Je traverse la pièce et mets la main sur le papier d'emballage à pois. Il y a même un nœud assorti.

– Beau travail d'emballage !

Je le taquine, mais ma voix sort un peu secouée. Griff m'offre *un cadeau* ? C'est quoi, ce bordel ?

– Mes sœurs m'ont aidé à l'emballer, j'avoue.

Ses yeux noirs retiennent les miens et leur expression est si grave que je ne sais pas quoi dire ou faire. C'est comme si on me testait, mais je ne suis pas sûre de savoir pourquoi.

– Ouvre-le, déjà.

Je pose mon verre et je tire sur le ruban, qui retombe en tas de satin sur le vieux bureau en bois. Je déchire les extrémités pliées du papier d'emballage et je le retire, révélant une boîte en carton ordinaire. Avec un pétillement d'impatience nerveuse dans la poitrine, j'ouvre le haut et je regarde dans la boîte. Et ce que j'y vois me coupe le souffle.

Un four Easy-Bake, un vieux modèle, comme quand j'étais enfant. Un petit moule à gâteau en métal est aussi rangé sur le côté de la boîte. Je le fais glisser et sauter entre mes mains.

– Oh mon Dieu ! Où as-tu trouvé ça ?

– Ebay. (Griff m'adresse un sourire timide.) C'est le modèle qu'ils vendaient en 2002. J'espère que ça te semble familier.

– C'est... (Je le sors de la boîte et le serre dans mes bras.) Mon Dieu, c'est parfait. C'est *trop cool.*

Je le pose sur le bureau et j'ouvre la petite porte du four. Et c'est comme si je regardais ma vie entière défiler. Je me souviens d'avoir appris à démouler un gâteau pour qu'il soit centré sur l'assiette. Et comment en décorer un avec un cône en papier et du glaçage. Bizarrement, j'avais fait ces choses dans ma chambre pour échapper à la colère du personnel de cuisine et aux yeux indiscrets de ma baby-sitter.

C'est peut-être pathétique, mais je me rappelle que c'étaient les plus belles heures de mon enfance. Pour une fois dans ma vie, je faisais quelque chose qui m'intéressait et qui n'intéressait que moi. Personne ne m'avait notée. Personne ne s'était soucié de savoir si j'avais réussi. C'était juste *amusant.*

Je regarde dans la boîte une fois de plus et je trouve l'outil de levage du gâteau, comme une spatule, en quelque sorte, mais qui tient autour des bords de la casserole. J'ai l'impression que ça m'est aussi familier que de respirer.

– Griff, je dis la gorge serrée, si j'ai déjà dit que tu n'es pas drôle, je le regrette.

Et maintenant, j'ai des larmes plein les yeux.

– Oh.

Il est là en un instant, me serrant dans ses bras.

Tout en tenant encore la spatule dans la main, je l'entoure de mes bras. Il semble si heureux. Il *est* si bon. Putain, qu'est-ce que *j'aime* cet homme !

C'est ridicule comme c'est gênant. Mon cœur traître ne veut que des choses qu'il ne peut avoir. Il est parfait.

Griffin m'embrasse sur la tête.

– Je suis content que ça te plaise. Je veux juste que tu saches quelque chose.

– Quoi ?

– Que je comprends. Devenir chef, un grand chef cuisinier, c'est important pour toi. Je n'essaierai jamais de t'en dissuader ou de te demander d'abandonner. Mais j'aimerais que les choses soient plus simples. Parce que j'aimerais vraiment t'avoir ici près de moi...

– Tu aimerais ?

Je desserre mon étreinte, car je ne suis pas sûre d'avoir bien entendu.

Il me regarde comme si j'étais un peu attardée.

– Oui, bébé. Je ne sais pas si tu l'as remarqué, mais on est bien assortis. Tu me manques. Tout le temps.

– Tu... (Je pointe la spatule sur son ventre, comme si je lui demandais de ne pas bouger. Mon cerveau ne se connecte pas à cette conversation.) Tu ne peux pas dire des trucs comme ça. C'est déroutant.

Griffin vient de sourire.

– Tu veux que j'arrête de parler ?

– Oui, s'il te plaît.

– Comme tu veux.

Une fraction de seconde plus tard, il m'agrippe par les hanches et me soulève. Surprise, je lâche ma spatule qui fait un bruit sourd en tombant sur le tapis. Griffin se retourne, me dépose au milieu de son grand lit. Puis il me recouvre de son corps et commence à m'embrasser dans le cou.

Je frissonne aussitôt. La bouche de Griff est à la fois douce et exigeante, car il mord et passe sa langue sur ma peau tendre. Quand il dit qu'on est bien assortis, il n'a pas tort. Chaque fois que cet homme me touche, je fonds toujours comme un morceau de beurre dans une casserole chaude, d'abord en ramollissant lentement, puis je frémis d'un coup sous sa main. Alors qu'il m'embrasse dans le décolleté de ma chemise, je me détends sous lui. Et quand il plonge dans mon soutien-gorge, je gémis.

Il rigole.

– C'est trop parlé si je te dis que j'ai besoin de me débarrasser de ça ?

Il tire dessus. Les mains tremblantes, je tâtonne pour défaire mon soutien-gorge. Quand il cède, je soupire de soulagement.

Griffin passe mon haut au-dessus de ma tête pour m'en débarrasser.

– Oh putain, qu'est-ce que tu es belle !

Il jette mon soutien-gorge aussi. En baissant la tête, il pose son nez sur ma poitrine et sa barbe me chatouille. Le coussinet rugueux de son pouce caresse mon téton, et je gémis plus bruyamment.

Dans un grognement joyeux, il prend mon téton dans sa bouche et le lèche. C'est tellement bon que je me courbe de plaisir.

Cet homme aura ma mort. Il n'y a rien au monde que je veuille plus que lui.

CHAPITRE VINGT-CINQ

GRIFFIN

Je n'ai jamais fait l'amour à personne. J'ai eu beaucoup d'expériences sexuelles. Mais alors que j'embrasse méthodiquement toutes les défenses d'Audrey, je réalise que c'est la première fois que je tente de montrer ce que je ressens vraiment pour une femme.

Les mots ne sont pas mon fort. Toute ma vie, on m'a dit que j'étais trop direct. Trop bourru. Mais j'ai plutôt bien fait comprendre à Audrey ce que je ressentais.

Et puis, elle me dit de me taire.

Mais ça va, parce que je sais que j'ai réussi. Je l'ai vu dans ses yeux et j'ai lu la joie sur son visage quand elle a ouvert cette boîte. Et maintenant, j'ai une autre possibilité de lui montrer ce qui se passe vraiment entre nous.

Je suis juste là où j'ai envie être, sur ma compagne. Ses paupières sont lourdes, son visage rougi. Personne d'autre n'a mis cette couleur sur ses joues. C'est grâce à moi. Peut-être que les mots ne sont pas ma meilleure arme, mais j'en ai d'autres à ma disposition.

Je me fraye un chemin sur son corps, elle se tortille quand j'atteins la ceinture de sa jupe. Pour la taquiner, je laisse une traînée de baisers sur son ventre lisse. J'adore le goût sucré-salé de sa peau.

Mais Audrey est impatiente maintenant. Elle s'assoit et s'attaque aux boutons de ma chemise, puis soupire d'un air frustré parce qu'elle ne peut pas vraiment les atteindre.

– De quoi tu as besoin, princesse ? je lui murmure.

Je me redresse sur les genoux, face à elle, et commence à déboutonner ma chemise.

– C'est ça que tu veux ?

Au moment où je jette ma chemise, les doux doigts d'Audrey commencent déjà à glisser sur mon corps. Ils me mesurent. Ils font le point. Elle doit aimer ce qu'elle découvre parce qu'elle se lève sur les genoux et m'embrasse, ses doigts coquins plongeant vers le premier bouton de mon pantalon.

Au premier effleurement de ses doigts sur ma taille, j'ai des palpitations. Et quand elle baisse ma fermeture Éclair, je dois serrer les dents pour supporter une soudaine et vive érection.

Le reste de nos vêtements est retiré en un temps record. Puis je la tiens contre moi, peau contre peau. Elle s'ajuste parfaitement à mes bras, et je dois reprendre une grande respiration et me rappeler d'aller doucement. Je l'éloigne de mon corps un moment pour défaire le lit.

Audrey coopère, se glissant sous la couette et le drap. Je la retourne sur le côté, dos à moi, et je m'enroule autour de son corps. Chaque fois que je m'allonge seul dans ce lit en pensant à elle, mon fantasme ressemble exactement à ça. Ce soir, c'est réel. Je fais glisser un bras tout autour de sa taille et la colle un peu plus contre moi. Mon sexe impatient se dresse comme un poteau contre son dos, mais il va falloir qu'il attende une minute.

Elle se détend enfin, tournant son visage pour me sourire.

– C'est bon, dit-elle.

– Mmm... hmm.

– Bien que... J'ai quelques idées pour que ce soit encore plus agréable... dit-elle d'une petite voix.

Je souris dans ses cheveux soyeux.

– Patience, princesse.

– Je dis ça comme ça.

Je ris, et elle aussi. Mais l'instant d'après, elle se cambre langoureusement et plaque ses fesses contre mon pénis pour le masturber. Ce contact soudain me fait jurer intérieurement. Tant pis pour la patience.

Elle remet ça, la petite chipie.

Je lui donne une tendre gifle sur ses fesses toutes douces.

– Si c'est comme ça que tu veux la jouer, mets tes mains sur ma tête de lit. Tout de suite !

Je ne l'ai jamais vue bouger aussi vite, même dans la cuisine. Et maintenant, j'ai la preuve définitive que voir les mains d'Audrey Kidder sur le cadre en bois de mon lit est la plus belle chose au monde. Ses cheveux tombent le long de son dos nu, et je ne peux m'empêcher de les enrouler autour de mon poing. Elle gémit au moment où je les tire doucement.

Je me colle derrière elle. Elle pousse ses hanches pleines de désir en arrière, mais je reste à la lisière de ses lèvres pour faire monter son désir jusqu'à la rendre folle. J'embrasse sa nuque, et elle tremble dans mes bras.

– Putain, prends-moi, supplie-t-elle.

D'un mouvement de bassin et dans un râle, je la pénètre. Elle est si humide et petite que je dois cacher mon visage dans ses cheveux et inspirer à fond.

– Tu m'as manqué, s'exclame-t-elle.

– Je sais.

Je lâche ses cheveux pour pouvoir tenir ses hanches. J'appuie de toutes mes forces son bassin contre mon sexe pour m'introduire complètement en elle.

– Tu sens ça ?

– O… Oui.

– C'est là que tu dois être.

Elle serre la tête de lit et gémit.

– Juste là.

Je redonne un coup de reins et elle s'arrête de respirer. Son petit corps tremble dans mes bras. Elle attend que je continue. Je me penche sur elle et pose mes lèvres sur son cou.

– N'oublie jamais, j'ordonne entre deux baisers.

Puis je commence à me déhancher.

Elle vient à ma rencontre avec fureur.

J'accélère, juste un peu. Ce n'est pas tous les jours qu'on fait l'amour à quelqu'un pour la première fois. Même si je suis plein de plaisir. Que ce soit commode ou pas, Audrey et moi, on va bien ensemble. On a toujours été bien ensemble. C'est juste que je ne me suis jamais autorisé à imaginer un avenir où nous partagerions tout. Un lit. Un foyer.

Un nom.

Mon Dieu. Cette pensée me fait haleter. Je veux tout. Il n'y a personne d'autre au monde que j'ai dans la peau comme elle. Penser à elle comme étant mienne me semble être un luxe impossible.

C'est le seul luxe dont je suis avide.

Je pose une main sur la tête de lit, à côté des siennes, éclipsées par la taille de ma grosse patte. Audrey attrape mon pouce avec son petit doigt rose. Je le lui donne gentiment et fermement pendant que je regarde fixement sa main, en m'imaginant lui passer la bague au doigt.

Cette image provoque des choses folles en moi. Maintenant, tout mon être en redemande.

Serrant un bras autour de sa poitrine, je la pousse encore un peu plus contre mes genoux. Puis je nous sépare et retombe à côté d'elle, l'allonge sur le matelas et lui grimpe dessus. Elle m'attrape le visage et me vole un baiser qui me fait fondre aussitôt.

Quand je la pénètre à nouveau, elle gémit mon nom. Et je ne peux plus retenir ni mon désir ni mes paroles. Je m'abandonne. Avec des coups de reins secs, forts, et des mots doux murmurés, je poursuis ce que nous voulons tous les deux. Audrey, soudain esclave de ses émotions, se laisse aller et jette la tête en arrière quand nous jouissons ensemble.

Je ne veux jamais atterrir.

* * *

On reste un long moment dans le noir, sans parler. Audrey finit par se lever pour aller dans la salle de bains. Pendant qu'elle disparaît, je médite au ridicule de la situation : vouloir dire à une fille que j'aimerais officialiser notre relation, alors que je vis dans un dortoir.

Je secoue la tête quand elle se remet au lit.

– Quoi ?

– Je sais que je t'ai fait peur tout à l'heure. Mais mes projets sont plus ambitieux que ma situation actuelle.

Elle se blottit contre moi et met sa tête sur mon épaule.

– Ta situation actuelle ne me fait absolument pas peur. Mais si je quitte Boston maintenant...

Elle s'interrompt.

– Alors, tu n'auras plus à bosser pour des connards.

Elle me met en garde :

– Griff, tu diriges une ferme où vous fabriquez un produit extraordinaire avec votre nom dessus. J'ai échoué dans deux universités. L'école de cuisine me convenait beaucoup mieux, mais j'ai failli être virée de mon premier emploi deux fois. Ou trois fois... J'ai oublié. Je veux juste faire quelque chose de bien pour une fois. Si je venais ici, je suis sûre que tu me trouverais quelque chose à faire. Une tâche que je ne pourrais pas trop foutre en l'air.

– Ce n'est pas ce que je pense de toi. Tu fais beaucoup de choses bien.

Elle n'a pas l'air convaincue.

– Hum hum. Mais je sais que je ferai un grand chef. J'écoute mieux que la plupart des gens avec lesquels j'ai travaillé. Ma cuisine ne sera pas un champ de bataille. Les gens y feront du bon boulot, parce qu'ils le voudront.

J'aime le son de sa voix quand elle exprime son rêve.

Je lui chuchote dans le noir :

– Parle-moi de ton restaurant. À quoi ça ressemble ?

– Celui que j'expose dans une semaine ?

– Bien sûr. Attends, non… Parle-moi de celui que tu veux vraiment avoir. Celui que tu auras quand tu seras au sommet de ton art. Comment il est, celui-là ?

Elle se niche un peu plus près de moi. Et je sais qu'elle est *ma* consécration.

– Le restaurant peut accueillir une soixantaine de personnes. C'est assez peu, mais la qualité n'en sera que plus élevée.

– Continue.

Je caresse ses cheveux.

– Comment ça s'appelle ?

Elle lève son visage et me sourit.

– *Chez Audrey.*

– Très intelligent !

Elle me pince la hanche.

– J'ai envie d'un nom simple. Mon restaurant ne s'appellera pas *La Princesse Fantaisie* ou un truc vieillot du genre. Et la salle ne sera pas cucul. Je voudrais que ce soit dans un moulin ou une usine rénovée, ou bien alors dans le quartier North End. Avec des briques. Peut-être quelques poutres d'acier industrielles. De vieilles lampes d'usine. Les meubles seront confortables, mais pas clinquants.

– C'est une bonne chose. Je vais avoir besoin d'une table réservée à mon nom tous les vendredis soir. Alors, qu'est-ce que je mange ?

– Quel mois ? Le menu changera fréquemment au gré des saisons.

– Très bien, disons octobre.

– Je recommande les médaillons de filet de porc au balsamique.

– Est-ce qu'il y a des cerises dans la sauce ?

– Les cerises ne sont pas de saison. Bah oui ! Mais tu auras du couscous de blé entier en accompagnement, avec des canneberges et des noix. Et des épinards sautés à l'ail.

– Waouh.

– Mais si tu n'es pas d'humeur à manger du cochon, tu prendras peut-être du poulet frit au babeurre avec des chips d'artichauts de Jérusalem pour agrémenter. Je pense le servir avec un aïoli au poivre rôti.

– C'est quoi l'aïoli ?

– C'est une mayonnaise faite maison, aromatisée à l'ail pilé et à l'huile d'olive. Je la fais vraiment bien, et puis si je l'appelle aïoli, je peux facturer le plat 36 dollars.

Je ris et la câline plus près de moi.

– Qui prétend que tu n'es pas faite pour les affaires ?

Elle continue avec le menu.

– La viande du soir sera probablement de l'onglet. Il y aura du hamburger de saumon pour la variété.

– D'accord, mais arrête.

– Pourquoi ?

– Parce que j'ai faim maintenant.

Elle se retourne pour me regarder, ses yeux vifs brillent dans le clair de lune.

– Mais on n'en est même pas aux desserts !

– Très bien. Qu'est-ce qu'il y a en dessert ?

Audrey s'enfuit encore.

– Je vais devoir consulter mon chef pâtissier. Mais il y a sûrement des pommes.

– Parce qu'on est en octobre ?

– Exact. Et si je sers des Blue Permain, je double le prix.

– Et il y aura du cidre au menu ?

– Bien sûr. Il y a un cidre primé au menu. Un cidre du Vermont. C'est un paysan grincheux qui le produit. J'ai oublié son nom.

Je lui pince les seins.

– Ouch. Tu ne peux pas oublier mon nom. Je serai un habitué.

Elle retire ma main de sa poitrine et l'embrasse.

– Je n'oublierai jamais ton nom, Griff. Jamais, tu entends.

Je fais courir une main sur son corps, du bout des doigts, j'effleure son mont-de-Vénus.

– Je vais devoir te le rappeler si tu oublies.

Elle a un petit frisson et soupire. Nous nous reposons en silence pendant quelques minutes, je me demande si Audrey s'est endormie.

– Quel est ton projet à toi ? me surprend-elle à demander.

– Comment ?

– Je viens de te faire part de mon projet pour les cinq prochaines années. Quel est le tien ?

Question facile.

– Envoyer Daphné et Dylan à la fac.

– Ce n'est pas ce que je veux dire. C'est quoi ton plus beau rêve ?

Je rassemble ses cheveux dans ma main et je les laisse tomber sur son épaule, parce que je ne peux m'empêcher de la toucher.

– Je le tiens, là.

– Griffin.

Elle m'avertit. Apparemment, je n'ai pas le droit de dire des choses comme ça.

– Très bien. Alors dans ce cas, dans cinq ans, j'aurai gagné une douzaine de prix et j'exporterai du cidre dans onze pays différents. Il y aura des gars pour repiquer des vergers dans tout le Vermont pour essayer de gérer la nouvelle vague d'intérêt pour les cidres artisanaux. J'achèterai le terrain de mon voisin de l'autre côté de la route et je construirai une nouvelle salle de dégustation à la place de l'étable. Ah, et j'aurais construit une maison aussi. Avec une vue imprenable sur les Green Mountains et une cuisine de chef. Juste au cas où des chefs passeraient...

– Sympa.

– Si je n'ai pas convaincu une femme de s'engager avec moi d'ici là, je pense que je vais vivre avec Zachariah toute ma vie. Les gens vont certainement commencer à jaser à notre sujet.

Audrey se moque, alors je la chatouille. Puis je la fais basculer et l'embrasse. Elle me prend tout de suite dans ses bras.

C'est elle, mon vrai plan quinquennal. Je ne sais pas encore comment ça va se passer. Mais je n'ai pas l'intention d'abandonner.

CHAPITRE VINGT-SIX

AUDREY

Je me réveille au petit matin, blottie contre le torse de Griff. Je m'y sens si bien que, dans mon nuage ensommeillé, je m'imagine emménager ici pour toujours. Il y a presque autant d'espace sur ses pectoraux que dans ma petite chambre de location dégueulasse. En plus, je n'aurai jamais besoin de payer le chauffage, il est livré avec...

Quelqu'un frappe à la porte de la chambre.

– Griff, tu fais la traite aujourd'hui ? Ou bien je dois dire aux vaches que tu es trop occupé ?

C'est Kyle, son cousin bavard.

– Commence sans moi, murmure Griff.

Kyle rigole.

– Tu me donnes le bâton pour te faire battre. Je me vengerai, tu le sais ?

– Trouve-toi quelqu'un d'autre à qui faire peur !

On entend une petite armée de pas, puis le dortoir devient complètement silencieux. Les bras de Griff m'enlacent et il soupire.

– Il faut que je me lève.

– Je sais.

Il embrasse ma tempe.

– Tu devrais dormir encore un peu. Les garçons ne vont pas revenir avant d'avoir pris le petit déjeuner, donc tu pourras prendre une douche en paix un peu plus tard.

– Merci du tuyau.

À contrecœur, je m'échappe de sa poitrine et m'installe de mon côté du lit.

Contrairement à ce que je pensais, au lieu de se lever, Griff se retourne et se place au-dessus de moi.

– J'aime t'avoir dans mon lit.

Je relève la tête pour lui sourire.

– J'aime avoir une place dans ton lit.

Il soupire.

– Tu prends toujours tout à la plaisanterie ?

– Tu aimes mes plaisanteries, je lui fais remarquer.

– Je les aime toutes.

Il embrasse mon front.

– Mais sache que si je pouvais, je te garderais ici. Et je vais continuer à te le dire, au cas où tu l'oublierais.

Puis il se lève et commence à s'habiller et je ne peux pas m'empêcher d'admirer le spectacle. Tu sais que tu craques pour quelqu'un quand le simple fait de le regarder enfiler son jean te rend malade. Ses mains rugueuses l'attrapent à la taille pour recouvrir ses muscles saillants. Son corps est une armoire à glace. Une simple tape de Griff sur le flanc arrière d'une vache suffirait à l'aligner parfaitement sur la station de traite. Ses bras sculptés peuvent soulever un boisseau de pommes dans le pressoir à cidre.

Sa bouche pleine et généreuse peut donner tellement de plaisir à mon corps que j'en perds mon latin.

Griff passe ensuite un tee-shirt léger en laine mérinos sur son dos massif et le recouvre d'une chemise en flanelle. Fin du spectacle.

Il se retourne lentement. Je ne prends même pas la peine de lui cacher mon intérêt. Je n'ai pas peur de montrer à Griff que je l'aime. Le problème, ce n'est pas de l'aimer, le vrai problème, c'est de *m'*aimer suffisamment pour retourner à Boston et lancer ma carrière.

– C'est dur de passer cette porte en te sachant là, dit-il.

Pareil pour moi, bébé.

– On se voit au petit déjeuner, dis-je.

Je somnole dans le lit de Griff une heure de plus. C'est très agréable. Et puis, chaque fois que je me tourne sur son oreiller, mon traître de cerveau me souffle des idées impossibles. *En vrai, tu pourrais rester,* me suggère-t-il. *Tu pourrais aller voir Zara et lui demander de te laisser lancer un service de petit déjeuner.*

OK, et après ? Je serais confinée dans le dortoir avec Griff. Une personne de plus à gérer... Ça ne ferait qu'ajouter un poids sur ses épaules. Une angoisse supplémentaire.

Et qu'est-ce qui se passera si on ne s'entend pas ? Qu'est-ce qui se passera s'il se lasse de moi ? Les gens ressentent souvent ça à mon contact...

Audrey ne se révélera jamais. Pire encore, je ne saurai jamais si j'aurais pu réussir.

Je me lève et vais me doucher. Tout dans cette salle de bains hurle DES HOMMES VIVENT ICI, depuis les rasoirs qui traînent partout au savon industriel, en passant par le spray pour les pieds sur le rebord du lavabo.

Hystérique.

Je m'habille en prenant soin de tendre ma chemise au maximum pour éviter les plis, et je me brosse les cheveux. Mais au moment où je quitte le dortoir pour rejoindre la maison, je sens ma nuque chauffer, car c'est dur pour moi d'aller de bon matin dans la cuisine de Griff et de regarder sa mère dans les yeux. Ma mauvaise conscience pourrait se manifester à tout instant, *j'ai baisé avec votre fils très, très salement !*

Heureusement, la cuisine est trop animée pour s'intéresser à mes petites angoisses.

– Bonjour, Audrey ! me dit Ruth depuis les fourneaux.

Elle a un pancake posé sur sa spatule, mais la pile d'assiettes est trop éloignée.

– Tu veux bien ?...

Je m'empresse de rapprocher les assiettes.

– Merci ! Quelqu'un a volé le plateau.

– Désolée ! crie May depuis la salle à manger.

– Qu'est-ce que je peux faire d'autre ? Je pensais que vous aviez encore trois quarts d'heure avant le petit déjeuner ?

– Tu sais, on fait tout plus tôt les week-ends portes ouvertes. Tu peux regarder si le café est prêt et lancer une nouvelle cafetière ?

Et c'est comme ça que je suis joyeusement jetée dans le désordre matinal de la famille Shipley. J'égoutte le bacon et je casse une douzaine d'œufs dans un bol pour l'omelette. Personne ne m'appelle « la môme » et personne ne me donne des ordres.

Au contraire, quand j'apporte les œufs à Ruth, elle me fait un sourire et me donne une petite tape amicale sur l'épaule.

C'est gênant d'aimer à ce point cette famille et de rêver à ce point que ce soit la mienne. Mais les rêves, comme le nom l'indique, sont souvent loin de la réalité. Et ils ont déjà assez de personnes à protéger.

Quand les hommes rentrent, May et moi finissons tout juste de disposer les plats sur la table. Quand, à son tour, Griff passe la porte, je ressens la même décharge dans le ventre que d'habitude.

– Salut bébé, dit-il de sa voix éraillée.

– Salut, je glousse.

Il désigne la cafetière de sa mâchoire imposante.

– Est-ce que tu veux que je te serve une tasse de café ?

Tu peux me servir tout ce que tu veux.

– Oui, merci.

Grand-Père Shipley vient d'arriver avec son journal d'un pas nonchalant et s'assied. Ruth lui apporte une tasse de café, mais quand elle ouvre la bouche pour lui demander quelque chose, il lève la main pour l'arrêter.

– Non. Pas aujourd'hui.

Elle serre la mâchoire.

– J'allais te demander si tu veux un œuf à la coque.

Il a l'air contrarié.

– Ah bon ? Dans ce cas, j'accepte.

Ruth lui sert un œuf dans un petit coquetier. Puis elle s'installe à sa place. C'est au tour de Zach de dire les bénédictions, ce qu'il fait avec une certaine dignité, tandis que Daphné le fixe avec des étoiles dans les yeux.

Puis nous attaquons.

Griff passe tout le repas avec une main posée sur mon genou nu, ce que je trouve très distrayant et merveilleux.

Les voitures des premiers touristes se garent avant même que la vaisselle ne soit sèche et qu'on puisse la ranger.

– C'est parti, soupire May. Maman ? Est-ce que je dois aller prendre la caisse enregistreuse dehors ?

– C'est bon, je l'ai. J'y vais en premier. Si vous voulez, finissez tranquillement ce que vous avez à faire ici et prenez encore un café. Viens juste me remplacer vers dix heures et demie pour que je puisse préparer le déjeuner.

– Ça marche.

***

Je sers du cidre aux touristes toute la journée, sans discontinuer. Cette fois, je note tout ce qu'ils disent sur les saveurs. À l'école de cuisine, on apprend tout un tas de mots chics pour décrire ce qu'on déguste, mais là, je veux savoir ce que des gens lambda disent de chaque assemblage. À midi, la page de mon carnet est pleine de mots tels que « brillant » et « champignonneux » et « tarte sucrée ».

Le soir venu, Griffin m'emmène dîner à Norwich. On s'installe dans un restaurant appelé *Carpenter & Main*, comme le croisement des deux rues où il se trouve. Avec sa vieille architecture de ferme et son plancher grinçant, l'endroit me fait penser très fort à la Nouvelle-Angleterre. On commande du gibier, du confit de canard et deux entrées, et on partage *tout*.

Le Vermont fait de son mieux pour me courtiser... En fixant, à travers le bord de mon verre à vin, les grands yeux sombres de Griff, je veux rester. Plus que jamais.

Je décide donc de faire ce que je fais toujours quand je dois me remettre sur les rails : je pense à ma version du menu parfait pour un restaurant dans le Vermont.

– Peut-être que je me suis trompée de choix pour ma présentation avec cette idée de tapas. À la place, je pourrais ouvrir un restaurant sur le thème du Vermont à l'entrée de Brookline (Massachusetts).

Griff fait la première grimace méchante du week-end.

– Pourquoi tu ne pourrais pas ouvrir un restaurant sur le thème du Vermont *dans le Vermont* ?

– Je suis presque sûre qu'il y a déjà tout ce qu'il faut ici, Monsieur.

Ce n'est pas impossible d'ouvrir une vraie table dans une région rurale, mais il faut vivre sur place depuis suffisamment longtemps pour savoir où le projet serait le plus viable. Norwich est une ville bourgeoise, sur la rive, juste en face de l'université de Dartmouth. La clientèle de ce restaurant est probablement composée de professeurs et d'intervenants. D'autres coins du Vermont accueillent des vagues de touristes, mais c'est saisonnier. Griff m'a dit que ses « cueilleurs de pommes du week-end » viennent souvent du Connecticut et, après des années passées au verger, il sait exactement à quelle période ils viennent le visiter.

C'est très agréable de penser à ouvrir un restaurant dans le Vermont mais, sans un gros travail de recherche et sans le soutien d'investisseurs, c'est de la folie.

Chaque fois que je me demande pourquoi je travaille encore chez BPG, j'en arrive toujours à la même conclusion : je suis assez intelligente pour savoir ce que je ne sais pas.

Griff fronce toujours les sourcils, je pose donc ma main sur la sienne qui est bien plus large et massive. Je lui caresse la peau, réchauffant sa main jusqu'à ce que son visage s'adoucisse à nouveau.

– Je peux te poser une question ?

– Bien sûr, dis-je, prête pour une autre question sur la restauration.

– Pourquoi est-ce qu'on n'est pas sortis ensemble ? À Boston.

– Quoi ? Hier ?

Il secoue lentement la tête, ses yeux sombres me sondent. Et je réalise qu'il veut dire *avant*. À la BU.

Je n'y ai pas pensé depuis longtemps. Je me remémore les faits à voix haute :

– Tu m'avais laissé un message... Et je ne t'ai pas rappelé.

– Exactement.

Il redresse son menton barbu avec une légère insolence.

– Désolée, dis-je rapidement. Je pensais que tu ne t'intéressais pas vraiment à moi.

Surpris, il soulève ses épais sourcils.

– Comment as-tu pu penser ça ? Je t'ai appelée, je t'ai proposé de sortir, tu t'en souviens ? Deux fois même, je crois.

Honnêtement, jamais je n'aurais pu penser que j'avais le pouvoir de le blesser.

– Alors, voyons. Tu étais cette grande star du football et j'étais juste une de ces étudiantes de première année qui avait, de surcroît, de mauvais résultats dans tous ses cours. Et mon petit ami venait tout juste de détruire toute confiance en moi.

Mon Dieu, j'ai une douleur dans le ventre à la simple évocation de ce mois-là. L'université, c'est censé être une partie de plaisir. C'est ce que tout le monde dit. Mais moi, j'étais complètement à la dérive. Là où toutes mes copines étaient en train de conquérir le monde, moi je ne faisais rien de bien.

Griff prend ma main sur la table et en caresse la paume avec son pouce.

– Je t'aimais beaucoup, princesse. Mais j'ai été vraiment nul. Je n'ai pas su te le montrer.

Ma main enserre son large poignet avec tendresse.

– C'était en avril ou en mai de ta dernière année, n'est-ce pas ? On aurait peut-être passé quelques bons moments. Mais ensuite, tu es parti à Green Bay. Le bon timing, ça n'a jamais été notre fort, Griffin.

Il me fait un sourire triste et règle l'addition.

Puis on rentre dans le dortoir et on fait l'amour dans un silence absolu, parce que la bâtisse n'est pas insonorisée et que nous ne sommes pas d'humeur à faire profiter les garçons de nos ébats. Ce qui se passe entre nous ce week-end est romantique, douloureux par moments et aussi, et surtout, *privé*. Je le veux tout à moi juste encore quelques heures.

Mon vœu se réalise. Griffin me penche contre son bureau et me prend là, nos deux visages face à une des plus belles nuits étoilées que j'ai vues de ma vie. Puis il me relève et me borde contre lui dans le lit. On s'endort, un peu, jusqu'à ce que le désir nous réunisse à nouveau.

C'était un week-end parfait, mais malheureusement arrive le lundi. Comme toujours.

Dans l'obscurité qui précède l'aube, j'entends le réveil de Griff se déclencher. Il l'éteint, puis se retourne pour m'enlacer.

– Ça va me manquer de ne pas t'avoir près de moi dans le lit en me réveillant, mais je comprends que tu doives partir, chuchote-t-il.

Ne sachant pas quoi dire, je serre juste un peu plus fort son grand corps nu.

– Je te raccompagnerai après le petit déjeuner, dit-il doucement. Et la semaine prochaine, quand tu feras ton exposé à ces connards, j'espère qu'ils te donneront absolument tout ce que tu désires. Et si ce n'est pas le cas, j'espère que tu essaieras encore. (Il caresse mes cheveux.) Je n'ai jamais eu la chance de savoir si je pouvais rentrer en ligue pro. Je n'aurai jamais la réponse. Toi, en revanche, tu as cette chance. (Il embrasse le sommet de ma tête.) Mais sache que si jamais tu sens que tu te décourages... si tu as besoin d'un sas de décompression, tu sais où me trouver. Je serai toujours là pour toi.

Je ferme les yeux pour ne pas pleurer. Je ne comprends pas ce que j'ai bien pu faire pour mériter l'attention de cet homme.

– Jamais je n'aurais pu imaginer qu'un jour tu fasses tomber une voiture dans le fossé à côté de mon chemin. Mais ce qui est sûr, c'est que je suis heureux que tu l'aies fait. Ça fait une éternité que je n'ai pas passé d'aussi bons moments.

J'enfouis mon visage dans son cou et l'étreins fermement.

Nous restons là, serrés l'un contre l'autre pendant plusieurs minutes, jusqu'à ce que des bruits de pas se déplaçant dans le dortoir nous fassent savoir qu'une nouvelle journée commence, que ça nous plaise ou non.

Griffin Shipley sort du lit en soupirant, il replace les draps autour de moi, puis s'habille.

Après qu'il est sorti pour embrasser cette nouvelle journée, j'étreins son oreiller comme la maudite imbécile que je suis.

* * *

Le chemin du retour est calme. Griffin allume la radio, car aucun de nous deux n'a le cœur à la conversation depuis le départ. Tandis qu'on se rapproche de Boston, les immeubles grandissent, comme mon angoisse. Je sais que ça va être horrible de devoir dire au revoir à Griffin. Ce soir, je me coucherai seule, sur mon futon dur comme de la pierre, en pensant que je viens de faire la pire erreur de ma vie.

Mais, demain matin, je serai de retour au travail pour apprendre les rouages du business de la restauration. Les jours vont passer comme dans un tunnel, en cuisine, puis petit à petit la peur va monter à l'idée de devoir essayer d'impressionner un jury de restaurateurs expérimentés.

– Bébé ?

La voix de Griff me tire de ma rêverie.

On est déjà presque arrivés au niveau de ma petite maison.

– Oui ?

– Tu veux bien me rendre un service ? Je n'ai pas reçu de contrat de ton acheteur et, dès vendredi, je vais déjà pouvoir lui livrer les mille premières bouteilles. Tu pourrais le relancer ?

– Bien sûr ! dis-je, heureuse d'avoir une mission à accomplir. Je l'appelle tout de suite.

Je sors mon téléphone et compose le numéro de Burton.

Ça sonne. Pendant ce temps, Griffin a trouvé une place de parking à quelques pas de chez moi.

– Bob Burton à l'appareil.

– Bonjour, c'est Audrey Kidder. J'ai une question à vous poser.

– Salut Audrey, je vous écoute.

– Le verger Shipley est prêt à vous livrer les quarante premières caisses cette semaine, mais ils attendent toujours de recevoir le contrat. Pourriez-vous relancer le service juridique pour moi ? De tous nos achats dans le Vermont, c'est notre plus grosse transaction, cet homme a besoin de son contrat.

Silence. Mais je ne m'inquiète pas. Je fais un sourire à Griff et celui qu'il me renvoie est si beau qu'en réalité, je rate ce que Burton vient de me dire.

– Pourriez-vous répéter, on a été coupés ?

Je me rattrape.

– J'ai dit : Il ne va pas y avoir de contrat, Audrey. Nous avons trouvé un meilleur prix.

– Un... quoi ? Un meilleur prix ? Mais comment ?

Ça n'a pas sens.

– Vous nous avez trouvé du cidre à six soixante-quinze mais, dans le New Hampshire, il y a un producteur qui nous le fait à six dollars. Donc, c'est à lui qu'on a envoyé le contrat. Personne ne vous l'a dit ?

– Non !

Je hurle. Non à tout.

– Vous ne pouvez pas faire ça.

Un temps.

– Bien sûr que je peux. Les affaires sont les affaires.

– Mais... !

Je n'arrive même pas à savoir ce qui me fâche le plus.

– Ils l'étiquettent pour vous. Ça part sur un camion dans quatre jours. Vous avez *accepté* d'acheter deux cent cinquante caisses, à six soixante-quinze la bouteille. Si vous aviez besoin de baisser le prix à six dollars, vous auriez dû le dire il y a des semaines.

J'entends un grand bruit visqueux. Comme si quelqu'un cognait le tableau de bord de ses deux poings. Je ne peux même pas regarder Griffin.

Ça *doit* être réparable.

– Burton, écoutez-moi. Une entreprise familiale a changé tout son fonctionnement pour honorer votre commande. Vous ne pouvez pas les laisser sur le carreau comme ça.

– Nous n'avons rien posé par écrit. C'est fait, Audrey. Nous avons déjà signé avec les gens de Lebanon. Ils nous ont livré nos premières caisses la semaine dernière.

– Alors, vous aurez *deux* cidres sur vos menus, dis-je, les dents serrées. Plus il y en a, plus ça donne envie.

– Pas cette fois. Maintenant je dois vous laisser, j'ai une réunion.

Ce type me raccroche au nez. Je suis toujours en état de choc, assise sur le siège du truck de Griff, le téléphone vissé à l'oreille.

– Oh mon Dieu ! je chuchote.

Finalement, je me risque à regarder le visage de Griff. Jamais je n'ai vu sa mâchoire aussi serrée. Son visage est dur, comme taillé dans du granit.

– Je vais passer au-dessus de lui, dit-il. Tu vas voir, je vais aller au siège aujourd'hui et je vais parler à son père. (Griffin ne me regarde pas. Il fixe l'horizon, droit devant lui.) J'aurais dû m'écouter. Je ne fais jamais d'affaire avec des gens en qui je n'ai pas confiance. Pour la première fois, j'ai pris un risque...

Il attrape son volant à deux mains et le serre de toutes ses forces.

– Putain !

– Je vais...

– Ce n'est pas de ta faute, dit-il d'une voix glaciale.

– Je sais, mais...

Mais quoi ? C'est moi qui ai établi ce prix. Griff était enclin au départ à vendre à six dollars et j'ai négocié un prix plus élevé. J'ai pensé être très intelligente.

– Ils ne peuvent pas faire ça. Je ne vais pas les lâcher. Vous avez investi beaucoup d'argent dans ces cuves.

Griffin grogne, plein de rage.

– C'est de ma faute... J'en commets pas mal, apparemment.

Cette déclaration me glace le sang. Aucun doute qu'il pense aussi à *moi* en disant ça.

– Je...

Ma première tentative échoue, car je bloque sur les mots. Je reprends ma respiration, déglutis et réessaie.

– Je dois partir. Je vais arranger ça.

J'attrape mon sac de week-end posé au sol et ouvre la portière.

Il ne me retient pas.

Je descends d'un bond et me retourne pour, peut-être, croiser son regard. Au lieu de ça, Griffin fixe toujours le pare-brise, la mâchoire serrée.

Après avoir claqué la portière, je marche jusque chez moi. Ma main tremble lorsque j'ouvre la porte de mon petit immeuble typique de Boston, et les quelques étages me paraissent aussi hauts que le mont Blanc. Une fois dans l'appartement, je cours jusqu'à ma chambre en traversant un épais nuage de marijuana. Je nous jette, mon sac et moi, sur le lit et essaie de réfléchir. La commande de cidre représente la modique somme de quarante mille dollars dans le budget de la famille Shipley. Je vais appeler chacun des membres du comité de direction.

J'ouvre donc mon sac et en sors mes notes pour la présentation. J'y ai mis l'organigramme de BPG, pour toujours savoir pendant mon exposé qui me pose une question ou me demande d'éclaircir tel ou tel point. Un genre d'antisèche, en fait.

En commençant tout en haut, je compose le premier numéro.

Le président ne prend pas mon appel, mais je laisse un message à sa secrétaire, affirmant que je dois lui parler d'une affaire d'éthique au sein de la compagnie de premier ordre. J'espère que le fait d'employer les bons mots clés m'aidera. Puis j'appelle le directeur juridique et dis à son assistant que je sais qu'un acheteur essaie de casser un contrat verbal, et que BPG peut potentiellement être poursuivi en justice.

Finalement, j'appelle Burton père.

– Audrey ! J'attendais votre appel.

– Vraiment ?

Merde.

– Monsieur, nous avons un problème.

– Mon fils m'a fait savoir que vous êtes déçue.

– D... d... déçue ? (J'arrive à peine à prononcer le mot, tellement je fulmine.) Vous m'avez envoyée dans le Vermont pour faire un travail et je l'ai fait. J'ai mis *mon putain de nom* en avant pour votre boîte. Vous ne pouvez pas essorer comme ça les gens honnêtes qui essaient de faire affaire avec vous, ce n'est pas possible !

– On se calme, petit cœur.

Je laisse échapper un petit cri de rage.

– Et pourquoi je me calmerais, hein ? Vous détruisez ma crédibilité. Et la vôtre par la même occasion.

– Vous changez de ton tout de suite ! C'est mon nom qui apparaît sur le bilan annuel et c'est moi qui dois rendre des comptes aux actionnaires. Il y a une meilleure offre sur le marché, je la prends. C'est comme ça que ça fonctionne.

Mon estomac se noue, car je ne sais que trop bien comment fonctionne le marché.

Rapidement, je dis :

– Il va s'aligner sur votre prix. Six dollars la bouteille. Mais, encore une fois, vous ne pouvez pas casser les commandes comme vous le faites.

Il y a une pause pendant laquelle je vomis presque, de stress.

– Cinq dollars ! Je n'ai pas besoin du produit maintenant mais, au prix juste, je l'achète.

Putain. Je ferme les yeux et prends une longue respiration pour m'apaiser. Je chuchote :

– Non désolée, ce n'est pas possible.

C'est ce que Griffin aurait dit de toute façon.

– Alors, je suppose que nous nous sommes tout dit.

Rien n'est plus vrai ! J'appuie sur l'écran de mon téléphone pour raccrocher.

Je regarde ma petite chambre soignée, mis à part les notes de mon exposé posées sur le lit, et réalise qu'en moi c'est tout l'inverse. Je suis sens dessus dessous. Il y a des débris dans tous les sens. Mon cœur est en lambeaux. Je soulève le carnet le plus proche et l'ouvre sur un dessin du logo de mon restaurant de tapas. Les mots « Petites Assiettes » sont disposés en demi-cercle au sommet et la deuxième moitié représente des mets magnifiques.

La feuille fait un bruit jouissif quand je l'arrache du cahier et la déchire en deux. Je fais la même chose avec les autres pages. Je les déchire toutes une à une, en deux.

La semaine prochaine, je ne me présenterai pas au concours. Griff a toujours dit qu'il refusait de faire affaire avec des gens en qui il n'a pas confiance. Maintenant, je comprends pourquoi. Je ne veux pas respirer le même air que des gens capables de faire ce qu'ils viennent de faire. Donc, je ne vais certainement pas accepter d'être une des figures de leurs restaurants.

Quelle conne ! Je viens de perdre plusieurs mois de ma vie à essayer d'obtenir leurs faveurs. Quelle perte de temps !

Oui allô, bonjour, la case départ ? C'est moi, je suis de retour.

Cette prise de conscience m'a tellement épuisée que je m'allonge sur le lit jonché de feuilles déchirées. Je pose ma tête sur l'oreiller et tente de ne pas penser au visage fâché de Griffin. Je viens de lui coûter quarante mille dollars. Et à cause de moi, sa famille va devoir se soucier de sa trésorerie, chaque jour, dans les mois à venir. J'imagine leurs visages inquiets autour de la table de la salle à manger, quand Griffin tentera de leur expliquer ce qui s'est passé. Je vois très clairement Ruth froncer les sourcils. Dylan se renfrogner. La frustration de May...

Étendue là, je laisse le désespoir grandir en moi et se transformer en larmes.

CHAPITRE VINGT-SEPT

GRIFFIN

La colère est ma première réaction en entendant que ces salauds de chez BPG trahissent notre arrangement. Pendant quelques minutes, je suis tellement furieux que je ne peux pas dire un mot.

Audrey disparaît dans une course frénétique jusqu'à son petit immeuble et j'ai honte de le dire, mais je ne la regarde même pas partir. Je ne peux pas penser à elle maintenant. Je suis trop énervé pour dire des choses réconfortantes, et puis je m'en veux aussi.

Je *savais* que je ne pouvais pas faire confiance à ces enfoirés. Je le lui ai dit, à la minute où elle est entrée dans ma propriété. Mais au lieu d'écouter mon instinct, j'ai laissé mon cœur me perdre. Travailler dans le cidre, c'est mon rêve, donc je les ai laissés me convaincre que c'était possible. Je viens de dépenser une fortune dans le matériel, et maintenant, c'est ma famille qui va en payer le prix.

Mon cerveau exténué décide de limiter les dégâts. Je prends mon téléphone et appelle à la maison.

– Griffin ? Est-ce que tout va bien ?

– Je vais bien, dis-je prudemment. Mais j'ai un petit problème.

– Dis-moi.

– Dis à Dylan d'arrêter l'impression des étiquettes de cidre BPG.

C'est la seule chose que je peux sauver, mille pages d'étiquettes adhésives plus l'encre qui sert à les imprimer.

– Pourquoi ?

– La société essaie d'annuler sa commande.

J'entends ma mère pousser un petit cri à l'autre bout du fil.

– Ils ne peuvent pas faire ça !

– Je sais, dis-je calmement. Mais pourtant, c'est ce qu'ils sont en train de faire. Je te le dis, ça sent mauvais.

Je dois faire confiance à ma mère. Elle est toujours forte en situation de crise. D'ailleurs, elle me dit tout de suite :

– On va s'en sortir.

– Ouais.

J'acquiesce, même si je sais que les retombées vont m'empêcher de dormir pendant des nuits.

– Il est arrivé pratiquement la même chose à ton père une fois.

– Quoi ?

– Il avait un accord pour vendre du lait à la société Kupper Cheeses, mais qui s'était fait d'une poignée de mains. Et ils sont revenus sur leur parole. Une autre fois, à la même période, ton père avait aussi refusé de payer l'assurance pour les dépendances pendant quelques années et on a perdu une grange dans un incendie. Ça nous a coûté une fortune.

– Vraiment ?

– Vraiment. Tu sais, c'est un homme qui a fait beaucoup d'erreurs et il n'a pas été en situation d'échec pour autant. Toi aussi, tu vas en faire quelques-unes, mais ça ne va pas t'empêcher d'avancer.

Je ferme les yeux pour imaginer les erreurs de papa. J'ai conscience que tout le monde fait des erreurs, mais je ne me suis jamais autorisé à pouvoir en faire une.

– Audrey doit être dans tous ses états, dit ma mère avec douceur.

J'ai un mouvement de rejet. S'il n'y avait pas eu Audrey, je ne serais pas dans cette situation.

Ma mère insiste :

– Griff, est-ce qu'elle va bien ?

– Je ne sais pas trop. Pour le moment, j'ai des problèmes plus importants.

– Non, je ne crois pas. Je pense au contraire qu'Audrey est ton seul et unique problème. Sauf si tu penses pouvoir faire changer d'avis la compagnie... Où est-elle ?

– Chez elle, j'imagine.

– Et toi ?

– Dans le truck. Il faut que je rentre à la maison.

Le silence de ma mère est éloquent. Elle n'est pas contente.

– Va lui parler. Ne quitte pas Boston fâché.

– Alors, il va falloir que je reste un an dans cette ville.

Je craque.

– Ce n'est pas sa faute, chéri.

Je sais ça, mais j'ai trop baissé ma garde. Depuis le premier jour où elle est apparue en ville, j'ai perdu la tête. Elle m'a rendu égoïste, je crois que je ne pense plus qu'à moi et à mon plaisir personnel alors que je ne peux vraiment pas me le permettre.

– Je dois te laisser, Mam. On se voit dans quelques heures.

– Ne transforme pas une petite erreur en une grosse irréparable, dit-elle.

– Je ne comprends même pas ce que ça veut dire. Fais attention à toi.

Je raccroche.

Puis j'appelle Isaac Abraham, c'est sa femme Leah qui répond.

– Hey, ma belle. J'ai une petite mauvaise nouvelle.

Je lui explique ce que BPG a fait.

– Donc je ne vais plus leur acheminer aucun produit dès la semaine prochaine. Je vais le dire aux autres aussi. Vous faites tous comme bon vous semble, soit vous envoyez les différents produits à Boston ensemble, soit vous les envoyez bouler. Mais moi, j'en ai fini avec BPG.

– Ça alors, Griffin, je suis désolée... Je pense qu'Isaac ne voudra plus rien leur envoyer, sachant ça.

– La décision vous appartient, mais je tenais à vous avertir tout de suite pour que vous puissiez vous retourner.

– Je me dis qu'on va apporter un tas de produits au marché de Norwich demain et on va se déplacer dans la région à la place.

– Bonne idée, dis-je.

– Est-ce que tu veux que je passe quelques coups de fil pour toi ? Le bébé fait la sieste.

– C'est vrai, tu pourrais ?

Je lui donne la liste des fermiers qui me viennent à l'esprit, pour qui j'ai transporté de la marchandise la semaine dernière.

Puis je me sens mal, alors je me repose derrière le volant de mon truck. Je viens de défaire tout le travail d'Audrey pour la deuxième fois. La plupart de ces fermiers vont, par principe, laisser tomber BPG. Sauf ceux qui ne peuvent pas se le permettre. Et maintenant, ils vont avoir le problème du transport à gérer.

Je ne vais pas en plus m'inquiéter pour ça, c'est ridicule. Ce n'est tout de même pas moi qui vais transporter leurs merdes après qu'ils se sont soulagés de quarante briques de cidre.

Maintenant que c'est fait, je dois rentrer à la maison et réfléchir sérieusement à ma trésorerie des prochains mois. Si je liquide le reste de mon troupeau qui se trouve de l'autre côté de la route, je pourrai utiliser l'argent pour joindre les deux bouts. Avec ça, il faut que je trouve un acheteur pour tout le cidre que j'ai pressé, et vite.

J'allume le moteur et attends qu'il chauffe. Puis je me retourne, à la recherche du sandwich que May m'a préparé pour le déjeuner.

Mais ma main heurte quelque chose d'autre... Le four Easy-Bake dans sa boîte.

Merde.

Audrey s'est sauvée comme si mon camion prenait feu. Elle a oublié le cadeau que je lui ai offert. Ou alors, peut-être qu'elle n'en a rien à faire.

Ma conscience me rappelle à l'ordre. *Si, c'est un cadeau qui compte beaucoup pour elle.*

Elle pourra le récupérer plus tard après tout.

Je démarre et m'engage sur la voie. Je mets vingt minutes à sortir de Boston. J'ai habité dans cette ville pendant cinq ans, le temps de mes années universitaires, et malgré ça, le schéma de circulation me perturbe encore. J'arrive finalement à récupérer l'autoroute et j'accélère vers le nord. J'ai toujours l'impression d'être un abruti fini. Mais il y a du travail, je n'ai pas le choix.

Mon téléphone sonne. C'est le numéro de notre fixe à la maison.

Je l'ignore.

Il sonne à nouveau. Depuis que mon père est mort, j'angoisse un peu quand je sens que ma famille insiste pour me joindre. Donc, je quitte l'autoroute à la première sortie et me gare.

– Quoi ?

J'aboie, et ma mère de répondre :

– Tu changes de ton tout de suite, Griffin Shipley. J'appelle pour te donner une sacrée bonne nouvelle.

– Ah oui ?

Je n'ai pas la moindre idée de ce qui pourrait venir égayer cette journée de merde.

– Tu as gagné le fameux concours de l'American Tasting Society, celui qui coûtait une fortune. Premier Prix dans sa catégorie et Premier Prix du concours. La lettre dit qu'un trophée va nous être envoyé.

– Je... Tu en es sûre ?

Le destin me joue vraiment des tours aujourd'hui. Je n'y crois pas.

Ma mère peste.

– Je peux te lire la lettre, Griffin. Elle commence par *Cidrerie Shipley, toutes nos félicitations. Nous avons le plaisir de vous annoncer que vous avez gagné la récompense suprême...*

– Attends, quel cidre a gagné ?

J'en avais inscrit trois.

– Ne quitte pas.

J'entends le bruit d'un papier qu'elle déplie.

– Numéro d'inscription un-quarante-sept, que tu as appelé... Aïe.

– Quoi ?

– « Audrey ».

Je ris pour la première fois de la journée.

– Tu te fous de ma gueule ?

– N'emploie pas de mots grossiers, s'il te plaît. Et non, je ne me moque pas de toi.

– Merci de me l'avoir dit, Maman. Je dois reprendre la route.

– Garde la tête haute, Griff. Quand le bon Dieu ferme une porte, il ouvre une fenêtre.

C'est bien beau tout ça, mais moi j'ai une porte à ouvrir.

– On se voit dans quelques heures. J'te laisse.

Après avoir raccroché, je fais demi-tour et prends l'autoroute dans l'autre sens. Je mets encore plus de temps à rejoindre la rue d'Audrey à cause du trafic. En revanche, il y a toujours la même place de parking qui m'attend.

Je sors et me dirige jusqu'à la porte d'entrée. Il n'y a pas de noms sur les interphones, mais je sonne au numéro trois et quelqu'un m'ouvre.

Hum. Ça ne me semble pas très prudent. Je monte au troisième avec le cadeau et frappe à la porte.

Elle s'ouvre sur un gars maigre aux yeux rouges.

– Qui êtes-vous ?

– Je vous renvoie la question, dis-je en grognant.

– Je viens voir Audrey Kidder.

C'est bien son appartement. Je reconnais le canapé miteux que j'ai vu vendredi après-midi, quand on s'est arrêtés prendre ses affaires.

Il m'indique la chambre d'Audrey de la tête et se désintéresse de moi pour retourner s'affaler sur le sofa.

Sa porte est fermée, donc je frappe.

Pas de réponse.

Je frappe à nouveau, puis je colle mon oreille à la porte. J'entends des sanglots étouffés.

En ouvrant la porte, la première chose que je vois, c'est Audrey recroquevillée sur un lit jonché de bouts de papier déchirés, en larmes. Cette vision fend mon cœur de pierre en deux morceaux, comme un de ces dessins.

– Ne pleure pas, bébé.

Elle relève la tête, surprise.

– Mais... je...

Elle essaie de reprendre son souffle, mais elle est en sanglots.

– Tout est fichu.

Je pose le carton au sol et, l'instant d'après, je suis près d'elle et je l'assieds sur mes genoux.

– Ce qui s'est passé, ça craint. Mais toi et moi, on va s'en sortir.

Il m'a suffi de la regarder pour comprendre qu'il y a des choses plus importantes que de vendre deux cent cinquante caisses de cidre. J'essuie les larmes du visage d'Audrey avec mon pouce.

– Mais ma mère a raison. Quoi que je fasse, je finis toujours par tout faire foirer.

– Non ! Elle n'a absolument pas raison. Ce n'est pas toi qui as tout fait foirer. Ne te sens pas responsable de leur connerie.

– Mais c'est moi qui leur ai dit que tu ne descendrais pas en dessous de six soixante-quinze ! Je voulais que tu puisses faire une vraie marge. Du coup, ils ont trouvé quelqu'un à... (elle sanglote) six dollars tout rond.

Oh merde !

– Tu as essayé de m'aider et ça me touche. Pourquoi est-ce que tu as déchiré ta présentation ?

– Je ne peux pas travailler pour eux. Je ne vais pas la faire.

Je la serre un peu plus dans mes bras. Elle sent l'odeur de mon shampoing.

– C'est toi qui décides. Bébé, je dois te dire que je ne veux plus leur vendre de pommes ni transporter leur marchandise en ville. Je suis désolé. J'ai dit aux autres fermiers de se débrouiller.

– OK.

Elle semble abattue.

– Tu rentres à la maison avec moi ?

– Et pour faire quoi ? Détruire encore quelque chose ?

– Non, dis-je doucement en la berçant. Pour être avec moi, c'est tout. On a énormément de cidre à faire, mon ange. Tu pourras nous aider. Et puis, maintenant, il faut aussi qu'on le vende. Qu'on trouve un autre acheteur. Qu'on se fasse repérer par un gros distributeur. Qu'on s'inscrive à d'autres concours. Qu'on gagne des prix. Il y a beaucoup de travail.

– Tu essaies juste d'être g... g... gentil, elle bafouille.

– Je ne suis pas si gentil que ça. Tu l'as dit toi-même.

Maintenant, la voilà qui rigole et qui pleure en même temps.

– Bébé, il faut qu'on se reprenne. Je préfère affronter toutes ces épreuves avec toi plutôt que sans toi.

Elle met sa tête dans mon épaule.

– J'ai besoin d'un travail, Griff. Je ne vais jamais cesser de vouloir mon restaurant.

– Et je ne sais pas comment ça va être possible, mais il doit y avoir plus d'une façon d'y arriver. Pour ce qui est du boulot, tu as beaucoup de compétences. Pour démarrer, je pense que Zara va avoir vraiment besoin d'aide cette année.

– Tu crois ?

– Ouais. Mais je préfère que ce soit elle qui te l'explique.

Je l'enlace et me décide à lui annoncer LA nouvelle.

– Je pense que tu ferais une sommelière imbattable.

– C'est *ton* truc, dit-elle.

– Apparemment non, bébé. Ton cidre sexy a gagné le Grand Prix.

– Attends, quoi ? Vraiment ?

– Je te le jure devant Dieu. Maman vient d'ouvrir la lettre. Il faut qu'on en fasse encore plein maintenant et qu'on augmente le prix. Il va falloir que tu m'aides à retrouver le bon assemblage.

– C'est toi qui as fait l'assemblage.

– Oui, après que tu m'as dit que c'était le cidre gagnant. Et si j'ai bonne mémoire, c'est *toi qui m'as demandé* de l'inscrire au concours. Et ça a marché. Tu as réussi à exciter un panel de juges tout entier qui m'a décerné le Grand Prix, toutes catégories confondues.

Elle relève son visage baigné de larmes et me regarde.

– Tu me jures que tu n'essaies pas juste de me consoler ?

Je me signe.

– Je le jure, que je meure à l'instant ! Viens à la maison et tu verras la lettre. Sinon, tu as laissé ton four dans mon truck... Ces petits gâteaux ne vont pas se faire tout seuls.

– Oh ! (Audrey gémit.) J'avais décidé d'arrêter d'être impulsive. J'avais décidé d'avoir une carrière de chef ou de mourir en essayant.

– Comme dit l'adage, tu es censée *faire ce que tu aimes.*

Je me donne une tape sur le torse.

– Et je suis prêt, bébé !

Elle rigole entre deux sanglots.

– C'est vrai que je t'aime. Un peu.

Mon cœur se serre.

– Juste un peu ? Parce que moi, je suis complètement dingue de toi.

Elle me fait un sourire ému.

– Donne-moi juste dix minutes pour me remettre de mes émotions et de tous les rebondissements de cette journée.

– Aucun problème.

Je la pose sur le lit et me relève. Je lui tends la main.

– Viens. Tu vas faire ton sac, et un grand cette fois.

Je regarde sa petite chambre. Elle a des vêtements, un ordinateur portable et une collection de livres de recettes rangés dans une caisse à lait en plastique.

– Prends tout. Je vais dire à ton bailleur que tu déménages.

Elle repousse ses cheveux de son visage.

– J'espère que tu ne vas pas regretter ta décision.

– Aucune chance. Je suis sur le point d'obtenir la seule chose que je désire vraiment. J'espère que toi, *tu* ne vas pas regretter.

Elle se lève et prend une grande inspiration.

– Non, je ne vais pas regretter. Je veux travailler dans le Vermont.

– Bien !

– Tu as un super-métier. Et puis, je dois faire des donuts au cidre, bordel ! Ils ne nous coûteront presque rien et les gens vont payer cher pour un donut chaud dans un verger. Peut-être qu'il faudra que j'ajoute des petites sauces en supplément. Parfum pomme caramel, par exemple...

– Oh putain, tu me tues. J'ai faim maintenant.

– J'imagine. Allez, fichons le camp d'ici. On peut presque encore arriver à temps pour le dîner.

CHAPITRE VINGT-HUIT

AUDREY

On se lève, et je suis encore un peu sous le choc. En allant vers mon petit placard, j'ouvre la porte et je reste bloquée là un moment, face à mes vêtements, essayant de comprendre ce plan.

Ma mère m'a toujours accusée d'être une sauvage, pas assez intelligente pour aller au bout de mes objectifs. Mais elle s'est trompée. J'ai passé les deux dernières années plus déterminée que jamais pour exaucer mon rêve. Jusqu'il y a une heure, j'étais prête à attendre aussi longtemps qu'il le faudrait.

Mais bon sang, c'est sain de vouloir des choses. C'est OK de changer d'avis, de se rendre dans le Vermont sur un coup de tête et même de nager toute nue à côté d'un verger de pommes biologiques si ça me chante. C'est cette vie que je veux, et cet homme aussi.

Je n'abandonne rien, je vis la vie dont j'ai finalement toujours rêvé.

Un peu étourdie, j'emballe mes affaires à la hâte. Je n'ai pas de cartons, mais quasiment toutes mes affaires tiennent dans mes valises. Je pique un sac-poubelle à mon colocataire pour y mettre mes draps.

Je laisse le futon pour le pauvre prochain clodo qui en aura besoin.

En mettant mes bagages à l'arrière du truck de Griff, j'ai le sentiment que je suis en train de fuir mes problèmes. Maman dirait que je me dérobe, une fois de plus. Elle m'accuserait d'abandonner avant d'avoir accompli quoi que ce soit.

Et peut-être que c'est le cas, mais je suis tellement putain de contente de monter dans ce camion à côté de Griff ! Je pointe du doigt un truc très important. Il est possible de courir *vers* quelque chose plutôt que de courir pour fuir, pas vrai ?

– Griffin ? dis-je quand nous quittons ma rue. Bon débarras !

– Oui, bébé ?

– Je pensais à ma mère, il faut que je l'appelle.

Il grimace.

– Pourquoi ?

Je sors mon portable de mon sac.

– J'ai une petite idée. Tu vends toujours à BPG pour six soixante-quinze, n'est-ce pas ?

Il pianote sur son volant.

– Oui, j'imagine. Pas que l'idée m'enchante, mais j'ai besoin d'argent.

La standardiste de ma mère répond à la première sonnerie, comme toujours. Je pense que ma mère réduit leur salaire si ce n'est pas le cas.

– Bureau de Karen Kidder, bonjour. En quoi puis-je vous aider ?

– Bonjour, dis-je prudemment. C'est Audrey, la fille d'Allison.

Il y a un léger silence au bout du fil. La nouvelle standardiste – elles changent tout le temps car ma mère les envoie valser aussi vite que l'éclair – ne sait visiblement pas que ma mère *a une fille*. Soit elle a retiré ma photo du cadre en argent posé sur son bureau, soit cette jeune femme est trop timide pour lui demander qui est sur cette photo.

– Laissez-moi vérifier si elle est disponible. Un instant, je vous prie.

Je retiens mon souffle. Au bout de quelques secondes, ma mère reprend la communication.

– Audrey ? Est-ce que tout va bien ?

Je ne m'attendais pas à un tel accueil. Si je n'étais pas folle, je dirais qu'il y a une pointe d'inquiétude dans sa voix. En même temps, je ne l'ai pas appelée depuis deux ans. On s'est parlé les rares fois où j'ai décroché sans vérifier le nom sur l'écran, jusqu'à cet épisode épouvantable dans le Vermont...

– Je, je... En fait, j'ai un problème. Et j'ai besoin de ton aide.

– Tu es en prison ?

Je pars d'un éclat de rire nerveux.

– Non, Mam, je ne suis pas encore enfermée. C'est un problème de boulot chez BPG. Je suis encore en stage chez eux. Ou du moins, je l'étais jusqu'il y a une heure.

– Qu'est-ce qui s'est passé ?

– Eh bien, ils n'ont pas tenu leur parole sur une promesse d'achat qu'ils avaient avec un fermier, et ça peut lui faire mettre la clé sous la porte. Je me suis dit que, faisant partie des investisseurs de BPG, il faut que tu saches comment ils se comportent.

Ma mère écoute mon récit attentivement.

– Ils ont passé un accord et ensuite ils l'ont annulé. On a des preuves écrites, des mails disant que le contrat va arriver. Ça peut servir de preuve ! Quarante mille dollars, ce n'est peut-être pas une grosse somme pour eux, mais ça peut faire couler une petite ferme.

– Et tu es proche de ce fermier, n'est-ce pas ?

– Mais ça n'entre même pas en ligne de compte, dis-je rapidement. Quand on a un accord, on le respecte.

Elle soupire.

– Je sais ça, et je suis ravie que toi aussi, tu sois de cet avis. Seulement, les règles sont différentes pour les femmes. Je vais appeler Burton tout de suite et lui demander pourquoi diable il a fait ça.

– Vraiment ?

Je n'arrive même pas à cacher ma surprise.

– Ce n'est pas ce que tu attends de moi ?

J'ouvre la bouche, mais pendant une seconde rien ne sort. Finalement, je parviens à dire :

– Si. S'il te plaît. Tu comprends, ça ne se fait pas de...

– Je sais, Audrey. J'ai compris. Laisse-moi voir ce que je peux faire.

Puis elle me raccroche au nez. Ma mère ne prend jamais la demi-seconde nécessaire pour dire au revoir.

Griffin me fixe.

– Je n'ai pas entendu le moindre cri.

– Ouais, c'est vrai. Je ne m'attendais pas à ce que ça se passe comme ça. Elle va même faire son enquête.

Un ange passe.

– J'ai failli ne pas l'appeler. Je ne pensais pas qu'elle en aurait quelque chose à faire.

Il tend le bras et me serre les genoux.

– Peut-être que ta mère s'est un peu assagie. Tu veux revenir sur ta décision pour le concours ? Je pourrai t'y conduire pour le grand jour. Tu peux encore le tenter.

Je me tourne pour observer le profil puissant de Griff pendant qu'il conduit. C'est un visage que je veux voir tous les jours. Si, par miracle, je remporte la mise et que j'ouvre un restaurant avec BPG, il me sera impossible de passer du temps avec lui. Je passerai seize heures par jour dans une cuisine de Boston sans fenêtre, à m'assurer que les haut gradés de chez BPG n'aient pas tout gâché avec mes producteurs ou avec mes prix affichés au menu.

Ce sera une vie *chargée*, mais ce ne sera pas une belle vie.

– J'en ai fini avec eux. Ils ont un procès par jour. Si mon projet est cher, ils seront encore plus durs. Je préfère encore me battre avec toi qu'avec eux. Nous, au moins, on aura toujours le sexe pour se réconcilier.

Griff penche la tête en arrière et rit.

– Et pourquoi on se battrait ?

– Je ne sais pas encore. Mais, quelquefois, avec le stress, tu deviens irritable.

Il se frotte le menton.

– Les gens me disent que je suis plus agréable quand tu es dans les parages. J'imagine que tu sais ce que ça signifie...

– Que tu as besoin de tirer un coup régulièrement, sans quoi tu es de mauvais poil ?

Il secoue la tête.

– C'est sûr que ça ne peut pas me faire de mal. Mais, viens là.

Je défais ma ceinture et glisse sur la banquette. Puis je m'attache avec la ceinture du milieu parce qu'on roule à cent vingt sur l'autoroute.

– Quoi ?

Griffin passe un bras autour de ma taille.

– C'est mieux.

Il a raison. C'est vraiment mieux comme ça.

– Au risque de t'effrayer, car tu n'aimes pas quand je dis ces choses-là...

Il me jette un coup d'œil, puis regarde la route à nouveau.

– Sache que je t'aime, princesse. Tu es la douceur qui vient équilibrer mon tannin naturel.

En me répétant ses mots, mon visage rougit. *Je t'aime.* J'ai appris à éviter ces mots de la part des hommes qui m'ont laissée tomber. Mais dans la bouche de Griffin Shipley, ils prennent un sens nouveau.

– Waouh.

– Ouais, je sais. Toute bonne chose de la vie trouve sa métaphore dans le cidre.

Je pose une main sur sa joue, sa barbe chatouille ma paume.

– Moi aussi, je t'aime, Griff. Chacun de tes quatre-vingt-dix kilos obstinés.

Il penche sa tête dans ma main.

– C'est tout ce qui compte. Le reste suivra, me promet-il.

– D'une manière ou d'une autre.

***

On arrive dans le Vermont juste avant six heures. J'ai quitté cet État il y a moins de huit heures, mais je regarde encore le paysage avec attention en sortant du truck. Le coq vient patrouiller depuis le côté de la maison. Dylan lit un manuel d'histoire dans un hamac sous le porche, Daphné, elle, est assise dans le rocking-chair, les jambes en travers sur un des accoudoirs. Je la vois soudain allonger une jambe et mettre un coup sur la cuisse de son frère.

Son hamac tremble, mais il ne lève même pas les yeux.

– Mon Dieu, qu'est-ce que j'aime cet endroit ! Est-ce qu'on pourra se servir un verre de thé et venir s'asseoir sous le porche tout à l'heure ?

Griff ouvre la porte arrière de son truck et en sort mon four Easy-Bake.

– Je crois, oui. Tu sais, je ne me pose jamais quand il y a des pommes qui pendent sur mes arbres.

– Donc, ça veut dire que tu te poses en, disons, novembre ?

– Parfois, oui. Et puis, d'autres fois, je coupe du bois pendant que les autres sont assis.

Waouh. Ça doit être très agréable de regarder Griffin couper du bois. J'ai hâte d'être en novembre.

On porte une grosse partie de mes affaires jusque dans la chambre de Griff, qui semblent immédiatement remplir toute la pièce. Je me sens un peu coupable de laisser tout ça dans un coin, mais il passe une main dans mon dos et dit :

– Il ne faut pas qu'on soit en retard pour le dîner. Maman n'appréciera pas.

Donc on traverse la pelouse une fois de plus, et je commence à me sentir gênée. J'espère qu'elle va au moins me dire : Bonjour Audrey. Peux-tu me donner ces serviettes ?

Mais ce n'est pas ce qui se passe.

Les premiers sourires viennent de May, Jude et Ruth quand on entre dans la cuisine.

– Oh Dieu merci, dit Ruthie en posant une panière pleine de petits pains pour se rapprocher de moi et poser un baiser sur ma joue. J'ai pensé que mon fils avait perdu la tête. Je suis heureuse de voir qu'il l'a retrouvée.

Elle attrape une enveloppe posée à côté du téléphone.

– Tiens, chérie, regarde ce que Griffin a gagné.

– J'ai appris, dis-je en sortant la lettre de l'enveloppe.

J'épluche chaque mot de félicitation jusqu'à ce que je tombe sur l'énoncé de notre prix en bas de page. PREMIER PRIX DANS SA CATÉGORIE, PREMIER PRIX DU CONCOURS : AUDREY par la ferme Shipley.

– Oh mon Dieu ! Tu lui as donné mon nom ?

Griffin prend un air sérieux, mais il me semble que je vois son cou rougir.

– Sinon, comment j'aurais pu me souvenir de celui que tu as choisi ?

– Je suis sur ton prix ! (Je pousse un cri.) Je n'ai jamais gagné de prix.

– Tout le monde a déjà gagné quelque chose, dit May.

– Pas moi ! (Je me replonge dans la lettre pour la relire.) Il va y avoir un trophée. Peut-être qu'il y aura écrit « Audrey » dessus.

Griffin rigole.

– Peut-être ? Je peux t'assurer que si ce n'est pas le cas, je le graverai moi-même juste pour toi.

Je saute dans ses bras.

– Merciii !

– De quoi ? dit-il, la voix coupée par tant d'enthousiasme.

– Pour l'avoir inscrit. Pour tout !

Il me fait un gros baiser dans le cou. Devant tout le monde.

– C'est toi mon grand prix, princesse. Maintenant, fêtons ça.

Il me fait signe de m'asseoir et se frotte le ventre.

– Avec un bon dîner.

***

Un quart d'heure plus tard, nous sommes tous assis autour de la table en attendant Grand-Père. On entend ses pneus dans l'allée tandis que Ruth prend place, visiblement fâchée de son retard.

– Tu es en retard, dit-elle quand il entre dans la pièce.

– Mes excuses, répond-il en se faufilant pour prendre la dernière place libre à côté de sa petite fille.

Il embrasse May sur la joue et secoue sa serviette.

– Griffin, c'est à toi de dire les grâces.

Il me lance un regard chaleureux et me prend la main.

– Mon Dieu, merci pour toutes ces bénédictions que nous allons consommer. Merci d'avoir veillé sur la cidrerie aujourd'hui pendant que Kyle s'occupait de la presse. Cette fois, il n'a pas engorgé le broyeur et je t'en remercie.

Kyle, à l'autre bout de la table, lève les yeux au ciel.

– Et je te remercie d'avoir fait revenir Audrey à la raison et dans le Vermont, le plus bel État de l'Union, pour faire partie de notre famille bruyante et par moments en désaccord, mais qui l'aime déjà.

Tout le monde acquiesce discrètement et je n'ai pas honte de dire que j'en ai les larmes aux yeux.

– La pauvre chérie qui va surtout devoir te supporter, murmure un des convives.

– Amen.

Une fois la prière terminée, on se passe les plats. Il y a de la dinde fourrée, des patates douces et une sauce à la canneberge. Griffin se lève après s'être servi et disparaît. J'entends la porte de la cuisine s'ouvrir puis se refermer. Il réapparaît cinq minutes plus tard dans la salle à manger, un bourguignon à la main.

– Qu'est-ce que c'est que ça ? lui demande May, pendant qu'il le pose sur le buffet et compte les verres à vin.

– À ton avis ? C'est un cidre primé.

Il remplit les verres et sert toute la table (sauf Jude). Il pose même deux verres devant les jumeaux. Il chuchote :

– C'est une grande occasion.

Puis il pose le bourguignon sur la table. Sur l'étiquette est inscrit au feutre noir « AUDREY ».

Il lève son verre, debout derrière sa chaise.

– À toujours plus de grandeur !

Il y a des applaudissements et des moqueries qui fusent.

– Ouais !

– Bien dit !

– Bravo !

– Ça va les chevilles ?

Je bois et je me laisse prendre par la merveilleuse saveur étrange et musquée, comme la première fois.

– Waouh.

Je reprends une gorgée.

– C'est vraiment... dangereusement bon.

– C'est...

Sa mère laisse un temps, puis goûte à nouveau. Elle fait tourner le cidre dans son verre.

– ... remarquable, chéri. Il est vraiment unique. Quel *est* ce parfum ?

Mes yeux croisent ceux de Griff dans le reflet de son verre, mais j'aurais mieux fait de ne pas le regarder car il lutte pour ne pas exploser de rire. Et, bien sûr, à mon tour de me battre pour ne pas pouffer. Je détourne le regard vers tous les visages attablés qui goûtent le cidre sexuel. Griffin ne l'a pas noté sur l'étiquette, c'est déjà ça. J'ai encore envie de rire, si fort que je ne sais pas si je vais réussir à me retenir.

Jude prend le verre de May posé à côté de lui et le sent.

– C'est fascinant, dit-il lentement.

Puis il me fait un clin d'œil.

Heureusement, Griff change de sujet.

– Grand-Père, qu'en dis-tu si on te déménage demain dans la maison ?

Son grand-père, une fourchette à la main et l'excellent breuvage de Griffin dans l'autre, se contente de grogner.

– Je ne peux pas persuader Audrey de rester dans le Vermont si je l'installe dans le dortoir. On pourrait avoir un peu plus d'espace dans la petite maison et tu pourrais avoir un meilleur accès à la salle à manger ici.

Ruth retient son souffle. Grand-Père ne dit rien pendant un long moment. Il prend un peu d'accompagnement et mâche, avant de boire une gorgée de cidre.

– Du riz à la noix de coco, finit-il par dire.

– Mais encore ? dit Griffin.

– J'emménage ici demain si Audrey me fait son riz à la noix de coco. Avec les légumes épicés.

Une vague de reconnaissance traverse la table. Tout le monde est ravi.

– Autant de fois que vous voulez, dis-je rapidement.

Il fait un signe de tête à son petit-fils.

– Tu es un garçon malin, tu sais ça ? Tu trouves la bonne fille et tu la traites bien.

– J'essaie, dit Griffin d'une voix grave.

– Tu peux m'apporter des cartons vides ce soir. Après le dessert, bien sûr.

– Je vais le faire, promet Griff.

Ruth joint les mains.

– Parfait ! J'organise ta chambre demain à la première heure. On va brancher ta télévision et je pense même que

Griff pourra y installer ton fauteuil réglable, si tu veux. Ou bien je lui trouverai un endroit dans la maison.

– N'importe, dit Grand-Père, comme s'il s'en moquait.

Il tend son assiette pour qu'on lui serve une tranche de dinde.

Après ça, j'ai du mal à parler. Je mange mon plat et écoute les Shipley se disputer pour savoir qui va avoir le contrôle de la télécommande de la télé ce soir. (Le match de football du lundi soir versus l'émission de Daphné. Ce n'est pas elle qui a gagné...) Je sirote mon homonyme de cidre et m'émerveille sur ma bonne étoile.

* * *

– Tout va bien ? me demande Griff une heure plus tard.

On roule dans son truck sur un chemin de terre quand il prend un virage serré à droite sur une petite voie, dont je n'ai jamais remarqué l'existence.

– Je vais bien, lui dis-je. Je pense à ton grand-père, c'est tout. J'espère qu'on ne le vire pas de sa maison.

Griff rigole.

– Jamais de la vie. Maman le travaille au corps depuis des mois. Mais cet homme a la tête dure.

– Tiens, ça me fait penser à quelqu'un que je connais. Mais qui ça peut bien être ?

– Arrête, je sais.

Griff pose sa main sur mon genou.

– Papi est un peu gêné que sa belle-fille prenne soin de lui, voilà tout. Il est déjà là à tous les repas, et Dylan retire la neige sur son chemin. May lui achète son café et ses cookies qu'elle range dans son placard. Ma mère le conduit à ses rendez-vous chez le docteur et lui fait le plein d'essence pour qu'il puisse venir chez nous. Il est dépendant de nous, mais ça ne lui plaît pas. Toi et moi, on lui permet juste d'avoir l'excuse dont il avait besoin pour s'installer dans la maison principale. C'est tout.

– OK.

C'est juste que je n'ai pas l'habitude des grandes familles où tout le monde s'entraide. Je ne sais pas comment ça marche.

– On est arrivés. C'est pas grand-chose, mais...

Les phares de Griffin éclairent une petite maison trop mignonne avec des bardeaux en bois et des volets rouges. Je distingue deux petites lucarnes dans le toit triangulaire, comme deux yeux, et au milieu une cheminée en pierre s'élève vers le ciel.

– C'est *adorable*. Maintenant, je me sens vraiment coupable.

– Il ne faut pas. Je t'assure.

Il se penche et m'embrasse sur la pommette.

– Il lui faut une douche de plain-pied et il n'y en a pas dans cette maison. Et puis, maman va lui faire toutes les tartes dont il rêve, car elle ne va plus passer des nuits entières éveillée à se demander s'il n'est pas tombé dans ses escaliers. Allez, viens.

On prend les cartons que Ruth a trouvés et on entre.

– Vous pouvez les mettre dans la chambre, dit Grand-Père depuis son fauteuil. Ou bien posez-les là. Je regarde le match.

– Qui gagne ? demande Griff en s'arrêtant pour regarder le score.

Je décide de monter quelques cartons en haut, plutôt que d'être prise au piège et de devoir regarder avec eux. La maison est au moins aussi mignonne à l'intérieur qu'à l'extérieur. Il y a un magnifique parquet en chêne et une cheminée en pierre avec un cadre sur lequel il ne manque plus que les chaussettes de Noël. Je monte les marches vernies de l'escalier pas à pas, en faisant attention de ne pas tomber. En effet, il est un peu raide. Je suis tellement maladroite qu'il va falloir que je fasse attention.

Une fois en haut, je découvre deux chambres, dont une est visiblement inutilisée. Ça sent la poussière, mais l'autre est magnifique. Elle a un plafond mansardé avec des poutres en chêne, et les murs sont blanc cassé. Dans la grande salle de bains, il y a une baignoire ancienne à pieds posée sur un carrelage ancien en damiers noir et blanc.

– Hey.

Griffin me surprend quelques minutes plus tard, debout là, m'imaginant rajouter de belles serviettes et un tapis de bain moelleux dans cette pièce magnifique.

– C'est pas le Plaza...

– Arrête. Je veux vivre ici avec toi. Les parties de sexe dans la douche ne seront plus possibles, mais à part ça, je ne vois pas d'autre point négatif.

– Il y a toujours la douche extérieure, on est tranquilles.

Il pose les cartons et m'embrasse.

– Il faut qu'on refasse la cuisine, dit-il entre deux baisers. Mais je ne peux pas faire de travaux tant qu'on ne se remet pas à flot. Un jour peut-être, dans un autre siècle.

– Je m'en fiche.

– Tu n'as pas encore vu ses plans de travail affreux des années soixante.

Un baiser.

– Mais on peut faire quelque chose de simple.

Un baiser.

– On peut repeindre.

Un baiser.

– Et tu pourras choisir la couleur.

Je lui donne un long et tendre baiser à mon tour. L'idée de faire une maison avec Griffin est inattendue et merveilleuse. J'en ai le vertige rien que d'y penser.

– On va baptiser chaque pièce.

– Mais tellement !

Il ronronne dans ma bouche.

– Je vais travailler deux fois plus vite en sachant ce qui m'attend à la maison.

Je l'enlace après ce baiser. En posant ma tête sur son torse, je vois les Green Mountains à travers la fenêtre.

– Cet endroit est si beau... Je ne sais pas si je l'ai mérité.

– Tu parles sérieusement ?

Il me serre un peu plus.

– Je suis sûr que je l'ai mérité, pourquoi pas toi ?

Mon téléphone sonne dans ma poche arrière. Je mets un petit moment avant de réagir jusqu'à ce que je réalise que j'attends un appel de ma mère. Aussitôt, je me dégage de Griff et réponds.

– Allô ?

– Bonsoir, Audrey. J'ai quelques nouvelles.

– Waouh. D'accord, je t'écoute.

– J'ai eu Burton et je l'ai engueulé. Je lui ai dit que ce n'est pas comme ça qu'on fait des affaires. Puis il m'a sorti le contrat qu'il a signé avec l'autre producteur de cidre. Il y a une clause d'exclusivité.

– Quoi ?

– L'avocat de l'autre cidrerie a fait ajouter au contrat que seul leur cidre figurerait au menu des restaurants de BPG cette année.

Je peste.

– Donc, tu dis que l'autre gars a été plus intelligent que moi.

Ma mère soupire.

– Peut-être plus expérimenté. Ou bien juste *blasé*. Tu n'es pas une fille stupide, Audrey. Et je m'excuse si je t'ai donné l'impression que j'avais cette image-là de toi.

Il se passe un moment avant que je réalise. Ma mère ne m'a jamais fait d'excuses.

– Euhhh... merci ?

– J'ai reçu un appel de Ruth Shipley il y a quelques minutes.

– C'est *vrai ?*

– Elle est adorable. Et elle a beaucoup de très belles choses à dire sur toi.

Oh la vache !

– Est-ce qu'elle voulait te parler du cidre ?

– Non. Elle m'a simplement fait savoir que tu étais revenue dans le Vermont et que tu lui as été d'une grande aide cet été, quand elle était blessée. Et qu'elle allait veiller sur toi.

J'entends que sa voix tremble. Elle se reprend.

– Ça m'a l'air d'être une famille formidable.

– Oui, en effet. C'est pour cette raison que ça me tue de les voir se faire escroquer.

– Je comprends. Ce n'était pas ta faute. Burton t'a envoyée négocier dans la jungle sans te donner la moindre consigne, mais je sais que tu n'es pas une incapable. C'est énorme que tu aies pris la décision à l'époque de faire une école de cuisine. Ça t'a demandé beaucoup de concessions. Je veux que tu saches que je suis fière de toi.

Ma tête va exploser.

– C'est... Merci, Maman... Mais bon, Griffin est toujours plus pauvre de quarante mille dollars que ce matin.

Elle râle.

– Je sais. S'il attaque, il va probablement gagner, mais une procédure...

– ... coûte beaucoup d'argent.

– Oui, absolument, confirme-t-elle.

– OK.

Je prends une grande inspiration.

– Merci d'avoir essayé de nous aider. Ça nous touche beaucoup.

– Si tu as d'autres questions à ce sujet ou bien si tu as quoi que ce soit à me demander à propos de BPG, je serai ravie de t'entendre.

Je me répète, mais je suis chamboulée pas son humilité.

– Merci, mais je ne veux plus entendre parler de BPG.

– Je comprends. Alors, peut-être que tu pourrais venir déjeuner avec moi la prochaine fois que tu es en ville ?

Je suis tellement surprise que je reste sans voix.

– Audrey ?

– Pardon. Oui, bien sûr. Peut-être quand je serai bien installée ici.

– Parfait, dit-elle rapidement. D'ici là, prends soin de toi.

– Toi aussi, dis-je tendrement.

Je raccroche, ne sachant plus quel est l'événement le plus choquant de cette journée, le fait que j'emménage avec Griffin ou bien le fait que j'aie eu une conversation téléphonique courtoise avec ma mère ?

– Elle ne peut pas nous sauver, chuchote Griffin.

– Mais elle a essayé.

Je me pose contre lui en remuant la tête, dépitée.

– Je suis désolée.

– C'est pas de ta faute. Je vais continuer à faire une tonne de cidre. Il faut seulement qu'on arrive à le vendre à quelqu'un d'autre. Tu as des amis assoiffés ?

Il m'enlace.

– On a été déboutés.

– Pour *cette* fois, dit-il fermement.

Puis il m'embrasse sur la tête.

– Viens, on va se coucher tôt. On a beaucoup de choses à faire demain.

– C'est la seule raison pour laquelle tu veux rentrer tôt ?

Je lui pose la question alors qu'il nous guide vers les escaliers.

– À ton avis ?

En souriant, je le suis jusqu'au rez-de-chaussée.

CHAPITRE VINGT-NEUF

NOVEMBRE

AUDREY

Je suis en train de fermer un pot de peinture, agenouillée sur la bâche qui recouvre le parquet du salon, quand le téléphone sonne. Sur le numéro, l'indicatif de Boston, ce qui m'excite un peu car j'ai démarché quelques sociétés de distribution de boissons pour leur proposer le cidre Shipley et, si l'une d'entre elles me rappelle, c'est un coup de fil que je ne veux rater pour rien au monde.

– Allô ?

– Bonjour. Sarah, du groupement de restaurants *Beantown* à l'appareil. J'ai un appel de Raphael Asher pour Mademoiselle Audrey Kidder.

– Euh, oui ?

– Ne quittez pas, je vous prie.

J'essaie de trouver qui je peux bien connaître dans ce groupe, sans succès.

– Audrey ! Ici, Raphael Asher. Je me présente, je suis chargé des achats et de trouver de nouveaux producteurs pour vingt-sept de nos restaurants ici à Boston. Comment allez-vous ?

– Je vais bien, merci. Comment puis-je vous aider ?

Est-ce que j'ai bien entendu ? Il a dit de nouveaux producteurs... ?

– En fait, nous venons d'engager le chef Michael Quigley, anciennement chef du *North End Kitchens*. Est-ce que vous le connaissez ?

Je cherche. J'ai rencontré le chef Quigley une fois, quinze minutes. Il faisait partie des stars montantes chez BPG.

– On s'est rencontrés. Il a quitté BPG ?

– Oui. Nous l'avons débauché.

Raphael rigole.

– Bref, peu importe. Le chef Quigley et moi avons eu une longue discussion la semaine dernière au sujet du fonctionnement de notre charte de « La ferme à la table », et il m'a donné votre nom. Il m'a dit que vous lui aviez trouvé de magnifiques poires biologiques en septembre, et des courges aussi, je crois. Vous vous occupez du programme de « La ferme à la table » pour BPG ?

– En fait...

Est-ce que je dois lui dire la vérité ? Si je dis que je m'occupe d'un programme, ce serait très exagéré.

– J'ai passé l'été sur les routes du Vermont pour trouver des fermiers qui avaient des produits à vendre. Mais la charte de BPG n'est pas assez aboutie pour être efficace.

J'espère avoir fait preuve d'assez de diplomatie. Une femme ne peut pas balancer sur son ancien employé, même s'il le mérite.

– J'ai entendu dire que c'est un vrai naufrage maintenant. Mais j'ai aussi appris que vous aviez fait du bon boulot. En fait, j'aimerais beaucoup qu'on se rencontre pour parler de ce que je développe ici. Je pourrais avoir besoin de quelqu'un comme vous dans mon équipe. Une personne expérimentée, dit-il d'une voix grave.

Qu'est-ce qu'une fille doit répondre à ça ? Prudemment je dis :

– J'adorerais en parler, mais vous devez savoir que je ne suis plus basée à Boston. J'ai emménagé dans le Vermont.

Tout de suite, il me répond :

– Ce n'est pas un problème. Pouvez-vous venir en ville pour qu'on se rencontre ? Vous choisissez la date. Vous savez, il est même préférable que vous soyez installée dans le Vermont pour le travail que j'ai à vous proposer. J'ai de grands projets, Audrey. Je veux construire notre relation avec les agriculteurs *de manière équitable*. Je veux embaucher des acheteurs comme vous pour créer un vrai partenariat avec les fermiers. C'est un contrat sur l'année, mais à mi-temps seulement.

– Waouh.

Ce n'est pas la plus subtile des réponses, mais c'est sorti tout seul tant ce travail a l'air cool.

– Donc, si je résume, vous cherchez des soldats pour faire le relais sur le terrain entre les fermiers et les restaurants ? Si c'est un contrat à l'année, ça signifie que nous pourrons choisir les récoltes que nous voulons avant même que les graines ne soient plantées ?

– Oui ! Exactement. J'adorerais connaître vos idées sur la meilleure manière de procéder.

Mon cœur s'emballe.

– D'accord. Je me ferai un plaisir d'en discuter avec vous. Les fermiers commencent à commander leurs graines juste après le nouvel an...

J'ai entendu Isaac Abraham en parler hier soir au dîner du jeudi.

– BPG n'a pas compris à quel point le temps est important. Ils pensaient qu'ils pouvaient débarquer pour une journée ou deux et que les paysans allaient déposer leurs meilleurs produits dans leur truck. Mais ça ne marche pas comme ça.

– Je sais bien. C'est pour ça qu'il faut qu'on se rencontre. Disons, dans le courant du mois ? Vous pouvez trouver une date avec mon assistante.

La porte d'entrée de notre petite maison s'ouvre et Griffin apparaît, le courrier en main. Il me fait un signe de la main.

En retour, je lui fais LE signe universel pour *attends une seconde.*

– Très bien, Raphael. C'est ce que je vais faire. Dites-moi, est-ce que, à tout hasard, ça vous intéresserait de rencontrer un cidriculteur primé du Vermont ?

– Humm, pourquoi pas ?

– Je viendrai avec lui.

– J'ai hâte ! Merci, Audrey !

Clic.

Je fixe le téléphone encore dans ma main.

– Princesse !

Griffin retire ses bottes, puis vient m'embrasser sur le front.

– Qui c'était ? Donne-moi de bonnes nouvelles.

– Ça *pourrait* être une bonne nouvelle.

Je vais être attentive et faire très attention quand je rencontrerai Raphael, du *Beantown Group,* ça c'est sûr. J'explique à Griff ce que cet homme m'a demandé.

– Eh ben. Si ce mec est plus sérieux que ces connards chez BPG, ça pourrait être un super-boulot pour toi... si tu es intéressée, ajoute-t-il en se caressant la barbe.

– Je *suis* intéressée.

Ces huit dernières semaines, j'ai commencé à aider Zara en la remplaçant le matin chez *The Goat.* Je fais la mise en place, démarre le service du petit déjeuner et sers le café. J'ai aussi aidé Griffin à faire beaucoup de cidre. Mais avoir un bon travail, dans une entreprise de restauration, pourra nous être utile.

– On va peut-être aussi pouvoir leur vendre du cidre.

Griff sourit.

– On essaiera.

– Et s'il a un job à mi-temps pour moi, que je peux faire d'ici...

– ... c'est plus ou moins l'opportunité rêvée.

– Oui, c'est ça ! Et puis, l'argent va nous être utile.

– À propos d'argent...

Griff fouille dans le courrier qu'il tient dans ses mains, puis il me tend une enveloppe. Je la retourne et je vois le cachet de la banque de ma mère.

– C'est quoi ?

Je l'ouvre avec mon pouce et en sors un bout de papier plié en deux. Non... un chèque de... quarante mille dollars.

– Oh mon Dieu !

– Hey, il y a un mot, dit-il quand un bout de papier s'envole de l'enveloppe. Il se penche pour le ramasser.

C'est l'écriture de ma mère, sur un papier à lettres gravé à son nom, et je vois qu'elle s'est appliquée.

Audrey, tu as été au bout de ton école de cuisine et je veux que tu saches que je suis fière de toi. Voilà l'argent des frais de scolarité que je te dois.

– Oh putain, je chuchote.

Ma gorge se serre et mes yeux deviennent humides. C'est la *deuxième* fois que ma mère me dit qu'elle est fière de moi. Je commence à croire qu'elle le pense vraiment.

– C'est beaucoup d'argent, bébé. Tu veux acheter du cidre ?

Je regarde les yeux taquins de Griff et je rigole.

– Bien sûr. Quatre dollars la bouteille.

– Aïe... Merde. Alors non, on ne fait pas affaire, ma petite businesswoman.

Il m'étreint, puis il me porte et me serre un peu plus fort contre lui. J'enfouis mon visage dans sa barbe.

– Cependant, cet argent va nous être utile. Tu n'auras peut-être plus trop à t'inquiéter.

Il me repose et recule, ses deux grosses mains posées sur mes épaules.

– On va s'en sortir, princesse. Le cidre va se vendre, même si ça ne se fera pas en une fois comme je le souhaitais. Mets cet argent à la banque, s'il te plaît. Un jour, tu vas avoir un grand projet à réaliser. Ton projet. Tu vas voir un petit immeuble à vendre et tu vas réaliser qu'il est fait pour devenir un restaurant appelé *Audrey*. C'est ce que je te souhaite.

– J'aime ta façon de penser, Griff.

Je me mets sur la pointe des pieds et l'embrasse.

Il gémit contre mes lèvres.

– Humm, j'aime aussi ta façon de penser... Seulement on ne peut rien faire tout de suite. Je suis venu te chercher pour que tu puisses dire au revoir à Jude.

Oh...

– C'est maintenant ?

– Ouais. Zach et lui ont bricolé l'épave qu'il vient d'acheter. Il est en train de charger son coffre.

– D'accord, j'arrive.

Je replie le chèque de ma mère et son mot, qui est encore plus précieux à mes yeux, et les mets dans mon sac. Tous nos meubles du salon sont regroupés dans un coin et recouverts d'une bâche, le temps que je finisse de repeindre. Cette petite maison est sens dessus dessous en ce moment, mais j'apprécie chaque instant car on se fabrique notre petit nid. La peinture des murs du salon reste crème, mais devient plus chaude, et je fais la bibliothèque en vert amande, très doux. Ruth va m'aider à retapisser le canapé et à coudre des coussins.

Je me dépêche d'aller dans la cuisine, qui a vraiment besoin d'être refaite, prendre les biscuits que j'ai préparés pour Jude. Ils sont au gingembre, ses préférés.

J'attrape un manteau et suis Griff jusqu'à son truck. C'est une journée venteuse de novembre. À notre passage, l'épouvantail qu'a fabriqué Dylan pour surveiller la boîte aux lettres agite ses bras en lambeaux dans le vent, et ce jusqu'à ce qu'on soit dans l'allée principale qui mène à la propriété. Je vais avoir la chance d'observer tous les changements de saisons. Les Green Mountains sont plus violettes qu'elles ne l'étaient le mois dernier. Bientôt, elles seront toutes blanches.

Griff éteint le moteur à côté de la vieille voiture moche que Jude a achetée en espèces pour quelques centaines de dollars. Mon petit ami secoue discrètement la tête en la voyant.

– Jude va la réparer, dis-je en défaisant ma ceinture.

Griff a le visage grave et me dit :

– Il y a des choses qu'on ne peut pas réparer. J'espère que tout ira bien pour lui à Colebury, chez son père.

Je lui donne un petit coup dans les côtes.

– Regardez-moi ce cœur d'artichaut.

Soudain, je me trouve nez à nez avec un visage dur et des yeux marron d'une douceur sans nom.

– Je n'ai jamais dit le contraire. Surtout avec toi...

– Ohhh. Juste pour ça, tu as droit à un baiser.

Je me rapproche et pose mes mains sur ses joues, puis je l'embrasse. Il se penche vers moi et caresse mes lèvres avec sa langue. Merci, mon Dieu, de nous avoir finalement donné cette petite maison, car depuis que suis arrivée, nous sommes tous les deux insatiables.

On se couche très tôt presque tous les soirs, et pas parce qu'on est fatigués...

Un bruit de klaxon très fort nous surprend et nous arrête soudain dans notre élan. À travers la fenêtre, je vois Jude penché sur sa voiture, la main sur le volant, qui nous sourit.

Griff ouvre sa portière.

– C'est pas vrai, ça. On peut pas être tranquille deux secondes ?

– Ben, c'est-à-dire que je t'attends, patron. Et puis pardon, mais c'est pas sympa de faire ça pile devant le gars qui n'a rien fait ces trois dernières années.

Zachariah rougit à ses côtés, comme il le fait souvent quand le sexe s'immisce dans nos discussions.

Je descends du truck et tends les cookies à Jude. Je promets :

– Griff n'en a pas mangé un seul. Toute la fournée est pour toi.

– D'ailleurs, je ne l'ai toujours pas digéré, si je peux dire... grogne Griff.

– T'es la meilleure, Audrey.

Jude me fait un petit bisou sur la joue et je le prends dans mes bras.

– Tu prends soin de toi, d'accord ?

– Promis.

– Tu as intérêt ! dit Ruth en traversant la pelouse, les bras chargés d'une boîte. Voilà quelque chose pour ton petit déjeuner de demain. Ah, et des chaussettes en laine aussi, car il commence à faire froid.

Jude regarde ses chaussures et, une main sur la nuque, visiblement touché, il dit à Ruth :

– Merci, Madame Shipley, ça me fait vraiment très plaisir.

– Je le sais, chéri.

Elle lui donne une petite tape sur le ventre:

– Ne t'arrête pas de manger ! Tu as l'air en bien meilleure santé que quand tu es arrivé en juillet.

Elle a raison.

– N'oublie pas le dîner du jeudi, on tient à ce que tu sois là, ajoute-t-elle, tandis que Jude dépose ses cadeaux sur la banquette arrière de son affreuse voiture.

– Merci. Vraiment merci pour tout, dit-il doucement, sans pour autant dire *Je serai là.*

Puis il tend la main à Griff.

– Je ne sais pas comment j'aurais fait pour me remettre sur pied sans ce travail.

Jude serre les mains de Zach et accepte une accolade chaleureuse de Ruth. Le reste de la fratrie Shipley est à l'école aujourd'hui. Kyle, quant à lui, est retourné chez ses parents la semaine dernière.

Jude s'installe au volant et grimace quand le moteur démarre dans un bruit étourdissant.

– Il lui faut un silencieux, lance Zach dans le vide.

– Il lui faut un tas de trucs, tu veux dire, lui répond Jude par la vitre ouverte.

Il sourit, mais on sent qu'il a le cœur lourd.

– Au revoir, chéri ! On se voit jeudi ! dit Ruth en lui faisant un signe de la main.

Jude sort son bras et nous salue sans rien promettre. Puis sa voiture disparaît à mesure qu'il s'engage dans l'allée.

On reste tous bloqués là un moment, envahis d'une grosse tristesse.

Soudain, je réalise :

– Zach va être seul maintenant dans le dortoir.

– Pas de souci. Est-ce qu'on va mettre en fût la cuve numéro trois aujourd'hui ? demande Zach.

Griff de répondre :

– Ouais. Donne-moi deux petites minutes.

Ruth retourne dans la maison et Zach se dirige vers la cidrerie. On se retrouve alors seuls, Griff et moi, à côté de son truck.

– Tu peux rentrer avec à la maison. Ça te va si on dîne ici ce soir ? Maman a fait un pot-au-feu.

Je le sens déjà.

– Avec plaisir.

Il m'arrive de cuisiner pour Griff, et parfois je cuisine ou bien je dîne juste à la propriété avec toute la famille. Je n'arrive pas à savoir ce que je préfère. D'un côté, un repas intime avec Griff, qui de temps en temps nous amène à faire l'amour sur le plan de travail, d'un autre, les repas avec sa grande et folle famille qui sont tous aussi formidables.

– Tu penses qu'on va revoir Jude un jour ?

Griff sourcille.

– C'est dur à dire. Tu sais, je pense qu'il veut essayer de voir s'il peut s'en sortir tout seul. C'est important pour lui de savoir s'il en est capable.

Je continue à fixer la route comme si Jude était encore visible.

– J'espère qu'il va aller bien.

– Comme nous tous.

Griff me pousse contre le truck et m'embrasse dans le cou.

– Je te vois dans quelques heures ? Je vais peut-être avoir besoin de ton aide pour qu'on déguste quelques assemblages ce soir.

– Quelle corvée ! dis-je en rigolant, avec la sensation, que j'adore, de sa barbe contre ma joue.

Ses lèvres courent le long de mon cou.

– On va voir si je peux trouver une harmonie entre une douce amertume et la quantité nécessaire d'acidité...

– J'adore quand tu veux faire une dégustation, bébé.

Griff me respire, puis il recule.

– Monte dans ce truck avant que je te saute ici, maintenant, dans l'allée.

– D'accord.

J'ouvre la portière.

– Mais uniquement parce que ça risquerait de traumatiser ta mère et Zach.

Il me fait de grands signes de la main tandis que je m'éloigne. Je roule le kilomètre qui me sépare de la ferme et rentre chez moi pour préparer une nouvelle fournée de biscuits au gingembre pour mon homme.

FIN

Ne manquez pas les prochains volumes
de la série « Le Grand Nord »

Ancrage (le livre de Jude) *Le Grand Nord #2*
Secrets (le livre de Zach) *Le Grand Nord #3*

Du même auteur :
The Ivy Years Series
The Gravity Series
The Brooklyn Bruisers Series

DÉCOUVREZ LES AUTRES TITRES DE LA COLLECTION HUGO NEW ROMANCE®